Klara fährt nach Capri

Rainer Neutzling

Roman

II *EDITIO* II // **HAUPTWEG***NEBENWEGE*

Bibliografische Information der Deutschen Nationalbibliothek
Die Deutsche Nationalbibliothek verzeichnet diese Publikation in der Deutschen Nationalbibliografie; detaillierte bibliografische Daten sind im Internet über http://dnb.d-nb.de abrufbar.

ISBN-13: 978-3-8334-9917-3

Edition HauptwegNebenwege, Band 1
www.nebenwege.de
1. Auflage 2007
Lektorat, Gestaltung, Satz:
Edition HauptwegNebenwege, HauptwegNebenwege GmbH, Köln

Herstellung und Verlag: Books on Demand GmbH, Norderstedt

Inhalt

Eins	**Sommer 2001** *Theos Hinterlassenschaft*	7
Zwei	**Winter 1957** *Jakobs Söhne*	33
Drei	**Sommer 1967** *Die Brüder*	66
Vier	**Frühling 1972** *Onkel Alwin aus Übersee*	110
Fünf	**Herbst 1983** *Zwei junge Frauen*	137
Sechs	**Sommer 1990** *Mehr Lügen und Geheimnisse*	192
Sieben	**Spätsommer 2001** *Klara fährt nach Capri*	241

Für Petra, auf dass ein tolles Kleid dabei herausspringt

Eins

Sommer 2001 – Theos Hinterlassenschaft

1

Alexander Aschkowski war einundvierzig Jahre alt, Urologe und hundemüde. Außerdem war ihm ein Knopf von seinem Arztkittel gesprungen, weshalb er auf dem Fußboden der Stationsküche umherkroch und Oberschwester Weber, die ihm bei der Suche half, versehentlich in den Ausschnitt schaute. Der Anblick zweier kalkweißer Brüste, die groß und schwer in einem ebenso weißen Büstenhalter steckten, ließ ihn stutzen. Er schätzte die deutlich ältere Kollegin, doch auf die Idee, sie als ein sexuelles Wesen zu betrachten, war er noch nie gekommen. Schnell schaute er eine andere Richtung.

»Ich habe ihn«, hörte er sie sagen. Sie richtete sich auf und strich mit den Händen über ihre krachend steife Schwesternkluft.

Schwerfällig kam auch Alexander auf die Beine und nahm den Knopf entgegen. »Danke.« Er wurde rot. Mit Sicherheit hatte sie bemerkt, wohin er ihr gerade geschaut hatte. »Ich muss nach Heimstadt. Ich geh dann mal.«

»Sicher«, stellte die Oberschwester sachlich fest und begann, Medikamente in Kunststoffschälchen zu verteilen. »Grüßen Sie Ihre Mutter.«

Alexander zog sich um und rief vom Ärztezimmer aus seine Frau Helena an. Er würde nicht zum Abendessen kommen und die Kinder am nächsten Morgen auch nicht zur Schule bringen können. Er würde bei seiner Mutter im alten Jungenzimmer übernachten und von dort zur Arbeit fahren. Wenn nichts dazwischen käme, wollte er am nächsten Abend gegen sieben zu Hause sein. Helena sollte den Kindern einen Kuss geben. Er hätte auch ihr gerne einen Kuss durchs Telefon gegeben, aber Helena ging nicht an den Apparat. Wie ein alter Bekannter legte ihm das schlechte Gewissen eine Hand auf die Schulter. Donnerstag war Helenas freier Abend. Seit dem Schlaganfall seiner Mutter fiel er regelmäßig aus.

Beim Händewaschen sah er in den Spiegel. Unter den wasserblauen Augen bildeten sich Tränensäcke, die ihm eine Ahnung davon gaben, wie er als alter Mann aussehen würde. Die dunkelblonden Locken begannen sich zu lichten, die Haut an Wangen und Hals begann schlaff zu werden. Aus seinen Nasenlöchern sprossen Haare, die er inzwischen wöchentlich stutzte. Als er vor einigen Wochen nach dem Duschen ein weißes Schamhaar entdeckte, war er erschrocken. Von diesem Moment an war seine Jugend mit Stumpf und Stiel dahin gewesen.

Mit duschfeuchten Haaren und seiner kalbsledernen Sporttasche geschultert rauschte Assistenzarzt Schmücker ins Arztzimmer. Sie besprachen den Operationsplan für den nächsten Vormittag, und Alexander versicherte dem jüngeren Kollegen, dass er für einen großzügigen Ausgleich sorgen werde, sobald es seiner Mutter besser gehe. Schmücker grinste. Das sei doch nicht nötig. Er hatte keine Kinder, eine hübsche Freundin und – davon ging Alexander aus – ein garantiert reges Sexualleben. Außerdem waren seine Eltern kaum älter als fünfzig.

Mit beginnenden Kopfschmerzen stieg Alexander in der Tiefgarage des Krankenhauses in seinen Passat und tauschte die im Kassettenschacht steckende Kassette aus. Helenas *Buena Vista Social Club* war ihm im Augenblick zu leutselig. Er drückte auf Start und Wolfgang Ambros begann, wie Tom Waits zu singen. Auf der Fahrt durch das vom Feierabendverkehr verstopfte Köln nach Heimstadt dachte er mit Schaudern an den Anblick des nackten Körpers seiner Mutter.

Ihrem Schlaganfall war ein seit Jahren unbehandelter Diabetes vorangegangen. Irgendwann hatten ihre Augen nachgelassen. Obwohl sie immerzu müde war und bald Taubheitsgefühle in ihren Füßen auftraten, weigerte sie sich, Alexanders Rat zu befolgen und ihren Blutzucker messen zu lassen. Er wusste, dass sie stolz auf ihn war, aber das änderte nichts an ihrer Abneigung gegen seine Zunft. Sie rauchte gern und viel und mochte sich auch die zwei, drei Schoppen Moselwein am Abend nicht nehmen lassen. Stand nicht in jeder *Bäckerblume*, man solle täglich mindestens zwei Liter Wasser trinken? Klara trank mehr. Doch dann erkrankte Klaras alte Weggefährtin Jackie Onassis an Lymphdrüsenkrebs. Als sie im Mai 1994 starb, ließ Klara sich endlich untersuchen.

Mit Jackie Onassis teilte Klara sich den Geburtstag am 29. Juli 1929. Seit Jackies Einzug ins Weiße Haus an der Seite John F. Kennedys im November 1960 hatte sie ihr Leben mit schwesterlicher Verbundenheit verfolgt. Nach ihrem Tod ließ Klara sich anleiten, Diät zu halten, ihren Blutzucker zu kontrollieren und sich Insulin unter die Bauchhaut zu spritzen. Die Durchblutungsstörung ihrer Füße ging so weit zurück, dass sie wieder ohne Schmerzen gehen konnte. Ihre Sehnerven waren jedoch schon zu stark geschädigt, und es fiel ihr zunehmend schwer, ihre Heftchenromane zu lesen. Als sie begann, sich bei der Arbeit an der Wechselkasse des Heimstädter Spielsalons zu Tode zu langweilen, kaufte Alexander ihr einen CD-Walkman und versorgte sie mit Hörbüchern.

Dann starb Adi Meurer, Klaras Freund seit Jugendtagen und beinahe ebenso lange ihr Friseur. Adi wurde dreiundsiebzig Jahre alt. Klara ließ sich gehen. Sie vernachlässigte ihr Diabetesprogramm und kippte mehrere Male um. Alexander drängte sie, vernünftig zu sein, doch Klara meinte, so habe ein Sohn nicht mit seiner Mutter zu sprechen. Nach der Arbeit hockte sie sich in ihren Sessel ans Fester ihrer Wohnung in der Gertrudenstraße und dachte an Adi und die anderen, die gegangen waren.

Ein paar Wochen vor ihrem zweiundsiebzigsten Geburtstag schaltete ihr der Körper dann für einen kurzen Moment das Licht aus. Seitdem flackerte in ihrem Kopf eine defekte Neonröhre. Klara konnte alles *sehen*, aber es fiel ihr schwer, die Dinge zu *erkennen*.

Ein gewisser Horst berichtete, sie habe hinter der Wechselkasse angefangen zu lallen und sei dann vom Stuhl gefallen. Glücklichweise war der Notarzt gleich zur Stelle, der sie in die neurologische Abteilung der Uniklinik bringen ließ. Als Klara aus ihrer Ohnmacht erwachte, verweigerte ihr die rechte Körperhälfte den Gehorsam. Außerdem brachte sie kein Wort heraus. Globale Aphasie, sagte der Neurologe zu Alexander.

Zwei Monate verbrachte Klara hier und in einer Reha-Klinik auf der anderen Rheinseite. Nach einem Blasen- und Schließmuskeltraining gelang es ihr bald wieder, Urin und Stuhl halbwegs zu kontrollieren. Mit Hilfe einer Logopädin bildete sich die Aphasie ein wenig zurück. Klara verstand inzwischen, wenn man mit ihr sprach. Allerdings redeten die

Leute meist zu schnell und in zu komplizierten Sätzen. Klara dachte klar, wie der Neurologe erklärt hatte, und sprach in Zwei- und Dreiwortsätzen. »Brot essen«, »Helena Kinder kommen?«, »Nein, weg!« Gelegentlich sagte sie »Wiedersehen« wenn Alexander sie begrüßte. Oder sie nannte ihn Richard. Einmal brach sie unvermittelt in Tränen aus. Alexander hatte seine Mutter nie zuvor weinen gesehen.

Im Juni war sie in die Gertrudenstraße zurückgekehrt, wo sie in Sichtweite der Kirche seit beinahe fünfzig Jahren wohnte. Ihr Hausarzt organisierte einen ambulanten Pflegedienst, den eine Frau namens Liese Preissler leitete. Fiel sie oder eine ihrer beiden Kolleginnen aus, was praktisch jede dritte Nacht der Fall war, sprang Alexander ein. Liese Preissler war spezialisiert auf Schlaganfallpatienten und zeigte Alexander, wie er seiner Mutter beim An- und Ausziehen, beim Essen und auf die Bettpfanne helfen konnte. Sie unterwies ihn, mit Klara zu sprechen, ohne sie in Verlegenheit zu stürzen, und hatte ihm bald das Du angeboten.

Liese öffnete die Tür. Sie war Anfang vierzig und Mutter zweier erwachsener Kinder. Ihre Wangen waren stets gerötet, ihr breiter Mund immerzu mit Reden oder Lächeln beschäftigt. Sie ging voran ins Schlafzimmer, wo Klara auf ihrer gelähmten rechten Seite lag. Behutsam fasste Liese sie an den Schultern und drehte sie auf den Rücken.

»Aber nur kurz, Frau Aschkowski. Ihre wunden Stellen am Po sind schlimmer geworden.«

Klaras Kopf bewegte sich nach links und wieder zurück. Das war ihr Ja.

Trotz der hängenden rechten Gesichtshälfte war Klara noch immer eine schöne Frau. Das silberblonde Haar lag zu einem Zopf geflochten auf ihrer linken Schulter. Ihre blauen Augen glänzten feucht. Seit ein paar Tagen kam Alexander ihre Stimme tiefer vor, als sei sie in einen dunklen Schacht gerutscht.

»Klara«, sagte er laut und gab ihr einen Kuss auf die kühle Stirn.

»Geht es dir gut?«

»Ja«.

»Hast du immer noch das Gefühl zu schweben, wenn du auf der rechten Seite liegst?«

Klaras Kopf bewegte sich nach links. Ja.

Liese nahm ihre Hand und schaute ihn an. »Du musst sie heute Nacht alle drei Stunden umlagern, sonst kriegen wir den Dekubitus am Steißbein nicht in den Griff. Außerdem braucht sie eine Windel für die nächsten Stunden. Ich fürchte, sie hat sich einen kleinen Darminfekt eingefangen.« Zärtlich streichelte sie Klaras Haar. »Sie haben zwar kaum etwas gegessen, Frau Aschkowski, aber man kann nie wissen, oder?«

»Mift.« Speichel rann aus Klaras rechtem Mundwinkel.

»Ihr Sohn kann Ihnen die Windel vor dem Schlafen umtun.«

Klara schloss das linke Auge zweimal. Das rechte schloss sich dabei ein wenig mit. Nein.

»Soll ich das machen?«, fragte Liese.

»Ja.« Klara schaute Alexander an.

Erleichtert wartete er am Küchentisch. Zahllose junge und alte nackte Menschen hatte er untersucht, in Tausende Harnröhren und After geschaut, Katheder gelegt und die abwegigsten Gegenstände aus Harnblase und Enddarm gefischt. Nichts an Körperlichkeit, Kot und Urin war ihm fremd oder zuwider. Doch alle Berufserfahrung half ihm nicht bei der Pflege seiner Mutter.

Beklommen schaute er sich um. Klara hatte in den sechziger Jahren aufgehört, sich für Neues zu interessieren. Nichts in dieser Wohnung war ungepflegt, doch alles wirkte vergangenen. Als er vor zwanzig Jahren ausgezogen war und seine Bücher in aufeinandergestapelten Obstkisten gestellt hatte, war ihm das angestaubte Mobiliar seiner Mutter ein Graus gewesen. Inzwischen schätzte er den Ort, an dem er, wann immer er wollte, sich seiner vergewissern konnte.

In seinem Rücken stand unverrückbar der chlorgrüne Küchenschrank mit blassgelben Schubladen und Schiebetüren, hinter denen er als keiner Junge Kochtöpfe, Deckel, Siebe und Kuchenformen hervorgekramt hatte. Im Wohnzimmer befand sich die *Grundig*-Musiktruhe schon länger an derselben Stelle als er denken konnte. Wie festgewachsene Besucher standen zwei kakaobraune Schalensessel vor der Truhe, auf der ein schwarzer Fernseher von *Sony* wie aus einer anderen Welt thronte. Der Blumenhocker mit eingelegten roten, blauen und weißen Resopalstreifen, die asymmetrische weiße Blumenvase und der Gummibaum, der inzwischen tropische Ausmaße angenommen hatte, all dies war seine Kinderstube.

Im Keller stand ein altes halbelektrisches Herdfeuer mit drei Kochplatten, Backofen und Ofenstelle für Holz und Briketts, die seine Kindheit mit Wärme versorgt hatten. Die eierschalfarbene Emaille war kaum verschrammt. Stieg Alexander hinunter, um für Klara eine Flasche Moselwein heraufzuholen, sah er sich vor der heruntergeklappten Backofentür sitzen. Er hatte mit seinen Bauklötzen darauf gespielt, die sein Vater gesägt und lackiert hatte.

Klara werde möglicherweise bald sterben, hatte Liese ihm vor wenigen Tagen gesagt. Am dem Abend wollte er mit Helena schlafen, aber sie war unter seinen streichelnden Händen eingeschlafen.

Für Theo, seinen früh verstorbenen Vater, empfand Alexander eine innige Liebe. Theo Aschkowski starb, als Alexander sieben Jahre alt war. Noch als erwachsener Mann konnte Alexander überlebensgroße Bilder eines schwarzfelligen Bären heraufbeschwören, auf dessen tellergroßen schwieligen Handflächen er tanzte. In Theos Armen gab es keine Frage, wie man sich streichelte, wie man sich küsste und herzte. Klara zu umarmen war, als umarmte er ein anderes Kind. Einmal, lange nach Theos Tod, hatten er und Richard gesehen, wie sie einen Mann küsste. Onkel Alwin aus Hamburg. So hatte er sich ihnen später vorgestellt. Alwin Bremschneider war ebenso wenig wie Adi Meurer ihr richtiger Onkel und schickte Klara seit diesem Kuss monatlich Geld. Wie weich Klara sich in Onkel Alwins Arme geschmiegt und wie selbstverständlich ihre Lippen seinen Mund gefunden hatten! Kurz vor Adi Meurers Tod sah Alexander sie händchenhaltend im Garten hinter seinem Frisörsalon sitzen. Klara streichelte seine Wange und gab ihm einen Kuss auf die Stirn, zugeneigt wie eine Großmutter, mit steifem Rücken und zu weit vorgestülpten Lippen, eine alte Frau, die das Küssen verlernt hatte.

Liese stand in der Küchentür. »Wir müssen reden.«

Sie hatte ihre rot-weiß karierte Arbeitsbluse gegen einen türkisfarbenen Wollpullover getauscht. Sie sah müde aus. Und hübsch. Nicht zum ersten Mal fragte er sich, ob sie mit dem Vater ihrer beiden Kinder zusammen lebte. Sie hatte nie einen Mann erwähnt.

»Deine Mutter hat keine Lust mehr«, sagte sie leise. »Meine Kollegin hat sie heute Morgen kaum zum Aufstehen bewegen können. Die Gymnastik hat sie komplett verweigert und sich bloß im Rollstuhl ein bisschen durch die Gegend schieben lassen. Die Lähmung ist Gift für ihren Diabetes. Die Durchblutung der Füße wird schlechter. Wenn das so weiter geht, wird man amputieren müssen.«

Alexander zuckte zusammen. »Eine Amputation wird sie nicht überleben.«

»Wir müssen ihr neuen Lebenswillen einhauchen. Hast du eine Idee?« Sie fasste nach seinem Arm.

Er stand auf und nahm zwei Flaschen Bier aus dem Kühlschrank. Im Keller standen zwei Kästen. Wenn er bei seiner Mutter übernachtete, musste er sich jedes Mal betrinken, sonst tat er im alten Jungenzimmer kein Auge zu.

»Kann deine Frau nicht mal einen Nachtdienst übernehmen?«, fragte Liese. »Irgendwann bist du mit deiner Kraft am Ende und nützt deiner Mutter gar nichts mehr.«

Alexander zog die Schultern hoch. »Klara und Helena sind nie warm miteinander geworden. Klara wird sich nicht von ihr den Hintern abwischen lassen.«

»Was ist mit der Schwester deiner Mutter? Der Hausarzt sagte, sie habe eine jüngere Schwester in Lübeck.«

»Wenn du meiner Mutter den letzten Rest Lebenswillen nehmen willst, brauchst du bloß Tante Paula in ihr Schlafzimmer zu führen. Sie hassen sich länger als ich lebe. Vor meiner Geburt hat es einen Erbschaftsstreit gegeben, bei dem Klara mehr oder weniger leer ausgegangen ist. Tante Paula kommt nicht in Frage.«

»Und dein Bruder?«

»Richard?« Alexander schüttelte den Kopf. »Richard sagt, er könne das nicht. Ich sei der Arzt, sei an so etwas gewöhnt und mache das ganz wunderbar.«

»Deine Mutter fragt mich jeden Tag, wo er ist.«

»Ich weiß.«

»Und?«

»Wir teilen uns die Kosten für dich und deinen Dienst. Damit ist für ihn der Fall erledigt.«

»Aber du kannst so nicht weiter machen. Du siehst deine Kinder kaum noch, und deine Frau wahrscheinlich auch nicht.«

Ja, er fand keine Zeit mehr für seine Familie, und keine Kraft. Die Kinder schienen es ihm zu verzeihen. Wenn er nach Hause kam, nahmen sie ihn jedes Mal glücklich wieder auf. Helena dagegen zog sich von ihm zurück, wenn er eine Absprache nicht einhielt, weil er sich wieder zusätzliche Arbeit hatte aufhalsen lassen.

»Ich habe die Möglichkeit, in eine Gemeinschaftspraxis einzusteigen«, sagte er. »Ich müsste nicht mehr so viel arbeiten. Zumindest wäre ich regelmäßiger zu Hause, vor allem nachts.«

»In unserem Alter noch einmal einen eigenen Laden aufzumachen, ist nicht einfach.« Liese goss sich Bier in ein Glas. »Lohnt sich der Aufwand?«

Lieses skeptischer Kommentar gab ihm einen Stich. Auch Helena hatte nicht begeistert reagiert, als er erzählte, dass der ältere Kompagnon eines in Köln niedergelassenen Kollegen in den Ruhestand gehe, wodurch sich die Gelegenheit ergab, eine Hälfte der gut gehenden Praxis zu kaufen. *Wo willst du denn das Geld für die Praxis hernehmen?*, hatte Helena gefragt.

»Wo willst du denn das Geld hernehmen?«, fragte Liese. Das kostet dich doch mindestens 200.000 Mark.

»91.836 Euro, um genau zu sein. Das Geld muss erst nächstes Frühjahr überwiesen werden.«

»Wie viel ist das?«

»180.000 Mark. Aber alte oder neue Währung, ich muss mir das Geld leihen.«

»Meine Kollegin sagt, dein Bruder habe Geld wie Heu. Kann er dir nicht etwas leihen?«

»Du wirst lachen, genau darum habe ich ihn vor ein paar Tagen gebeten. Er hat abgelehnt.« Alexander verschränkte die Arme und imitierte Richards tiefe Stimme: »›Tja, mein Lieber, Geschäft ist Geschäft, und Geschäfte unter Verwandten sind immer schlecht fürs Geschäft.‹ Damit ist die Sache zwar nicht gestorben, aber ich werde mich verdammt strecken müssen. Allein die Zinsen machen ein Vermögen aus.«

»Ihr seid eigentlich gar keine richtigen Brüder, oder?«

»Woher weißt du das?«

»Eine Frau war gestern hier. Sie kennt euch von früher.«

»Wer?«

»Margot Schönburg. Rote lange Haare und unglaublich hübsch. Sie sagte, sie wolle deine Mutter besuchen. Später erzählte sie, dass ihr einmal miteinander befreundet wart, du, deine Frau und dein Bruder.«

Alexander lehnte sich in seinem Stuhl zurück. »Margot Pissacker. Sie ist Anfang der achtziger Jahre nach Frankfurt gezogen, hat bald darauf geheiratet und den Kontakt zu allen abgebrochen. Ihr Vater war Hausmeister des katholischen Jugendheims am Ende der Hauptstraße.«

»Pissacker. Schlimmer Name für ein Kind.«

»Margot und ihr jüngerer Bruder Ronald hatten es auch ohne den Namen schwer genug. Wegen jedem Mist hat der Alte sie verdroschen. Die Mutter hatte nichts zu melden. Margot und Ronald waren die Doofen. Wenn man sie ansprach, zuckten sie jedes Mal zusammen. Und dann hatten beide auch noch rote Haare. Irgendwann wurde Margot auf ein Internat in die Eifel geschickt und kam erst mit sechzehn zurück. Das war nach dem Tod ihres Bruders. Ronald ist auf seinem frisierten Mofa einem Bagger in die Schaufel gefahren.«

»Selbstmord?«

Er hatte lange nicht mehr an den kleinen verrückten Ronald gedacht. Jedes Mal, wenn er es tat, fühlte er die alte Schuld. Niemand hatte Ronald je die Hand gereicht. Alexander konnte zwar behaupten, nie gemein zu ihm gewesen zu sein. Aber er hatte sich auch nicht vor ihn gestellt, um ihn vor der Meute zu schützen. »Vielleicht war es Selbstmord. Margot hat sich am Tag seiner Beerdigung selbst vom Internat abgemeldet und hat dann in Köln eine Lehre angefangen. Mit sechzehn.«

»Wer von euch beiden hatte denn mal was mit ihr?«

Alexander grinste. »Du bist ganz schön neugierig.«

»Ist doch bald ein Viertel Jahrhundert her.«

»Richard natürlich.«

Liese schaute ihn nachdenklich an. »Jedenfalls sagte meine Kollegin, Margot Schönburg habe ihr erzählt, dein Bruder und du wart bis Mitte der 60er Jahre eigentlich nur Nachbarn. Erst nach einem Wohnungsbrand sei Richard zu dir und deiner Mutter gezogen. Sind seine Eltern dabei umgekommen?«

Alexander nickte. »Richard hieß früher Schell mit Nachnamen. Meine Mutter hat ihn später adoptiert.«

Liese streckte ihre Hand aus und berührte Alexanders Wange.

»Ich muss nach Hause.« Sie stand auf. »Kerstin löst dich morgen früh um halb sieben ab. Ist das o.k.?«

»Ja, sicher.«

Als sie gegangen war, setzte er ihre Bierflasche an seine Lippen.

2

Sein Leben war zu kompliziert. Helena und er waren nicht in der Lage, sich zu geben, was sie brauchten. Jeder wartete darauf, dass er bekam, was er vom anderen erwartete, bevor er glaubte, selbst wieder etwas geben zu können. Wann hatten sie das letzte Mal miteinander geschlafen? Vor einem halben Jahr?

»Lang weg«, sagte Klara, als er in ihr Schlafzimmer kam.

Er setzte sich auf die Bettkante. »Ich habe mich mit Frau Preissler unterhalten.«

»Liefe nett.«

»Ja.«

Ermahnend hob sie den linken Zeigefinger.

»Ich bin treu.«

Sie stieß zwei kurze Schübe Luft aus. Das war ihr Lachen.

»Sollen wir die Nachrichten sehen?«

»Kannft du Ichard ufen?«

Verblüfft schaute er seine Mutter an. Es war lange her, dass sie einen kompletten Satz gesprochen hatte. »Soll Richard herkommen?«

»Ja.«

»Was soll ich ihm sagen?«

»Herkomm.«

»Wann?«

»Jepf.«

»Warum?«

Seine Mutter schloss die Augen.

Mit dem hohlen Gefühl unbefriedigter Neugierde ging Alexander ins Wohnzimmer, wo neben dem Fernseher Klaras altes graues Telefon stand.

Eigentum der Post, mit Wählscheibe und ein gutes Kilo schwer. Während er Richards Handynummer wählte, wartete er nach jeder Ziffer geduldig, bis sich die Scheibe zurück auf Null gedreht hatte.

»Aschkowski.«

»Richard, Alex hier. Ich bin bei Klara. Sie bittet dich, herzukommen.«

»Ja, ich komme bald.« Richard räusperte sich. »Nächste Woche vielleicht.«

»Sie meint: jetzt.« Alexander hörte, dass Richard mit seinem Handy hantierte. Dann erklang seine Stimme gedämpft. Alexander verstand nichts. Offenbar sprach Richard mit jemanden im Hintergrund. Schritte, eine Tür wurde geschlossen.

»Ich bin nicht in Köln«, sagte Richard verhalten. »Ich bin in Frankfurt, geschäftlich. Sag Klara, ich komme nach Heimstadt sobald ich es einrichten kann. Was will sie denn?«

»Keine Ahnung.«

»Hm. Dann grüß sie von mir.«

»Es geht ihr nicht gut.«

»Das wollte ich gerade fragen.«

Einen Moment lang herrschte Stille.

»Glaubst du, sie stirbt?«, fragte Richard.

»Lieselotte Preissler sagt, dass Klara neuen Lebensmut braucht. Sie muss sich mehr bewegen, mehr tun. Aber sie will nicht. Wir müssen uns etwas einfallen lassen.«

»Alex, es tut mir wirklich leid, aber du weißt, ich bin der schlechteste Krankenpfleger der Welt. Ich weiß nicht, wie ich Klara anfassen soll, und ich weiß nichts mit ihr zu reden, weil ich immer denke, sie versteht mich ohnehin nicht richtig. Es ist so kompliziert, mit ihr zu kommunizieren. Dir muss für uns beide das Richtige einfallen.«

»Ich sage ihr, dass du in den nächsten Tagen kommst.«

»Gib ihr einen Kuss von mir.«

Zurück im Schlafzimmer sagte Alexander, Richard sei in Frankfurt und werde sie bald besuchen. Obwohl ihr Mienenspiel sehr eingeschränkt war, forschte er nach einer Reaktion in ihrem Gesicht.

Ihr linkes Augenlid flatterte. Dann hob sie ihre linke Hand und ließ sie auf die Matratze fallen. »Kein Kuff?

Er beugte sich vor, um ihr einen Kuss auf die intakte Wange zu geben. »Den soll ich dir geben.«

Klaras linker Mundwinkel verzog sich zu einem Lächeln. »Geht gut?«

»Ihm geht's doch immer gut.«

Sie legte ihre Hand auf seinen Oberschenkel. »Gute Junge.«

Alexander blickte zum Fenster, hinter dem alles dunkel war. Es lag ihm auf der Zunge zu fragen, welchen ihrer beiden Söhne sie für einen guten Jungen hielt. Aber dann schämte er sich für seine, wie er seit jeher fand, alberne Eifersucht und hielt den Mund.

»Teftament gemacht.«

Er schaute sie überrascht an. »Ein Testament?«

»Ja.«

»Wieso?« Er schaute sich um. Selbst wenn sich das ein oder andere Sammlerstück unter Klaras Sachen befand, war doch alles zusammen nur wenig wert.

»Fublade.« Sie atmete schwer. »Wohnfimmer. Theo. Alte Kifte.«

»Was meinst du?«

»Theo Kifte.«

»Meinst du Papas alte Zigarrenkiste?«

»Ja.«

»Du hast sie noch? Ich dachte, sie wäre weg. Wo hast du sie? In welcher der Schubladen ist sie?«

»Ja.«

Er sammelte sich. »Ist die Kiste in der oberen Schublade?«

»Nei.«

»In der mittleren?«

»Nei.«

»Also in der unteren.«

Er musste nicht lange suchen. Ein gezielter Griff in die Tiefen der Schublade und er hielt die schon zu seines Vaters Lebzeiten alte Zigarrenkiste in der Hand. Die Erinnerung an das vier Zentimeter hohe und zwanzig Zentimeter breite Kästchen mit den abgegriffenen Resten eines Etiketts in blassen Gold- und Rottönen hatte seiner Hand magnetische Kräfte verliehen.

Klara nahm das Kästchen mit ihrer linken Hand entgegen und hielt es ihm zum Öffnen hin. Behutsam, als könne das alte Sperrholz zwischen seinen Händen zerbröseln, schob Alexander das blecherne Verschlusshäkchen aus der Öse und klappte den Deckel hoch. Obenauf lag ein ordentlich gefalztes Schriftstück. Alexander konnte ein Wasserzeichen im Papier erkennen.

»Lefen.«

Er faltete das Blatt auseinander. Der Brief stammte von einem Notar aus Kiel. In der Betreffzeile war die Rede von dem Testament eines Mannes namens Hermann Ruselsky, der 1904 in Oberhausen geboren und im März 2000 in Kiel unverheiratet und kinderlos verstorben war. Alexander hatte nie von ihm gehört.

Der Brief war an Klara gerichtet und besagte, Hermann Ruselsky sei ein Cousin der Mutter Theo Aschkowskis gewesen, Klaras am 19. November 1966 verstorbenem Ehemann. Augenblicklich bildete sich eine Gänsehaut auf Alexanders Rücken. Er spannte seine Rückenmuskulatur und las weiter. Hermann Ruselsky hatte es zu einigem Wohlstand gebracht. Er hinterließ ein üppiges Bankguthaben und ein Wohnhaus in der Kieler City. Neben Klara waren acht weitere Personen aufgeführt, die Alexander ebenfalls unbekannt waren. Es gab kein Testament. Da sich nach Hermann Ruselskys Tod kein Angehöriger meldete, wurde das Kieler Notariat behördlich damit beauftragt, mögliche Erben ausfindig zu machen. Alexander überflog die nächsten Zeilen. Später hatte man sich darauf verständigt, alle Besitzstände in Bargeld umsetzen zu lassen und den Ertrag zu teilen. Nach Abzug diverser Gebühren wurde Klara als der Witwe Theo Aschkowskis ein Betrag von 190.000 DM zugesprochen.

Alexander starrte die Zahl an. »Und nun?«, fragte er.

Klara deutete auf Theos Holzkästchen.

Er nahm ein zweites, handschriftlich verfasstes Dokument heraus, das im Briefkopf den Namen des einzigen Notars von Heimstadt trug. Alexander erkannte Klaras Handschrift. Es waren nur wenige Zeilen. *Hiermit schenke ich, Klara Magdalena Aschkowski, geborene Schultheiss, meinen beiden Söhnen Alexander Aschkowski und Richard Aschkowski, geb. Schell, zu gleichen Teilen je 85.000 DM. Alles weitere in meinem Besitz Befindliche soll nach meinem Tod dem Hospiz der Heiligen Katharina zu Gute kommen.* Es folgte Klaras geschwungene Handschrift.

Klara tätschelte seinen Oberschenkel.

»Flafen«, sagte sie schließlich. Sie wollte allein sein.

Alexander nickte stumm. Bevor er die Schlafzimmertür von außen zuzog, bettete er sie auf die linke Seite. In drei Stunden, sagte er, würde er wieder nach ihr schauen.

Sie starrte in die Dunkelheit ihres Schlafzimmers. Vielleicht war es besser, dass Richard gerade nicht dabei gewesen war. Alexander brauchte das Geld, anders als Richard, der ein reicher Mann war. Alexander hatte ihr vor ein paar Tagen von der Praxis erzählt. Sein Erbe war beinahe die Hälfte des Betrags, den er brauchte. Deshalb, und weil sie keine Lust mehr hatte, halbseitig gelähmt herumzuliegen, war es ihr in den Sinn gekommen, sie über das Geld zu informieren. Die Entscheidung hatte sie lange aus der Dunkelheit der vergangenen Nächte angestarrt. Es war Zeit, zu gehen.

Seit Tagen wirkte Alexander verärgert über Richard, was nur selten vorkam, denn seit jeher hatte er Richards gelegentliche Boshaftigkeiten mit Gleichmut hingenommen. Sie überlegte, ob Alexander auf die Idee kommen könnte, das Geld für sich allein zu beanspruchen. Immerhin war die Erbschaft nicht über Richards Vater, sondern über Theo zustande gekommen. Aber das sähe Alexander nicht ähnlich. In Klaras Bauch rumorte es. Was wussten die beiden dummen Jungen schon! Es gab so viele Schatten auf ihrer Geschichte, von denen niemand wusste. Und es war für alle das Beste, dass es so blieb. Am Ende war keine der Lügen von Bedeutung. Sie versuchte, ihre trocknen Lippen mit der Zunge zu befeuchten. Da es ihr nicht gelang, steckte sie den linken Zeigefinger in den Mund und strich damit über die Lippen.

Beide mussten den gleichen Betrag erhalten. Es spielte keine Rolle, ob Richard das Geld brauchte oder nicht. Es stand ihm zu. Vorsichtig ließ sie den Zeigefinger von ihren Lippen nach rechts wandern. Es war, als fiele er mit einem Mal ins Leere. Dass sie im Frühjahr 1957, knapp zwei Jahre vor Alexanders Geburt, von ihrer Mutter so gut wie nichts, ihre Schwester Paula dagegen praktisch alles geerbt hatte, war einer der Schatten auf ihrem Leben, in dem sie es bis zum heutigen Tag fröstelte. Paula war ordentlich gewesen und verheiratet. Mit siebenundzwanzig hatte sie drei Kinder zur Welt gebracht, während Klara selbst mit achtundzwanzig nicht daran dachte, sich an einen Mann zu hängen und einen Stall Kinder machen zu lassen.

Sie schloss die Augen und versuchte ruhig zu atmen. Klara, das Flittchen. In ihren Därmen war die Hölle los.

3

Alexander lag auf seinem Bett und balancierte die dritte Flasche Bier auf seinem Bauch. Dass das *Zimmer* bis zu seinem neunten Lebensjahr ihm allein gehört hatte, lag so weit zurück, dass es auch das eines anderen Jungen hätte gewesen sein können. Wenn er zurückblickte, schien es, als hätte Richard ihm damals nach dem Wohnungsbrand Weihnachten '67 großzügig die Hälfte des Raumes überlassen, nicht umgekehrt. Er wälzte sich auf die Seite und kühlte mit der Flasche seine Stirn. Richards besitzergreifende Art hatte ihn nie gestört. Im Gegenteil. Seine Nähe schützte ihn vor den Attacken der anderen. Außerdem konnten sie nachts zueinander ins Bett kriechen, wenn Richard, vor dem tagsüber jeder auf der Hut war, sich in ein Häufchen Elend verwandelte und sie sich aneinander klammerten wie zwei kleine Katzengeschwister, die zu früh in eine Welt voller Hunde geworfen worden waren und sich vor Kummer gegenseitig das Brustfell wund leckten. Richards Körperwärme hatte Alexander an seinen Vater denken lassen, dessen zärtliche Bauarbeiterhände stets von einer feinen weißen Kruste überzogen waren, weil sich der Kalk in die rissigen Schwielen gefressen hatte. Theo Aschkowski war auf einer Baustelle verunglückt, und sein Sohn grub die Nase in den Schlafanzug des Nachbarjungen, der sich wochenlang weigerte, frisches Nachtzeug anzuziehen. In der Nacht roch Richard säuerlich wie die Kartoffeln im Keller und staubig wie der Hof vor der Tür.

Er drehte sich auf den Rücken und stellte die Bierflasche auf den einzigen Stuhl des Zimmers, über dessen Rückenlehne sein Jackett mit dem Pieper hing. Der Stuhl war übersäht mit Fußballerbildchen. Richards zusammengeklaute Sammlung der Saison 65/66. Außer Uwe Seeler und Franz Beckenbauer kannte Alexander keinen der Spieler. Sein Blick wanderte über die vollgestopften Regale und die mit Postern bedeckten Wände. Auf Richards Seite prangte das *Frank-Zappa-auf-dem-Klo*-Poster, auf Alexanders Seite hing ein Plakat von Konstantin Wecker. Auch die wichtigsten Köpfe der *Enterprise* waren versammelt.

Mit einem Schluck trank Alexander die Bierflasche leer. Merkwürdig, wie wenig futuristisch die Mannschaft der *Enterprise* aussah. Damals hatte es keinen Zweifel daran gegeben, dass die Menschen in Zukunft so und nicht anders aussehen würden. Neben der dickbusigen Miss O'Hura im Supermini und der steifen Haarschnecke am Ohr sahen ihre männlichen Mitstreiter aus, als trügen sie zweiteilige Schlafanzüge. Sie waren geradezu schmächtig, ihre langen Koteletten auf alberne Art altmodisch.

Im Regal verstaubten zerfledderte Comic-Heftchen und *Schneider*-Kinderbücher, zwischen denen Carlos Castaneda, Dee Brown und Bernt Engelmann standen. Unter Richards Bett lagen neben einem halben Dutzend Paar schiefgetretener Turnschuhe Robert Crumb und Die Deutschen Heldensagen. 1979 waren Richard und er im selben Sommermonat nach Köln gezogen, in getrennte WGs, und hatten bis auf ihre Wäsche und Kleidung alles zurückgelassen. Nur an einem hatte Alexanders Herz gehangen. Es stand zu Hause in seinem Wohnzimmerschrank. Als er fünf war, hatte Theo Aschkowski einen zitronengelben DKW-Junior gekauft, um mit ihm und Klara für zwei Wochen an die Ostsee zu fahren. Ihr einziger gemeinsamer Urlaub. Am Strand hatten sie Muscheln gesammelt und sie später in schönen Mustern auf eine kleine, mit schwarzem Samt bezogene Zigarrenkiste geklebt.

Im Kirchturm schlug die helle Glocke drei Mal. Er schaute auf seine Armbanduhr. Richard lebte ein halbes Jahr bei ihnen, als Alexander ihm in den Sommernächten des Jahres 1968 die Kirchturmuhr erklärte. Klara hatte ihnen erlaubt, die Live-Übertragungen der Olympischen Spiele in Mexiko zu sehen. Jeden Abend bekämpften sie ihren toten Punkt, um später lange wach zu liegen. Richard hatte ihm nicht geglaubt, dass die Glocken die Uhrzeit anschlugen.

Alexander stöhnte. So ging es jede Nacht, wenn er im *Zimmer* lag und vor Erschöpfung nicht einschlafen konnte. In dem in seiner Vergangenheit erstarrten Raum lösten sich die Erinnerungen wie Steine aus einer bröckeligen Mauer. Warum hatte Richard sich vor ein paar Tagen geweigert, ihm ein paar Zinsen für ein Darlehen nachzulassen? Bei seinem Vermögen durfte dieser Betrag kaum ins Gewicht fallen. Es war eine spontane Idee gewesen, eigentlich nicht wirklich ernst gemeint, geschweige denn zu Ende gedacht. Doch die schroffe Arroganz, mit der Richard die leichthin vorgebrachte Bitte abgeschmettert hatte, war wie eine Ohrfeige gewesen.

Die Glocken schlugen vier Mal hell und zehn Mal dunkel. Alexander ging ins Wohnzimmer und wählte seine Nummer zu Hause. Er wollte Helena von Klaras Testament erzählen und ihrem nahen Tod. Er wollte sie fragen, ob sie glaube, es gemeinsam zu schaffen, wenn er bei der Bank einen Kredit aufnahm. Er wollte die Stimme seiner Frau hören. Aber Helena meldete sich nicht.

Klara hörte Alexander durch die Wohnung schleichen. In ihrem Bauch gluckerte es ohne Unterlass. Mühsam schob sie die linke Hand unter das Nachthemd und befühlte ihren Bauch. Die Krämpfe hatten ihn steinhart gemacht. Ein umfassender Unwille nahm Besitz von ihr. Sie hasste es, auf Hilfe angewiesen zu sein. Niemand sollte ihr je wie einem kranken Gaul zureden. Sie wollte allein sein können, sich auf ihren Schmerz konzentrieren, damit sie nicht in Stücke brach.

Sie riss die Augen auf, denn es passierte, wovor sie sich seit Jahrzehnten fürchtete. Nie im Leben hätte sie ihre Mutter, die vom Darmkrebs zerfressen wurde, reinigen können. Ein wenig unter den Achseln waschen, ja, und wenn es denn sein musste, auch den Hintern zivilisiert abwischen. Aber doch nicht, großer Gott, diese Sauerei! Dem Himmel war sie dankbar gewesen, dass Paula mit der vollgeschissenen Mutter weniger Probleme gehabt hatte. Klara schrie, und ihr Körper öffnete sich zwischen den Beinen heiß und unbarmherzig.

Das Licht wurde angeschaltet. Alexander stand neben dem Bett und griff nach ihrer Hand. Ihm war anzusehen, dass sie sich nicht die Mühe machen musste zu erklären, was passiert war. Er schlug die Bettdecke zurück und schob die Kissen in ihrem Rücken zur Seite. Sie sah, dass er die Zähne aufeinander biss, um flach durch den Mund zu atmen.

»Ich muss dich ins Bad bringen«, sagte er ruhig. »Die Windel hat nicht gehalten, das Bett ist – nass.«

Sie erwiderte nichts. Dieser Augenblick, diese Nacht und dieses Leben sollten nur bald ein Ende finden.

»Hältst du dich an mir fest?«

Klara hob den linken Arm und legte ihn in Alexanders Nacken. Die Bauchmuskeln gehorchten ihr nicht. Sie konnte sich nicht aufrichten, um es Alexander leichter zu machen. Er schob seine Schulter unter ihre Achsel, stützte sie am Rücken und klemmte seinen Arm unter ihre Kniekehlen. So trug er sie ins Bad, wo er sie behutsam in die Wanne legte. Er knöpfte ihr das Nachthemd vor der Brust auf, streifte es von ihren schmalen Schultern und zog es über die Füße nach unten.

»Ich bin sofort wieder da.«

Mit einem blauen Müllsack kam er zurück und ließ das Nachthemd hinein fallen. Dann löste er die Windel, die ebenfalls in dem Plastiksack verschwand. Klara hielt den Atem an. Der Gestank war infernalisch, Alexanders Miene aus Stein.

»Ist dir kalt?«, fragte er.

»Nei.«

Er drehte das Wasser an und hielt den Brausestrahl über seine Hand. Dann ergoss sich warmes Wasser über ihre Füße. »Gut so?«

»Ja.«

Klara betrachtete sich. Was war nur aus ihr geworden? Die Füße erschienen übergroß, die Knie stachen spitz hervor wie die Beckenknochen, deren Anblick an eine indische Kuh erinnerte. Brauner Schleim klebte in ihren spärlichen grauen Schamhaaren, überzog auch ihre Oberschenkel und den Bauch, bis unter ihre faltigen Brüste, von denen nur noch langgezogene Brustwarzen übriggeblieben waren. Die Haut war stumpf und weiß, an den hervorstehenden Knochen gerötet und in ein Netz blauer Venen gehüllt. Die wunden Stellen am Gesäß brannten. Ihr Körper entsprach schon lange nicht mehr irgendeinem Schönheitsideal. In diesem Augenblick jedoch fühlte sie sich zum ersten Mal im Leben hässlich.

Alexander lenkte den warmen Wasserstrahl über ihren Körper, während sie mit der linken Hand so gut es ging den Kot abwischte. Er umschlang sie von hinten unter den Brüsten und hob sie ein Stück an.

Klaras Hand wischte vorsichtig unter ihr Gesäß. Dann wusch sie sich mit seiner Hilfe, bemüht, seine Hände auf ihrem Körper als Instrumente anzusehen.

»Gut so?«, fragte er.

Sie schaute ihn mit großen Augen an. Aus dem Badezimmerschrank nahm er mehrere große Handtücher und breitete sie im Wohnzimmer auf der Couch aus. Er trocknete Klara ab, trug sie ins Wohnzimmer und brachte ihr eine Wolldecke.

»Ich muss das Bett frisch beziehen.«

Klara schaute zur Decke des Wohnzimmers. Sie war verloren.

Eine halbe Stunde später starrte sie bei geöffnetem Fenster wieder in die Dunkelheit des Schlafzimmers. Sie hatte vergessen, sich bei Alexander zu bedanken. Ihr Darm war nun leer, und sie dachte über die Möglichkeit nach, ihn nie wieder mit etwas zu füllen.

4

Es war, als hielte er noch immer den Atem an. Er brauchte frische Luft. Sie schlief wahrscheinlich, und er würde sie nicht länger als eine halbe Stunde allein lassen.

Ein Loch ist im Eimer, Karl Otto, Karl Otto, ein Loch ist im Eimer, Karl Otto, ein Loch. Dann stopf es o Henry, o Henry, o Henry, dann stopf es o Henry, o Henry, mach's dicht. Alexander kam von der Gertrudenstraße auf die Hauptstraße und überlegte, wie die drei Männer hießen, die das Lied gesungen hatten, als er klein gewesen war. *Womit denn, Karl Otto, Karl Otto, Karl Otto, womit denn, Karl Otto, Karl Otto, womit?*

»Mit Stroh«, sagte er leise und erinnerte sich, dass es zu lang war, das Stroh, und dass Henry nicht gewusst hatte, womit er es kürzer machen sollte. Und dass Karl Otto irgendwann die Nerven verlor und schnauzte: *Hack's ab!* Das war immer der Moment gewesen, in dem er, Theo und Klara sich nicht mehr hatten halten können vor lachen.

Ich werde wirklich alt, dachte Alexander. Er beschäftigte sich bereits mehr mit der Vergangenheit als mit der Zukunft, als glaubte er, weniger

Zukunft vor sich als Vergangenheit hinter sich zu haben. Seit Ewigkeiten war er nicht mehr die Hauptstraße entlang gegangen. In Heimstadt hatte sich alles und nichts verändert. Links die Post in ihrem alten grauen Bau, der irgendwann gelbe Fensterrahmen und eine neue Eingangstür bekommen hatte. Am Park gegenüber, neben der großen Schiefertafel des Soldatendenkmals, gab es immer noch das *Venezia*. Bloß kosteten die Eiskugeln nicht mehr zehn Pfennig, sondern fünfzehn Mal soviel. Im Park lagen das Rathaus und die Bücherei, deren Kinderbücher er sämtlich gelesen hatte. Ein Blick nach rechts. Heimstadts zweiter Kiosk, den Richard ständig beklaut hatte, bevor er zu ihnen gezogen war. Damals hingen noch keine Zeitschriften mit nackten Frauen im Fenster. Im Nachbarhaus befand sich Klaras Spielsalon der in den achtziger Jahren eröffnet worden war. Alexander ging weiter die Hauptstraße hinunter. Neben dem Spielsalon gab es ein Geschäft, früher Schuster und Schuhgeschäft in einem. Die Schaufenster waren von innen mit einer gewellten orangefarbenen Schutzfolie beklebt gewesen. Auf der Straßenseite gegenüber gab es damals ein Milchgeschäft, in das Klara ihn oder Richard jeden Tag mit der verbeulten blechernen Milchkanne schickte. Inzwischen wurden hier Flüge nach New York verkauft. Der *Minimal*-Supermarkt nebenan hieß früher *4 Türme*. Alexander schlenderte am *Roten Ochsen* vorbei. Oben im Tanzsaal hatte Klara etliche Nächte lang die Männer verrückt gemacht, wie er von Onkel Adi wusste. Alexander blieb stehen. Sie, der schwule Adi, der halbseidene Alwin, der dicke Theo Aschkowski und Richards Vater, der aufmüpfige und trinkfeste Jakob Schell, hatten es nach dem, was er von Onkel Adi wusste, in den 50er Jahren ziemlich bunt getrieben. Alexander konnte sich seine Mutter im Zentrum einer Gruppe rebellischer Kleinstadt-Outcasts kaum vorstellen.

Er stand vor einer Boutique, die auch in Köln ihre Kundschaft gefunden hätte. Hier war Adi Meurers Friseursalon gewesen. Onkel Adi hatte bis ein Jahr vor seinem Tod gearbeitet und das alte Schild *Friseursalon Meurer* durch *Cut and go Hairdesign* ersetzt, obwohl sich nur Frauen und Männer seines Alters die Haare von ihm schneiden ließen. Er hatte sich damit einen letzten albernen Wunsch erfüllt. Bald hatte sich niemand mehr über ihn lustig gemacht.

Alexander schob die Hände in die Hosentaschen und betrachtete die weiblichen Schaufensterpuppen. Kopf und Haare aus einem Stück, leere Blicke irgendwohin. Unter den eng anliegenden Tops, Shirts und Pullovern bildeten sich erigierte Brustwarzen ab. Auch *das* hatte sich verändert. Er schaute auf die Uhr. Zu spät, Helena anzurufen. Vor viel zu langer Zeit hatten sich ihre Brustwarzen ihm das letzte Mal entgegen gereckt. Er vermisste seine Frau und wusste nicht, wie er in ihre Nähe zurück finden konnte. Wenn er sie umarmte, mit vor Erschöpfung leerem Herzen, fühlte er sich wie ein verstaubter Schwamm, zu starr und trocken, um Flüssigkeit aufnehmen zu können. Man hätte ihn vorsichtig anfeuchten müssen, damit er wieder weich und aufnahmefähig wurde. Doch dazu kam es nie.

Er machte kehrt. Als er Klaras Haustür aufschloss, fiel ihm der Name der drei singenden Männer mit dem kaputten Eimer ein. *Mediumterzett.* Oder so ähnlich.

Gerötet und speichelbenetzt traten Helenas Brustwarzen aus ihren schweißnassen Brüsten hervor. Sie riss den Kopf in den Nacken, spannte die Lippen über den Zähnen und griff mit beiden Händen in Richards dichte schwarze Haare. Eine rasche Folge elektrischer Wellen breitete sich in den unteren Schichten ihrer Haut aus, bis ihr Schoß zu glühen begann und ein tiefes Raunen aus ihrer Kehle drang.

Es ist nicht recht, es ist nicht recht, sagte sie sich unaufhörlich und ließ sich auf den Rücken drehen. Sogleich schlang sie die Beine um Richard, der sich auf einen Arm stützte, um den Sitz des Kondoms zu prüfen, auf das sie bestanden hatte, obwohl sich ihre Periode bereits ankündigte. Der Teufel wusste, mit wem er alles schlief. Sie fasste nach seinen Oberarmen und schob ihm ihr Becken entgegen. Er begann mit behutsam kreisenden Bewegungen und wurde langsam schneller. Irgendwann schoben sich seine Schultern unter ihre Kniekehlen, er fasste sie an der Hüfte, und sie spürte, dass sie ein zweites Mal kam.

»Hoh!«, stieß er keuchend hervor.

Mit den Fersen drückte sie Richard tief in sich hinein.

Nach wenigen Augenblicken zog er sich zurück, wandte sich kurz von ihr ab, um das Kondom neben sein Bett zu legen. Dann drehte er sich auf die Seite und schaute sie an. Das alles in einer fließenden, routinierten Bewegung. Helenas Augen wanderten zur Decke, um sich augenblicklich den Genuss zu vergällen, dem sie sich gerade hingegeben hatte.

Er streckte die Hand nach ihr aus, ein Angebot, in seinen Armen zu Atem zu kommen. Doch das versagte sie sich. Wenn sie mit Alexander nach dem Miteinanderschlafen dalag und manches Mal in einen wundervollen Schlaf versank, fühlte sie sich mit ihm eins. Mit Richard wollte sie sich nicht mehr verbunden fühlen, als sie es ohnehin war. Sie stand auf und ging ins Bad.

Sie vermisste Alexander, der lautlos im All umherschwebte, entrückt und zu erschöpft, sich um sie zu kümmern, wie er es all die Jahre getan hatte. Bis seine Mutter der Schlag getroffen hatte. Zuerst war sie traurig gewesen über seine ständige Abwesenheit, dann hatte es sie wütend gemacht. Sie war wütend, weil er sich nicht wehrte. Nicht gegen Richard, diesen düsteren Nihilisten, nicht gegen Klaras verwässerte Mutterliebe, nicht gegen seinen aufgeblasenen Chef, der ihn wie einen talentierten Lehrling ausbeutete. *Und auch nicht gegen mich*, dachte sie, als ihr Gesicht in Richards Badezimmerspiegel erschien. Alexander hatte ihr erzählt, er wolle sich von der aussichtslosen Arbeit im Krankenhaus befreien, und sie hörte ihm nicht einmal richtig zu. Wie würde er reagieren, erführe er, dass sie ihn gerade mit seinem Bruder betrogen hatte? Er würde dastehen, mit den Augen blinzeln und tagelang traurig sein. Sie hasste ihn dafür.

Sie wusste, er war es gewesen, der Richard vorhin angerufen hatte. In diesem Moment hätte sie gehen können, sollen, müssen. Aber sie wollte nicht gehen. Sie war zu weit gegangen, lechzend nach dem Sex, den Richard ihr verschaffen konnte, furchtbar einfach und sensationell. Sie hatte es gewusst. Zwei Orgasmen. Sie vermisste Alexanders Wärme, doch zu zwei Höhepunkten reichte ihr Verlangen nie. Sie duschte und stieg in ihren Slip.

Richard lag auf dem Rücken und hielt die Hände im Nacken verschränkt. Die leichte Bettdecke verbarg seinen Unterleib bis zum Ansatz der Schamhaare. Und was würde Alexander sagen, erführe er, dass dieser Mann der Vater seiner Tochter war? Helena zog sich an und zurrte den Gürtel ihrer Jeans fester als nötig.

»Ich wollte dich etwas fragen«, sagte sie.

Elf Jahre war es her, dass er ihr einmal beim Anziehen zugesehen hatte. In der Zwischenzeit war sie Mutter zweier Kinder und zu seiner Verwunderung noch hübscher geworden. Es machte ihm augenblicklich klar, weshalb er eine zunehmende Abneigung verspürte, mit Frauen zu schlafen, die jünger waren als er selbst. Ihre Körper erschienen makellos, doch die Makellosigkeit beschämte ihn offenbar mehr, als dass sie ihn erregte.

Sie setzte sich auf die Bettkante, nahm ein Kopfkissen und legte es sich in den Schoß. »Warum warst du so schroff zu Alexander, als er dich um das Darlehen gebeten hat?«

Verblüfft bedeckte er seinen Oberkörper. »Ich habe ihm ein paar Regeln der Geschäftswelt erklärt. Mehr nicht. Ich finde das Geld schließlich auch nicht auf der Straße.«

»Aber das hättest du ihm freundlicher sagen können. Alexander ist ziemlich verletzt.«

»Hm«, machte er, um Zeit zu gewinnen. Er fragte sich, was sie im Schilde führte. Sie hatte gerade ihren Mann betrogen. Was warf sie ihm nun vor, den Gatten mit ein paar schroffen Worten verletzt zu haben? Hatte er Helena gerade verliebt angeschaut, weshalb sie meinte, keine Missverständnisse aufkommen lassen zu dürfen? Sich zu verlieben war ihm fremd. Er schlief mit Frauen, um seine Einsamkeit gelegentlich zu entlüften. Er sah gut aus und war nicht eitel. Er befriedigte die Frauen und plauderte charmant. Ansonsten konnte er wenig mit ihnen anfangen. Richtete eine Frau verbindlichere Wünsche an ihn, was selten vorkam (denn er war bekannt als Affärenmann), beendete er das beginnende Drama auf der Stelle. Unglückliche Frauen sammelten bei ihm den Mut, vielleicht einmal aus ihren Beziehungen auszubrechen. Andere wagten nach langen lustlosen Ehejahren einen Ausritt zu ihm, sich seiner Verschwiegenheit gewiss, um zu Mann und Kindern zurückzukehren, mit frischem Elan oft und den besten Vorsätzen, nur um von den erwachten Sehnsüchten bald zerfressen zu werden. Richard war es gleichgültig. Um Frauen, die sich nie an einen Mann banden und eine Affäre an die andere reihten, machte er im Übrigen einen großen Bogen. Wer älter als fünfunddreißig Jahre alt war und keine längere Beziehung vorzuweisen hatte, war seiner Erfahrung nach kein unabhängiger Geist, sondern ein Bündel unerträglicher Macken, von denen er selbst mehr als genug zu verbergen hatte.

Wie konnte Helena in diesem Augenblick ein Gespräch über Alexander anfangen? Und warum verhielt sie sich mit einem Mal so feindselig? Seit sie sich kannten, war sie neben Margot eine der wenigen Frauen gewesen, die er wirklich mochte. Genau so lange hing auch Alexanders Herz an ihr, weshalb sie eigentlich tabu war. Aber dann war er schwach geworden, vor elf Jahren, als sie mit ihrem zweiten Examen in der Tasche zu ihm gekommen war, weil *Alex im Praktikum* (wie ihn damals alle nannten) sich zum wiederholten Mal einen Sonderdienst hatte aufbrummen lassen und die verabredete kleine Feier mit ihr abgesagt hatte. Sie war auf der Suche nach jemandem, der sich an dem verpatzten Abend über ihren Abschluss als Ökotrophologin freute, und in seinem Bett gelandet. Später tat es ihm leid. Zwar empfand er durchaus eine gewisse Genugtuung darüber, endlich mit jener Frau geschlafen zu haben, die seinem Bruder einst den Vorzug gegeben hatte. Doch das war ein lächerlicher Triumph. Damals hatte er beschlossen, Helena nie wieder so nahe kommen zu lassen.

Sie reckte die Arme und drehte ihre kastanienbraunen Haare zu einem losen Zopf, den sie mit einer unsichtbaren Spange so feststeckte, dass sie im Handumdrehen ausgehfertig aussah. »Du bist der Einzige von uns«, sagte sie, »der nicht weiß, wohin mit seinem Geld. Warum gibst du ihm nicht das Darlehen für die Praxis?«

Er zündete sich eine filterlose *Camel* an und dachte einen Moment daran, ihr die Wahrheit zu sagen. Aber seine finanzielle Lage ging niemanden etwas an. Ebenso wenig band er jemandem auf die Nase, dass er etliche seiner Abende mit Puzzeln verbrachte. Wen außer seiner Bank ging es etwas an, dass ihn ein Berg von Schulden drückte? Seine *Lucent*-Aktien waren dabei, komplett abzustürzen und es den *Comroad*-Aktien gleichzutun. Auf Anraten Schwarzweilers, seinem alten Klassenkameraden und langjährigen Finanzmakler, hatte er vor ein paar Monaten einen Kredit über 300.000 aufgenommen und einen Teil davon für den Kauf weiterer *Comroad*-Aktien eingesetzt, die für Peanuts zu haben gewesen waren und in absehbarer Zeit, das hatte Schwarzweiler ihm versichert, wieder anziehen würden. Der größere Teil des Kredits war jedoch in eine angeblich todsichere Sache in Neuseeland geflossen, von der ihm Schwarzweiler, wie er sagte, besser nicht zuviel verraten wollte. Nicht ganz legal, wie viele Geschäfte Schwarzweilers, und nicht ohne Risiko, aber eine Menge Kiwidollars in Aussicht stellend, die an der Steuer vorbei zurück in Richards Portemonnaie wandern sollten. Schwarzweiler war ein Arschloch, doch so oft Richard sich von ihm trennen wollte, stellte er jedes Mal fest, dass der Kerl ein Genie war, was das Vermehren von Geld anbetraf, für das man nicht arbeiten musste. Richard hatte in den vergangenen zwölf Monaten durch den Verlust seiner Aktien mehr als 500.000 in den Sand gesetzt. Außerdem schuldete er der Bank neben den gerade aufgenommenen 300.000, denen seine Kopierläden als Sicherheit dienten, weitere 140.000. Damit hatte er vor einem Jahr eine Handvoll neuer Kopierer sowie einige Hundert *theglobe.com-Aktien* gekauft, die inzwischen ebenfalls nichts mehr Wert waren. Legten *Comroad* und *Lucent* innerhalb der nächsten Wochen nicht deutlich zu, und kam es nicht bald zum angekündigten Geldregen aus Übersee, war er erledigt. Den neuen Kredit hatte man ihm nur deshalb gewährt, weil er der Bank mit einem von Schwarzweiler beschafften Zertifikat einer neuseeländischen Briefkastenfirma (so viel hatte er Richard verraten) glaubhaft machen konnte, dass er bis Mitte September die Hälfte des alten Kredits zurückzahlen würde. Zuletzt war er mehrmals mit den Abtragsraten für die Kredite in Verzug geraten, und Schwarzweiler hatte sich seit zwei Wochen nicht mehr gemeldet.

»Weil ich kein Geld zu verschenken habe«, sagte er, um Helenas Frage zu beantworten, weshalb er Alexander das Darlehen verweigert hatte. Damit log er nicht einmal. Er hätte sie vor einer Stunde höflich vor die Tür setzen sollen, oder spätestens, als Alexander ihn auf dem Handy angerufen hatte. Um seinen Bruder machte er sich keine Sorgen. Helena würde ihm auch dieses Mal nichts erzählen. Allerdings missfiel ihm, dass sie kaum mehr hatte tun müssen, als aus heiterem Himmel in einem luftigen Sommerkleidchen in seine Wohnung zu spazieren und ein wenig mit dem Hintern zu wackeln. Gab es nicht genügend andere Männer, wenn ihr denn unbedingt danach war, jemanden zu becircen? Warum riskierte sie so viele Verwicklungen? Und weshalb in Gottes Namen hatte er ihr wie in einem schlechten Film, kaum dass sie sich auffordernd vor ihn gestellt hatte, unter das Kleid gefasst?

Er dachte an das leere Kondom, das er im Papierkorb vergraben hatte, als sie unter der Dusche stand. Die Wahrheit war, dass er sich danach verzehrte, einen Menschen zu berühren, der ihm etwas bedeutete. Seit Jahren täuschte er Orgasmen vor. Er tat es, weil er die Frauen nicht beschämen und ihnen keinen Anlass geben wollte, sich weiter um seinen Orgasmus zu bemühen. Es führte zu nichts. Mit Helena wäre er beinahe gekommen, doch mit einem Mal hatte er nicht mehr in sie hineinstoßen wollen. Der Weg zu ihrem Innern war zu verschlungen und am Ende doch versperrt.

»Gib mir auch eine.« Helena griff nach seinen Zigaretten.

Er gab ihr Feuer. »Und nun?«

Sie blies Rauch aus. »Frag mich nicht.«

»Bist du mit dem Vorsatz hergekommen, mich zu verführen?«

»Hab ich das?«

»Ich denke schon.«

Sein Handy meldete einen Anruf.

»Augenblick«, sagte er, stieg rasch in seine Hose und ging ins Badezimmer. Alexander war am Apparat. Er entschuldigte die erneute Störung, aber er habe vorhin etwas vergessen zu sagen. Lieselotte Preissler habe erzählt, dass Margot wieder in Heimstadt wohne. Vielleicht interessiere ihn das.

Richard wankte zurück ins Schlafzimmer und setzte sich aufs Bett.

»Schlechte Nachrichten?« fragte Helena.

»Margot wohnt wieder in Heimstadt.«

»Margot?«

»Unsere gute alte Margot«, sagte er und schüttelte den Kopf. »Nicht zu fassen. Nach achtzehn Jahren.« Er schaute Helena an.

»Ich gehe«, sagte sie und drückte ihre halb gerauchte Zigarette im Aschenbecher aus.

Zwei

1957 – Jakobs Söhne

5

Klara hatte Theo Aschkowski zum Abendessen eingeladen. Sauerkraut mit Kartoffelpüree und Eisbein. Theo aß für sein Leben gern, was Klara kochte, und betrachtete es als seine heilige Pflicht, nicht nur stets seinen Teller, sondern auch alle Töpfe zu leeren. Er erschien in einem zeltgroßen Zweireiher aus grauer Schurwolle. Es schneite, in der Küche war es warm, und nach dem Essen schenkte Klara einen Kräuterlikör ein. Später tranken sie Moselwein. Das Radio spielte Operettenmelodien, aber Klara war nicht bei der Sache.

Jakob hatte am Abend etwas anderes vorgehabt. Sie hieß Ruth Schmalenbach, war neunzehn Jahre alt und arbeitete im Büro des Heimstädter Emaillewerks, wo auch Klara ihre Brötchen verdiente. *Im besten Heiratsalter!* hatte sie ihn vor ein paar Tagen zu provozieren versucht. Sie saß in der dem Herdfeuer zugewandten Ecke ihres Sofas, als Jakob in der anderen Ecke hockend von Ruth erzählte. Aber er ließ sich nicht darauf ein. Er lachte nur wie *Der lachende Vagabund*, summte die Melodie der Saison und schlüpfte mit seinem bestrumpften Fuß unter ihren Rocksaum. Warum musste er sich ausgerechnet mit der jungen Schmalenbach amüsieren!

Nach zwölf gingen Klara und Theo zu Bett. Er schlief auf dem Rücken, sie schmiegte sich an seine weiche Brust wie an einen atmenden Berg. Klara dachte an Jakob und Ruth und war dankbar, dass Theo trotz allem bei ihr lag.

Ganz Heimstadt wusste, dass Theo in sie verliebt war. Hätte die Mehrheit der Bürger über die einzige noch unverheiratete Achtundzwanzigjährige der Stadt richten dürfen, Klara Schultheiß hätte ihre Sachen packen und verschwinden müssen. Schließlich hatte sie nicht nur

Theo in ihre Fänge gebracht, obwohl sie seit Jahren ein Verhältnis mit Jakob Schell unterhielt. Überdies pflegte sie intimen Verkehr mit Alwin Bremschneider, dem Sohn des ehemaligen Ortsgruppenleiters und jetzigen Inhabers der *Bremschneider Baustoffe*. Alwin redete seit Jahren nicht mehr mit dem Alten und ging ausschließlich krummen Geschäften nach. Und natürlich war sie mit Adi Meurer befreundet, dem Friseur, der als Mannsbild einiges hermachte, aber aus irgend einem Grund keine Frau fand. Betrat sie beim Schützenfest an der Hand von Jakob, Theo oder Alwin den Tanzboden, rank und schlank wie Caterina Valente, schossen die Frauen giftige Blicke ab: *Seht nur, Madame-ich-bin-was-Besseres!* Die Gatten, die sich an Klara einst die Zähne ausgebissen hatten, widersprachen nicht und setzten gerne die eine oder andere Anzüglichkeit hinzu. Das explosionsartige Aufschnattern der Frauen klang schadenfroh, aber Adi versicherte es ihr jedes Mal, es sei der blanke Neid. Im Grunde, hatte Klara einmal zu Jakob gesagt, war Adi ihre einzige Freundin. Den Eltern hatte sie Schande gemacht. Ihre Schwester Paula, verheiratet und Mutter dreier Kinder, litt unter Klaras Ruf, der kaum besser war als der einer Nutte. Allerdings gab es zur Enttäuschung vieler Heimstädter keine Zweifel daran, dass Klara von keinem ihrer Männer Geld nahm. Ihr Haushalt war bescheiden.

Am nächsten Morgen stand Theo gegen acht auf, um mit seiner Mutter die Sonntagsmesse zu besuchen. Gegen Mittag klopfte er wieder an Klaras Tür und setzte sich an ihren Küchentisch. Nach einigen Minuten zog er sein schwarzes Jackett aus. Hellgraue Gummibänder hielten die Ärmel seines weißen Hemdes oben; ein jeder Ärmel praktisch ein Hosenbein für Klara. Schwarze, goldeingefasste Knöpfe verschlossen die Manschetten an seinen mächtigen Handgelenken. Sein dünnes schwarzes Haar trug er nass zurückgekämmt. Klara mochte diesen zweieinhalb Zentner schweren großen Jungen. Es gab niemandem, den sie lieber bekochte.

»Was machst du heute Nachmittag?«, fragte er und lockerte seine Krawatte.

Sie schaute auf ihre langen ausgestreckten Beine, die in braunen Baumwollhosen steckten. Ein Geschenk von ihm. Es waren die besten Winterhosen, die sie je besessen hatte. Sie schlug die Beine übereinander, ein ausgefranster Filzpantoffel fiel ihr vom Fuß. »Schlittenfahren.«

»Mit ihm?«

»Ja.«

Er blähte die Backen, hob die Hände und ließ sie auf seine Elefantenschenkel sinken. Eine Weile starrte er auf die frisch gebohnerten Küchendielen. »Du weißt«, sagte er schließlich, »dass er gestern mit dem Mädel im *Roten Ochsen* die halbe Nacht getanzt hat. Öffentlich geküsst haben sie sich auch, er und diese Ruth.«

Ein gleichgültiges ›Ach ja?‹ wollte ihr auf die Lippen springen, aber dann ließ sie die Schultern hängen. »Wer hat es dir erzählt?«

Er legte seine Maurerhand auf den Küchentisch und spielte mit der leeren Kaffeetasse, die vor ihm stand. Wenn er etwas Zerbrechliches anfasste, glaubte man, Angst darum haben zu müssen. Aber Theos Hände waren geschickt. Niemand wusste das besser als Klara. »Deine Schwester. Vorhin, nach der Kirche.«

»Woher will Paula das wissen? Paula war seit Jahren nicht mehr tanzen.«

»Irgendwer hat es ihr wohl erzählt. Ist doch auch egal, oder?«

Klara stieß verächtlich Luft aus.

»Du kommst einfach nicht von ihm los.«

»Ach Theo!« Sie schlüpfte in den herunter gefallenen Filzpantoffel und nahm mit dem in ihrer BDM-Zeit gehäkelten Topflappen die Emaillekanne vom Herdfeuer, um Kaffee einzuschenken. »Das verstehst du nicht. Jakob und ich, wir sind anders. Wir sind nicht fürs Heiraten. Wir wollen frei sein. Wie die Vagabunden.« Sie stellte die Kanne zurück auf die heiße Platte, unter der leuchtend rot zwei Briketts loderten. »Außerdem bin ich zu alt für dich. Ich bin achtundzwanzig.

»In zwei Wochen werde ich fünfundzwanzig.« Er lächelte verlegen.

»Stimmt. Aber ich bin keine Kriegswitwe, die sich noch einmal einen jungen Kerl angeln darf.«

»Seit wann kümmert es dich, was man darf und was nicht?«

Sie setzte sich, trank ihren Bohnenkaffee und schwieg. Sie wünschte, Jakob würde aufhören, mit anderen Frauen auszugehen. Sie gab sich Mühe, mit dem zufrieden zu sein, was er ihr gab, und fuhr im Grunde nicht schlecht damit. Sie konnte mehrere Männer haben. Männer wie Alwin zum Beispiel. Obwohl Jakob und Alwin seit Kindertagen befreundet waren, nannte ihn Jakob zurzeit nur noch *deinen Herrn Dukatenscheißer*. Klara lächelte. Also auch Jakob konnte eifersüchtig sein. Von Zeit zu Zeit nahm sie Theo zu sich ins Bett. Bei ihm kam sie zur Ruhe, und Jakob verlor nie ein böses Wort über ihn. Vielleicht, weil er ihn als Konkurrenten nicht ernstnahm. Seit sie fünfzehn gewesen war, hatte Klara Liebschaften gehabt und sich nie an einen gebunden. Jakob war, soweit er sich auch von ihr entfernte, jedes Mal zu ihr zurück gekehrt.

Theo nahm die vergoldete Taschenuhr aus seiner Weste, die er von seinem Großvater, dem Uhrmacher Aschkowski, im April ′41 zur Ersten Heiligen Kommunion bekommen hatte, und schaute auf Klaras in Fichtenholz gefasste Küchenuhr. Sie hing über dem Sofa neben dem Plakat einer Picasso-Ausstellung. Adi hatte es ihr im vergangenen Jahr aus Hamburg mitgebracht. Auch Adi liebte Klara, auf seine Art. Theo öffnete die kreisrunde Glasabdeckung der Küchenuhr, nahm den kleinen messingfarbenen Hohlschlüssel, der obenauf lag, und zog sie auf. Dann drehte er den großen Zeiger mit seinem dicken Zeigefinger auf die richtige Position.

»Ich muss nach Hause.« Er räusperte sich. »Meine Mutter wartet mit dem Essen.« Mit müde gerecktem Kinn richtete er seine Krawatte und griff nach Jackett und Mantel. »Wann sehen wir uns wieder?«

»Ich sag dir Bescheid, ja?«

»Ist gut.« Er beugte sich über sie und gab ihr einen Kuss auf die kornblonden Haare. »Die anderen Mädels im Kaff taugen alle nicht viel.« Seine Hand berührte zärtlich ihre Wange, dann zog er leise die Tür von außen zu.

Klara lauschte dem Ächzen der hölzernen Stufen im Treppenhaus und begann, das Kaffeegeschirr abzuräumen.

»So!« fauchte sie. »Die halbe Nacht im *Roten Ochsen* getanzt. Und geküsst habt ihr euch auch! In aller Öffentlichkeit!« Am liebsten hätte sie die Tassen im Spülstein zerschlagen.

Theo hatte keinen Hunger, aber er tat seiner Mutter den Gefallen und langte beim Essen kräftig zu. Sie wusste, dass er Klara liebte, und redete als eine der Wenigen in der Stadt nicht schlecht über das Fräulein Schultheiß. Lotte Aschkowski war eine erfahrene Frau. Ihren Mann, dessen war sich Theo gewiss, hatte sie sehr geliebt. Ein leidenschaftlicher Hobbymaler und Akkordeonspieler, sieben Jahre jünger als sie und in französischer Kriegsgefangenschaft an Typhus gestorben.

Schlägereien und Besäufnissen ging Theo prinzipiell aus dem Weg. Dennoch schätzten ihn die Männer im Ort, denn er war nicht nur stark wie ein Ochse. Er verstand es vor allem, Radios zu reparieren. Die Frauen vermuteten in ihm ein großes Herz, doch keine hatte je mit ihm getanzt, geschweige sich von ihm küssen lassen. In seiner Größe gab es nicht einmal eine Lederjacke. Du bist mehr als halbstark, hatte Klara einmal gesagt und seine nackte Brust geküsst.

Die Frauen schwärmten für Kerle wie James Dean, Elvis oder Jakob Schell und mussten doch mit schlechten Kopien Vorlieb nehmen. Die Heimstädter Burschen fackelten nicht lange, wenn die Angetraute nicht spurte. Als Pimpfe hatten sie sich dicke getan und die dolle Kameradschaft in der SS gepriesen, in die sie eintreten würden, wenn sie erst alt genug wären. Ein Segen, dass keiner von ihnen älter als dreizehn war, als im Februar ´45 zum Volkssturm geblasen wurde. Theo war nie ein Windhund gewesen. Er war der fette Mops, dem die Kameraden jeden verdammten Tag den Koch mit der Kelle hinterhergeschickt hatten.

Klara nahm ihn mit Leichtigkeit. Nie hatte ihn jemand so berührt. Auch die beiden Finken seiner Mutter waren von ihr beeindruckt. Als Klara ihn einmal besuchte, waren die ununterbrochen piependen Vögel auf der Stelle verstummt. Sie hüpften auf die vorderste Stange, als wollten sie Klara aus der Nähe betrachten: *Welches Rasseweib interessiert sich da für unseren dicken Theodor?* Klara war die erste und womöglich immer noch einzige Frau Heimstadts, die sich unter den Armen rasierte. (Sie tat es gewöhnlich mit Jakobs Nassrasierer, weshalb Theo ihr im letzten Sommer einen eigenen Rasierer zum Geburtstag geschenkt hatte.) Für ihn war Klara die Hildegard Knef von Heimstadt, vielleicht sogar die Marlene Dietrich, wie Alwin, der es immer etwa größer haben musste, einmal gesagt hatte. Wenn es ihm bloß gelänge, nicht immerzu an Alwin und Jakob zu denken, wenn er bei ihr war. Wenn es ihm nur möglich wäre, sich ebenso frei zu geben wie Klara. Aber er war kein Sünder, obwohl er vor der Ehe mit einer Frau verkehrte. Er war auch kein Vaterlandsverräter, selbst wenn er die Bundeswehr nicht gewollt hatte. Er war kein Gauner wie Alwin, den er mochte, denn Alwin war diskret und gab Theo nie zu verstehen, er sei bloß ein dicker Prolet. Doch am wenigsten wusste Theo Jakob das Wasser zu reichen. Letzten Endes war Theo Aschkowski vor allen Dingen unglücklich verliebt.

Nach dem Essen legte er sich in der Küche seiner Mutter ein Weilchen auf die Couch und baute am Nachmittag an dem noch unfertigen Modell seiner *Santa Maria*. Alwin hatte ihm den Bausatz aus Balsaholz für einen horrenden Preis in Köln organisiert. Die Bauanleitung war in amerikanischer Sprache verfasst. Aber das machte nichts. Theo kam auch so zurecht.

6

Jakob Schell war verkatert, als er am Nachmittag auf dem Weg zu Klara seinen großen Holzschlitten durchs Dorf zog. Es schneite, der Schnee pappte nass an seinen Schuhen. Die Kufen des Schlittens hinterließen rostige Spuren im Schnee, die alte Kordel schnitt ihm in die Fingerrillen. Ich werde alt, dachte er, bald dreißig. *Heilandsackzement!*

Er hatte den ganzen Saal unterhalten und eine Menge Schnäpse spendiert. Die Combo hatte alle aktuellen Schlager und auch ein paar Rock'n Roll-Nummern auf Lager gehabt. Jakob mochte Rock'n Roll, auch wenn er ihn nicht besonders gut tanzen konnte. Ruth fand Foxtrott und Rumba langweilig und hatte auf ein paar Jüngelchen in ihrem Alter gezeigt, die ihre Mädels hochwarfen und durch die Beine schleuderten. Nach einigen Bier und Korn hatte er plötzlich das Gefühl, dass er ganz gut mithalten konnte, und füllte dann die Hälfte der Anwesenden ab, Ruth, die Jüngelchen und ihre Mädels und eine Menge Leute, die er gar nicht kannte. Zum Schluss sangen alle zusammen *Wo meine Sonne scheint* von der Valente, und da waren ihm glatt Tränen über die Backen gekullert. Ruth hatte sein nasses Gesicht an ihren schmalen Busen gedrückt.

Jakob stapfte die Hauptstraße hinauf und hielt gegenüber der Post am Park, um eine Zigarette zu rauchen. Er lehnte sich gegen die Schiefertafel mit den Namen der gefallenen Soldaten von Heimstadt und dachte nach. Sechs Tage waren es noch bis Dezember, und er war schon mehr als pleite. Ruth hatte ihm Geld leihen müssen, damit er wenigstens einen Teil der spendierten Schnapsrunden bezahlen konnte. Den Rest hatte er bei Hedwig, der Wirtstochter, anschreiben lassen. Er spuckte in den Schnee und lupfte seine lederne Schirmmütze. Musste das Weibsstück ihm ausgerechnet in dem Moment an den Sack greifen, als er sich gerade auf den Rückzieher vorbereitete? Woher hatte die Kleine diesen Kniff überhaupt? Ein Feuerstrahl war ihm quer durch den Körper geschossen, und da war er gekommen wie ein Anfänger. Ruth hatte sich im Badezuber ausgespült und dann den Rest der Nacht geheult, weil sie doch schon einmal ein Kind wegmachen lassen musste. Das war ihm lange nicht mehr passiert. Er mochte die Kondome nicht, auf die Klara bestand, obwohl er ein Meister des Rückziehers war. Eigentlich. Jakob zog die Nase hoch. Wird schon schiefgegangen sein, sagte er sich und ging weiter.

Würde er mit Klara einmal leben können, unter einem Dach und für immer, wenn er ihr einen Heiratsantrag machte? Und konnte er sicher sein, dass sie Ja sagte? Er hatte es bislang zu nichts gebracht. In keiner Arbeit hielt er es lange genug aus, um vorwärts zu kommen. An jedem Ort stand irgendjemand herum, der ihm sagte, was er zu tun und zu lassen hatte. Schon in der HJ gab es ständig Ärger mit dem Fähnleinführer. Zu spät gekommen, die Fahne nicht ordentlich gegrüßt, falsch gesungen. In der Schule war er schlecht, und nach dem Krieg hatte er auf dem Schwarzmarkt einfach zuviel Geld mit amerikanischen Zigaretten verdient, um etwas Ordentliches anzufangen. Seine Eltern waren tot, und er schlug sich durch. Zurzeit arbeitete er als Fahrer bei Alwins Vater, dem alten Bremschneider. Jakob kannte sich mit Lastwagen aus. Er konnte auch Straßen planieren, Bäume beschneiden und den Kran im Rheinhafen bedienen, der die Baustoffe auf Bremschneiders Frachtkähnen löschte. Aber er war kein Mann, wie sein Vater einer gewesen war. Er war der Schwerenöter vom Dienst, was ihm höchstens den Neid der ehemaligen Kameraden und die sehnsüchtigen Blicke ihrer tüchtigen Frauen einbrachte. Klara war anders. Er bewunderte ihre Entschlossenheit, mit der sie als Heimstadts Schlampe durch die Straßen ging. Es lag ihr nichts daran, die Lästerzungen vom Gegenteil zu überzeugen. Sie gab ein

Vermögen für diese teuren Kondome aus, und weil der Drogist ein Schwätzer war, wusste es ganz Heimstadt. Jakob liebte sie, seit sie an seinem siebzehnten Geburtstag im Februar '45 zum ersten Mal in sein Versteck an der Kiesgrube gekommen war.

Sie war fünfzehn und hatte gehört, dass er sich weigerte, ein waffenfähiger deutscher Mann zu sein. Er wollte sich nicht dem totalen Vernichtungswillen der jüdisch-internationalen Feinde als letztes Aufgebot entgegen werfen. Er war ungehorsam, und das, sagte sie später, habe ihr gefallen. Als sich alle Jungs ab sechzehn Jahren und ein paar Greise frierend im Park versammelten und Ortsgruppenleiter Johann Bremschneider im warmen Wintermantel Hitlers Volkssturm-Erlass verkündete, da hatte die Explosion in der Panzerkettenfabrik ganz Heimstadt erschüttert. Die Sirenen heulten auf, und Jakobs Vater war tot.

Es war ihr unmöglich, sich nicht auf Jakob zu freuen. Beim Geschirrspülen hatte sie sich bald wieder abgeregt, beim Lesen der letzten Seiten von Sagans *Bonjour Tristesse* war ihre Eifersucht auf Ruth beinahe verflogen. Das Leben war zu kurz, um es sich so schwer zu machen, wie es die Leute einem machen wollten. So ist er nun mal, dachte sie, als sie ans Küchenfenster trat. Von hier aus konnte sie die Gertrudenstraße bis hinauf zur Hauptstraße einsehen. Wenn sie versuchte, ihn an sich zu binden, würde er weglaufen. Er brauchte seine Freiheit, er brauchte so viel Liebe, und so lange er zu ihr zurück kehrte, war alles gut. Sie würde ihm keine Szene machen.

Theo war ein lieber Kerl und ein wunderbarer Liebhaber. Seine Haut war zart und warm, und er konnte erstaunlich lange. Mit Jakob und Alwin war es meist schnell vorbei. Klara grinste. Die dummen Gänse in Heimstadt wussten nicht, was ihnen entging, wenn sie Theo verschmähten. Aber er würde nur den Weg gehen wollen, den alle gingen. Den ordentlichen Weg. Er würde ihr Kinder machen, sie würde zu Hause bleiben müssen und den ganzen Tag kochen, waschen, schrubben und bohnern. Er gäbe ihr jeden Samstag Mittag das Haushaltsgeld, während sie jeden Pfennig drei Mal umdrehte und sein Lob dafür einheimste. Bald würden sie sich so sauber und bescheiden einrichten können wie Paula. Womöglich würde Theo sie und die Kinder eines schönen Tages mit einem Auto vor der Tür überraschen. Dann führen sie für fünf Tage ins Sauerland in die Ferien, Paula käme jedes Wochenende mit ihren drei Bälgern vorbei und redete nur dummes Zeug. *Klara, Klara, ganz doll, was aus dir geworden ist. Wenn die Mutter und der Vater das noch hätten erleben dürfen!*

Klara wandte sich vom Fenster ab und trank einen Schluck Wasser. Spätestens wenn sie einsehen müsste, dass sie lebte, wie ihre Mutter es für sie vorgesehen hatte, würde sie Theo hassen. Er war für jenen Teil ihres Herzens zuständig, der dem kleinen Mädchen gehörte, das von seinen Eltern sicher auch einmal geliebt worden war. Jakob und Alwin dagegen wollten frei sein wie sie. Nur deshalb konnte sie Alwin begehren und Jakobs Seitensprünge ertragen.

Im Frühjahr war die Mutter an Darmkrebs gestorben. Ein dreiviertel Jahr nach dem Asthmaanfall ihres Vaters, der ihn unter die Erde gebracht hatte. Der Vater hatte als Betriebsschlosser in der Maschinenfabrik gearbeitet, in der Jakobs Vater bei dem Luftangriff kurz vor Kriegsende ums Leben gekommen war. Ein großes Stück Ackerland am Stadtrand war seine Hinterlassenschaft. Er selbst hatte es als Jüngster von seinem Vater geerbt, der Bauer gewesen war. Der Acker war nie viel Wert gewesen. Der Boden enthielt zuviel Lehm. Trotzdem wollte der alte Bremsschneider ihn eines Tages kaufen. Misstrauisch geworden, befragte Klaras Vater einen Kollegen, der für die SPD im Gemeinderat saß, und erfuhr von den Plänen des Kreises, innerhalb der nächsten Jahre den Flächennutzungsplan zu ändern, wodurch der Acker auf einen Schlag immens an Wert gewinnen würde. Er verweigerte Bremschneider den Kauf und verstarb wenig später, ohne je auf den Gedanken gekommen zu sein, seine Frau ins Bild zu setzen. Bald darauf unterbreitete ihr der alte Bremschneider ein neues Kaufangebot. Er wolle auf dem Acker eine Reparaturhalle für seine Lastwagen und mehrere Lagerhallen für Sand, Steine, Kalk und Zement bauen. Sie willigte ein und bekam die Hälfte dessen, was Bremschneider ihrem Mann noch wenige Wochen zuvor geboten hatte. Klara erfuhr von Alwin die Hintergründe, und es dauert nicht lange, da entdeckte die Mutter Blut in ihrem Stuhl.

Paula erbte alles Geld, das der Verkauf des Ackers eingebracht hatte.

Viertausend Mark. Klara sah keinen Pfennig davon. Immerhin erhielt sie die Erlaubnis, sich vom wertlosen Vorkriegsplunder im Haus der Eltern zu nehmen, was sie gebrauchen konnte. Sie nahm nichts. Ihr war klar, weshalb die Alte sie praktisch enterbt hatte. Nicht, weil Klara sie nur mit größtem Widerwillen berühren konnte und Paula trotz ihrer drei Kinder die Pflege allein übernommen hatte. Es war die in den Augen der Mutter gerechte Strafe dafür, dass Klara sich weigerte, ein ordentliches Leben zu beginnen. Obwohl die Mutter es nie ausgesprochen hatte, sah Klara sie mit galligem Gesicht deklamieren: *Von dem Geld deines Vaters wirst du keinen Pfennig mit deinen Hurenböcken durchbringen!* Unten an der Haustür klopfte es.

Jakobs Gesicht war wie das Weiß seiner Augen gerötet. Er trat vom dunklen Treppenhaus in die Stube und schaute sie aus schmalen Schlitzen an. Er war nicht ordentlich rasiert. Aber er lächelte, dass seine schwarzen Augen funkelten. Er nahm seine Mütze ab, nasser Schnee tropfte auf die Küchendielen, sie fuhr ihm mit den Händen durch die schwarzen Locken. Seine Hand legte sich ruhig auf ihren Hintern, und sie presste ihren Schoß gegen seinen. Ihre Münder fanden sich von selbst. Augenblicklich war alles wieder in jener Ordnung, an der so viele Menschen Anstoß nahmen. Er umarmte sie fest, senkte seinen Kopf auf ihre Schulter und seufzte. Klara half ihm aus der starren Lederjacke und zog ihn aufs Sofa.

»Wie geht es dir?«, flüsterte sie in der Hoffnung, es gehe ihm schlecht genug, dass er bis zum nächsten Morgen auf ihrem Sofa liegen bliebe.

Einen Augenblick lang starrte er sie an. Dann leckte er sich die aufgesprungenen Lippen, klatschte in die Hände und rief: »Lass uns Schlittenfahren. Der Schnee ist zwar nicht besonders, aber oben auf der Apfelwiese ist der Schnee immer besser als hier im Flecken.«

Klara schreckte zurück, als sei eine große Seifenblase vor ihrer Nase geplatzt.

»War's nett gestern Abend?«

»Wie war's mit Theo?«

»Ich glaube, er will mich heiraten.«

Sein Gesicht wurde ernst. Dann grinste er wieder und begann mit der verführerischen Stimme O. W. Fischers zu singen: »Aber Sie wissen doch Madame, Madame sie wissen's doch, der Herrgott hat uns zwei beide nun mal nicht geschaffen für das Ehejoch.«

»Woher willst du wissen, dass ich abgeneigt bin?«

Jakob griff in seine Hosentasche. »Willst du auch eine?« Er hielt ihr sein Zigarettenpäckchen hin.

Klara stand auf und zog die Schublade ihres Küchenschranks auf. »Ich habe jetzt meine eigenen.« Sie zeigte ihm ein grünes Päckchen. »Deine Roten sind mir zu stark.«

»Lässt du mich eine probieren?« Jakob streckte die Hand aus und nahm sich eine *Orienta-Filter*. Sie rauchten.

»Findest du nicht, dass eine Frau in meinem Alter allmählich mal an ihre Zukunft denken sollte?«

»Brauchst du denn einen Mann, der dir Geld gibt? Du verdienst doch dein eigenes.«

»Glaubst du, ich will mein Leben lang im Emaillierwerk die Bleche für irgendwelche Küchenherde brennfertig machen? Schau her.« Sie streifte einen Ärmel ihres weißen Pullovers hoch. »Meine Haut ist ganz stumpf von dieser Emaillesuppe. Wenn du das den ganzen Tag aufsprühst, geht es in alle Ritzen.«

Jakob drückte die halbgerauchte Filterzigarette aus und zündete sich eine filterlose *Orienta* an. »Ist das dein Ernst?«, fragte er ohne sie anzuschauen. »Willst du deine Freiheit aufgeben und so werden wie die Dämchen da draußen?« Er zeigte aus dem Fenster.

»Natürlich«, sagte sie und boxte ihn gegen die Schulter. »Was meinst du wohl, wovon Mädels wie Ruth träumen? Im Handumdrehen haben sie dich am Haken.«

»Kann schon sein. Aber du kennst mich. Ich wittere jeden Köder.«

»Gestern im *Roten Ochsen* soll's hoch her gegangen sein.«

Er schnippte die Asche ab. »Woher willst du das wissen?«

»Ich habe meine Quellen.«

»Sag schon.«

»Von Theo. Und Theo weiß es von Paula. Woher sie es weiß, weiß ich nicht. Aber der Tanzabend hat sich offenbar herumgesprochen.«

»Wie geht's Theo?«

»Schlecht. Und Ruth?«

Er stand auf und stellte sich ans Küchenfenster. »Du wusstest doch, dass ich mit ihr tanzen gehe, und du hattest keine Einwände. Außerdem hast du Theo zum Essen eingeladen. Und«, er hob einen Zeigefinger, »es ist kein Geheimnis, dass er hin und wieder zu spät zur Arbeit kommt. Sein Weg von dir zur Arbeit ist weiter als von ihm zu Hause.« Er kratzte sich an der Stirn. »Ruth ist ein nettes Mädel, mehr nicht.«

Klara wollte keinen Streit. Die vorgetäuschte Gleichgültigkeit gegenüber seinen Frauengeschichten machte ihr Leben kompliziert. Selbst Adi, der im *Schwanensee* am Kölner Heumarkt ständig wechselnde Liebhaber aufgabelte, träumte davon, den Mann seines Lebens zu finden. Einmal sprachen sie zu dritt darüber, und Jakob zog ihn damit auf, dass ausgerechnet Adi ein Spießbürger werden wolle, wo er doch seine Veranlagung vor allen verbergen müsse. Niemand in Heimstadt würde ihm noch die Hand geben, käme heraus, dass er sich ständig am anderen Ufer herumtrieb. Seinen Friseursalon könne er gleich dicht machen. Adi erwiderte, er sehne sich lediglich danach, verliebt zu sein und es jedem zeigen zu können. *Im Gegensatz zu mir habt ihr die Möglichkeit dazu. Aber offenbar habt ihr euch ja entschieden, so zu leben wie ihr lebt.* Klara war stolz auf sich und Jakob gewesen. Sie, Adi, Jakob und auch Alwin waren wie die Leute in Puccinis Oper *La Boheme*, die Alwin ihr auf seinem Plattenspieler vorgespielt hatte. Sie waren die Lebenskünstler von Heimstadt. Wenn sie mit Alwin oder Theo zusammen war, hatte Klara nie das Gefühl, Jakob einen Grund zur Eifersucht zu geben. Ihre Liebe gehörte allein ihm. Mit ihm konnte sie sich eine Nacht lang lieben und dabei ohne Unterlass rauchen und trinken. Beinahe todessüchtig, weil es so schön war und nie wieder so sein würde. Ihr Problem war die Eifersucht.

»Lass uns nicht streiten.« Sie zog ihn zurück aufs Sofa und schmiegte sich an ihn. »Wann fahren wir endlich nach Capri?«

»Hm«, brummte er.

Auf dem Weg zur hochgelegenen Apfelwiese redeten sie über die Reise nach Capri, die sie unternehmen würden, sobald genügend Geld beisammen war. Im vergangenen Frühjahr, als Klara noch davon ausgehen durfte, die Hälfte des Geldes zu erben, das der Acker ihres Vaters eingebracht hatte, waren sie von heftigem Vorreisefieber erfasst worden. Adi erzählte von einem Mann, der in Laigueglia an der ligurischen Küste zwei traumhafte Wochen verbracht habe, doch Klara und Jakob sehnten sich allein nach Capri. Nun mussten sie für das Reisegeld sparen. Sollte Jakob dieses

Mal in seiner Arbeit bleiben, würde ihr Traum im übernächsten Sommer wahr werden können.

Auch auf der Apfelwiese war der Schnee nass und stumpf. Der Schlitten rührte sich kaum vom Fleck. Sie beschlossen, den Nachmittag in Klaras Küche zu verbringen und Mühle zu spielen, ein Spiel, in dem nur selten einer von ihnen eine Partie für sich entscheiden konnte.

Auf dem Weg zurück ins Dorf kam ihnen Alwin in seinem neuen Wagen entgegen. Ein *Borgward Isabella TS*, wie Jakob ihr neulich erklärt hatte. 75 PS, eine lachssilberfarbene Schönheit. Baujahr 1955 *und gebraucht* hatte Alwin eingeräumt, ohne mit dem genauen Kaufpreis herauszurücken. Dabei wusste jeder, dass der Wagen neu mindestens 9000 Mark kostete, einiges mehr, als Jakob im ganzen Jahr verdiente. Auf dem Beifahrersitz saß eine gut aussehende dunkelhaarige Frau in eleganter Winterkleidung. Ihr Gesicht erinnerte Klara an Medi, ein hübsches jüdisches Mädchen, mit dem sie zur Schule gegangen war. Alwin kurbelte das Fenster herunter, zeigte sein verschlagenes Pferdegesicht und stellte ihnen seine Begleiterin vor. Elvira aus Brüssel. Während Klara mit Alwin über das nasskalte Wetter plauderte, schienen sich Jakob und die Frau interessiert zu beäugen. Klara gestattete ihm das kleine Techtelmechtel. Seit sie und Alwin sich gelegentlich tief in die Augen blickten, achteten alle so gut es ging darauf, möglichst nicht zu dritt aufeinander zu treffen. Alwins Begleiterin konnte Klara ohnehin nicht verübeln, Jakob zu taxieren. Selbst verkatert sah er gut aus. Alwin verabschiedete sich mit einem Augenzwinkern und fuhr in seinem schönen Wagen *in die Stadt* nach Köln.

Der Rest des Nachmittags verstrich mit Mühle und Bohnenkaffee und einigen Splittern Blockschokolade. Später kochte Klara Linsensuppe, die sie mit einer Scheibe Schwarzbrot aßen. Am Abend hörten sie Radio und freuten sich, dass sie fast alle Schlager mitsingen konnten, manche sogar zweistimmig. Jakob übernahm die tiefere zweite Stimme, trank ein paar Flaschen Bier und blieb über Nacht. Klara stellte den Wecker auf Viertel nach fünf. Um sechs begann ihre Schicht im Emaillierwerk, eine viertel Stunde später musste Jakob bei *Bremschneider Baustoffe* erscheinen.

Wenn ich nicht zu viel nachdenke, dachte sie, bevor sie einschlief, ist alles gut.

Jakob lag lange wach. Er dachte an den missglückten Rückzieher. Sollte er Ruth geschwängert haben, war sein Leben gelaufen. Aber er musste doch sein Versprechen einlösen, Klara in den Zug zu setzen, mit ihr über den Brenner weit hinunter nach Neapel fahren, wo eine Fähre sie nach Capri bringen würde. Er würde sich das Geld leihen. Von Alwin. Er war der Einzige, der es ihm leihen würde. Sogar für diesen Zweck.

Alwin war ihm in fast allen Belangen überlegen. Der dünne Hecht sah nicht besonders gut aus mit seinem schütteren, beinahe gelben Haar. Aber er wusste sich zu kleiden, besaß die besten Kontakte in Köln, redete gewandt und war fix im Kopf. Ganz zu schweigen von dem Geld, das er machte, ohne jemals erwischt worden zu sein. Einmal hatte Jakob für ihn eine im Duisburger Hafen *organisierte* Wagenladung Elektromotorenwicklungen zu einem Metallhändler nach München gefahren, der für das Kupfer einen guten Preis zahlte. Doch Jakobs Hosen hatten so sehr geflattert, dass er Alwins nächstes Angebot dankend ablehnte. Alwins Vater war ein Schwein. Die *höhnische Sanftheit* des Alten, hatte Alwin einmal gesagt, hätte ihn als Kind fast umgebracht. Seit Jakob für Bremschneider arbeitete, wusste er, was Alwin damit meinte. Stets sprach der Alte ungewöhnlich leise. Er machte Scherze, legte Jakob unvermittelt eine Hand auf die Schulter, und seine Augen sagten: *Denk dran, mein Freund, ich kann dich gut behandeln oder auch nicht, ganz wie ich will.* Was seine Vergangenheit anbetraf, betrachtete Bremschneider sich lediglich als Heimstadts ehemaliger Bürgermeister. Bei Kriegsende habe er bloß dafür gesorgt, dass beim Volkssturm nicht alles drunter und drüber ging. Die wenigen Heimstädter Kommunisten, die im Arbeitslager gelandet waren, hätten sich später an der Front wieder bewähren dürfen, und Homosexuelle habe es im Ort nie gegeben. Das mit den Judendeportationen tat ihm natürlich leid, hatte er doch nichts damit zu tun. Die seien Sache der SS gewesen. Aber natürlich hatte Blockwart Pissacker eine Liste der einundvierzig Juden von Heimstadt zusammen gestellt und Bremschneider daraus gewiss kein Schiffchen gebastelt. Später wollte es niemand genauer wissen. Jetzt war er Baustoffunternehmer und Jakobs Arbeitgeber. Pissacker stand noch immer in seinem Kiosk in Klaras Straße. Sein Sohn Albert war in Jakobs Alter. Ein merkwürdiger Kerl. Niemand mochte ihn, weshalb es jeden verwunderte, als ihn ein junges Mädchen aus dem Nachbardorf heiratete.

Ein stilles Geschöpf, blass, einfältig. Albert unterschied sich von seinem Vater nur dadurch, dass er nicht seine Zunge gebrauchte, um Unheil über andere zu bringen. Er benutzte seine Fäuste.

Über seinen eigenen Vater war sich Jakob im Ungewissen. Als der alte Schell mit der Panzerkettenfabrik in die Luft flog, war Jakob zu jung gewesen, als dass er nun, dreizehn Jahre später, hätte sagen können, wie viel von seinem Vater in ihm steckte.

Heinrich Schell war ein stadtbekannter Zecher gewesen, ein bulliger Schwarzkopf, ein Eisenschmelzer, SPD-Genosse wie schon der Großvater, und eben ein *Saufkopp*, der an jedem Wochenende seinen halben Lohn in den *Roten Ochsen* trug, um die Zeche der vergangenen Woche zu begleichen und eine neue zu ertrinken. Ein Großmaul, wie Jakob gehört hatte, das sich mit den Braunen ebenso prügelte wie mit den Kommunisten, bloß weil sie anderer Meinung waren als er. Von Zeit zu Zeit schlug er auch seine Frau, wenn sie das Haushaltsgeld vor ihm versteckte. Dafür hasste ihn Jakob. Ihn selbst rührte der Vater nur selten an. Im Frühjahr 1940 starb Jakobs Mutter an einer Lungenentzündung. Seit dem trank der Vater noch mehr. Oft war nichts zu essen im Haus. Jeden späten Samstagnachmittag wurde Jakob in den *Roten Ochsen* gerufen, weil sein Vater es nicht mehr nach Hause schaffte und mit der Schubkarre abgeholt werden musste.

Als Arbeiter war auf ihn Verlass. Jeden Morgen erschien er pünktlich in der Fabrik, die während des Krieges Panzerketten herstellte. Als im Oktober '41 die ersten jüdischen Heimstädter abgeholt und im Heuwagen durch die Stadt transportiert wurden, weinte er auf offener Straße und musste von zwei Kollegen davon abgehalten werden, auf den alten Pissacker einzuprügeln. Jakob erinnerte sich, wie er rasch ein paar Schritte von seinem Vater gewichen war. Vor wenigen Wochen hatte der Alte ihm eine Tracht Prügel verabreicht, bloß weil er mit ein paar Nachbarkindern durch die Straßen gelaufen war und jedem Juden *Jud Süß, Jud Süß* hinterher gerufen hatte. In diesem Augenblick, da die Leute anfingen zu reden, wer wohl gedacht hätte, dass der Schell ein Judenfreund sei, schämte Jakob sich für seinen Vater. Er mochte die meisten jüdischen Kinder in der Nachbarschaft. Es stimmte auch nicht, dass sie stanken, wie es Lehrer Barsch in der Katholischen Jungenschule behauptete. Er glaubte nicht, dass die Juden die Kraft des deutschen

Volkes schwächen wollten. Wie konnte Moritz Herz, der Metzger, ein Feind des deutschen Volkes sein? Schließlich war er selbst Deutscher. Und hätte Herz ihm fast jeden Tag ein Stück Wurst geschenkt, wenn er Jakob hätte schwächen wollen? Warum hatte er dem Vater am Abend vor seiner Abreise seinen großen schwarzen Wintermantel geschenkt und den Alten in der Wohnküche umarmt, als seien sie alte Trinkbrüder und würden sich nie wieder sehen? War ihm denn nicht kalt? Aber *ein Judenfreund*, das wollte Jakob ebenso wenig sein wie eine Petze oder ein kränklicher Brillenträger. Seine Leistungen in der Schule ließen zu wünschen übrig, er hatte auch in der Jungschar nichts zu melden, denn aus eigenem Antrieb tat er nichts, worauf der Führer hätte stolz sein können. Aber er wollte kein Außenseiter sein, kein Feind des Reiches.

Nach Kriegsende erfuhr Jakob, dass sein Vater den französischen und russischen Kriegsgefangenen in der Fabrik heimlich Lebensmittel und Papier ins Lager gebracht hatte, das an die Fabrik grenzte. Weil er ein guter Eisenschmelzer war, obendrein Witwer und sich um seinen Sohn zu kümmern hatte, ließ man ihn in Ruhe. Etwa zur selben Zeit, im September '43, befreiten deutsche Fallschirmjäger Benito Mussolini aus dem Gefängnis, in das ihn der italienische König im Sommer gesteckt hatte. Jakob lag in seinem Bett und hörte, wie der Vater besoffene Reden schwang. *Den Mussolini hätten sie standrechtlich erschießen und nicht bloß ins Gefängnis stecken sollen. Sieht man ja, was passiert, wenn man die Kerle leben lässt. Und den Hitler sollte man in die Luft sprengen. Dann wäre Ruh'*. Jakobs Großvater schloss die Fensterläden und sagte: *Schrei nicht so rum. Willst du, dass die Gestapo kommt?* Jakob hörte, dass eine Flasche hart auf den Küchentisch gestellt wurde: *Sollen sie doch. Werde ich eben auch vergast.*

Jakob stand auf und ging in die Küche. Er sollte schlafen. Morgen würde er in der kalten Reparaturhalle unter Bremschneiders Lastwagen liegen und Achsen mit steifem gelben Fett einschmieren. Er setzte sich auf den Küchentisch und trank ein Bier. Mit einem Mal wusste er, dass er hierher gehören wollte. Ruth hatte nicht schwanger zu sein, Alwin würde ihm Geld leihen, und auf Capri würde Klara Ja sagen. Jakob straffte seine Schultern. Wenn sie Nein sagt, dachte er, saufe ich mich eben tot.

7

In den folgenden Wochen gelang es allen, sich mit dem Stand der Dinge vorläufig abzufinden. Niemand bedrohte ihre Hoffnungen, waren sie auch noch so vage. Nichts hinderte sie daran, im Fluss der Tage weiter mitzuschwimmen, mitunter mühsam zwar, doch den Kopf über Wasser. Jeder Tag konnte mit dem Gefühl beginnen, das Schicksal sei mitnichten entschieden und die Zukunft eine weiße, noch zu füllende Seite. Ruth Schmalenbach dagegen sah sich aus ihrem Leben herauskatapultiert. Ehe sie keine Gewissheit hatte, nicht schwanger zu sein, stand ihr Leben still.

Heiligabend verbrachte Klara mit Jakob. Sie bereitete ein polnisches Hähnchen zu, für das er sich bei *4 Türme* in Unkosten gestürzt hatte. Dazu tranken sie eine Flasche neuen Ingelheimer Rotwein. Nach dem Essen saßen sie auf Klaras Couch, hörten einen holländischen Sender, der keine Weihnachtslieder spielte, und träumten von Capri. Doch irgendetwas bedrückte Jakob. Er trank mehr als sonst, und nahm er sie in die Arme, wirkten seine Zärtlichkeiten befangen. Auf die Frage, was ihn beschäftige, schüttelte er den Kopf.

Alwin hatte sich in Elvira verliebt, und die schöne Frau aus Brüssel war Heimstadts Gesprächsthema Nummer Eins. Kein Zweifel, dass Alwin am Sarg seines Vaters zimmerte. Weshalb sonst ließ er sich mit einer belgischen Jüdin ein und kutschierte sie ganz ungeniert durch die Gegend? Alwin hatte sich mit einem zarten Kuss aus seiner sexuellen Beziehung zu Klara verabschiedet und sagte dazu: *Wenn ich mit Elvira zusammen wäre, um dem Alten eins auszuwischen, wäre das zuviel der Ehre für ihn und eine Frechheit gegenüber dieser wunderbaren Frau. Im Übrigen ist Elvira ebenso wenig eine belgische Jüdin wie ich ein protestantischer Schwede.* Klara drückte ihn freundschaftlich und wünschte ihm ein frohes Fest.

Seit dem letzten Mal blieb auch Theo nicht mehr über Nacht. Klara genoss seine vertraute Begeisterung über ihr Essen, er beschenkte sie mit *Katzenzungen* und beließ es bei behutsamen Küssen auf ihr Haar. An Silvester blieb er bei seiner Mutter, während Klara mit Jakob, Alwin und Elvira im *Blauen Wunder* feierte, einem Kölner Tanzschuppen mit Jazz-

Musik. Alwin hatte eingeladen. An diesem Abend erfuhr Klara, dass Elvira verheiratet war und bald nach Brüssel zurückkehren würde. Um Mitternacht war die Stimmung an ihrem Tisch gefasst. Sie umarmten sich der Reihe nach.

Caspar, Melchior und Balthasar klopften an, sangen ihr Lied und schrieben mit einem Stück Kreide *C+M+B-58* an den Türrahmen. Ruth Schmalenbach schaute den Jungen ins Gesicht und traf eine Entscheidung. Kurz vor Silvester hatte sie die Ungewissheit nicht mehr ausgehalten. Sie war mit dem Bus nach Köln zu der Hebamme gefahren, die ihr damals das Kind weggemacht hatte. Der alten Frau fiel das Atmen schwer, denn den Krieg hatte sie im Zuchthaus verbracht. Sie durfte nicht mehr als Hebamme arbeiten und verdingte sich als Putzfrau. Wer ihre Adresse kannte, durfte jedoch auf Hilfe hoffen. Sie untersuchte Ruth, wischte sich die Hände an ihrer Schürze ab und schüttelte den Kopf.

»Mädchen, ich hab dir doch erklärt, wann du den Kerlen sagen sollst: Ohne Gummi ist heut nichts. Wenn ich dir das hier auch noch wegmache, glaub ich nicht, dass du noch mal eins kriegen kannst. Überleg dir das und komm an Heilige Drei Könige wieder, wenn du meinst, das ist das Richtige.«

Ruth fragte sich, ob sie Jakob Schell jemals lieben könnte. Sie liebte Horst, noch immer, auch wenn der verheiratete Arzt, der jeden Freitagabend nach ihrem Vater schaute, nichts davon wissen wollte. Von der abgebrochenen Schwangerschaft wusste er nichts. Es sei über ihn gekommen, wie er sich ausgedrückt hatte, als er sich mit tausend Worten für seinen unverzeihlichen Fehler entschuldigte. Doch sie verzehrte sich nach ihm.

Seit Ruth wusste, dass sie wieder schwanger war, bedrängten sie kalte Ängste, vor dem erneuten Abbruch, vor der drohenden Kinderlosigkeit, vor dem Kind und vor der Reaktion Jakob Schells. Er war ein Lebemann und an ihr ebenso wenig interessiert wie Doktor Horst Kollmar. Seit der Nacht, als sie nach dem Tanz im *Krautkrämer* in seiner Wohnung gelandet waren, hatte Jakob sich nicht mehr bei ihr blicken lassen. Dass sie, sollte sie das Kind nicht wegmachen lassen, ein uneheliches Balg zur Welt bringen würde, war nicht einmal ihre größte Sorge. Sie wollte ihre Mutter mit dem Vater nicht allein lassen, wenn sie ausziehen und das Geld, das sie als Schreibkraft im Büro der Emaillefabrik verdiente, für sich allein brauchen würde.

Als nun die drei Weisen an ihre Tür klopften, stand die Mutter mit einem Groschen in der Hand neben ihr, die Sternsänger sangen, sie wären gekommen, das Kind zu preisen, und Ruth entschied, nicht so eine zu werden wie Klara Schultheiß, auf die alle mit dem Finger zeigten. Klara hatte Liebhaber, aber keine Kinder. Bald würde sie alt und einsam sein. Jakob Schell jedenfalls, dafür würde Ruth sorgen, würde nicht mehr zu ihren Liebhabern zählen. Das Kind brauchte einen Vater, einen Mann, der sich um das Mädchen kümmerte (sie spürte, dass ein Mädchen in ihrem Bauch war), einen, dem nicht wie dem Vater beide Beine fehlten und ein Rudel Granatsplitter durch den Rücken streunte. *Von der Liebe,* sagte sie sich, während die Heiligen drei Könige an die Tür des Nachbarhauses klopften, *verstehen Männer sowieso nichts. Sie müssen nur da sein und anpacken können.* Ruth schloss die Tür und fühlte sich wie eine erwachsene Frau.

8

Wie immer roch auch an Aschermittwoch die Luft nach Benzin. Die Arbeiterinnen, von denen Klara die Älteste war, standen in langen Hosen und braunen Leinenschürzen in ihren Kabinen und betätigten die zischenden Spritzpistolen. Die rohen Bleche rollten scheppernd vom Säurebad heran, die fertigen wurden zum Brenner gebracht. Normalerweise unterhielten sich die Frauen lebhaft über alles und nichts, doch an diesem Vormittag schienen sie ihren Gedanken nachzuhängen. In der Halle war es ungewöhnlich still.

Klara fragte sich, wohin Jakob seit zwei Wochen verschwunden war. Ohne ein Wort. Sie war zu Bremschneider gegangen und hatte im Büro erfahren, dass er sich seit fast drei Wochen im Urlaub befand. Offenbar war Jakob verreist. Ohne sie. Zunächst war Klara enttäuscht, dann in

Sorge. Adi meinte, Jakob habe schon häufiger die Brocken hingeschmissen und sei ein paar Wochen abgetaucht. An den Karnevalstagen war sie zu Hause geblieben. Sie las und wartete auf Jakob. Weder Adi noch Alwin oder Theo hatten sie überreden können, auszugehen.

Auf dem Drehteller vor ihr lag ein blankes, an den Rändern nach unten gebogenes Blech, das aus dem Säurebad gekommen war und bald die dunkelbraun emaillierte Abdeckplatte eines Zimmerofens sein würde. Klara drückte auf den Auslöser ihrer Spritzpistole. Geistesabwesend hob sie das in *Majolita* besprühte Blech an und stellte es zum Antrocknen in die Darre, die hinter ihr an der offenen Kabinenseite stand. Honisch, der nicht richtig im Kopf war und Honisch hieß, weil er mit Bienen zusammen lebte und seinen Honig an alle im Werk verschenkte, wartete auf Klaras Blech.

»Pause. Klara«, sagte er strahlend. »Zwölf.« Er packte die Darre und rollte sie in die heiße Nachbarhalle zu den Brennern.

Träge hob Klara den Blick zur großen Uhr über dem Halleneingang. Sie nickte und rief: »Feuer einstellen, die Damen! Mittagspause!«

»Klara?«

Sie brauchte einige Sekunden, um sich zu orientieren. Elsbeth aus Kabine 3. Die Achtzehnjährige arbeitete links in der vorderen der beiden Kabinenreihen und wohnte ein paar Häuser weiter in der Bachstraße. In diesem Jahr war Elsbeth Vorsitzende der *Heimstädter Blauen Funkenmariechen* gewesen. Klara mochte sie. Sie ließ sich nicht alles gefallen wie die anderen Mädchen.

»Ja?«

»Hast du schon gehört?«

Plötzlich herrschte vollkommene Stille, als hätte jede das Atmen eingestellt. Die Geräuschlosigkeit schnürte Klara augenblicklich die Kehle zu. »Was soll ich gehört haben?«

»Lass Ipp.« Das war Christel, Elsbeths ein Jahr jüngere Schwester. Sie arbeitete in der Kabine neben ihr.

»Sie soll es erfahren«, sagte Elsbeth.

»Aber nicht so«, schaltete sich Mathilde aus der Kabine rechts von Klara ein. Die Einundzwanzigjährige war verlobt und hörte am Ende des Monats auf zu arbeiten. Ihr Verlobter wolle es so, hatte sie stolz erzählt.

»Hört mal, Mädchen«, sagte Klara ärgerlich. »werdet ihr euch mal einig?«

»Seit heute Morgen ist es amtlich«, sagte Elsbeth, »was an Rosenmontag schon gerüchteweise die Runde gemacht hat. »Und weil du gestern nicht den Eindruck gemacht hast, dass du es weißt, haben wir hier nicht drüber geredet. Aber heute morgen hat eine Kollegin oben im Büro-.«

Klara riss sich die Arbeitsschürze ab und trat aus ihrer Kabine. »Komm zur Sache Elsbeth!« Ihre Stimme verhallte in der metallischen Stille der Werkshalle.

»Die Kollegin aus dem Büro hat erzählt«, hörte Klara Elsbeth sagen, »dass Ruth Schmalenbach schwanger ist und in ein paar Wochen heiraten wird. Jakob Schell hat ihr einen Heiratsantrag gemacht.« Elsbeth trat aus ihrer Kabine und schaute Klara an. »Hattest du wirklich keine Ahnung?«

Klara schüttelte den Kopf. Nicht als Antwort auf Elsbeths Frage, sondern um die Zeit anzuhalten. Gewiss hatte sie sich gerade verhört. Am Abend erinnerte sie sich nicht, wie sie die Blicke der Mädchen in der Mittagspause ertragen hatte und ohne etwas auf die neugierigen Fragen zu antworten wieder an ihre Arbeit gegangen war. Zu Hause riegelte sie ihre Wohnungstür ab und legte sich ins Bett. Nach einigen Stunden öffnete sie eine Flasche Moselwein und begann, ihr Leben zu sortieren. Sie trank den Wein und wartete darauf, von dem Gefühl der Verlorenheit erlöst zu werden.

Gegen zehn kam Adi.

»Ich bin's nur«, sagte er und hielt eine Tafel Schokolade hoch. »Ich dachte, ich muss mal nach meinem Mädchen schauen.«

Sie hätte gerne einen Bohnenkaffee aufgesetzt, aber der war ihr an Rosenmontag ausgegangen, nachdem sie nächtelang auf Jakob gewartet hatte. Adi saß am Küchentisch, perfekt frisiert und gekleidet wie immer. Sein kastanienbraunes Haar trug er wild wie Charlie Chaplin; eine gekonnt widerspenstige Locke fiel ihm in die Stirn, was ihn gelegentlich zu einer anmutigen Kopfbewegung veranlasste, mit der er die Locke zurückbeförderte. Er verabscheute Anzüge, Krawatten und Schnürschuhe. Bei der Arbeit trug er bequeme Arzt- oder Tenniskleidung. In der Freizeit bevorzugte er schwarze Baumwolle, Leinen und Lederslipper. Bei seinem letzten Besuch in Hamburg hatte er sich ein ausgesprochen elegantes Paar gekauft. An diesem Abend trug er einen schwarzen Rollkragenpullover, wie die Existenzialisten, die Klara im *Stern* gesehen hatte. Adi bezog das Magazin für seinen Salon. Mit seinen dreißig Jahren, den großen braunen Augen, dem runden Kinn und seiner makellosen hellen Haut sah er bemerkenswert gut aus. Seine Eltern und zahlreichen Geschwister lebten in Heimstadt oder einem der Nachbardörfer, doch sie verweigerten den Kontakt mit ihrem *warmen Bruder*. Adi litt sehr unter dieser Ächtung und war seiner Mutter dankbar, dass sie ihn hin und wieder heimlich besuchte. Klara kannte ihn seit dem Sommer '45, als sie ihn in Jakobs Versteck am Rhein mit einem jungen Mann erwischt hatte.

»Ich verstehe das nicht«, sagte sie und ließ sich der Länge nach auf die Couch fallen. »Er muss sie doch nicht gleich heiraten! Wieso kommt er nicht und redet mit mir? Weshalb muss ich es als Letzte erfahren?«

Adi sagte nichts.

»Was soll ich machen? Adi, sag's mir. Ich kann mir ein Leben ohne ihn nicht vorstellen. Ich bin achtundzwanzig. Ich habe immer gehofft, er würde mich eines Tages heiraten. Verstehst du? Heiraten. Mich! Ohne ihn bin ich nur Heimstadts letzte Schlampe.« Sie begann zu schluchzen. Adi räusperte sich.

»Ohne ihn bin ich nicht mehr frei. Er bricht unseren Vertrag. Wie kann er das tun? Wo steckt er überhaupt?«

Adi reichte ihr sein weißes Taschentuch. Mit seiner warmen Hand auf ihrem Rücken ließ er sie weinen. Nach ein paar Minuten sagte er: »Ich weiß nicht, wieso er plötzlich auf die Idee kommt, das Mädchen heiraten zu müssen. Ehrlich gesagt, hätte ich ihm eher zugetraut, die Kleine mit dem Kind sitzen zu lassen. Jakob hat sich nie durch besondere Verlässlichkeit hervorgetan. Aber na ja, in genau solche Männer verliebe ich mich selbst immer wieder. Weiß der Henker warum.«

Klara richtete sich auf. »Ich wusste gar nicht, dass du schlecht über Jakob denkst.«

»Nein, ich mag ihn. Vielleicht liegt es daran, dass ich selber so furchtbar ordentlich bin. Mich faszinieren Menschen, die auf die Regeln pfeifen und kommen und gehen wann sie wollen. Aber sie machen einen unglücklich. Früher oder später, ganz sicher. Sie tun es nicht aus Boshaftigkeit, sondern weil sie sich oft selbst nicht leiden können und voller Unglück stecken.«

Klara spürte das Ende ihrer Illusionen wie einen Riss durch ihren Körper. Hatten Jakob und sie sich je die Wahrheit gesagt?

»Er wird sich bald bei dir melden«, sagte Adi und brach die Tafel Schokolade an, die er mitgebracht hatte.

Klara nahm seine Hand. »Bleibst du heute Nacht bei mir?«

Er grinste verlegen. »Das haben wir schon seit Ewigkeiten nicht mehr getan.«

»Ich will nur nicht allein sein.«

»Sicher.« Adi schob ihr ein Stück Schokolade in den Mund.

Am nächsten Nachmittag, nach acht stoisch überstandenen Arbeitsstunden, fand Klara einen Brief in ihrem Briefkasten. Ihr Herz tat einen Sprung, doch es war, als hüpfte nur das halbe Herz. Die andere Hälfte schlug beklommen weiter. Langsam stieg sie die Stufen zu ihrer Wohnung hinauf, nahm das Küchenmesser aus der Schrankschublade und öffnete den Brief säuberlich an der oberen Kante. Die Absenderadresse war Jakobs Adresse in Heimstadt, der Poststempel stammte aus Daun. Was hatte Jakob in der Eifel verloren?

Beim Auseinanderfalten des Briefs stach ihr ins Auge, dass er nur drei Zeilen enthielt. Augenblicklich durchströmte sie eine kalte Welle, die sie gleichgültig machen sollte. *Liebe Klara, wahrscheinlich hast du es schon gehört. Jawohl, ich werde Vater. Wir werden heiraten. Ich komme dich bald besuchen. Jakob.*

Als ihre Zähne zu knirschen begannen, löste sie ihre Starre und warf den Brief ins Herdfeuer.

Den Rest des Tages schmiedete sie einen kühnen und abwegigen Plan. Ob er gelingen würde, war mehr als unsicher. Doch wie die Dinge standen, gab es keine andere Möglichkeit. Mit dieser blutenden Wunde auf der Stirn wollte sie nicht ihr Leben lang durch Heimstadt gehen. Aus dem Nachtschränkchen nahm sie Van de Veldes *Das Buch der Frau* und legte sich aufs Bett, wo sie bis in die Nacht alles über die Befruchtung der Frau studierte.

Elvira war zu ihrem Mann nach Brüssel zurückgekehrt. Sie schrieb, sie habe sich mit ihm ausgesprochen, und bestätigte *trotz der sehr glücklichen*

Zeit mit dir noch einmal das unwiderrufliche Ende der Affäre. Seitdem waren Alwins Geschäfte ins Stocken geraten. Nicht, weil sich in der Zwischenzeit die Absatzchancen für Hehlerware verschlechtert hätten. Alwin konnte sich nicht mehr konzentrieren. Gute Gelegenheiten ließ er sausen, andere organisierte er wie ein Anfänger. Er beschloss, eine Weile zu pausieren. Aus Liebeskummer im Zuchthaus zu landen, war zwar eine romantische Vorstellung, der er durchaus etwas abgewinnen konnte. Da Elvira ihn aber niemals im Knast besuchen würde, legte er sich lieber ein paar Wochen auf die faule Haut. Dass Jakob beschlossen hatte, ein Ehrenmann zu werden und Klara weiterhin auf eine Erklärung von ihm wartete, war Alwin vollkommen unverständlich. Alwin befürchtete ein Desaster, auch wenn es ihm durchaus zupass kam, dass Jakob sich dünne gemacht hatte. Klara zeiget sich ausgesprochen trostbedürftig, und Alwin liebte es, zwischen ihren langen Beinen Scherze zu machen.

Allerdings war ihm unlängst ein Missgeschick unterlaufen. Sonntag hatte Klara ihn zum Fischessen eingeladen. Still und stolz und schön bewegte sie sich durch ihre Küche, wie Alwin es nicht anders erwartet hatte. Sie lächelte mitfühlend, als er von Elviras Brief berichtete, und nickte seufzend, als Alwin meinte, Jakob sei immer schon verrückt gewesen. Sie redete wenig an diesem Abend, die Forellen schmeckten vorzüglich, und als sie ihn bat, die Nacht bei ihr zu bleiben, fand Alwin sie für einen Augenblick so betörend traurig, dass er sich vornahm, ihr in dieser Nacht der zärtlichste aller Liebhaber zu sein. Wenn dann bloß nicht das Kondom gerissen wäre! Alwin verstand nicht, wie das geschehen konnte. Er hatte sich sehr behutsam bewegt, und als er später das Kondom abstreifte, schien alles in bester Ordnung. Doch plötzlich war Klara aufgesprungen. Sie hielt das Kondom gegen das Licht ihrer Nachttischlampe. *Mist!* rief sie und rannte in die Küche. Beunruhigt ging er hinterher und fand sie vor dem Spülstein, wo sie sich energisch zwischen den Beinen wusch. *Das verdammte Kondom ist gerissen!* rief sie und pfefferte das Ding in den Abfalleimer.

Danach saßen sie am Küchentisch und rauchten. *Glaubst du, dass was passiert ist?* hatte Alwin sie mit trockner Kehle gefragt. Sie drückte ihre Zigarette aus und sagte: *Ich hoffe nicht. Komm lass uns schlafen. Morgen ist Montag.* Nachdem sie sich im Bett an ihn geschmiegt hatte, begann sie bald gleichmäßig zu atmen. Alwin dagegen konnte nicht schlafen und vermisste Elvira mehr als je zuvor.

Theo war ein schlechter Lügner. Jedes Mal verrieten ihn seine roten Wangen. Dabei bedrängte ihn weniger die Angst erwischt zu werden. Er schämte sich auch nicht. Doch war die Aussicht außerordentlich aufregend, eine kleine Lüge (zu etwas größerem fehlte ihm die nötige Verschlagenheit) könne zu einem unverhofften Erfolg führen. Er war deshalb froh, dass Klara nicht von ihm wissen wollte, was er über Jakobs Heiratsabsichten dachte. Er sah, wie traurig sie war, und wollte nicht gestehen müssen, wie viele Luftsprünge er im Geiste unternommen hatte, als das Gerücht um Jakobs Heiratsantrag nach Karneval Wahrheit geworden war. Als Klara ihm außerdem erzählte, sie habe sich am vergangenen Sonntagabend mit Alwin getroffen und stundenlang seinem Liebeskummer wegen Elvira aus Brüssel lauschen müssen, befand sich Theo über Wolke Sieben. Unwahrscheinlich, dass Alwin die Nacht mit ihr verbracht hatte. Und so sah Theo eine Chance gekommen, auf die zu hoffen er nie gewagt hatte. Er würde zeigen, wie einzigartig und verlässlich seine Liebe war. Aber er durfte nichts überstürzen. Sie brauchte Zeit, um über Jakob hinweg zu kommen. Mit einem Mal erschien Theos Hoffnung keineswegs mehr vermessen, Klara Schultheiß eines Tages zum Traualtar führen zu dürfen.

Sie hatte einen Sauerbraten mit Rotkohl und Salzkartoffeln zubereitet; ein Festessen für einen Mittwochabend. Fleisch kam gewöhnlich nur sonntags auf den Tisch. Doch auch ohne diese Besonderheit wurde Theo an diesem Abend ein Gefühl von Unwirklichkeit nicht los. Es rührte ihn, wie tapfer Klara sich mühte, ihre Traurigkeit zu verbergen. Sie drückte seine Schulter, als sie hinter ihm herging, und lächelte still, als er sagte, dass es ihm schmecke. Trotzdem spürte er, dass sie nicht wirklich da war. Zwar überraschte es ihn nicht, dass sie ihn bat, die Nacht bei ihr zu bleiben, doch dann fiel es ihm schwer, zum Höhepunkt zu kommen. Sie bewegte sich auf ihm wie immer; sie gab dieselben leisen lusterfüllten

Laute von sich, und er sah ihre Pracht hoch über sich. Trotzdem dachte er über die Möglichkeit nach, dass sie ihn nicht wirklich meinte.

Dann war sie plötzlich aufgesprungen, hatte das Kondom, das er neben das Bett gelegt hatte, in die Hand genommen und gegen das Licht der Nachtischlampe gehalten. *Mist!* Sie war in die Küche gerannt, wo er sie vor dem Spülstein fand und mit ansah, wie sie sich aufgebracht zwischen den Beinen wusch. *Das verdammte Kondom ist gerissen!* hatte sie gerufen und das Gummi in den Mülleimer geworfen.

Später saßen sie am Küchentisch, Klara rauchte. *Glaubst du, dass es passiert ist?* fragte Theo und empfand eine himmlische innere Ruhe. Sie drückte ihre Zigarette aus und sagte: *Ich hoffe nicht. Komm lass uns schlafen. Wir müssen morgen früh raus.* Sie schlief bald ein, doch Theo lag lange wach. Er träumte mit offenen Augen von einem DKW-Junior, in den er eines Tages Klara und das Kind setzen würde, um mit ihnen für zwei Wochen nach Travemünde an die Ostsee zu fahren.

Zehn Tage, nachdem er den Brief geschrieben hatte, brachte Jakob den Mut auf, bei Klara anzuklopfen. Anders als erhofft, hatte der Brief seine Angst vor der Begegnung mit ihr anwachsen lassen. Nach einer Reihe von Versuchen, die Unmöglichkeit in Zeilen zu pressen, hatte er jedes Gefühl für seine Sätze verloren. Als er dann den Brief beim Postamt aufgegeben hatte, wünschte er sich bald, ihn nicht abgeschickt zu haben, und wurde mit einem Mal gewahr, dass er Klara nie seine Liebe erklärt hatte. Vielleicht würde er später einmal mit ihr darüber reden, in einigen Jahren, wenn sie sich bei einem Glas Wein an die Vergangenheit erinnerten und er mit einem wehmütigen Lächeln quittierte, was ihn gerade in tiefste Verzweiflung stürzte.

Klara öffnete die Haustür und lächelte schüchtern, als wäre er nicht ihr alter Freund und Geliebter. »Ja?« fragte sie.

»Ich denke, ich bin dir ein paar Erklärungen schuldig«, murmelte er.

»Das ist schön«, sagte sie. Sie hatte sich die Haare gewaschen und nicht, wie üblich, aufgedreht, sondern glatt gekämmt und in der Mitte gescheitelt. »Komm doch bitte in drei Tagen wieder. Mittwoch ist gut. Jetzt ist es nicht gut.«

Er spähte ins dunkle Treppenhaus: »Hast du Besuch?«

»Nein«, sagte sie und schloss die Tür.

Benommen ging Jakob nach Hause, wo Ruth auf ihn wartete. Er versicherte ihr, dass er sein Versprechen gehalten und sich nicht mit Klara getroffen habe. Er fragte sich, was mit Klara geschehen war, und vermisste sie sehr.

»Komm rein«, sagte sie drei Tage später und ging vor ihm die Treppe hinauf. Sie trug ein neues, eng anliegendes Kleid aus einem flimmernden türkisfarbenen Stoff, der ihren Körper schmerzlich betonte. Auf ihren Wangen schimmerte Rouge, die schmalen Fingernägel glänzten in einem Weinrot, das identisch war mit dem ihrer Pumps und ihres Lippenstifts.

Sie setzte sich auf die Couch und bat ihn, auf einem der Küchenstühle Platz zu nehmen. Zu essen gab es offenbar nichts, wie Jakob mit knurrendem Magen feststellte. Sie bot ihm auch nichts zu trinken an.

»Du wunderst dich vielleicht,« sagte sie und zündete sich eine Zigarette an, »dass ich mich so herausgeputzt habe. Nun,« sie blies den Rauch aus. »Ich will ehrlich sein: Ich möchte, dass du noch einmal siehst, worauf du offenbar für immer verzichten willst.«

»Klara.«

»Oder nicht?«

Ihre Schroffheit war ernüchternd. Er hatte sich auf ein Meer von Tränen eingestellt. Nun ließ sie ihm nicht einmal Gelegenheit für Ausflüchte.

»Erzähl mir, was passiert ist.«

Er zündete sich eine Zigarette an und nahm einige Züge. »Ruth hat schon einmal ein Kind wegmachen lassen. Sie kann es nicht ein zweites Mal tun. Ich verstehe das, und deshalb muss ich tun, was ein Mann zu tun hat, wenn er einer Frau ein Kind gemacht hat.«

»Bist du der Vater?«

»Ruth sagt, ich bin der Einzige, mit dem sie in den letzten Monaten geschlafen hat. Was soll ich tun? Ich glaube ihr.«

»Einfach so?«

»Nein. Weil es eine Menge besserer Partien gibt als mich.«

»Wo warst du in den letzten Wochen? Ich hab mir Sorgen gemacht.«

»Ruth hat Verwandte in Daun. Einen Onkel und ihre Tante. Sie haben dort einen Bauernhof. Ich habe gearbeitet wie ein Pferd und über alles nachgedacht. Ich musste raus aus Heimstadt, und ich wollte Ruth nicht allein lassen.«

Er sah, dass jedes seiner Worte sie verletzte. Aber das war nicht zu ändern. Klara hatte ihn nie wirklich gebraucht und würde über die Trennung sicher bald hinweg kommen. Außerdem kümmerten sich Alwin und Theo um sie. Klara war stark.

»Dieser Brief«, sagte sie. »Weißt du, dass du Ruth darin nicht beim Namen nennst? Du schreibst mir: *Wir werden heiraten*. Hättest du nicht hinzugefügt, dass du mich bald *besuchen* kommst, hätte ich glauben können, du meintest dich und mich mit ›wir‹.«

Er zog er die Schultern hoch. »Ich bin kein großer Schreiber.«

»Liebst du Ruth?«

Er blies den Rauch in einer dünnen Fahne aus. Dann schüttelte er den Kopf. Er hätte Klara gerne gesagt, dass sie die Einzige war, die er liebte. Er hätte ihr auch sagen können, dass er dabei war, sein Leben zu ruinieren, weil er ein Mädchen heiratete, das er nicht liebte und das ihn nicht liebte. Dass er immer ein Spinner gewesen sei, der nicht erwachsen werden wollte, und den immerzu die Angst vor der Verantwortung jagte.

»Ich weiß, was alle denken«, sagte er. »Wieso will er denn auf einmal seinen Mann stehen? Ich sag's dir, Klara. Weil ich noch nie in meinem Leben etwas gut gemacht habe und ich Ruth nicht sitzen lassen kann.« Er stand auf und trat ans Fenster. Das gab ihm einen Stich, denn ihm fiel auf, dass er dies oft tat, wenn sie in ihrer Küche waren. »Wir sind immer etwas Besonderes in diesem Kaff gewesen. Wir haben über die Spießer die Nase gerümpft, aber wir waren nie gemein. Ich war nie ein Schwein.« Er schluckte. »Sag Klara. Was würdest du tun an meiner Stelle? Sei ehrlich.«

Sie schaute ihn lange an, bis er glaubte, sie schaute durch ihn hindurch, und war so unglaublich attraktiv, dass er jeden Atemzug wie einen Messerstich spürte. »Ich würde Ruth heiraten«, sagte sie.

Jakob senkte den Blick.

»Schläfst du mit mir? Ein letztes Mal?«

9

Vierzehn Wochen später, am ersten Sonntag im Juni, fuhr Klara mit dem Bus ein letztes Mal nach Köln zu Resi. Adi hatte ihr die Adresse besorgt. Er kannte die Hebamme aus einem Lokal im Kölner Friesenviertel, wo sich nicht nur Homosexuelle, sondern auch Lesbierinnen trafen. Resi arbeitete in einem Krankenhaus im Kölner Süden und verdiente sich mit *Notfällen* Geld nebenbei. Klara war glücklich. Zu Beginn des zweiten Monats, Jakob und Ruth Schmalenbach hatten ein paar Tage zuvor standesamtlich geheiratet, entdeckte sie Blut in ihrer Unterwäsche und war voller Angst zu Resi gefahren. Sie brauchte jemanden, der ein waches Auge auf das kleine Wesen in ihrem Bauch hielt und keine weiteren Fragen stellte. Bevor Klara nicht sicher sein konnte, dass sie das Kind behalten würde, sollte niemand von der Schwangerschaft erfahren.

Resi hatte versichert, alles sei in Ordnung. Klara solle sich allerdings von den Lösungsmitteln im Emaillierwerk fernhalten. Hochgestimmt war sie mit dem Bus zurück nach Heimstadt gefahren. Zwei junge Männer mit kunstvoll frisierten Haartollen saßen auf den Sitzen vor ihr und drehten zum Unwillen der anderen Fahrgäste ihr Kofferradio auf volle Lautstärke, als *Sugar Baby* von Peter Kraus gespielt wurde. Klara befühlte ihren Bauch und summte im Stillen das obszöne Lied mit. *Schuggerschuggerbähibi, sei doch lieb zu mir...*

Noch am Mittag drehte sie an Theos Türklingel, um ihn zum Abendessen einzuladen. In den vergangenen Monaten hatte sie sich nur selten mit ihm oder Alwin verabredet, zumal Alwin nach der angeblichen Panne mit dem Kondom kein Interesse mehr an einer weiteren Nacht mit ihr kundtat. Klara war es recht. Sie ging zur Arbeit, kaufte ein und verbrachte die Abende allein zu Hause oder mit Adi. Er freute sich über die Schwangerschaft, als wäre er der Vater. Klara versprach ihm die Patenschaft.

Theo brach in Tränen aus, als sie ihm nach dem Essen einen Kräuterlikör einschenkte und eröffnete, sie sei im vierten Monat schwanger und er der Vater des Kindes. Die Tränen drängten sich zwischen den dicken Fingern seiner Hände hindurch, die er vors Gesicht geschlagen hatte. Dann kniete er nieder, nahm ihre Hand in seine nassen Hände und fragte, ob sie seine Frau werden wolle.

Klara lachte und ließ sich durch die Küche wirbeln. Vier Wochen später im Juli, ein paar Tage nach Klaras letztem Arbeitstag in der Emaillefabrik, gaben sie sich vor dem Standesamt in Heimstadt das Jawort.

Als am frühen Morgen des 20. September im Kreißsaal des Heimstädter Krankenhauses der erste Schrei ihres Kindes ertönte, war Ruth Schell einen Augenblick lang eine glückliche Frau, auch wenn sie nicht das Mädchen bekommen hatte, das von Beginn an durch ihre Träume geschwommen war. Jakob hatte die Nacht draußen im Flur gewartet und war ausnahmsweise nicht betrunken. Nun stand er vor ihrem Bett, lächelte müde und wiegte den kleinen Jungen in seinen Armen. Vor wenigen Wochen war Ruths Vater gestorben. Der Verlust des Mannes, den sie seit ihrer Kindheit nur als dahinsiechenden Torso gekannt hatte, traf sie mit ungeahnter Wucht. Ihrer Mutter schien es ähnlich zu gehen. Sie wirkte nicht von einer Last befreit, nur unendlich traurig. Ruths größtes Problem jedoch war Jakobs alles überschattende Niedergeschlagenheit. Er gab sich Mühe, sie zu lieben, und sie wusste, er hielt sein Versprechen und redete nicht mit Klara Schultheiß. Ihr zuliebe trank er seit einiger Zeit nur noch, wenn sie zu Bett gegangen war. Trotzdem trank er zuviel. Seit sie zu ihm in seine kleine Wohnung gezogen war, schienen ihn die Lebensgeister zu verlassen. Sie küssten sich morgens zum Abschied und abends zur Begrüßung, und er versicherte, wann immer sie es hören wollte, dass er seine Entscheidung, sie zu heiraten, nicht bereue. Er arbeitete, doch Ruth sorgte sich um seine Fahrtüchtigkeit. Wenn er morgens mit strammem Schritt zur Arbeit aufbrach, ging er, als habe er einen Besen verschluckt. Niemand sollte merken, wie betrunken er noch war.

Ruth legte all ihre Hoffnung in das Kind. Es würde eine Familie aus ihnen machen. Vielleicht fühlte sie sich dann in ihrem Leben besser aufgehoben. Nun, da sie ihren Ehemann mit dem Jungen vor ihrem Bett stehen sah, hoffte sie, der Kleine möge ihnen helfen, sich ineinander zu verlieben.

»Wie sollen wir ihn nennen?«, fragte sie.

Jakob zuckte mit den Schultern. »Du warst so sicher, eine Ricarda zu bekommen.«

»Soll er Richard heißen?«

Jakob schaute den Jungen an. Ein kräftiger Bursche, hatte die Hebamme gesagt. Gesund und stark, mit dem schwarzen Haar seines Vaters. Er berührte mit dem Zeigefinger die Nase des Kindes und sagte: »Hallo, Richard.«

Klara kam am 13. Dezember in der Gertrudenstraße nieder. Eine schwere Geburt, aber in Resis Händen fühlte sie sich aufgehoben. Klara mochte die große Frau. Sie gab ihr mütterlichen und schwesterlichen Beistand zugleich. Paula war noch immer beleidigt, weil Klara sie nicht zur Trauung eingeladen hatte. Seitdem schien sie sich in Luft aufgelöst zu haben, obwohl Heimstadt nicht gerade groß war. Adi erzählte, er habe gehört, Paulas Mann, der Postbeamter war und an Asthma litt, solle nach Lübeck versetzt werden. *Famos*, war Klaras Kommentar gewesen. Während der Geburt massierte Theo ihr nach Resis Anweisung Rücken und Füße und wanderte Stunde um Stunde mit ihr durch Klaras inzwischen um ein Zimmer der Nachbarwohnung vergrößertes Heim. Adi hatte seinen Friseursalon kurzerhand geschlossen und hielt in der Küche heißes Wasser, saubere Handtücher, Bohnenkaffee und eine Gemüsesuppe bereit.

Vor einigen Tagen, an Theos sechsundzwanzigstem Geburtstag, hatte Klara sich mit ihm und Adi in Köln *Wem die Stunde schlägt* angesehen. Auf dem Heumarkt stand eine siebzehn Meter hohe Fichte aus der Eifel. Der festliche Anblick bescherte Klara zum ersten Mal seit Jahren weihnachtliche Gefühle, als wehten sie Klara aus ferner Kindheit an. Ingrid Bergman und Gary Cooper waren ein trauriges Paar. Ihr Schicksal ließ Klara im Dunkel des Kinosaals schmerzvoll an Jakob denken. Einen Wimpernschlag später legte Adi seine Hand auf ihren Arm. Klara sah Theo an. Wie ein trauriges dickes Kind wischte er sich die Tränen aus den Augen. Sie schätzte ihn mit jedem Tag mehr.

Adi war der Einzige, dem Klara erzählt hatte, dass Jakob der Vater des Kindes war. Er sagte, er bewundere die Unverfrorenheit, mit der sie

Alwin und Theo über die nachträglich beschädigten Kondome getäuscht und Jakob termingerecht einen Tag vor ihrem Eisprung einbestellt hatte. In der letzten gemeinsamen Nacht hatte sie Jakob beteuert, am nächsten Tag ihre Periode zu bekommen, weshalb sie zur Feier des letzen Mals ohne Kondom miteinander schlafen könnten. Kein Mensch kannte sich da aus, und so war auch Adi sicher, dass Jakob die Nachricht, Theo habe Klara ein Kind gemacht, ohne Argwohn aufgenommen hatte.

Nun lag ein kleiner Junge in Tücher gehüllt in Theos Armen.

»Was bist du hübsch«, flüsterte Theo. »So ein hübscher Bengel bist du, und so klein. Und so zart und so dünn. Ganz anders als dein Papa. Da kannst du froh sein.«

»Hast du gesehen?«, sagte Klara. »Er hat am Anfang der Poritze dieselbe kleine Hautfalte wie ich.«

Theo nickte lachend. »Ja, ein kleiner Schultheißsteiß.«

»Wie soll er denn heißen?«, fragte Resi.

»Alexander Aschkowski.« Theo schaute Klara verliebt an.

Die nächsten Wochen und Monate vergingen ohne Eile. Alwin schickte ein Glückwunschtelegramm aus Brüssel und ließ von Elvira herzliche Grüße ausrichten, die sich erneut von ihrem Mann getrennt hatte. Resi schaute einige Male vorbei und half Klara beim Stillen. Theo verbrachte jede freie Minute mit Klara und dem Kind und bat sie, ihm das Kochen beizubringen. Sie solle sich schonen. An Heiligabend bereitete er sein erstes Festessen zu. Kartoffelsalat mit Würstchen, Heringssalat, falscher Lachs und saure Gurken. Mit Adi und Heinrich, Adis neuem Liebhaber, feierten sie in der Gertrudenstraße Silvester, während der kleine Alexander in seinem Stubenwagen schlief. Ein paar Wochen später erklärte sich Adolf Meurer feierlich zum Taufpaten.

Um Klara eine Freude zu machen, kaufte Theo einen Fernseher. Klara war zwar besorgt wegen der 600 Mark, die das Gerät gekostet hatte, genoss es jedoch, zu den Ersten in der Straße zu gehören, die einen Fernseher besaßen. Anfang Februar verfolgte sie mit dem Kleinen auf dem Schoß die erst sechzehnjährige Marika Kilius und ihren ein Jahr älteren Partner Hans Jürgen Bäumler, die in Davos Europameister im Paarlaufen wurden. Im März fuhren Adi und Heinrich mit dem Zug nach Capri, was Klara mit alter Sehnsucht erfüllte. Sah sie Jakob in der Stadt, schaute er weg. Von

Capri brachte Adi eine große Korbflasche Chiantiwein mit, die er mit Theo und Heinrich noch am selben Abend leerte, und über der sich bald eine Tropfkerze ergoss.

Am ersten Samstag im April gingen Klara und Theo zum ersten Mal seit Alexanders Geburt ins Kino. *Die Katze auf dem heißen Blechdach* war ein todtrauriger Film, der sie jedoch nicht traurig machen konnte. Anschließend holten sie Alexander bei Resi ab, zu der Adi mit dem Kleinen gegangen war. Klara stillte den Jungen, dann fuhren sie mit dem letzten Bus zurück nach Heimstadt.

In der Nacht rollte Klara Alexanders Stubenwagen in die Küche. Dann setzte sie sich auf Theo und bewegte ihre Hüften mit ruhiger Konzentration. Seine großen Hände streichelten ihre Brüste, und Klara war froh und sicher. Sie hatte die richtige Wahl getroffen. Jakob war verloren. Alwin besaß genügend Geld für den Notfall, und Theo war der beste Vater, den sich eine Frau für ihr Kind wünschen konnte.

Langsam beschleunigte sie ihre Bewegungen, bis sie die Lust in sich aufsteigen spürte und kleine heisere Rufe ausstieß. Als sie kam, warf sie sich nach vorn und sah verzückt, wie die Milch aus ihren Brüsten auf Theos weiche breite Brust tropfte.

Drei

Sommer 1967 – Die Brüder

10

Jesus neigte sein bärtiges Haupt, schwer unter der Last der Dornenkrone und aller Sünden dieser Kinder Gottes. Er hing an einem halben Meter langen Eichenkreuz, dem die obere rechte Kante fehlte und irgendwann das hintere *I* abhanden gekommen war. Die Kinder fanden es merkwürdig, dass *INR* die Haare so lang trug. Er sah aus wie ein Gammler. Im letzten Monat war einer totgeschossen worden, der so ähnlich hieß wie das Theater im Fernsehen, bei dem man kaum ein Wort verstand und die Erwachsenen trotzdem lachten. Alexander fixierte die hellbraunen aufeinandergenagelten Füße. In seinem rechten Ohr begann es zu fiepen. Er hielt den Atem an. In seiner Panik sprang sein Blick zu der von einer Lanze geöffneten Seite des fleckigen nackten Oberkörpers und folgte dem linken, muskulösen Arm zu dessen gespaltenem Handgelenk. In diesem Moment, als in seinem Augenwinkel ein schwarzer Schatten niedersauste und die Finger zu explodieren schienen, gab er einen hohen tierhaften Laut von sich.

Die Klasse stöhnte auf. Binnen weniger Sekunden stieg die Raumtemperatur um einige Grade, wie immer, wenn Lehrer Barsch einem der zweiundfünfzig männlichen Drittklässler der katholischen Volksschule in der Blücherstraße befahl, das Jesuskreuz neben der Tafel anzuschauen und die linke Hand auszustrecken. Stets die linke Hand, nie die andere. Die Rechte brauchte man noch zum Arbeiten.

»Halt' still Aschkowski. Die Schonzeit ist um.«

Barschs flaschenbodendicke Brillengläser blitzten in der heißen Julisonne, die große helle Rechtecke in den ansonsten düsteren Klassenraum warf. Barschs Gebiss war gelb, sein Kopf kahl. Er hob den Zeigestock.

Der Stock war so gut wie neu. Das Jesuskreuz hingegen hing da schon seit Beginn seines Lehrerdaseins an dieser Schule vor bald fünfzig Jahren. Auf dem Pult vor der Tafel lagen neben seinem schwarzen Hut, dem ebenfalls schwarzen Gehstock und der braunen Aktentasche eine zerknautschte Kakaotüte – das Corpus delicti – und ein 5-Klingenspender von *Rotbart Rostfrei*, der selbstverständlich nichts in der Hosentasche eines Achtjährigen zu suchen hatte.

Trotz aller Vorsätze begann Alexander zu weinen, und ohne dass es jemand hören konnte, schrie er nach Theo, bis es ihm schwarz vor den Augen wurde.

Theo öffnet die Tür zum Kinderzimmer. Er lächelt, denn es ist ihm eine Ehre, dass sein Kind bei ihm Zuflucht vor den Monstern sucht. Behutsam nimmt er Alexander auf den Arm. Am Nachmittag hat es geschneit, die Nacht ist frostig, im Zimmer ist es kalt. Der Kleine reibt sich mit den Fäusten die Augen und schmiegt sein blondes Lockenköpfchen an die weiche Schulter des Vaters. Theo geht in die Knie und fischt im Dunkel nach der Zudecke. Er drückt den Jungen an sich und schwankt wie ein Bär hin und her. Oh, wie ich dieses Kind liebe! denkt er und dankt Klara, dass sie ihm Alexander geschenkt hat. *Was hat er denn wieder?*, fragt sie ein wenig missmutig. Sie sitzt am Küchentisch und mag ihre Lektüre nicht unterbrechen. Seit Wochen liest sie alles, was sie über Jackie Kennedy in die Hände bekommt. Jackie ist Ende November Witwe geworden und füllt seitdem die Klatschspalten der Zeitschriften. Adi versorgt Klara regelmäßig mit den neuesten Ausgaben, die er später in seinem Salon für die wartende Kundschaft auslegt. Mit Fug und Recht kann behauptet werden, dass Adi der in dieser Hinsicht am besten sortierte Friseur Heimstadts ist.

Theo liebt Klara auf seine stille Art. Dass er nicht ihre große Liebe ist, weiß er. Aber sie ist ihm eine gute Frau, und ihm ist es eine Herzensangelegenheit, ihr ein guter Mann zu sein. Im vergangenen Jahr ist Jakob Schell mit seiner Frau und dem kleinen Richard in die Gertrudenstraße gezogen, in eine große Wohnung mit Ölzentralheizung, ein paar Häuser weiter. Seitdem reden Klara und Jakob wieder miteinander. Sie mache sich Sorgen um den Kleinen, hat sie Theo gesagt. Nicht nur Jakob trinke zuviel. Auch Ruth sei mehrmals mit einer Alkoholfahne an der Kasse von *4 Türme* aufgefallen. Aber darüber, sagt Klara, sei mit Jakob nicht zu reden. *In einer Woche ist Weihnachten, kleiner Mann,* flüstert Theo. *Wir haben ein tolles Geschenk für dich. Davon träumen alle kleinen Jungs.* Er gräbt seine große Nase in den dichten Schopf des Jungen und legt ihn zurück ins Bett. *Er hat nichts,* flüstert er, als er zurück in die Küche kommt. Klara schaut auf. Zufrieden legt Theo im Herdfeuer zwei Briketts nach.

Fast fünf Jahre sind seit Alexanders Geburt vergangen. Theo hat sich in dem neuen Leben mit all seinen Fährnissen eingerichtet, wie man sich in etwas fügt, das seine Richtigkeit schon haben wird. So wird er es auch in den wenigen Jahren halten, die ihm noch bis zu seinem Tod im November 1966 bleiben. Klara führt mit Umsicht den Haushalt und lernt, als Alexander in den Kindergarten geht, auf der alten *Adler* ihres nie gekannten Schwiegervaters das Maschinenschreiben. Fragt Theo, ob sie glücklich sei, lächelt sie und sagt: *Mir geht es gut.* Als Maurer verdient er nicht schlecht. Wenn er im Sommer um vier aufsteht und bis abends um sieben arbeitet, bringt er samstags 250 Mark nach Hause. In den Wintermonaten gibt es beim Innenausbau der Häuser genug zu tun. Neue Wände ziehen, Decken niedriger hängen, Wände kacheln, Rohre, Fließen und Elektroleitungen legen. Seine Stunden schreibt er jeden Abend in ein kleines Heft, das er mit anderen Dokumenten in einer flachen Zigarrenkiste aufbewahrt. Das Kästchen hat seinem Vater gehört und ist ihm heilig. Deshalb hat er Klara gebeten, es nicht anzufassen. Klara liest und schaut gerne fern. Sitzen sie abends bei einem Glas Moselwein zusammen, versickern ihre Gespräche rasch, sobald das Tagesgeschäft besprochen ist. Theo ist kein Redseliger, und Klara macht nicht den Eindruck, dass sie Gespräche über das Leben und die Kunst mit ihm vermisst. Dafür hat sie Adi, den sie abends gelegentlich trifft, um zu reden und damit er ihr die Haare macht. Theo ist stolz auf seine schöne Frau. Alle zwei, drei Wochen gehen sie zu zweit oder zu dritt ins Kino. Es gibt nichts, das ihm Sorgen bereitet, denn über allem thront der zarteste Junge, den er wie der Heilige Christopherus über alle Fluten hinwegtrüge. Theo wünscht sich ein Geschwisterchen für Alexander, aber Klara will nichts davon wissen.

Heiligabend schenken sie dem Jungen ein Fort aus dunkelbraunem

Plastikholz, mit Soldaten in blauen Uniformen und halbnackten dunkelhäutigen Indianern in farbigen Hosen, in Kämpferpose stehend oder zu Pferde sitzend, ein Gewehr anlegend oder einen Tomahawk schwingend. Theo kann es kaum erwarten, Alexander das Geschenk auspacken zu sehen. Das *Indianerfort*, wie Alexander es nennt, wird in den nächsten Jahren sein Ein und Alles sein. Bisher waren es die von Theo bemalten Bauklötze, mit denen Alexander jeden Tag in der Küche auf der heruntergelassenen Backofentür des Herdfeuers gespielt hat. Nun sitzt er bei schlechtem Wetter in seinem Zimmer und erweitert das Fort um Stallungen, Tränken und einen Saloon aus *Lego*. Geht er mit Klara in die Waschküche, lässt er die Indianer mit lang gezogenem Todesschrei vom Rand des Kessels für die Kochwäsche in einen der Wasserbottiche stürzen. Später, aber da lebt Theo nicht mehr, wird Richard, ein Klassenkamerad, Alexander die Hälfte der Indianerfiguren klauen.

Theo liebt es, am Sonntagmittag auf der Couch ein Nickerchen zu halten. Alexander krault ihm dann die Füße. Nach einer halben Stunde (Theo hat ihm an Klaras alter Küchenuhr gezeigt, bis wohin der große Zeiger wandern soll) darf Alexander ihn wecken. Das tut er jedes Mal auf dieselbe Weise. Er fasst ihn an der großen Nase, zieht daran und lacht. Theos Herz zerfließt, wenn er mit dem Jungen tanzt, ein Vergnügen, das er im herkömmlichen Sinn leidlich beherrscht. Doch mit Alexander, der mit seinen kleinen Füßen auf Theos Riesenfüßen steht und strahlend die Arme nach oben reckt, gehört es sich, den Walzer wie die Bären zu tanzen. Manchmal ist es auch bloß die Art und Weise, in der Vater und Sohn sich gemeinsam von einem Zimmer ins andere begeben.

An Theos einunddreißigstem Geburtstag im Dezember '64 stirbt seine Mutter an *Unterleibskrebs*. Ein paar Wochen lang zieht Theo sich zurück. Er mag nicht mit Klara fernsehen und geht früh zu Bett. Die erste Stunde nach Feierabend verbringt er unverdrossen mit Alexander. Das sanfte Wesen des Jungen tröstet ihn. Einige Monate später kauft er von seinem kleinen Erbe einen zitronengelben DKW-Junior. Er muss sich jedes Mal hinter das Steuerrad quetschen, doch der gebrauchte Zweitakter bringt es auf 110 km/h und die kleine Familie noch im selben Sommer sicher zum Ostseebad Travemünde.

Hätte Theo gewusst, dass ihm nicht mehr viel Zeit blieb, wären ihm die Jahre noch schneller vergangen, als sie es ohnehin tun. Bald geht der Kleine zur Schule. Auch deshalb wünscht Theo sich ein zweites Kind. Alexander ist zart, still und in dem, was er tut, sehr bedächtig. Zu Klaras Sorge zeigt er sich vor allem dort sehr ängstlich, wo andere Jungen ihre Männlichkeit beweisen. An Karneval als Cowboy verkleidet, knallen ihm die Pulverblättchenpistolen zu laut. Erschrocken fährt er bei jedem Schuss zusammen. Anders als die anderen Kinder ist er am Badetag am Dreifelder Weiher nur unter Gebrüll ins Wasser zu bewegen. Er interessiert sich nicht für Autos und auch nicht für Fußballspieler. Lieber verbringt er seine Zeit mit den älteren Mädchen aus der Nachbarschaft, die ihn *goldig* finden. Klara meint, der Junge sei ihr ein wenig zu weich geraten. Theo liebt ihn dafür umso mehr. In dem Alter wog er bereits das Doppelte. Er fühlt sich seinem Sohn im Wesen verwandt und ist glücklich, wenn er mit ihm auf dem Schoß bei einem Gewitter am offenen Fenster sitzt. Bei jedem Blitz fahren sie übertrieben heftig zusammen, zählen dann die Sekunden bis zum Donner, was Alexander schon kann, bevor er in die Schule kommt, und kneifen die Augen zusammen, wenn dicke Regentropfen auf das Fensterbrett platschen und von dort in ihre Gesichter spritzen. Theo bläut dem Jungen ein, niemals in einen Blitz zu sehen, denn davon würde er erblinden. An jedem späten Samstagnachmittag machen sie sich gemeinsam im Badezimmer für das Wochenende parat. Sie sitzen in der Badewanne, die Theo eigenhändig eingebaut hat, und wenn er sich und den Jungen einseift, durchströmt ihn das nie gekannte Glück, einem anderen männlichen Wesen ohne den leisesten Zweifel vollkommen vertraut zu sein. Alexander sieht ihm beim Rasieren zu und hofft jedes Mal, dass Theo sich schneidet. Obwohl die *Rotbart-Rostfrei*-Klingen sehr scharf sind, kommt das nur selten vor. Mit herausschauender Zungenspitze betupft Alexander den kleinen Schnitt mit dem weißen Alaunstift und reißt ein kleines Stück Zigarettenpapier ab, das er auf die verletzte Stelle klebt, um sodann fasziniert die Pyramide von Gizeh zu betrachten. Theo erfindet Geschichten über den grausamen Pharao von Gizeh, während er aus dem flachen 5-Klingenspender eine neue, außerordentlich gefährlich blitzende Klinge hervorzaubert.

Eines Tages bringt Alexander aus dem Kindergarten sein nur halb aufgegessenes Butterbrot mit nach Hause, was sich in den nächsten Tagen wiederholt. Klara findet nicht heraus, was an den Butterbroten nicht stimmen könnte. Das Mittagessen esse der Junge stets mit großem Hunger. An einem Abend, Theo hat ihm am Bettrand sitzend die Geschichte vom Elefanten erzählt, der seine Badehose vergessen hat und sich den Badeanzug der Maus ausleihen möchte, sagt Alexander, dass er nicht mehr in den Kindergarten gehen wolle. Er habe Angst, geschlagen zu werden. Richard Schell werde fast jeden Mittag von Schwester Eusebia verprügelt, bloß weil er frech sei und den Kindergarten manchmal schwänze. Alle Kinder müssten sich jeden Mittag im großen Flur versammeln, und irgendwer kriegte es dann mit dem Stock auf den Hintern. Die Angst, dass auch er einmal geschlagen werden könnte, sei ihm auf den Magen geschlagen. Prompt habe ihm Schwester Eusebia eine Tracht Prügel in Aussicht gestellt, sollte er sein Butterbrot nicht ordentlich aufessen.

Theo küsst Alexander und verspricht, mit der Schwester zu reden, was er sofort am nächsten Tag in seiner Mittagspause erledigt. Schwester Eusebia ist die Leiterin des katholischen Kindergartens und begrüßt Theo erstaunt.

Mein Junge hat mir erzählt, sagt Theo ohne Umschweife, *dass Sie die Kinder schlagen und auch ihm Prügel angedroht haben.* Das, was von dem Gesicht der Nonne zu sehen ist, strafft sich: *Über die erzieherischen Methoden unseres Hauses hat sich noch nie jemand beschwert, Herr Aschkowski*, sagt sie. *Aber keine Sorge, ihr Sohn ist der Bravste von allen und hat normalerweise keine Schläge zu befürchten. Allerdings können wir es nicht dulden, dass ein Kind sein Brot nicht aufisst. Das habe ich ihm klargemacht.* Theo bleibt ruhig: *Meinen Alexander rühren Sie jedenfalls nicht an, haben Sie mich verstanden?* Schwester Eusebia zieht die Augenbrauen hoch: *Werden Sie nicht unverschämt. Wie wir die Kinder erziehen, müssen Sie schon uns überlassen.* Damit lässt sie Theo stehen. Er ruft ihr noch hinterher: *Und lassen Sie mir auch den kleinen Schell in Ruhe.*

Ein paar Tage später berichtet Alexander, dass Richard ihm heimlich helfe, das Butterbrot aufzuessen. Nur so lange, wie die Obernonne die Finger von ihm lasse. Als Theo seinen Arbeitskollegen von dem Vorfall berichtet, erntet er bloß Kopfschütteln. Was er denn an dem Verhalten der Nonne auszusetzen habe? Klara dagegen lobt ihn, weil er auch für den kleinen Richard ein gutes Wort eingelegt hat.

Als Alexander in die Schule kommt, muss Theo erfahren, dass der alte Heinrich Barsch, der auch ihn schon Mores gelehrt hat, noch immer nicht in Pension gegangen ist. Vorsorglich lässt er ihn beim ersten der abendlichen Hausbesuche, die Barsch seit Jahrzehnten bei den Eltern seiner Schüler absolviert, wissen, dass er Alexander nicht schlagen dürfe. *Mensch Aschkowski*, sagt Barsch. *Wer hat dir denn diesen neumodischen Quatsch eingeredet?*

Theo hört von Alexander keine Klagen, und so stürzt er sich mit ihm in die Welt der Buchstaben und Zahlen. Theo war keine Leuchte in der Schule. Im Kopfrechnen ist er schwach, und was er aufschreibt, wimmelt von Fehlern. Deshalb hegt er die Hoffnung, eines Tages noch halbwegs gescheit zu werden. Alexander lässt ihn gerne abends an seinen Hausaufgaben teilhaben. Der Junge lernt wie elektrisiert.

Am 19. November des Jahres 1966, Alexander besucht erst die zweite Klasse, stirbt Theo, ohne dass er im Rechnen und Schreiben nennenswerte Fortschritte gemacht hätte. Die Balken des Dachbodens sind morsch. Theo soll eine neue Decke aus Eisenmatten und Beton einziehen. Er schaut aus der Dachluke auf die Kirchturmuhr. In wenigen Minuten ist es zwölf. Dann wird die Sirene auf der alten Turnhalle das Wochenende einheulen. Theo und Alexander haben sich für den Nachmittag am Rheinufer verabredet. Steine werfen, Schiffe zählen, Kakao aus der Flasche trinken. Als er sich umdreht, um sein Werkzeug einzupacken, gibt der Boden nach. Er spürt, wie sein linkes Bein beim Aufschlag bricht und etwas Hartes seinen Kopf trifft. Im nächsten Moment ist alles nass. Es bleibt keine Zeit, sein kurzes Leben noch einmal Revue passieren zu lassen. Es kommt ihm auch nicht in den Sinn, Klara und den Jungen ein letztes Mal im Geiste an sich zu drücken. Er merkt nicht einmal, dass er stirbt. Er ist bloß überrascht, dass er schreien will, es aber nicht kann.

Dann wird ihm schwarz vor den Augen.

»Mensch Aschkowski. Lass den Unsinn!«

Alexander schlug die Augen auf. Zwischen den Köpfen seiner Klassenkameraden, die einen Kreis um ihn gebildet hatten, war auch der von

Barsch zu sehen. Von Barschs Nasenspitze löste sich ein Schweißtropfen und traf Alexander beinahe ins Gesicht.

»Setzt euch hin!« Mit ausgebreiteten Armen drängte Barsch die Jungen zurück. Folgsam trollten sie sich auf ihre zerkratzten Bänke. »Und du steh auf, Aschkowski!«

Alexander schloss noch einmal die Augen. Die Haut an den äußeren Augenwinkeln spannte. Voller Scham erinnerte er sich, geweint zu haben. Vor diesem Mann, dem schlagenden Nachfolger der scheinheiligen Nonne Eusebia, und vor den Jungen, die den Bogen um ihn seit dem Tod seines Vaters vergrößert hatten. Früher mochten sie ihn nicht, weil sie ihn für eine Memme hielten. Inzwischen war ihnen seine Traurigkeit unheimlich. Den Tod gab es nur im Fernsehen, abends, wenn sie schon lange im Bett zu liegen hatten. Alexander sammelte seine Kraft, wie er es jeden Morgen vor dem Aufstehen tat, und kam auf die Beine.

»Hast du was an den Nerven, Aschkowski?«, fragte Barsch. »Das ist nicht normal.« Er wendete sich der Klasse zu. »Von einem Klaps auf die Finger kippt man nicht um.«

Alexanders Blick fiel auf Ulrich Schwarzweiler, dessen blasses Gesicht sich unter den kupferroten Haaren noch immer vor Schmerz verzerrte. Barsch hatte auch ihn in die Mangel genommen. Ihm gehörte die zerknautschte Kakaotüte auf dem Lehrerpult.

In den Pausen wurden die ausgetrunkenen Kakaotüten auf das Pflaster des Schulhofs gelegt und mit einem Tritt zum Platzen gebracht. Neben Eiergrabschen und dem Tausch von Fußballerbildchen war es den Stärksten obendrein eine Freude, den Kleineren und Ängstlichen die Kakaotüten wegzunehmen, um sie an ihrer Statt knallen zu lassen. Vor Richard, dem Chef der *Richie-Bande*, war kein Hosenstall und keine Kakaotüte sicher. Wer die Tüte nicht freiwillig hergab, dem wurde sie weggenommen. An diesem Morgen hatte Alexander in der ersten große Pause beobachtet, wie Ulrich Schwarzweiler seine Kakaotüte auf die Erde stellte, sich den Hosenbund hochzog und die Tüte einen Moment lang aus den Augen ließ. Das war die Chance. Nach Monaten der Bedrückung wollte Alexander ein trotziges Lebenszeichen setzen. Er stellte sich vor Schwarzweiler und ließ seinen Fuß niedersausen. Doch anstatt zu knallen, ließ die Kakaotüte bloß ihren Inhalt einen Meter hoch auf Schwarzweilers kurze graue Stoffhose und das hellblaue Hemd spritzen. Eigentlich war niemand so blöd und stellte seine ungeöffnete Kakaotüte auf den Boden. Wahrscheinlich schämte sich Schwarzweiler und war zutiefst erbost. *Du Blödmann!* schrie er, *du Pissschwein! Das bezahlst du mir!* und griff mit seinen kakaoverschmierten Händen in Alexanders Hosentasche. *Was haben wir denn hier!* rief er triumphierend und hielt den 5-Klingenspender von *Rotbart Rostfrei* hoch. Da war Alexander auf ihn losgegangen.

Alexander schwankte und stützte sich am Lehrerpult ab.

»Was ist los Aschkowski?« Barschs kurzärmeliges weißes Hemd klebte an seinem Unterhemd. »Kriegst du zu Hause nicht genug zu essen?«

Alexander sah ihn ausdruckslos an. Es war nicht zu übersehen, dass Barsch Angst hatte.

»Ist wohl besser, es bringt dich jemand nach Hause, Aschkowski«, sagte der Alte und wendete sich der Klasse zu. »Wer wohnt am nächsten bei ihm?«

Zehn Hände schnellten in die Höhe.

Barsch machte eine wegwerfende Handbewegung. »Aschkowski, wer von denen hier ist dein nächster Nachbar?«

Alexander zeigte auf Richard.

»Der Schell.« Barsch schien darüber wenig glücklich. Trotzdem winkte er Richard heran. »Aschkowski, sag deiner Mutter, du hattest einen Schwächeanfall. Sie soll dich ins Bett stecken. Verstanden?«

»Seine Mutter ist gar nicht zu Hause«, sagte Richard. »Sie arbeitet bei *Coca Cola*. Wie mein Vater.«

»Stimmt das Aschkowski?«, fragte Barsch erstaunt. »Seit wann?«

»Seit mein Vater tot ist, Herr Lehrer. Er ist im November gestorben.« Alexanders Stimme klang schwach. »Meine Mutter kommt immer erst um halb drei von der Arbeit.

»Ach?« Das hatte Barsch offensichtlich vergessen. »Und wohin gehst du nach der Schule?«

»In den Friseursalon Meurer«, schaltete sich Richard wieder ein. »Da holt ihn seine Mutter jeden Mittag ab. Stimmt's Aschkowski?«

Alexander nickte. »Herr Meurer ist mein Patenonkel. Er macht mir das Mittagessen.«

Barsch musterte die Jungen. »Dieser Meurer ist dein Patenonkel?« Er schüttelte den Kopf, als könne er nicht fassen, was aus dieser Welt geworden war. »Na schön«, sagte er und schob die Jungen zur Tür.

»Die Rasierklingen«, sagte Alexander. Er ging zurück zum Pult und steckte den 5-Klingenspender in seine Hosentasche. »Die haben meinem Vater gehört.«

Barsch schnaubte und bedeutete mit einer fuchtelnden Handbewegung, dass sie verschwinden sollten. »Und du Schell, kommst auf direktem Weg zurück, verstanden?«

»Ja, Herr Lehrer«, sagte Richard. Aber er dachte nicht daran. Barsch konnte ihm den Buckel runter rutschen.

Sie gingen durch die langen, nach Bohnerwachs riechenden Gänge des um die Jahrhundertwende errichteten Backsteingebäudes und überquerten den staubigen Schulhof. Zwei mächtige Platanen breiteten ihre Schatten aus. Richard nahm sein *Bonanzarad* und schob es durch das schwarze schmiedeeiserne Tor. Von der Gertrudenstraße bis zur Schule ging man nur fünf Minuten zu Fuß, aber Richard führte gern sein neues Fahrrad mit dem langgezogenen Sattel vor. Er war der Erste mit einem *Bonanza* und der Einzige, der mit dem Fahrrad zur Schule fahren durfte.

»Du rennst ja so!« Richard fuhr neben Alexander auf dem Bürgersteig. »Ich denke, du hast einen Schwächeanfall.«

Alexander schaute ihn von der Seite an und grinste zaghaft.

»Hab ich ja noch nie erlebt, dass du mal sauer bist.« Richard hielt an und streckte beide Hände nach vorn, als würge er jemanden. »Ich glaub, ich muss den Strich von Schwarzweiler kürzer machen. Was hältst du davon?«

»Weiß nicht.« Alexander blieb an der Ampel stehen. »Ich dachte, dass Ulrich seinen Kakao schon ausgetrunken hatte. Sonst hätte ich nie draufgetreten. Ich wollte ihm den Kakao ja nicht wegnehmen.«

»Trotzdem.« Richard hatte das Gefühl, etwas gutmachen zu müssen. Wie dieses halbe Hemd auf Schwarzweiler losgegangen war, hatte ihm imponiert. Schwarzweiler hielt sich bei Kloppereien nie an die Regeln. Auch deswegen konnte Richard ihn nicht leiden. Trotzdem hatte er ihn zu seiner rechten Hand gemacht. Es war die einzige Möglichkeit, ihn in Schach zu halten. Es gab nur einen Chef, und der hieß Richard Schell. »Und wie du dir die Rasierklingen wiedergeholt hast! Mein lieber Scholli. Außer mir hätte sich das keiner getraut.«

Die Ampel sprang auf grün. »Die gehörten meinem Vater«, sagte Alexander und ging los. »Ich will nicht, dass die jemand anfasst.«

Richard mochte es, wenn Jungen wie Alexander keinen Wind um ihre Großtaten machten. Er war schmächtig und ging jeder Keilerei aus dem Weg. Er wehrte sich nicht einmal, wenn man ihn schubste oder ihm ein Bein stellte. Nahm ihn Schwarzweiler in den Schwitzkasten, ließ Alexander sich hängen wie ein nasser Sack. Aber er war verdammt schlau und bildete sich nicht mal was drauf ein. Er wusste alles über die Tiere der Gegend und hatte ihm auf einem der Brachgrundstücke im Neubaugebiet, das an die Rheinauen grenzte, Eidechsen gezeigt und verraten, wo man Feuersalamander, Hirschkäfer, Kreuzspinnen und Blindschleichen finden konnte. Angeblich gab es im Wald sogar Füchse, Dachse, Wildschweine und Hirsche. Alexander konnte ihm viel erzählen. Der Stadtwald lag auf der anderen Seite der Hauptstraße, wo sie ohne Erwachsene nicht hindurften. Alexander las Bücher. Von Emil, einem Detektiv, von Sitting Bull und zwei Jungen, die in die Kanalisation hinabgestiegen und fast ertrunken waren. Wenn Alexander ihm davon erzählte, hörte Richard zu. Ansonsten herrschte ständig Durchzug.

Alexander ging seine eigenen Wege. Nicht erst seit dem Tod des dicken Aschkowski. Am meisten beeindruckte Richard, dass er nicht den geringsten Ehrgeiz zeigte, in die *Richie-Bande* aufgenommen zu werden. Alle wollten in seine Bande. Alexander nicht. Die Anderen rissen sich ein Bein aus, um an einen möglichst langen Strich auf ihrem Unterarm zu kommen. Das System hatte Richard sich selbst ausgedacht. Wer in seine Bande aufgenommen wurde, dem malte er mit einem braunen Filzer einen etwa fünf Zentimeter langen Strich längs vom Handgelenk Richtung Armbeuge. Damit war man einfaches Bandenmitglied. Und je höher man aufstieg, desto länger wurde der Strich gezogen, maximal bis zur Armbeuge. Jeden Montagmorgen wurden die Striche erneuert. Je nach Laune verlängerte oder verkürzte Richard die Striche, was nicht nur zu manch geschwellter Brust oder eingezogenem Schwanz führte. Manchmal gab es auch eine Rauferei zwischen Zweien, die darum stritten, wessen Strich länger ausgefallen war. Richard benutzte kein Zentimetermaß. Er selbst trug keinen Strich auf seinem Arm; der Chef brauchte keinen. Schwarzweiler war nicht nur der Brutalste von allen, er war auch der Einzige, dessen Strich Richard jeden Montag ohne Palaver bis zur Armbeuge zog. Richard wusste, dass Schwarzweiler mit dem Gedanken spielte, aufzubegehren. Seitdem er sicherer Zweiter Mann war, ging von ihm keine Gefahr mehr aus.

Die Mitgliedschaft in der Bande brachte kaum Privilegien mit sich. Trotzdem war es den Jungen wichtig, dazuzugehören, die Mädchen im anderen Teil des Schulhofs mit Steinen zu bewerfen und sich in der Nähe des Chefs aufzuhalten. Mitunter entschied die Länge des Striches, wer in der großen Pause bei *Deutschland erklärt den Krieg* mitspielen durfte oder beim *Völkerball* in die Mitte musste. Außerdem war klar, dass der mit dem kürzeren Strich dem mit einem längeren nicht zuerst zwischen die Beine greifen durfte. Das war eigentlich alles, und Richard hatte aufgehört, sich darüber zu wundern, wie viel den Jungen daran lag. Er genoss die Sonderstellung, die sie ihm einräumten, und wuchs mit ihr. Chef zu sein half, nicht zu verzagen.

Schon im Kindergarten war Alexander der Stille gewesen, für den sich niemand interessierte. Wenige Wochen bevor sie in die Schule kamen, tat er jedoch etwas, das ihm Richards Respekt einbrachte. Wie jeden Mittag hatten sich alle Kinder auf Geheiß der Nonnen im großen Raum versammelt. Da stand ein Junge schniefend auf einem der Tische. Ronald Pissacker. Sein Vater war der Sohn des Kioskbesitzers in der Gertrudenstraße und arbeitete im katholischen Gemeindehaus als Hausmeister. Jeder wusste, dass Ronald, der vier war, und seine ein Jahr ältere Schwester Margot wegen jedem Mist von ihrem Alten windelweich geprügelt wurden. Der Kleine machte fast jeden Tag in die Hose. Genauso oft blutete seine Nase, obwohl ihm niemand draufgeschlagen hatte. Er und seine Schwester wurden gewöhnlich Pissekacker gerufen, Pisspotter oder einfach nur Pisser. Und nun stand Ronald Pissacker auf dem Tisch, seine Hosen waren nass, und die Nonnen forderten die Kinder auf, mit dem Finger auf Hosenpisser Ronald zu zeigen und ihn gehörig auszulachen. Sofort brüllten alle los, nur Alexander und Margot nicht. Ronald begann zu flennen und wäre sicher am liebsten durch das kleinste Loch der Welt verschwunden. Richard sah, wie Alexander plötzlich hinaus ging, im Flur seinen Schniedel aus der Hose nahm und hinter die offenstehende Tür pinkelte. Seltsamerweise rührte die Eusebia ihn nicht an.

Seit diesem Tag hieß es, Alexander sei bekloppt. Schwarzweiler behauptete jeden Morgen, Alexander stinke. Das erste Schuljahr war erst ein paar Wochen alt, da erzählte Alexander, sein Vater habe Lehrer Barsch verboten, ihn zu schlagen. Es machte Alexanders Leben in der Schule nicht einfacher. Natürlich war es ihm nicht vergönnt, seine Kakaotüte je selbst zum Knallen zu bringen, und selbstverständlich wurde er in der großen Pause über die unsichtbare Linie zur Mädchenseite des Schulhofs geschubst. Er wehrte sich nicht einmal. Eine Zeitlang machte es Spaß, sich zu zehnt hinter ihm in einer Reihe aufzustellen und jede seiner Bewegungen nachzuäffen. Anfangs versuchte er, die Meute abschütteln, doch das führte zu einem wild wedelnden Schwanz aus Jungen, den er wie der Bursche in *Die goldene Gans* hinter sich her zog. Eines Tages blieb er einfach stehen, tat nichts mehr, und es wurde langweilig. Schwarzweiler zog ihn mit Vorliebe am Ranzen, so dass Alexander auf den Hintern fiel, oder er gab ihm Kopfnüsse, wie Turnlehrer Schlau es bei allen tat. Alexander war oft kurz davor loszuheulen. Aber eine schützende Hand über ihn zu halten, das war Richard zu riskant. Wie sollte er, ohne sich selbst in ein ungünstiges Licht zu rücken, den Anderen klar machen, dass sie einen, der in der Mädchenklasse nicht aufgefallen wäre, nicht mehr ärgern sollten? Seit der dicke Aschkowski tot war, ließen sie Alexander im Großen und Ganzen in Ruhe. Nur Schwarzweiler, der sein Privileg weidlich ausnutzte, jedes Eiergrabschen anfangen zu dürfen, glaubte ihm immer wieder zeigen zu müssen, wo der Hammer hing. Zu Hause kriegte Schwarzweiler von seinem Vater regelmäßig Ohrfeigen von der Sorte, die einem Tage lang ein schiefes Gesicht machten.

Es wird Zeit, dachte Richard, Schwarzweiler auf andere Weise in Schach zu halten, als ihn jede Woche zum Zweiten Mann zu machen.

Alexander bog in die Hauptstraße ab und nahm Kurs auf Adi Meurers Friseursalon. »Du kannst jetzt zurückgehen«, sagte er, als sie den Laden erreichten.

»Ich geh nicht zurück. Ich geh runter zum Rhein.«

»Magst du mit zu Onkel Adi kommen?«, fragte Alexander. »Wir können Erwachsenenhefte gucken.«

Richard trat demonstrativ einen Schritt zurück. »Ich geh doch nicht zu 'nem Homo!«

Alexander schaute ihn verständnislos an. »Homo? Was meinst du damit?«

»Sag bloß, du weißt nicht, was das ist!« Richard spähte in den Salon. Eine alte Frau saß unter der Trockenhaube, als steckte ihr Kopf in einem der Raketenautos von der Kirmes.

Alexander schüttelte den Kopf.

»Na dann.« Richard setzte sich rückwärts in Bewegung. »Bis morgen.«

»Kommst du mal wieder zum Spielen?«

»Mal sehen.«

»Heute Nachmittag?«

»Mal sehen«, wiederholte Richard gereizt. »Wehe, du erzählst das jemandem. Du weißt ja, was dir dann blüht.« Mit einer Hand beschrieb er die Kopf-ab-Geste.

Richard ging die Hauptstraße hoch und nahm die Bahnhofstraße hinunter zum Rhein. Auf halbem Weg blieb er stehen und wusste nicht weiter. Er hatte keine Lust, Steine in den Rhein zu werfen und allein dort herum zu sitzen. Nach Hause wollte er auch nicht. Seine Mutter würde nicht einmal kapieren, dass er eigentlich in der Schule sein sollte. Gestern Abend hatten sie sich wieder angeschrieen. Schlimme Wörter, Stühlerücken, ein Glas zerschellte. Das übliche Geschrei und Geheule. Im Bett war es feucht und kalt gewesen.

Am liebsten wäre er zurück zu Alexanders Onkel gegangen und hätte dort Erwachsenenhefte geguckt. Alexander sagte, seine Mutter hätte nichts dagegen, wenn er im *Stern* und in der *Neuen Revue* herumblätterе. Warum bloß hatte er das mit dem Homo gesagt? Schwarzweiler erzählte vor kurzem, sein Vater habe Adi Meurer einen Homo genannt. Auf Richards unbedachte Frage, was das denn sei, blökte Schwarzweiler los: *Sag bloß, das weißt du nicht!*, worauf das Spielchen begann, das Richard besser beherrschte als Schwarzweiler: Er wisse sehr wohl, was ein Homo sei und wolle bloß testen, ob auch Schwarzweiler wisse, wovon er rede. Da Schwarzweiler nur Zweiter Mann war, musste er in Vorlage gehen. Er sagte, ein Homo greife Jungs in den Hosenstall. Richard bestätigte, genau das sei ein Homo. Allerdings konnte er sich nicht vorstellen, dass Adi Meurer ihm jemals in den Hosenstall greifen würde. Der Mann schnitt ihm seit Jahren die Haare. Früher hatte Richard noch auf dem blöden Holzpferd mit der zerkratzen Mähne sitzen müssen, doch seitdem er endlich herausgebracht hatte, das nicht mehr zu wollen, durfte er sich auf den Männerstuhl setzen, der bis zum Anschlag hochgepumpt werden musste. Adi Meurer war nett und schnitt nicht mehr ab, als man ihm sagte. Richards Vater war früher mit ihm befreundet gewesen. Schwarzweiler war ein Vollidiot.

Ein scharfer Schmerz fuhr ihm durch den Bauch. Das kam häufiger vor, aber das erzählte er niemandem. Seine Mutter finge bloß an zu heulen, was für eine schlechte Mutter sie sei. Dann würde sie ihn ins Krankenhaus schleppen, während sein Vater sie gewähren ließe, weil er schon besoffen war, wenn er von der Arbeit kam. Früher hatte er ihm hin und wieder schöne Sachen mitgebracht und sich Tausend mal entschuldigt, weil er ihn wieder geschlagen hatte. So war Richard zu dem *Bonanzarad* gekommen und auch an ein kleines Tonbandgerät. Alles würde jetzt besser und schöner, sagte sein Vater jedes Mal. Geschissen! Seitdem man ihm den Führerschein weggenommen hatte, redete er kaum noch ein Wort. Komischerweise schlug er ihn auch nicht mehr, weshalb es leider keine Geschenke mehr gab. Es gab überhaupt nichts mehr, das Richard gezeigt hätte, dass seinen Eltern etwas an ihm lag.

Er trottete zurück in die Schule. Sein Ranzen stand noch in seiner Bank, und darin befand sich das neue Schiffequartett, das er gestern in Pissackers Kiosk geklaut hatte. Er hätte es sich auch kaufen können. Seine Eltern ließen überall Geld herumliegen, auch wenn sie jammerten, zu wenig zu haben. Aber klauen war so einfach und machte Spaß. In dem neuen Quartett gab es einen fast unschlagbaren Flugzeugträger. Er hieß *John F. Kennedy* und sah aus wie ein schwimmendes Stück Autobahn. Er war am längsten, kam auf die höchste Knotenzahl und besaß die meisten Bruttoregistertonnen – was auch immer das war. Vielleicht würde er am Nachmittag mit Alexander Quartett spielen. Er ging gern zu ihm nach Hause. Seine Mutter war nett. Jedes Mal vergaß er die Zeit und dass er irgendwann wieder nach Hause gehen musste.

Bevor er in die Klasse zurückkehrte, besorgte er sich im Geschäft der schusseligen Frau Hahn einen *Leckerschmecker.* Er fragte nach einer Flasche gelbem Sprudel, die sie im Hinterraum holen musste, langte über die Theke nach einem der Plombenzieher und steckte ihn unter sein Hemd. Dann sagte er der Frau, dass er sein Geld vergessen habe. Er freute sich auf den Nachmittag mit Alexander. Beim Austeilen würde er darauf achten, dass *John F. Kennedy* in seinem Stapel landete.

11

Die Kirchturmuhr schlug drei Mal hell. Alexander wischte sich am Kopfkissen den Schweiß von der Oberlippe. Er blickte nach seiner Armbanduhr. Kurz vor Mitternacht. Onkel Adi hatte sie ihm im vergangenen April zur Ersten Heiligen Kommunion geschenkt. Das Ziffernblatt glich dem der Taschenuhr, die sein Vater bei dem Unfall in der kleinen aufgenähten Tasche seiner Schaffellweste getragen hatte und kaputt gegangen war. Der Wind pfiff durch die Dachrinne. Es blitzte. Alexander zählte neun Sekunden bis zum Donner. Im Wandregal standen säuberlich nach Größe geordnet seine Bücher. Daneben hingen drei Ölbilder seines Großvaters, die er sich oft stundenlang angeschaut hatte, als sie noch die Wände im Wohnzimmer seiner Großmutter schmückten und er auf dem Sofa Indianerlieder hörte. Ein Zwölfender, der vorsichtig eine Lichtung betrat, ein Dachs, der vor dem Schuss eines Jägers ins Dickicht flüchtete, ein Fuchs, der den Hals einer erschlafften Gans zwischen den Zähnen hielt. Eine Panoramafotografie auf der anderen Seite des Regals zeigte den Rhein stromabwärts, aufgenommen vom *Drachenfels* im Jahr 1932. Alexander konnte sich kaum an seine Großmutter erinnern. Vom Großvater wusste er nur, dass er gerne gemalt hatte. Nicht einmal Alexanders Vater, sagte seine Mutter, habe viele Erinnerungen an ihn gehabt. Als er ihn das letzte Mal sah, sei Theo Aschkowski acht Jahre alt gewesen. Ob der Dachs dem Jäger entwischt war?

Er hatte wieder geträumt. Sein Vater lag in der Kapelle des Friedhofs in einem offenen Sarg. Er schlief und trug keine Schuhe. Vielleicht war es Sonntag, denn er trug einen feinen Anzug. Über dem Sarg hing die Küchenuhr, und Alexander wusste nicht, bis wohin der große Zeiger wandern sollte, bevor er den Vater wecken durfte. Plötzlich floss Wasser in die Kapelle, das Alexander schnell zu den Knien reichte. Zeit, den Vater zu wecken. Er fasste ihn an die große Nase, drückte sie und zog daran, doch der Vater rührte sich nicht. Das Wasser stieg höher, drang in den Sarg und verwandelte ihn in ein großes Aquarium. Alexander tauchte, blähte die Backen, Luftblasen entwichen seinem Mund. Er fasste immer wieder an die Nase seines Vaters, aber vergebens.

Ein Blitz, ein Windstoß, es begann zu regnen. Alexander zählte bis acht. Beklommen schaltete er das Licht aus und betrachtete den Schatten des Fensterkreuzes, den die Straßenlaterne auf seine Zimmertür warf. Am Vormittag hatte er im Friseursalon erzählt, was in der Schule passiert war. Onkel Adi bot ihm an, mit Lehrer Barsch zu reden, aber das wollte Alexander nicht. Später war seine Mutter ihm mit ihren langen Fingern durch die Haare gefahren. Das tat sie, wenn sie stolz auf ihn war. Dann drückte sie ihm die Milchkanne und vierzig Pfennig in die Hand und schickte ihn zum Milchladen. Am Nachmittag hatte er vergebens darauf gewartet, dass Richard zum Spielen kam.

Mit den Fäusten drückte Alexander auf seine Augen und erzeugte so farbige Lichtflecke. Seit dem Tod seines Vaters wünschte er sich mehr denn je einen Freund. Einen richtigen Freund, der die Freundschaft nicht vor anderen verheimlichte.

Am Weißen Sonntag waren Richard und Margot Pissacker, mit der Alexander noch nie ein Wort gesprochen hatte, die einzigen Kommunionskinder gewesen, die ihm ein Geschenk gebracht hatten. Auf der ersten Treppenstufe hinter der Haustür stand ein Korb mit *Milkyways*, *Bountys* und *Maoams* sowie ein Untertellerchen, auf das seine Mutter zwanzig Fünfzigpfennigstücke gelegt hatte. Onkel Adi hatte ihm erklärt, dass alle Kommunionskinder sich am Festtag gegenseitig beschenkten und als Dank dafür aus der Hand des Beschenkten eine Kleinigkeit erhielten. Für eine Schachtel Pralinen, hatte Onkel Adi gesagt, reiche ein *Milkyway* oder ein Päckchen *Maoam*. Für ein Buch sollte er ein *Bounty* springen lassen. Die Fünfzigpfennigstücke waren für Präsente gedacht, die nach etwas Größerem als Pralinen und Bücher aussahen. Richard drückte ihm ein Schachtel Weinbrandbohnen in die Hände, für die Alexander ihm zwei Fünfzigpfennigstücke gab. Der Chef der Richie-Bande war zerzaust, als habe er im Kommunionsanzug auf der Straße gespielt. Alexander hätte ihn gern hereingebeten, aber seine Mutter hatte ihm eingeschärft, dies mit keinem der vielen Kinder zu tun, die ihre Geschenke ablieferten, denn alle hätten an diesem Tag viel zu tun. Er selbst hatte nach der Kirche einen Stapel Pralinen, einige Bücher und eine Handvoll Couverts mit Glückwunschkarten seiner Mutter verteilt. Als er reich beschenkt mit Schokoladenriegeln und einem Fünfzigpfennigstück nach Hause kam, berichtete seine Mutter, ein Mädchen namens Margot habe ein Buch gebracht. *Sitting Bull, Häuptling der Indianer.* Nachdem er mit Onkel Adi und seiner Mutter Kuchen gegessen hatte, las er das Buch. Wenn er in den folgenden Wochen in einen der übrig gebliebenen Schokoladenriegel biss, wusste er mit jedem Bissen, wie unbeliebt er bei den Kindern war. Seine Mutter hatte ihn zu trösten versucht. Wahrscheinlich seien die Eltern der anderen Kinder böse auf sie und hätten ihren Kindern deshalb nicht erlaubt, ihm etwas zu bringen. Er verstand das nicht.

Und warum hatte Richard ihm verboten, anderen zu erzählen, dass er manchmal zum Spielen kam? Sie kannten sich doch schon so lange. Wenn sie miteinander spielten, war alles gut. Außerdem war Richard der Chef der Bande. Er konnte sich doch treffen, mit wem er wollte.

Im April war der Rektor in ihre Klasse gekommen und hatte Barsch um das Wort gebeten. Barsch machte glatt einen Diener und sagte: *Selbstverständlich, Herr Rektor. Nur zu, Ihre Klasse.* Der Rektor fragte, ob jemand wisse, wer Konrad Adenauer sei. Alle schüttelten den Kopf, worüber Barsch sich sehr zu ärgern schien, denn er herrschte Schwarzweiler an, den Mund zu halten, obwohl Ulrich gar nichts gesagt hatte. Der Rektor sagte, Konrad Adenauer sei ein guter Mann gewesen. Er habe für das deutsche Volk sehr viel getan und Kinder ganz besonders gern gemocht. Nun aber sei er gestorben, weshalb ganz Deutschland traurig sei. Und dann erzählte der Rektor die Geschichte, in der Herr Adenauer im Krieg einen achtjährigen Jungen aus den Trümmern eines Kölner Hauses rettete, auf das eine Bombe gefallen war. Die anderen Menschen rannten schreiend aus dem brennenden Schutzkeller, niemand kümmerte sich um den Jungen, der allein noch drinnen saß. Herr Adenauer hörte den Jungen weinen und kämpfte sich in das Haus, wo er ihn halb verschüttet fand und auf seinen Armen hinaus ins Freie trug. Die Klasse war beeindruckt, zumal der Rektor Barsch anwies, diese Stunde noch zuende zu bringen und die Klasse dann nach Hause zu entlassen. Schulfrei! Am nächsten Morgen blieben in der ersten großen Pause die meisten Kakaotüten ungetrunken, denn die Rettungsaktion des Herrn Adenauer wurde nachgespielt. Natürlich war Richard Konrad Adenauer, und weil die anderen Leute in der Geschichte so gemein gewesen waren, wollte jeder der Anderen den Jungen im brennenden Keller spielen. Alexander beobachtete seine Klassenkameraden, da bestimmte Richard ihn für die Rolle des Jungen. *Weil er keinen Vater mehr hat*, hatte er den Anderen gesagt. Alexander blinzelte. Richard war stark. Es blitzte. Er zählte bis sieben und öffnete das Fenster. Er liebte Gewitter.

12

Klaras Witwenrente reichte nur für das Nötigste. Adi hatte ihr deshalb angeboten, sich in der Mittagszeit um Alexander zu kümmern, damit sie arbeiten gehen konnte. Weil das Emaillierwerk inzwischen irgendwo in Süddeutschland produzierte, war sie im neu errichteten Abfüllwerk der *Coca Cola AG* gelandet. Der Tipp war von Jakob gekommen. Seit er seinen Führerschein verloren hatte, arbeitete er im Abfüllwerk als Staplerfahrer. Ruth war nicht erfreut über seine neue Arbeitskollegin.

Morgens um sieben, wenn sie ihre Karte in die Stechuhr steckte und die weiß getünchte Halle betrat, roch alles nach klebriger Süße, Schmieröl und den Abgasen der Gabelstapler. Die Arbeiter trugen Blaumänner, die Frauen bunte Nylonkittel, in der Vorhalle der Abfüllanlage türmten sich bis zur Decke Kisten mit Leergut. Klaras Aufgabe bestand darin, mit einer Hand voll anderer Frauen die Flaschen den Marken nach zu sortieren.

Produktionsleiter Dietmar Wolfram trug wie das Laborpersonal ein weißes Hemd und dunkelblaue Hosen und teilte die Leute für den Tag ein. Gewöhnlich nahm ein Trupp von sechs Frauen, von denen Klara mit achtunddreißig Jahren zu den jüngeren zählte, das Leergut in Angriff und stapelte die sortierten Kisten auf bereitgestellte Holzpaletten. Jakob fuhr das sortierte Leergut dann zur vollautomatischen Spülmaschine, an die sich das Fließband der Abfüllanlage anschloss. Am anderen Ende der Anlage holte sein Kollege Hermann Schmitz die von knorrigen Männern auf Paletten gestapelten vollen Kisten ab, um sie ins Lager zu bringen. War das Leergut erledigt, gingen die meisten Frauen nach Hause. Klara blieb bis um halb drei, um mit zwei anderen Frauen vor einem der drei Leuchtkästen zu sitzen, an denen die neu gefüllten Flaschen zur Sichtkontrolle vorbeiratterten. Hin und wieder griff sie eine Flasche heraus, die außer dem Getränk eine Zigarettenkippe oder Anderes enthielt, das der Spülmaschine widerstanden hatte. Zur Hochsaison, wenn die Leute mehr tranken als das Werk unter seriösen Umständen in Flaschen füllen konnte, ließ Produktionsleiter Dietmar Wolfram das Fließband auf vollen Touren laufen, und Klara konnte nicht anders, als einiges passieren zu lassen, das besser im Ausschuss gelandet wäre. Sie mochte die Arbeit am Sichtkasten lieber als das Sortieren des Leerguts. Am Sichtkasten konnte sie ihren Gedanken nachhängen. Gedanken an Theo, an Alexander und Adi, an Jakob und dessen wilden Jungen, um den sie sich Sorgen machte.

Das aufgetürmte Leergut erschien ihr wie ein Berg, der steinchenweise fortzuschaffen war. Im August war es heiß geworden, die Lager waren bald geleert, und die Anlage lief auf Hochtouren. In der Halle stand die Luft, Klaras himmelblauer Nylonkittel, unter dem sie nur BH und einen Slip trug, klebte auf der Haut. Sie stand inmitten Hunderter gelber, grüner und orangefarbener Kisten und sortierte Flaschen. Neben ihr schwitzte Beatrix Müller, die Klara am ersten Tag sofort ins Herz geschlossen hatte. Bea war geschieden, in den Wechseljahren und vor drei Jahren nach Heimstadt gezogen. Sie besaß einen ziemlich derben Humor und wusste sich zu helfen, wenn es um ihr Recht ging. Ihr war es zu verdanken, dass seit Anfang des Quartals auch die Frauen dreißig Pfennig mehr in der Stunde bekamen, wenn das Band der Abfüllanlage schneller als gewöhnlich lief. Zuvor war niemand auf die Idee gekommen, die Kolleginnen über dieses Zugeständnis an die Männer in Kenntnis zu setzen. Klara hatte es von Jakob erfahren.

Er kam auf seinem Stapler angerollt. »Wolfram sagt, ihr sollt nur noch *Fanta* sortieren. Das Gesöff ist ab elf dran.« Er lächelte müde und fuhr mit seinem Stapler unter eine Palette sortierter Kisten, um sie zur Spülmaschine zu bringen.

Bea wischte sich mit dem Handrücken den Schweiß von der Stirn. Ihre schulterlangen blonden Haare hatte sie mit einer rosafarbenen Schleife hochgebunden. Der froschgrüne Kittel spannte über ihren enormen Brüsten und ließ ihre sonnengebräunten Schenkel sehen, die einem Sumoringer Ehre gemacht hätten. Ohne Zweifel fand Bea sich sehr sexy, und damit stand sie nicht allein. Dietmar Wolfram fraß ihr aus der Hand. »Unser Schell steht kurz vorm Rausschmiss«, sagte sie und kratzte sich am Knie.

»Wegen dem Bruch gestern?« Klara warf eine Flasche, deren Hals gesprungen war, in den dafür vorgesehenen Container.

Bea nickte. Ihr Doppelkinn glänzte. »Das wird denen langsam zu teuer. Gestern war's wieder 'ne Palette mit zwölf Kisten *Sprite*. Zu besoffen, um die Palette richtig obendrauf zu setzen. Ist doch klar, Mann. Der hat hier noch mal 'ne Chance gekriegt, säuft aber weiter wie ein Irrer. Bildet sich ein, niemand merkt, dass er sich den Schnaps in die *Cola* tut. Mann, das ist der älteste Trick, den man von Säufern auf der Arbeit kennt.«

»Wenn sie ihn feuern, kriegt er nie mehr Arbeit.«

Bea zuckte die Achseln. »Passiert's noch ein einziges Mal, ist er dran.«

Dietmar Wolfram marschierte heran. Er war groß und dünn, hatte schütteres Haar und einen säuerlichen Mundgeruch, als wollte er ein Ausrufezeichen gegen das süße Zeug setzen, für dessen reibungslose Produktion er die Verantwortung trug. Er war in Beas Alter und erst mit der Eröffnung des Werks nach Heimstadt gekommen. Ohne Familie. Niemand hatte ihn im Flecken je in Begleitung eines Anderen gesehen.

»Meine Damen«, sagte er und räusperte sich hinter vorgehaltener Hand. »Ich muss Sie bitten, sich etwas zu beeilen.« Sein Adamsapfel hüpfte bei jedem Wort. »Wir haben keine Zeit für private Gespräche.«

»Hallo Wolfram«, griente Bea und tat einen tiefen Atemzug, der ihren Kittel zu zerreißen drohte. »Wie gefällt dir meine Haarschleife?«

Wolframs Augen klebten an Beas praller Fülle. »Nun, wie gesagt, es fehlt vor allem sortiertes *Fanta*-Leergut. Es ist Freitag und die Lieferungen fürs Wochenende müssen heute noch raus. Das verstehen Sie doch sicher.«

»Sicher, Wolfram, wir verstehen das«, sagte Bea. »Aber verstehst du auch, dass Frauen manchmal über gewisse Dinge reden müssen, die ein Mann nicht versteht.«

»Ja, natürlich«, sagte Wolfram. »Aber ich bitte Sie dennoch, sich zu sputen.« Er errötete und machte sich davon.

Hinter Klara und Bea brachen die Frauen in Gelächter aus. »Heh Bea«, rief Dorle Schmitz, die Frau von Hermann Schmitz, der den zweiten Stapler fuhr. »Pass auf, der geht jetzt hoch in sein Büro und erleichtert sich.«

Wie auf ein Zeichen schauten alle zur metallenen Freitreppe an der hinteren Hallenwand, die zu Wolframs Büro im ersten Stock führte. In der Tat eilte er die Treppe hoch.

Einen Augenblick lang schien es, als wäre Bea verlegen. Aber dann lachte sie scheppernd los. »Vielleicht sollte ich ihm zur Hand gehen. Was meinst du, Klara?«

Klara lächelte gutmütig. Sie hielt Ausschau nach Jakob und entdeckte ihn am anderen Ende der Halle, wo er langsam auf seinem Stapler zum Palettenlager rumpelte. Er gab ein jämmerliches Bild ab. Er hatte kaum mehr nüchterne Momente. Nichts erinnerte an den Schwarm aller Frauen von Heimstadt, sein Stolz und sein Humor waren irgendwo auf der Strecke geblieben. Er redete nur das Nötigste und hatte zugenommen. Sein Gesicht unter den dünn gewordenen und allmählich ergrauenden Locken befand sich im unentwegten Katerzustand. Wenn es stimmte, was man sich erzählte, schlug er seine Frau. Klara hoffte, dass es nicht stimmte. Es hätte ihre alten Gefühle für ihn in Frage gestellt.

Kurz nach zwei zog sie im Frauenraum ihr neues Kleid aus gelbgepunkteter weißer Baumwolle an. Sie hatte es sich nach einem *Brigitte*-Schnittbogen selbst genäht. Die schneeweißen gesteppten Blenden an dem runden Ausschnitt, den Ärmelbündchen und am Saum, der eine handbreit über den Knien begann, betonten die helle gleichmäßige Bräune ihrer Haut. Klara war zufrieden mit ihrem Werk, zumal das Material weniger als zwanzig Mark bekostet hatte. Adi hatte ihre schulterlangen Haare brünett getönt, ein zitronengelbes elastisches Band hielt ihre Stirn frei. Er versicherte immerzu, sie sei eine schöne Frau, doch abgesehen von dem kleinen Vergnügen, das es ihr bereitete, sich hübsch anzuziehen, verfolgte Klara mit ihrem Äußeren keine weiteren Absichten. Ein dreiviertel Jahr nach Theos Tod befand sie sich noch immer in Trauer. Theo fehlte ihr mehr, als sie sich das hatte vorstellen können. Seine Zärtlichkeit und Kraft waren so selbstverständlich gewesen wie Sonne und Regen, und sie hatte sich nie Gedanken über eine Welt ohne Wetter gemacht. Sie vermisste es, mit ihm zu schlafen, und mochte nicht ausgehen, um sich zu amüsieren. Sie hatte genug mit sich und ihren unvollendeten Lieben zu tun. Auch Alwin war aus ihrem Leben verschwunden. Er hatte sich einfach davongemacht. Fünf Postkarten aus allen fünf Erdteilen waren in den vergangenen Jahren die einzigen Lebenszeichen von ihm, darauf stets *ein Gruß auch an Theo und den kleinen Alexander*.

Sie dachte an Jackie Kennedy, wie würdevoll diese Frau nach Johns Tod trauerte. Klara bewunderte auch die Fürsorge, mit der Jackie sich um ihre Kinder kümmerte. Caroline war dreizehn Monate älter als Alexander, John F. junior knapp zwei Jahre jünger. Klara hatte nie ein zweites Kind gewollt; vielleicht, weil Alexanders Zeugung ein Diebstahl gewesen war. Aber möglicherweise lag es einfach daran, dass sie sich nie ein Kind gewünscht hatte. Sie respektierte Jackies Bildung, ihren Reichtum und die Extravaganz. Dank Adis Zeitschriften wusste Klara, zu welchen Salons in London, Paris und New York Jackie flog und in welchen Geschäften sie welche Kleider kaufte. Dass sie mit Leonard Bernstein ins Theater und mit Anthony Quinn in die Oper ging. Auf den Reisen mit Lord Harlech nach Kambodscha und mit Roswell Gilpatric nach Yucatán hatte sie gewiss mehr als Händchen gehalten. Und dann gab es noch diesen hässlichen Vogel Onassis, der ihr trotz seines Verhältnisses mit der Callas ungeniert den Hof machte. Klara war nicht neidisch. Auch sie hätte gerne Reisen unternommen. Allerdings ohne diese Männer.

In den vergangenen Jahren hatten andere Klaras Platz in Heimstadts Skandalecke eingenommen. Junge aufmüpfige Mädchen in waghalsig kurzen Röcken und langen Haaren, die sie offen trugen. Sie gingen zur Universität, nahmen Drogen und *die Pille* und schliefen mit jedem, den sie mochten. Klara musste jedes Mal grinsen, wenn die Spießer lauthals den Verfall der Werte und Sitten beschrieen. Das war Schnee, in dem sie schon gestern Spuren hinterlassen hatte.

13

Ulrich Schwarzweiler hatte ihn in der Pause einen *Homo* genannt. Alle lachten und zeigten mit dem Finger auf Alexander. So musste Ronald Pissacker sich im Kindergarten gefühlt haben. Margots Bruder ging inzwischen in die erste Klasse und war trocken. Trotzdem stand er stets allein in irgendeiner Ecke, die ihm den Rücken sicherte.

Richard hatte nicht mitgelacht, als Schwarzweiler Alexander einen Homo genannt hatte, aber er pfiff seinen Zweiten Mann auch nicht zurück. Alexander fragte sich, zu welchem Zweck Richard Bandenchef war. Nach der Schule sagte Richard, Schwarzweiler sei ein Idiot. Außerdem sei der Fernseher bei ihm zu Hause kaputt, weshalb er am Nachmittag gegen vier vorbeikomme. Er wolle nämlich wissen, wie fernsehen in Farbe sei. Um zehn nach vier würde der erste Film in Farbe ausgestrahlt. *Cartouche der Bandit*.

Alexander hoffte, das Richard dieses Mal kommen würde. Die Ferien waren langweilig gewesen. Morgens spielte er im Salon seines Onkels, blätterte im *Stern* und betrachtete mit nachlassender Faszination die nackten Brüste der Negerfrauen aus dem Senegal. Nachmittags fuhr er mit seiner Mutter ins Schwimmbad, wo er mit den kleinen Kindern im Nichtschwimmerbecken planschte und darüber nachdachte, ob auch weiße Frauen große dunkle Brustwarzen besaßen, oder ob sie weißer waren als die sonstige Haut – wie bei den Negerfrauen, nur umgekehrt. Anders als seinen Vater hatte Alexander seine Mutter nie nackt gesehen.

Gelegentlich kam Onkel Adi abends vorbei. Nach den Fernsehnachrichten, in denen jedes Mal ein Mann auftauchte, der mit seiner Augenklappe aussah wie ein Pirat, tranken die Erwachsenen ein Glas *Eckes Edelkirsch* mit weißem Sprudel. Alexander ging dann ins Bett, um noch zu lesen. Richard ließ sich in den Ferien kein einziges Mal blicken. Offenbar strich er lieber mit Leuten aus seiner Bande durch die Rheinauen. Einmal winkte Richard von der anderen Straßenseite, als Alexander mit den großen Mädchen aus der Nachbarschaft Gummitwist spielte. Alexander liebte Gummitwist. In diesem Moment aber schämte er sich. Das Gummi spannte sich um seine Brust, das Mädchen auf der anderen Seite hielt es mit ihren Hüften.

»Kann man in unserem Fernseher Farbe sehen?«, fragte er Adi Meurer. Sein Onkel hatte Koteletts gebraten, Kartoffeln gekocht und saures Bohnengemüse dazu gemacht. Wie immer stand ein Teller für Alexanders Mutter im Backofen.

»Ich weiß nicht«, sagte Onkel Adi. »Vielleicht sieht man ja ein bisschen Farbe.« Er kämmte sich mit den Fingern die Haare zurück, die seine Ohren fast bedeckten. »Aber aus welchem Grund sollte man dann die richtigen Farbfernseher kaufen? Die kann sich zwar kein Mensch leisten, aber-.« Er zuckte die Achseln. »Sag mir am Montag Bescheid, wie es war.«

»Guckst du nicht, heute Nachmittag?«

»Ich muss noch arbeiten. Außerdem fahre ich um sieben übers Wochenende nach Koblenz, einen Freund besuchen.« Er legte seine weiße Serviette zur Seite und wischte eine Fluse vom Ärmel seines roten, mit grünen und goldfarbenen Streifen gemusterten Hemds, das angeblich aus Indien stammte.

Onkel Adi war anders als alle Männer, die er kannte. Nie hatte er von einem anderen Mann gehört, der kochen konnte und seine Wohnung, die wie ein Museum für Ausstellungsplakate aussah, selbst putzte. Onkel Adi ging der Mode immer voraus, wie er es nannte. Jeden Mittag lagen auf dem Tisch eine fleckenfreie Decke aus weißen Leinen und drei Stoffservietten, von denen er einen ganzen Schrank voll besaß und die er mit Hingabe bügelte. Alexanders Mutter und er umarmten sich oft, manchmal küssten sie sich sogar auf den Mund. Aber warum war er nicht verheiratet? Und weshalb hatten die meisten seiner Freunde keine Kinder?

Nach dem Essen band Onkel Adi sich eine weiße Küchenschürze um und spülte das Geschirr. Alexander trocknete ab und begab sich anschließend an seine Hausaufgaben, während sein Onkel im Schlafzimmer verschwand, um für die Zugreise zu packen. Als Alexanders Mutter kurz nach halb drei von der Arbeit kam, stellte Onkel Adi ihr das Essen auf den Tisch.

»Draußen ziehen Wolken auf«, sagte sie entschuldigend, weil sie in dem Essen bloß herumstocherte. »Es ist unglaublich schwül.«

»Mama, was ist ein Homo?«

Adolf Meurer brach der Schweiß aus. Seit Alexanders Taufe hatte er diesen Augenblick gefürchtet.

Klara legte ihre Gabel zur Seite und schaute den Kleinen nachdenklich an. Ein leises Grinsen stahl sich auf ihr Gesicht, dann warf sie Adi einen fragenden Blick zu. Sie hatten schon oft darüber gesprochen, was sie Alexander sagen würden, wenn er danach fragte. Jetzt bekam es Adi mit der Angst zu tun.

»Woher hast du das Wort?«, fragte Klara.

»Ein Junge in der Schule hat mich so genannt, weil ich mich beim Eiergrabschen nicht gewehrt habe.« Alexander schob die Hände unter seine nackten Schenkel und schaute auf den Tisch vor seinem Platz.

»Eiergrabschen? Was ist denn das?«

»Eier sind die Hoden, Mama.«

»Ach so.« Klara grinste. »Ja, und?«

Alexander rollte mit den Augen. »Na ja, die Jungs greifen einem ständig zwischen die Beine, und alle finden es lustig, besonders wenn es weh tut.«

»Und du machst das auch?«

»Nein. Selten.« Alexander besah sich wieder die Tischplatte. »Eigentlich nie. Die machen es immer bei mir. Ulrich Schwarzweiler hat mir dahin gegriffen, und ich hab nicht zurückgegriffen. Da meinte er: *Aschkowski, du interessierst dich nicht für Fußballer, du kloppst dich nie und machst immer nur die Beine zusammen. Du bist ja 'n Homo.* Außerdem hat Richard vor ein paar Wochen gesagt, Onkel Adi sei ein Homo, und zu so einem gehe er nicht.«

»Letzte Woche war er aber noch hier«, sagte Adi mit einem Beben in der Stimme. »Deine halbe Klasse übrigens auch. Die Schule fing ja wieder an.«

Alexander nickte. »Ich glaube sowieso nicht, dass Richard das ernst gemeint hat. Eigentlich redet auch nur Ulrich Schwarzweiler so. Und alle lachen. Aber keiner sagt, was ein Homo ist. Ist das was Schlimmes? Richard sagt, Schwarzweiler ist ein Idiot.«

»Nein«, sagte Klara. »Das ist nichts Schlimmes.«

Adi räusperte sich. Dies war nun sein Part. Ausgerechnet heute, wo er noch so viel zu tun hatte. »Ich komme sofort zurück«, sagte er und schrieb etwas auf ein Blatt Papier, das er an seine Ladentür klebte: *Wegen dringender Familienangelegenheiten erst ab 16 Uhr geöffnet.*

»Nun«, sagte er und setzte sich an den Küchentisch. Der Stehkragen seines indischen Gewandes scheuerte am Hals. »Ich bin tatsächlich ein Homo.«

»Ehrlich? Was ist das?«

Adi grinste verlegen. »Das ist nicht so leicht zu erklären.«

»Die anderen wissen es doch auch.«

»Da wäre ich mir nicht so sicher.« Adi legte beide Hände auf den Tisch. »Also, ich versuche es dir jetzt zu erklären.«

Alexander lehnte sich auf dem Sofa zurück und zog die Knie an.

»Also«, sagte Adi, räusperte sich wieder und bemerkte Klaras gespannten Blick. »Vielleicht kann man es so sagen: Normalerweise verliebt sich ein Mann irgendwann in eine Frau und will dann ein Kind mit ihr haben, so wie deine Mama und dein Papa dich bekommen haben. Klar?«

Alexander rührte sich nicht.

»Na ja, und Homos verlieben sich nicht in Frauen. Das heißt, sie finden Frauen auch nett und sie haben auch Kinder lieb, so wie deine Mutter meine beste Freundin ist und ich dich lieb habe. Aber ich selbst habe keine Frau, und deshalb habe ich auch kein eigenes Kind.«

»Willst du denn kein Kind?«

»Och«, Adi schaute sich in seiner Küche um, weil er diese Frage befürchtet hatte. »Doch, eigentlich schon. Das wäre schon schön. Aber dafür bräuchte ich ja eine Frau.«

»Wieso?«

»Nun, das ist so: Ich nehme an, du weißt nicht, wie Kinder gemacht werden?«

Alexander schaute ihn verständnislos an. »Gemacht?«

»Na ja, das ist so: Der Mann hat einen Schniedel, und die Frau hat da, wo der Mann einen Schniedel hat, ein kleines Loch.«

»Wirklich?«, fragte Alexander erstaunt. »Ich dachte immer, Mädchen hätten nur keinen Schniedel.«

»Ja, einen Schniedel haben sie nicht, aber dafür ein Loch, das tief in den Bauch hinein geht, wo später dann die Babys wachsen. So, und wenn der Mann und die Frau heiraten, weil sie sich lieben, dann steckt der Mann seinen Schniedel manchmal in dieses Loch zwischen den Beinen der Frau, und so können sie dann ein Kind machen.«

Alexander brach in schallendes Gelächter aus. »Der Mann steckt seinen Schniedel in den Bauch der Frau? Das werde ich nie machen!«

»Na ja.« Adi schaute Klara hilfesuchend an. Hatte er etwas falsch gemacht?

»Und was machen Homos?«, fragte Alexander.

»Homos«, sagte Klara, »verlieben sich in Männer und fassen ihnen gerne an den Schniedel. Das ist alles.«

»Ist Ulrich Schwarzweiler ein Homo?«

Klara lachte. »Wenn Jungs das untereinander machen, ist das bloß ein Spiel. Homos sind Männer, die das nur mit anderen Männern machen. Und wenn große Männer das mit Kindern machen, ist das etwas anderes. Das ist etwas Gemeines, wofür solche Männer auch ins Zuchthaus gesteckt werden.«

Alexander nickte. »Heute Nachmittag kommt Richard vorbei. Um zehn nach vier gibt es einen Film in Farbe im Fernsehen. Dürfen wir den gucken?«

Klara schaute Adi an. »Geht das denn, ein Film in Farbe in unserem Fernseher?«

»Keine Ahnung«, sagte Adi. »Vielleicht sieht man ein bisschen Farbe.«

»Alles klar, Alexander?«, fragte Klara. »Ich meine das mit dem Homo?«

»Ja«, sagte er. »Dürfen wir den Film gucken?«

»Eine Sache noch: Wir drei wissen jetzt, dass Homos nichts Schlimmes sind und auch nichts Böses tun. Aber du hast ja gesehen, dass viele Leute Homos für etwas Schlechtes halten. Deswegen ist es besser, wenn du niemandem sagst, dass Onkel Adi ein Homo ist. Das behalten wir lieber für uns. Versprichst du mir das?« Alexander nickte mit ernstem Gesicht.

Adi rutschte aufs Sofa und drückte den Jungen vorsichtig an sich. Alexander erwiderte die Umarmung ohne jedes Zögern. Adis Puls begann sich zu normalisieren. »Aber die anderen Männer sind auch in Ordnung«, sagte er, »auch wenn sie ihren Schniedel in den Bauch einer Frau stecken. Außerdem können dabei so tolle Kerle herauskommen, wie du einer bist.«

Alexander schüttelte sich. »Ich werde später auch mal ein Homo.«

Nachdem Klara und der Junge gegangen waren, nahm Adi den Zettel von der Tür und schloss seinen Salon auf. Die Schwätzchen, mit denen er seine Kundschaft unterhielt, fielen an diesem Nachmittag eher wortkarg aus. Er war froh, dass Alexander nicht schlecht über ihn dachte. Trotzdem war ihm zum Heulen zumute. Er hatte es satt, sich verstecken zu müssen. Der Gedanke, dass es immer so bleiben würde, nagte an ihm, seit er wusste, dass er anderen Männern gerne *an den Schniedel fasste.* Er war der letzte der alten Clique, der sich noch immer für einen Bohemien hielt. Alwin war verschwunden und saß möglicherweise irgendwo auf der Welt im Knast; Jakob war ein aufgeschwemmter Säufer und drehte, wie man hörte, gelegentlich zu Hause durch. Klara hielt sich tapfer nach Theos Tod, ging ihren Weg. Nur er selbst gab immer noch den bunten Vogel, der verrückte Kunst in seinem Salon aufhängte und verrückte Kleidung trug. In der Tat war ihm nichts verhasster als Gewöhnlichkeit, doch machte er vor sich selbst kein Geheimnis daraus, dass er mit dem äußerlichen Anderssein lediglich versuchte, von seinem Inneren abzulenken. Die Leute fraßen sich satt an den vielen kleinen exotischen Happen, die er ihnen hinwarf. Das hielt sie davon ab, auch über das Herzstück herzufallen. Heimstadt munkelte über ihn, seit er während des Winterzeltlagers 1941 eine himmlische Nacht mit einem Jungen im Schlafsack verbracht hatte. Sie waren eingeschlafen und am Morgen überrascht worden. Zum Glück wollte Fähnleinführer Schröder keine Scherereien mit der Ortsleitung der HJ riskieren und glaubte ihnen bereitwillig die dusslige Geschichte vom im Dunkeln nicht auffindbaren eigenen Schlafsack. Von diesem Tag an hatte Adi den Ruf weg, nicht astrein zu sein.

Schorsch, der andere Junge, war inzwischen verheiratet, hatte drei Kinder und ließ sich regelmäßig im *Schwanensee* am Kölner Heumarkt abschleppen. Seit der Nacht im Zeltlager waren sie sich aus dem Weg gegangen. Keiner wollte im KZ landen. Erst nach dem Krieg sahen sie sich wieder und wurden prompt erneut erwischt. Dieses Mal von einem hübschen Mädchen, das nicht schlecht staunte, als sie die Tür des Schuppens öffnete, den Jakob ihm einmal gezeigt hatte. Es war das Ende der Geschichte mit Schorsch, und der Anfang der Freundschaft mit dem Fräulein Klara Schultheiss.

So lange er sich nicht ins Fenster seines Frisörsalons stellte und sang: *Nehmt mich so wie ich bin!* war er bloß Heimstadts komischster Friseur und nichts weiter. Er wollte nicht davongejagt werden. Drafi Deutscher war wahrscheinlich nicht einmal ein Homo. Scheißspießer!

»Autsch!« Der Mann blickte ärgerlich in den Spiegel und hielt sich das Ohr.

»Entschuldigung«, sagte Adi und tat weiter seine Arbeit.

Alexander erkannte Richard schon von weitem und war überrascht. Wenn Richard ihn besuchte, kam er gewöhnlich später als verabredet. Er hockte auf dem Treppenabsatz vor der Haustür und hielt einen Vogelkäfig auf seinem Schoß. Sprudelnd berichtete er, sein Vater habe ihm von einem Arbeitskollegen einen ausgewachsenen Wellensittich mitgebracht, für den er nun sorgen werde. Natürlich würden seine Eltern ihm das Geld für die Jod-Sɪɪ-Körnchen geben, aber er allein sei zuständig für frisches Wasser und frischen Sand. Richard hielt den Käfig hoch und schüttelte ihn ein wenig. Der kleine runde Spiegel im Innern des Käfigs baumelte hin und her. Hansi, wie der blaue Vogel seit einer halben Stunde hieß, flatterte erschrocken auf. Eine Handvoll winziger Daunen segelte auf den Bürgersteig.

Alexanders Mutter fuhr Richard durch die Haare, schloss die Haustür auf und ging mit einer einladenden Geste vor ihnen die Treppe hoch. Dass sie Richard anders als die meisten anderen Erwachsenen leiden mochte, machte ihn für Alexander umso begehrenswerter. Wenn Richard ihn nur häufiger besuchen wollte! Dann brauchte seine Mutter nicht mehr darauf hoffen, dass ein Junge bereit war, mit ihm zu spielen. Alexander zweifelte nicht an ihrer Liebe, aber ihm war klar, dass sie ihn gerne mutiger gesehen hätte, wilder und entschlossener. Wie Richard.

Bis *Cartouche der Bandit* begann, legte Alexander im Wohnzimmer die Indianerplatten seiner Großmutter auf. *Da sprach der alte Häuptling der Indianer: Wild ist der Westen, schwer ist der Beruf. Uff!* Selbst Richard kannte den Text der meisten Lieder inzwischen auswendig, obwohl er sich sonst nie etwas merken konnte. Zwischendurch erklärte ihm Alexander, wie man Kinder machte. Sie kugelten sich vor Lachen. Dass Onkel Adi wirklich ein Homo war, behielt Alexander für sich.

Dann begann der Film. Zwar war nicht ein Hauch von Farbe auf dem Bildschirm auszumachen, doch die Fechtszenen gefielen selbst Alexander. Das dramatische Ende des Films ging beiden ziemlich nahe.

In den nächsten Wochen spielten sie die letzten Szenen des Abenteuers des öfteren nach. Richard brachte Hansi mit, den, wie er versicherte, noch kein anderer Junge zu Gesicht bekommen hatte. Alexander warf sich als Räuberbraut Venus in den Schuss des Polizeipräfekten und rettete Cartouche somit das Leben. Eigentlich ist Cartouche hinter der Frau des Präfekten her, doch nun erkennt der edle Bandit, wer ihn wirklich und wahrhaftig liebt. *Venus!*, rief Richard. In stolzer Trauer legte er alsdann die überirdisch schöne Venus in eine Kutsche, behängte sie mit all den Juwelen, um die er den ganzen Film lang gekämpft hatte, und versenkte das Gefährt mit der toten Venus mitsamt dem Schatz im See. Dass der Schmuck mit dran glauben musste, fand Richard übertrieben. Alexander bestand jedoch darauf, die Geschichte nicht zu ändern. Den Schatz sollte er Richard allemal Wert sein. Herr Adenauer hatte sogar sein Leben für den verschütteten Jungen im Luftschutzkeller riskiert.

Richard kam nun regelmäßig, meistens sonntags, immer noch heimlich, doch mit wachsender Freude, wie es Alexander schien. An manchen Tagen brachte er sein Tonbandgerät mit. Dann nahmen sie mit dem Mikrophon Hansis Tschilpen oder wilde Furzorgien auf. Waren sie jetzt Freunde? Alexander wagte nicht, danach zu fragen. In der Gertrudenstraße verwandelte sich der Chef der *Richie-Bande* in einen anderen Jungen. Es schien, als erholte er sich von einer Krankheit, die ihn stets aufs Neue befiel, wenn er nach Hause musste.

14

Richard hasste Sonntage. Angeblich gehörte der Sonntag der Familie, weshalb Richard sonntags so gut wie nie jemanden zu Gesicht bekam. Und wenn, dann trugen die Leute Klamotten, die dazu bestimmt waren, wie nie getragen auszusehen. Fast alle Kinder, die er kannte, wurden in die Zehnuhrmesse geschickt und mussten zehn Minuten danach wieder zu Hause sein. Die Evangelischen gingen nur selten in die Kirche. Manche trafen sich sonntags bei der Kiesgrube, und Richard hätte sich ihnen gerne angeschlossen. Seine Eltern legten auf diesen ganzen Sonntagsquatsch ohnehin keinen Wert. Aber er traute sich nicht. Die Evangelischen waren in einen anderen Kindergarten gegangen und besuchten die Schule auf der anderen Seite der Hauptstraße. Sie waren ihm so fremd wie die Mädchen, die ebenfalls auf einem anderen Planeten lebten.

Früher hatte es schöne Sonntage gegeben. Richard erinnerte sich an Spaziergänge zur Apfelwiese. Sein Vater half ihm auf einen riesigen Baum mit riesigen roten Äpfeln hinauf, und seine Mutter hielt sich die Ohren zu und rief, sie könne gar nicht hinsehen. Im Sommer war er mit dem Vater zu den überwucherten Hängen an der Autobahn gegangen. Dort sammelten sie Brombeeren in Milchkannen, und die Mutter kochte Marmelade daraus. Im Winter fuhren sie Schlitten auf der Apfelwiese. Hin und wieder besuchten sie die Oma und aßen Kuchen. Aber das war lange her. Jetzt lag sie in einem Heim im Bett.

Etwas Warmes zu essen gab es sonntags schon lange nicht mehr. Die Wohnung stank nach Bier und Wein, die Aschenbecher quollen über. Wenn andere Kinder in der Zehnuhrmesse saßen, erschien ihm die Wohnung wie mit Watte ausgestopft. Regelmäßig meldeten sich dann die stechenden Bauchschmerzen.

Seit sein Vater ihm Hansi geschenkt hatte, ging es Richard ein wenig besser. Wenn er von der Schule kam, riss er das Fenster in seinem Zimmer auf und lüftete ein paar Minuten. War die Luft rein, schloss er das Fenster und öffnete Hansis Käfig. Anfangs traute sich der Vogel nicht heraus. Doch eines Tages drehte er mit hektischen Flügelschlägen einige Runden und krallte sich an der Übergardine fest, wo Richard ihn behutsam griff und zurück in den Käfig setzte. Inzwischen flog Hansi eine souveräne Runde nach der anderen, tschilpte schrill und hatte es einmal sogar geschafft, auf Richards ausgestreckter Hand zu landen. Begeistert setzte Richard ihn in den Käfig und lief hinüber zu Alexander, wo Hansi sich allerdings nicht von der Stange rührte. Richard war sauer auf ihn, aber Alexander meinte, hier sei nun mal nicht sein Revier. Alexander war verdammt schlau.

»In einer Woche ist Weihnachten«, flüsterte Richard und stippte mit der Zunge in ein Tütchen Brause. »Vielleicht kriegen wir ja Gesellschaft für dich. Ich habe es jedenfalls auf den Wunschzettel geschrieben. Was hältst du davon?«

Hansi legte den Kopf schief und berührte mit dem Schnabel das Stück Sepia, das Alexander ihm im September zum neunten Geburtstag geschenkt hatte.

Die Zentralheizung lief auf Hochtouren. Seine Mutter schlief halbnackt ausgestreckt auf der Wohnzimmercouch, sein Vater lag im Elternschlafzimmer und schnarchte wie ein wildes Tier.

Vor ein paar Tagen hatte er mit Hansi unterm Arm Alexander zum neunten Geburtstag gratuliert. Alexanders Mutter stellte selbstgebackenen Birnenkuchen und eine Kanne heißen Kakao auf den Tisch. Auch Adi Meurer kam hinzu. Er umarmte und küsste Alexander und schenkte ihm ein großes Buch über Menschenaffen, das sie später bei Indianermusik, die vom Wohnzimmer herüberwehte, durchblätterten. Alexander erzählte von Travemünde an der Ostsee und zeigte ihm ein Muschelkästchen, das er mit seinem verstorbenen Vater gebastelt hatte. Richard spürte, wie sehr Alexander den dicken Aschkowski vermisste, und war neidisch.

Aus dem Badezimmer drangen Würggeräusche. Der Vater hustete und spuckte aus. Die Wasserspülung wurde betätigt, die Mutter stöhnte und begann ebenfalls zu husten.

»Richie, hilf aufräumen.« Sein Vater stand in der Zimmertür und kratzte sich am Hals. »Hermann Schmitz kommt gleich. Von dem stammt dein Hansi. Hermann ist mein Arbeitskollege. Klar?«

Richard nickte und schloss Hansis Käfig.

Die Mutter stolperte durch die Diele. »Hast du dir ein Butterbrot gemacht?« Sie hustete, ohne sich die Hand vor den Mund zu halten, und verschwand für eine halbe Stunde im Badezimmer.

Unterdessen öffnete Richard die Fenster und brachte den Müll zur Hoftonne. Der Vater räumte die Flaschen weg und leerte die Aschenbecher. Dann ging auch er ins Bad, um sich zu rasieren. Richard ordnete die Kissen auf der Wohnzimmercouch und rückte in der Küche die Stühle gerade. Dann setzte er sich noch ein paar Minuten zu Hansi.

Hermann Schmitz fuhr den zweiten Stapler bei *Coca Cola*. Er war ein kleiner dünner Mann mit lauter Stimme und Halbglatze. Richards Vater sagte, er habe fünf Kinder, von denen das älteste schon in die Lehre ging. Schmitz kam vom Frühschoppen im *Roten Ochsen*. Er ließ sich im Wohnzimmer auf die Couch fallen, auf der Richards Mutter die Nacht verbracht hatte, und dröhnte, es sei ein Segen, dass seine Frau Dorle ihre Schwester im Westerwald besuche.

Richards Mutter erschien verkatert aber hübsch zurecht gemacht. »Hallo Hermann, wie geht's Dorle?«

»Danke, bestens.«

Der Vater schenkte eine Runde Schnaps ein.

Richard fand den Mann nett. Er erzählte Witze, von denen Richard zwar die meisten nicht verstand, besonders jene nicht, bei denen die drei Erwachsenen in schallendes Gelächter ausbrachen. Aber Schmitz wusste alles über Wellensittiche, Finken und Graupapageien. Richard hätte ihm gern Löcher in den Bauch gefragt, aber Schmitz redete lieber über irgendeinen Metzgersohn, der ähnlich hieß wie der Lehrer Barsch und kleine Jungs zerstückelt hatte.

»Diese Sau«, sagte Schmitz. »Dem sollte man erst den Schwengel und dann die Rübe abschneiden.«

»Meine Rede«, stimmte Richards Vater ein und kippte seinen Schnaps hinunter.

»Und den Adi Meurer sollte man auch im Auge behalten«, meinte Schmitz. »Der ist nicht astrein.«

Richards Vater schüttelte den Kopf. »Der Adi, der ist sauber. Den lass mir in Ruh'. Prost Hermann!«

»Prostata!«

Bald fiel ihnen das Reden schwer. Richards Mutter schien es egal zu sein, dass ihr Kleid immer höher rutschte. Mit übertriebener Gestik um Stolz bemüht berichtete sie, wie ernst Richard die Pflege seines Vogels nahm. Richard freute sich über das Lob seiner Mutter. Ihm gegenüber hatte sie nie ein Wort darüber verloren.

Sein Vater legte ihm eine Hand auf die Schulter. »Mein Großer«, sagte er und drückte zu.

Es tat weh, aber Richard ließ sich nichts anmerken. Dass seine Eltern sich in seiner Gegenwart betranken, war nichts Besonderes. Dass sie sich im Beisein Fremder lobend über ihn äußerten, war dagegen ein kostbarer Augenblick, den er nicht zerstören wollte.

»Komm Jakob, gib dem Jungen auch 'n Schnaps.« Hermann Schmitz hielt dem Vater ein leeres Glas hin. »Ist gut gegen Läuse im Bauch.«

Die Mutter lag inzwischen halb auf der Couch. Richard sah ihren Schlüpfer durch die Nylonstrumpfhose schimmern, was den Mann im Gegensatz zum Vater sehr zu interessieren schien. »Nicht«, hauchte sie. »Der Junge ist erst neun.«

»Ach was«, stieß sein Vater hervor. »In dem Alter hab ich auch angefangen. Da hab ich immer das letzte Bier von meinem Alten ausgetrunken, wenn ich ihn mit der Schubkarre vom *Roten Ochsen* abgeholt hab.« Mit steinerner Miene goss er eine neue Runde ein, den Erwachsenen ein volles, Richard ein halbes Glas.

Mit zitternder Hand prostete Richard den Großen zu. Der Schnaps brannte wie Feuer, Hermann Schmitz schüttete sich aus vor Lachen, der Vater wankte in den Keller und holte jedem eine Flasche Bier.

Irgendwann wachte Richard auf. Mit lautem Hallo wurde seine Zimmertür aufgerissen, das Licht angeschaltet. Wie spät war es? Er lag auf dem Bett und fror. Er hob den Kopf und sah wie durch einen grell angeleuchteten Schleier Herman Schmitz und den Vater durch das Zimmer stolpern.

»Wo isses denn das Vögelchen?«

Richard richtete sich auf und wurde von einer überwältigenden Übelkeit zurück geworfen. Der Vater kicherte wie eine Hexe.

Schmitz hielt ein Brotmesser in der Hand. Er öffnete Hansis Käfig, trat einen Schritt zurück und säuselte: »Komm heraus, mein Vögelchen. Flieg ein bisschen herum.«

»Nein!«

»Hab dich nicht so!« Der Vater warf Richard einen betrunkenen Blick zu. »Wir wollen nur mal sehen, wie schön dein Vogel fliegen kann. Wir setzen ihn zurück in den Käfig. Keine Angst, der Hermann kennt sich aus.«

»Papa, nein.«

Hansi rührte sich nicht. Schmitz schlug ein paar Mal mit der flachen Hand gegen den Käfig. Der Vogel unternahm den unmöglichen Versuch, sich in seiner Behausung zu verstecken. Schließlich verlor Schmitz die Geduld, drehte den Käfig um und schüttelte Hansi heraus. Panisch tschilpend drehte er zwei Runden und landete wieder auf seinem Käfig.

»Hoho, gut geflogen!« Schmitz stürzte sich auf Hansi.

»Papa!«

Hansi flatterte auf und knallte gegen die Fensterscheibe. Flügelschlagend fiel er auf die Fensterbank und blieb dort Atem pumpend sitzen.

»Jetzt kommst du in den Kochtopf.« Schmitz grinste wie John Silver.

Hansi tschilpte und flatterte winzige Daunen hinter sich lassend durchs Zimmer. Ein paar Minuten lang hetzten ihn die Männer durch den Raum. Richard weinte. Wo war die Mutter? Sein Vater rief wieder *Hab dich nicht so!*, stieß einen Stuhl um und räumte mit dem Arm Richards Schreibtisch ab. Schmitz lachte heiser, als sie den erschöpften Vogel endlich gefangen hatten.

»Und jetzt!« Schmitz hob die Stimme, drückte Hansi in seiner Faust auf den leergefegten Schreibtisch und setzte das Messer am Kopf an. »Ruth, stell schon mal die Kartoffeln auf! Wie willst du ihn, gebraten oder als Suppenhuhn?« Auf seiner Stirn glänzte der Schweiß.

Richard wimmerte in der plötzlichen Stille.

»Komm Hermann.« Der Vater legte Schmitz einen Arm um die Schultern. »Wir wollen dem Jungen ja keine Angst machen.«

»Heh, Richie!« Schmitz drehte sich zu Richard um. »Hast du etwa gedacht, ich schneid deinem Vogel den Kopf ab?« Er lachte. »Das würd' ich nie tun, Junge. Ich liebe Vögel.« Er legte Hansi auf den Boden des Käfigs und verließ das Zimmer.

»Ist noch alles dran«, sagte der Vater und wankte hinaus.

Mit eingezogenem Kopf, das Gefieder gesträubt, doch offenbar unversehrt, hockte Hansi auf dem Boden seines Käfigs. Nach einer Weile begann er, ein paar Körner aus dem verbliebenen Sand zu picken. Schmitz verließ die Wohnung, ohne sich von Richard zu verabschieden. Im Elternschlafzimmer ließ sich jemand auf die Matratze fallen.

Der Chef der *Richie-Bande* begann zu schluchzen. »Keine Angst, Hansi«, sagte er und umklammerte den Käfig. »Keine Angst.«

Jakob lag auf dem Rücken in seiner Hälfte des Ehebetts und rauchte. Wie hatte es sein Vater bloß geschafft, sein Leben und das seiner Familie so lange im Lot zu halten? Wie war es ihm gelungen, seine Würde nicht zu verlieren? Heinrich Schell war schwach genug gewesen, ein jähzorniger Säufer zu sein und seine Frau zu schlagen, wenn sie versuchte, ihn daran zu hindern, auch das Haushaltsgeld zu vertrinken. Aber er hatte sie nicht gehasst und seinem Sohn nie ein Haar gekrümmt. Trotz allem war er ein guter Arbeiter gewesen und in der schwierigen Zeit ein Demokrat. Die Leute mochten ihn. Hatten er und der Fleischer Herz sich nicht weinend in den Armen gelegen?

Würde jemand um mich weinen?, dachte Jakob. Hermann Schmitz war kein Freund. Herman war ein Schwätzer. Aber er war der Einzige, der noch mit ihm trank. Alwin war verschollen, Adi ein knochenloser alternder Schwuler. Und Klara? Sie hatte sich vom dicken Theo ein Kind machen lassen und schien sich als keusche Witwe zu gefallen. Ihr mitleidiger Blick, den sie für ihn noch übrig hatte, war ihm eine Schande. Aber sie hatte Recht. Jedem, der sich an den jungen Schell erinnerte, gab er ein erbärmliches Bild ab. Er war ein Tunichtgut gewesen, aber er hatte in vollem Saft gestanden.

Er liebte Ruth nicht. Sie hatten es nicht geschafft. Es war nicht gerecht, es so zu sehen, aber sie hatte sein Leben ruiniert. Immer und immer wieder musste er sich anhören, er gebe sich keine Mühe. *Halt doch die Fresse! Du liebst mich genauso wenig.*

Jakob liebte auch den Jungen nicht. Dabei war er ihm so ähnlich. *Richard stört fortlaufend den Unterricht. Auch in den Pausen fällt er unangenehm auf.* Der Satz prangte im ersten Zeugnis seines Sohnes. Er mochte den Jungen, aber er liebte ihn nicht. Er liebte niemanden. Mit Klara hatte er alles verloren.

Er drückte die Zigarette neben dem Aschenbecher aus und zündete sich eine neue an. Er hatte sich für ein Leben mit Ruth entschieden, weil er ein guter Mann sein wollte. Seitdem soff er sich die Hucke voll. Das Gelände, in dem er sich halbwegs sicher bewegen konnte, wurde von Tag zu Tag kleiner. Bald würde es nur noch ein Fleck sein, zu winzig, um sich darauf um die eigene Achse zu drehen. Keinen Monat mehr, dann fuhr er mit dem Stapler im Lager Amok.

In der Schlafzimmertür stand jemand. *Scheiße!* Was er heute veranstaltet hatte, war die Krönung. Was konnte der Vogel dafür? Und der Kleine? Vielleicht sollte er sich bei Richard entschuldigen. Aber ihm fielen keine Entschuldigungen mehr ein, die er von sich selbst noch akzeptiert hätte. Dass er Ruth schlug und den Kleinen, das war nicht zu entschuldigen, es war bloß wegzuspülen. Und tatsächlich, viel mehr als jedes großartige Geschenk tilgte jeder Schluck ein gutes Stück Schuld.

Der Junge setzte sich zu ihm aufs Bett. Er sagte etwas, aber Jakob verstand nicht. Sah der Junge traurig aus? Lächelte er? *Willst du eine rauchen, Junge?*

Jakob trank die Flasche aus und drückte sie seinem Sohn in den Schoß. *Besorg mir eine Neue!* Der Kleine rührte sich nicht, schaute bloß. Nein, er sah nicht traurig aus. Aber er lächelte auch nicht; in seinem Gesicht war gar nichts. Jakob zog an seiner Zigarette. Dann, als sähe er das Ende eines Stummfilms, wurde sein Sohn von den Rändern her schwarz. Jakob spürte, wie seine Hand, in der die Zigarette glimmte, von seinem Bauch auf die Matratze rutschte. *Junge*, dachte er noch und versank im Dunkel. *Mach doch mal die Zigarette aus. Es tut mir auch leid. Ich meine, wegen vorhin.*

15

Alexander lag im Bett, als es kurz nach neun an der Haustür hämmerte. Klara saß mit Adi in der Küche und unterhielt sich über den Kindermörder Jürgen Bartsch, dem in Wuppertal der Prozess gemacht wurde. Adi machte sich Sorgen. Es kamen kaum noch Kinder in seinen Salon. Täglich überschlugen sich die Zeitungen mit immer ungeheuerlicheren Einzelheiten der Morde, und die Kundschaft verwickelte ihn ein ums andere Mal in heikle Gespräche über alleinstehende Männer. Darüber hinaus ließ jeder seiner Fantasie freien Lauf, was man mit dieser Bestie alles anstellen sollte. Niemand zeigte mit dem Finger auf Adi und behauptete, er sei ein Kinderschänder. Er konnte sich auch beherrschen, mit den Leuten eine Diskussion über den Unterschied zwischen Homosexuellen und Pädophilen zu führen. Doch hatte Heimstadt seinen komischsten Friseur noch nie so misstrauisch beäugt wie in diesen Vorweihnachtstagen. Adi hoffte, dass der Sturm bald vorüber ziehen und sein Salon dann noch stehen würde.

Klara legte ihre Hand auf Adis Unterarm. Dann stand sie auf, um nachzusehen, wer so spät zu ihr wollte.

Richard fiel ihr in die Arme und stammelte etwas, auf das sie sich keinen Reim machen konnte. Er roch nach Alkohol und Rauch, als sei er einem riesigen Aschenbecher entstiegen. Sie brachte ihn nach oben, wo Adi ihm ein Glas Wasser gab, das er in die Hand nahm ohne davon zu trinken. Klara wechselte mit Adi besorgte Blicke. Da zeigte Richard aus dem Fenster. Mit einer bösen Vorahnung zog Adi die Übergardine zurück und öffnete einen Fensterflügel, um sich hinauszulehnen. Im nächsten Moment stürmte er die Treppe hinunter und lief zur Hauptstraße, wo er in der Telefonzelle des Postgebäudes die Feuerwehr rief. Beinahe wäre er über einen Vogelkäfig gestolpert, der neben Klaras Haustür stand.

Für Ruth und Jakob Schell kam jede Hilfe zu spät. Sie waren in dem pechschwarz quellenden Ungetüm erstickt, das über die Feuerwehrleute auf der ausgefahrenen Leiter herfiel, als sie die Fensterscheiben von außen zertrümmerten.

Die Untersuchung während der nächsten Tage ergab, dass der Brand im Elternschlafzimmer ausgebrochen war. Dort hatte man Richards Vater gefunden, der im Gegensatz zu seiner Frau schwere Verbrennungen aufwies. Ruth Schell lag im Wohnzimmer hinter der Couch. Da es keine Hinweise auf Brandstiftung gab, ging man davon aus, dass Jakob Schell den Schwelbrand versehentlich verursacht hatte. Wahrscheinlich war er mit einer brennenden Zigarette im Bett eingeschlafen. Die Befragung des Jungen bestätigte diese Annahme. Er stand unter Schock, doch das Wenige, das er erzählte, schien eindeutig. Seine Eltern hatten sich am frühen Nachmittag betrunken und auch ihrem Sohn eine erhebliche Menge Alkohol eingeflößt. Dann war er eingeschlafen und erst am Abend wieder aufgewacht. Aus dem Elternschlafzimmer drang dichter Rauch, er versuchte vergeblich, seine Mutter zu wecken, und rannte schließlich zu Klara Aschkowski, um Hilfe zu holen. Wie sein Wellensittich in dem Käfig vor ihre Haustür gekommen war, konnte er nicht erklären.

Niemand erhob Einwände dagegen, dass Richard die nächsten Wochen

bei Klara und Alexander wohnte. Die Jugendfürsorge hielt es für das Beste, den Jungen über Weihnachten und Silvester in einer vertrauten Umgebung zu belassen, und fand es kolossal, dass Klara ihm ein Bett neben das Bett ihres Sohnes gestellt hatte. Die Nachbarn bestätigten den Behörden, sie sei mit Richards Eltern lange bekannt gewesen. Außerdem habe der Junge in jüngster Zeit häufig mit Alexander gespielt. Gleichwohl musste eine Lösung für die Zukunft gefunden werden. Richards Großmutter war dem Vernehmen nach krank und konnte sich nicht um ihren Enkel kümmern. Andere nahe Angehörige gab es nicht. Daher entschied die Jugendfürsorge nach Neujahr, Richard in einem Heim unterzubringen. Es sei denn, Klara Aschkowski erklärte sich bereit, ein Pflegschaftsverhältnis einzugehen.
Klara verbrachte etliche schlaflose Nächte mit dieser Frage und ließ sich von der *Coca Cola AG* bis auf Weiteres beurlauben. Der Brand und das traurige Schicksal des Jungen boten auch zu Beginn des neuen Jahres reichlich Gesprächsstoff, weshalb die Werksleitung ihrer nun berühmten Mitarbeiterin versicherte, jederzeit an ihren Arbeitsplatz zurückkehren zu können. Für Adi legte sich alsbald der Sturm, der ihm so heftig ins Gesicht geblasen hatte. Dabei stachelten die Berichte über den Prozess gegen Bartsch unvermindert den Hass der Leute auf alles *Abartige* an. Adi war nun ein Held. Er hatte die Feuerwehr alarmiert und somit das Übergreifen des Brandes auf die benachbarten Wohnungen und Häuser verhindert. So siegte die Begierde seiner Kundschaft, sich den Hergang der Ereignisse von einem Augenzeugen schildern zu lassen, über den vorsorglichen Abscheu gegen ihn. Außerdem ging Adolf Meurer bekanntermaßen bei jener Frau ein und aus, die sich, das betonten die älteren Jahrgänge, unverhofft zu einer Zierde der Frauen Heimstadts gemausert hatte. Er verfügte über intime Kenntnisse der Situation im Hause Aschkowski, die Adi jedoch, auch dem wurde ungewohnter Respekt gezollt, weitgehend für sich behielt.

Lagen die beiden Jungen abends im Bett, beratschlagte Klara mit Adi, ob sie es wagen solle, Richard zu behalten. Alexander belagerte sie damit jeden Tag. Er wollte verhindern, dass man Richard ins Knabenheim steckte. Adi versprach ihr jede Unterstützung.

Richard löste sich nur allmählich aus seiner eigentümlichen

Lethargie, die immer wieder überraschenden Wutanfällen wich. Ein einziges Mal wagte es Klara, Hansis Käfig sauber zu machen. Als Richard es bemerkte, schrie und schlug er wie ein zorniger Zweijähriger mit dem Kopf gegen die Zimmerwand und vergoss nicht eine Träne, als sie seine blutende Stirn verarzten musste. Auch schien er jedes Gefühl für Gefahr verloren zu haben. Am Silvesternachmittag kletterte er im Park auf eine alte Platane und verharrte in der Krone wie eine Katze, die nicht mehr weiter wusste. Die Feuerwehr musste ihn herunter holen.
Alexander fügte sich in Klaras Geheiß, Rücksicht auf Richard zu nehmen. Bei allem ließ er ihm den Vortritt. Klara bemühte sich, Richard neuen Halt zu geben, doch sie schwankte. Jakobs Tod hatte eine alte Wunde aufgerissen, und die Aussicht, am Ende in aller Form die Mutter eines Kindes seines Namens zu werden, erschien ihr als eine unziemliche Herausforderung des Schicksals. Irgendwann würde sich alles rächen. Allerdings leugnete sie nicht die Faszination, die von dem Jungen ausging. Die Geschmeidigkeit, mit der er sich bewegte, das Blau seiner Augen und die rüde Selbstverständlichkeit, mit der er sich nahm, was er wollte, all das erinnerte sie an jenen Jakob Schell, den sie einmal geliebt hatte. Richard war ihm ähnlich, anders als Alexander. Richard besaß mit seinen neun Jahren einen ausgeprägten erotischen Charme, wie Klara verschämt feststellte. Aber er verfügte auch über eine Gabe, die seinem Vater vollkommen gefehlt hatte. Richard war ein Anführer, ein wildes Kind und würde es einmal weit bringen.

Die Jugendfürsorge bat Klara, einen Antrag auf Pflegemutterschaft zu stellen. Mit Richards Vollwaisenrente und der eigenen Witwenrente würde sie die Arbeit bei *Coca Cola* aufgeben können. Einen Monat nach Weihnachten willigte sie ein.

Alexanders Schulpausen änderten sich. Der Chef der *Richie-Bande* schlief nun mit ihm in einem Zimmer, und niemand wagte es mehr, die unerklärte neue Nummer Zwei anzurühren. Ehrfürchtig lauschten die Mitschüler Alexanders Versicherung, Richard habe seit dem Unglück kein einziges Mal geweint. Wie hart im Nehmen ihr Anführer war! Richard genoss nun

Narrenfreiheit. Ohne zu murren, nahm Ulrich Schwarzweiler es hin, dass sein Strich nicht mehr bis zur Armbeuge gezogen wurde. Richards Entscheidungen über die Länge der Filzerstriche entbehrten endgültig jeder Berechenbarkeit, doch niemand beklagte sich. Selbst Barsch ließ ihn gewähren wie er wollte. Der alte Lehrer schien ohnehin die Lust am Prügeln verloren zu haben. Im neuen Jahr hatte noch niemand mit ausgestreckter Hand das Jesuskreuz anstarren müssen. Zeitweise verlor Barsch die Kontrolle über die Klasse, wenn Richard aufstand und ohne ein Wort den Klassenraum verließ, während seine Mitschüler sich kringelten vor Lachen. Einmal tat Ulrich Schwarzweiler es ihm nach, wurde jedoch von Richard zurückgeschickt. Barsch stand händeringend da, die Klasse johlte und lachte über den alten Mann. Erschöpft bat er Alexander, Richard zurück in den Klassenraum zu holen, was ihm ohne großes Federlesen gelang.

Alexander wuchsen Ehre und Verantwortung zu. Sogar Schwarzweiler begann, ihn zu hofieren, stieß andere Jungen beiseite, wenn Alexander über den Schulhof ging, obwohl sie nicht im Weg gestanden hatten. Richard fragte Alexander nie, ob er Zweiter Mann der *Richie-Bande* werden wolle. Alexander hätte das Angebot ohnehin abgelehnt, denn ohne Strich war er dem Chef näher als jeder andere.

Nach den Halbjahreszeugnissen stellte ihnen der Rektor an einem Montagmorgen Frau Männel vor, die neue Klassenlehrerin. Sie war jung, jünger als die Eltern der Schüler, und besaß ein ansteckend fröhliches Wesen, das selbst Richard zu bezaubern schien. Von diesem Tag an stellte er seine spontanen Ausflüge während des Unterrichts ein. Innerhalb kurzer Zeit beruhigte sich das Klassenleben, und der alte Herr Barsch geriet in Vergessenheit.

Alexander teilte mit Richard sein Zimmer, seine Spielsachen und seine Mutter. Außer Hansi, der zwischen ihren Betten einen Platz am Fenster erhalten hatte, besaß Richard einen Holzstuhl, der vollständig mit Fußballerbildchen beklebt war, und sein *Bonanzarad*. Alles andere hatte der Rauch zerfressen. Alexanders Mutter bot Richard eines Tages an, Klara zu ihr zu sagen. Frau Aschkowski passe nun nicht mehr. Bei der selben Gelegenheit nahm sie Alexander beiseite und bat ihn, sie aus Rücksicht auf Richard von nun an ebenfalls Klara zu nennen. Gehorsam willigte Alexander ein, auch wenn ihm nicht wohl dabei war. In den folgenden Wochen dachte er viel über seinen Vater nach. Schlief er noch? Hatten ihn die Würmer aufgefressen? Kam er jemals wieder? Sollte er nun Theo zu ihm sagen, wenn er an ihn dachte? Am Abendbrottisch erzählte Klara Geschichten von Richards Vater, lustige Geschichten, die Richard ein wenig aufheiterten. Klara und Richards Vater hatten sich vor langer Zeit gekannt. Alexander bemerkte das Leuchten in den Augen seiner Mutter, wenn sie erzählte, wie sie mit Richards Vater gelacht und getanzt hatte. In diesen Augenblicken vermisste er seinen Vater sehr. Klara erklärte ihm, es sei gut für Richard, Gutes über seine toten Eltern zu erfahren. Dass es Richard gut ging, war im Augenblick gewiss das Wichtigste.

In den Osterferien beschäftigte Klara sich auf Anraten Frau Männels mit der Frage, ob Alexander im Sommer auf das neu gegründete Heimstädter Gymnasium wechseln sollte. Außer ihm hatte die Lehrerin vier weitere Jungen für die höhere Schule empfohlen. Schwarzweiler gehörte zwar nicht dazu, doch legte sein Vater auf Frau Männels Meinung keinen Wert, weshalb Ulrichs Aufstieg aufs Gymnasium beschlossene Sache war. An Ostermontag lag Hansi tot auf dem tags zuvor frisch mit Sand bestreuten Boden seines Käfigs. Richard stieß einen gespenstig heulenden Schrei aus und warf sich weinend auf sein Bett. Es war das erste Mal, dass Alexander ihn weinen sah. Aufgebracht lief er ins Elternschlafzimmer, Klara war bereits aufgesprungen und eilte zu Richard. Am Nachmittag kam Onkel Adi und ging mit ihnen in den Park, wo sie Hansi begruben.

»Ich kann nicht schlafen«, flüsterte Richard in der Nacht.

»Was ist?«

»Ich habe geträumt.«

»Was denn?«

»Von meinen Eltern.«

Alexander lupfte seine Bettdecke. Richard zögerte einen Moment, dann schlüpfte er unter Alexanders Decke.

»Haben deine Eltern im Traum gelebt?«, fragte Alexanders.

»Weiß ich nicht.«

»Wieso weißt du das nicht?«

»Ich weiß nicht, weshalb ich es nicht weiß. Soll ich den Traum erzählen?«

»Ja.«

»Es ist der letzten Abend. Ich schlafe in meinem Bett und wache auf. Aber ich sehe alles verschwommen. Da kommt Rauch durch das Schlüsselloch. Nicht viel, ganz wenig. Dann bin ich im Schlafzimmer meiner Eltern. Mein Vater liegt im Bett und raucht eine riesige Zigarette. Sie ist mindestens einen halben Meter lang und zehn Zentimeter dick. Die Glut an der Spitze leuchtet wie ein Drachenauge. Sie fällt auf die Bettdecke. Sofort brennt alles. Plötzlich schreit jemand: *Heh Junge, mach die Zigarette aus!* Ich kann mich nicht bewegen. Ich kann auch nicht um Hilfe rufen, nichts. Meine Mutter liegt im Wohnzimmer auf dem Sofa. Sie hat nur wenig an, und der Arbeitskollege meines Vaters ist bei ihr, aber sie bewegen sich nicht. Sie merken nicht, was passiert. Ich laufe in mein Zimmer, packe Hansis Käfig und-.«

Richard begann zu schluchzen. Alexander drückte ihn an sich. Richard schämte sich, aber es tat gut. Er hoffte, dass er keine Schuld am Tod seiner Eltern trug.

Am nächsten Morgen ließ er Alexander bei Klaras Leben schwören, niemals jemandem von dem Traum zu erzählen.

Vier

Frühling 1972 – Onkel Alwin aus Übersee

16

Bei der Post lenkte Alwin seinen 65er SL Pagode an den Rand der Hauptstraße, schaltete den schnurrenden Motor aus und legte seine Hand auf das weiche weinrote Leder der Sitze. In Erwartung des Erbes hatte er den Mercedes vor ein paar Tagen im Pfandhaus in der Alsterchaussee ausgelöst. Ohne die nächtlichen Fahrten an den Timmendorfer Strand hatte er sich verloren gefühlt.

In Heimstadt schien sich kaum etwas verändert zu haben. Gleichwohl war ihm der Ort fremd. Ihm war, als sei er in den Jahren des Exils gewachsen und passte nun nicht mehr in die alten Hosen hinein. Auf den zweiten Blick sah er, dass Heimstadt sich sehr wohl verändert hatte. Die Oberleitungen waren verschwunden. Offenbar fuhren inzwischen Dieselbusse nach Köln. An den schmutziggrauen Häuserfassaden waren bunte Reklametafeln befestigt, als hätte jemand eine farbenfrohe Schürze über ein altes Kleid gebunden. Eine Hausfrau in roten Strumpfhosen, kniefreiem karierten Rock und einer hüftlangen cremefarbenen Skaijacke wechselte mit schweren Einkaufstaschen die Bürgersteige und wartete mit hängenden Schultern an der nächsten Ampel. Im Vergleich zu Hamburg sahen die Frauen ein wenig ungeschlacht aus. Alwin las das Schild über einem Restaurant und grinste. *Da Silvio*. Nun gab es also auch in Heimstadt Spaghetti Bolognese und Pizza. Trotz Benito Mussolini hatte Johann Bremschneider die *Itacker* nie gemocht und garantiert bis zuletzt keinen Fuß in das Lokal gesetzt. Alwin streckte sich nach seiner Lederjacke, die auf dem Rücksitz lag und stieg aus. Bevor er zum Friedhof fuhr, brauchte er ein Glas Rotwein und einen Teller Spaghetti. In den nächsten Tagen würde er sicher kaum etwas herunter bekommen.

In Hamburg schmeckte es nicht besser. Ein augenscheinlich naturblondes italienisches Mädchen bediente die wenigen Mittagsgäste nachbarschaftlich freundlich. Alwin begegnete sie scheu wie einem Durchreisenden, der er auch war. Er gab ihr ein großzügiges Trinkgeld.

Auf dem Weg zum Friedhof fuhr er an Adis Frisörsalon vorbei. Er drosselte die Geschwindigkeit und warf im Vorbeifahren einen Blick auf den alten Homo. Alwins Herz schlug schneller. Mit gereckten Armen stand Adi da, Schere und Kamm im Anschlag, ganz in weiß und mit beinahe schulterlangen Haaren. Alwin kratzte sich an den Resten seines Schopfs. Adi war gewiss der einzige Mann Heimstadts jenseits der Vierzig, der das Haar so lang trug. Alwin fuhr weiter und hielt unwillkürlich Ausschau nach Klara, Jakob und Theo.

Der Friedhofsgärtner erklärte ihm, wo sich das Grab des alten Bremschneider befand. Der Bürgermeister von Heimstadt hatte ihm einen Brief nach Hamburg geschickt. Darin stand, dass der Alte mit einundachtzig Jahren gestorben war und auch die Mutter nicht mehr lebte. Agnes Bremschneider war drei Jahre zuvor vierundsiebzigjährig verschieden. Niemand hatte sich die Mühe gemacht, Alwin zu benachrichtigen. Er wäre nicht zur Beerdigung gekommen, aber Alwin erkannte die Absicht des Alten, wie alles im Leben auch die Liste der Trauergäste zu bestimmen. Er war davon ausgegangen, dass niemand in Heimstadt wusste, wo man ihn hätte finden können. Bis ihm der Bürgermeister am Telefon verriet, der Verstorbene sei mit Hilfe einer Detektei über sämtliche Adressen und Telefonnummern seines Sohnes stets im Bilde gewesen. Er habe sogar gewusst, wie und mit wem Alwin Geld machte. Letzteres sei selbstverständlich nicht Anlass des Treffens in Heimstadt, hatte der Bürgermeister jovial versichert und ihn zur Testamentseröffnung ins Heimstädter Rathaus gebeten.

Alwin folgte dem Hauptweg vorbei an der Friedhofskapelle und bog in einen Kiespfad ein. Das Familiengrab bot Platz für zwei. Auf der Hälfte des Alten türmten sich Kränze und Blumengebinde. Johann Bremschneider war ein geschätzter Bürger gewesen. Was in Heimstadt Rang und Namen hatte, fand sich auf den Bändern und Schleifen: Ärzte, Geschäftsleute, Stadtrat und Stadtverwaltung, die Ortsverbände der CDU und wunderlicherweise auch der SPD, die Industrie- und Handelskammer

des Kreises, der Hausfrauenbund und die *Alten Kameraden*.
Mit einem Mal tat ihm seine Mutter leid. Alwin hätte es ihr gegönnt, den Alten ein paar Jahre zu überleben. Vielleicht hätte sie unter seiner Fuchtel hervortreten und einmal frei atmen können. Solange Alwin denken konnte, war sie ein sklavisch gehorsames Eheweib gewesen, ohne eigenen Willen und ohne jedes Sentiment. Bis Ende '44 war sie jeden Morgen mit ihm um Sieben in den *Roten Ochsen* gegangen, um dort zu frühstücken. Der Alte saß bereits über seinem immergleichen Wurstteller, den er mit Messer und Gabel und ohne Brot und Kaffee in sich hineinschlang. Ortsansässige Speichellecker hockten bei ihm und machten Geschäfte, während Alwin mit seiner Mutter an einem Nebentisch Platz nahm, nachdem sie ihm förmlich Guten Morgen gesagt hatten.

Alwin machte sich auf den Weg zum Rathaus. Jetzt hatte er nicht einmal mehr Eltern, mit denen er nichts zu tun haben wollte. Wenigstens würden sie ihm einen Sack voll Geld hinterlassen, und den hatte er verdammt nötig.

Den Wagen stellte er am Soldatendenkmal ab. Unter haushohen Ulmen und Ahornbäumen durchquerte er den Park und betrat über eine bröckelnde Steintreppe den alten Backsteinbau des Heimstädter Rathauses. Bürgermeister Hässler und ein Mann in dunklem, teuer aussehenden Anzug erwarteten ihn. Im Bürgermeisterzimmer roch es scharf nach Rasierwasser und den Zigarillos Hässlers, seinem Markenzeichen, seit er für die CDU in Heimstadt öffentlich in Erscheinung trat, womit er zu Ludwig Erhards Zeiten begonnen hatte.

»Ah, der verlorene Sohn!« Hässler strahlte über das gebräunte Gesicht. Skiurlaub, tippte Alwin. Die Geschäfte des Bürgermeisters liefen offenbar gut. Hässler ging auf die Sechzig zu und kleidete sich entschieden moderner, als es seinem Politikverständnis als Christdemokrat entsprach. Zu einem hellgrauen Jackett mit breitem Revers und schwarzen Hosen mit leichtem Schlag trug er ein hellblaues Hemd, dessen überlappende Kragenspitzen fast bis zu den Schulterpolstern reichten. Dazu eine grasgrüne Krawatte. Sein noch volles dunkles Haar bedeckte halb die Ohren und ging an den ergrauenden Schläfen in breite Koteletten über. Mit ausgestreckten Armen tat er ein paar Schritte über die knarzenden Hölzer des abgetretenen Parketts, besann sich dann aber der Würde seines Amtes und des Anlasses und nahm Alwins herabhängende Rechte in beide

Hände: »Mein Beileid, Herr Bremschneider.«
Alwin ließ die Begrüßung mit einem höflichen Nicken über sich ergehen.

Der andere Mann reichte ihm mit einer knappen Bewegung die Hand und stellte sich als Dr. Feschner vor, Rechtsanwalt und Notar aus Köln.

»Also!« Der Bürgermeister rieb sich die Hände. »Dann setzen wir uns doch mal.« Er wies auf zwei braune Polsterstühle, die an einem Tisch aus glänzendem Buchenholz standen. »Einen Kaffee, die Herren?«

Alwin schüttelte den Kopf. Dr. Feschner ebenso. Sie setzten sich.

Der Anwalt entnahm seiner Aktentasche aus glänzendem braunen Leder ein Couvert und legte es vor sich auf den Tisch. In dieser angestaubten Umgebung, deren einziger Schmuck aus einigen Schwarzweißdrucken Heimstädter Motive, dem Stadtwappen und zwei an den Spitzen vergilbten Rhododendren bestand, wirkte der sonnige Hässler wie Gunter Sachs im Kloster. Der asketisch anmutende Feschner war dagegen von ausgesuchter Distinguiertheit. Alwin schätzte ihn in Hässlers Alter, zwanzig Jahre jünger als seinen Vater.

»Kannten Sie meinen Vater gut?«, fragte Alwin, obwohl er die Antwort wusste. Sein Vater vertraute ausschließlich alten Gefolgsleuten.

»Ich betreue seine Rechtsangelegenheiten seit vielen Jahren«, sagte der Anwalt ungerührt.

»Wo haben Sie ihn kennen gelernt?«

Ein Lächeln umspielte Feschners Mund. Alwin kannte dieses Lächeln. Es hatte nichts mit Freundlichkeit zu tun. Es war der Ausdruck unangreifbarer Überlegenheit. »Ich kenne ihn aus meiner Zeit als Staatsanwalt.« Feschner forcierte sein Lächeln um ein wirkungsvolles Quantum. »Da waren Sie noch ein Kind.«

Alwin zuckte mit den Schultern.

Hässler setzte sich an die gegenüberliegende Seite des Tischs und ergriff das Wort. »Meine Herren, wir sind zusammen gekommen, um das Testament des verstorbenen Johann Bremschneider zu verlesen. Herr Bremschneider«, er schaute Alwin an, »Sie werden sich vielleicht wundern, warum die Testamentseröffnung im Rathaus und nicht in Ihrem Elternhaus oder im Büro Dr. Fechtners stattfindet.«

Alwin zuckte erneut mit den Schultern. Darüber hatte er nicht nachgedacht. Nun kam es ihm in der Tat sonderbar vor.

»Nun«, fuhrt Hässler fort. »Ich würde sagen, Herr Dr. Feschner verliest zunächst das Testament. Hernach werde ich sicherlich das ein oder andere zur Klärung gewisser Umstände beitragen können.« Er schaute Feschner auffordernd an.

Ausdruckslos erwiderte Feschner den Blick des Bürgermeisters. Bevor er den Brief in die Hand nahm, ließ er eine deutlich spürbare Pause entstehen. Auch diese Masche kannte Alwin von seinem Vater. Feschner war kein Mann, der sich von einem wie Hässler sagen ließ, wann er etwas tun sollte.

Ohne einleitende Worte entnahm er dem Couvert ein einzelnes Blatt Papier und begann vorzulesen. »Ich, Johann Wilhelm Bremschneider, geboren in Heimstadt am 19. Februar 1891, bestimme im Vollbesitz meiner geistigen Kräfte meinen Sohn Alwin Johann Bremschneider, geboren im Heimstadt am 15. Dezember 1927, als Alleinerben. Heimstadt, den 14. April 1972.« Feschner schaute auf. »Es folgt die Auflistung Ihres Erbes. Soll ich fortfahren?« Wieder erschien das Lächeln um seine Lippen. »Es ist nur ein Posten.«

Alwin verformte den Mund zu einem Grinsen. Die Gemeinheit des Alten war doch unermesslich. »Ist es wenigstens mein Elternhaus?«

»Exakt«, sagte Feschner.

»Herr Bremschneider.« Hässler räusperte sich. »Lassen Sie mich das erklären«. Dann setzte er zu einer wortreichen Rede über eine jüngst aus der Taufe gehobene und von der Stadt verwaltete Stiftung des alten Bremschneiders an. Alwin hörte kaum hin.

17

Im Radio dudelten die Royal Scots Dragoon Guards *Amazing Grace*. Den Namen der Gruppe konnte Adi kaum entziffern geschweige denn korrekt aussprechen. Aber die Jungs gefielen ihm. Er lag auf der Couch in seiner Küche und ruhte sich für drei Dauerwellen aus, die am Nachmittag auf dem Programm standen. Ein paar kleine Jungs, die sich von ihren Eltern noch schicken ließen, würden wie jeden Nachmittag hinzukommen, aber die machten den Kohl nicht fett. Adi sorgte sich um seine finanzielle

Lage. Außerdem plagten ihn nicht nur Muskelkater und Liebeskummer. Am Morgen hatte er zuviel Bräunungscreme aufgetragen. Er sah scheußlich aus.

Vor ein paar Tagen war er fünfundvierzig geworden, und keiner seiner alten Träume war in Erfüllung gegangen. Klara und die Jungs überraschten ihn mit einem von den beiden Teenagern selbst gebackenen Kuchen. Dazu ein Buch von Klara, ein Blumenstrauß von Alexander und eine Single von Richard. Sie waren seine Familie, lieb und teuer, aber er trat auf der Stelle. Hermann, sein letzter Liebhaber, hatte unlängst das Interesse verloren, und Adi stellte sich darauf ein, wieder mindestens ein Jahr auf einen Nachfolger warten zu müssen. Er wurde alt. Adi merkte es daran, dass die Anzahl der Schwulenbars, in denen er sich wohl fühlte, deutlich abgenommen hatte. In den meisten Kneipen war ihm das Publikum zu jung oder die Musik zu laut. Auf die große Liebe hoffte er schon lange nicht mehr. Es würden sich keine Geheimnisse mehr für ihn lüften, und auch in einem nur vorläufig eingerichteten Leben wurde man alt. Außerdem lief das Geschäft schlecht, denn die jungen Leute sparten sich das Geld für den Frisör. Er hätte ihnen liebend gern die Frisuren von *Slade*, *Sweet* oder *T-Rex* verpasst. Niemand sollte behaupten, dass er nicht auf dem Laufenden war. Aber so mutig waren die jungen Kerle in Heimstadt am Ende doch nicht.

Adi legte eine Hand auf die Couchlehne, die andere auf den Küchentisch und hievte sich in Sitzposition. An seinem Geburtstag hatte er den Jungs versprochen, mit ihnen im Heimstädter Wald den neu angelegten *Trimm-dich*-Parcour zu absolvieren. Er war nie eine Sportskanone gewesen und spürte schon während der ersten Streckübung den Rost in allen Gelenken. Doch die Jungs spornten ihn an, die müden Knochen zu bewegen, und da hatte er es mit einem Mal wissen wollen. Im Überschwang ließ er sich sogar zu einem zweiten Durchlauf überreden. Alexander und Richard zeigten sich überrascht von der Kraft und dem Willen eines alten Homos und forderten ihn am Abend auf, eine rohe Kartoffel in der Faust zu zerquetschen. Wäre Hermann da gewesen, hätte er es mit ihm die ganze Nacht getrieben. Doch am Morgen war er nicht mit einem warmen, verschlafenen Körper in den Armen aufgewacht, sondern mit dem schlimmsten Muskelkater seines Lebens. Aus Verdruss hatte er sich einen zu großen Vorschuss auf den Sommer aus der *zeozon*-Tube genommen.

Er kam auf die Beine und stakste durch die Küche in den Salon. Im selben Moment hob Alwin Bremschneider die Hand, um gegen die Ladentür zu klopfen.

»Da ist er ja!«, kreischte Adi und riss die Tür auf.

»Hallo Adi.« Alwin ging in die Knie, umklammerte Adis Hüfte und hob ihn hoch.

»Lass mich runter! Wenn uns jemand sieht!«

»Wieso?«, sagte Alwin in tuntigem Tonfall. »Wir dürfen das doch jetzt, wo unser Willy den 175er geändert hat. Ich bin über einundzwanzig, und du siehst aus wie eine alte Indianersquaw. Warst du mit dem Bürgermeister in Skiurlaub?«

Adi zog ihn in den Laden. »Werd' nicht frech. Erzähl mir lieber, wo du die letzten zehn Jahre gesteckt hast. Wir waren uns fast sicher, dass du tot bist. Am Sonntag noch, als dein Vater beerdigt wurde, haben wir über dich geredet. Deine letzte Karte an Klara ist fünf Jahre alt. Sie meinte: Wenn er noch lebt, kommt er wenigstens, um sein Erbe anzutreten.« Er grinste. »Also bist du jetzt nicht nur der reichste Mann von Heimstadt, sondern auch 'n Homo geworden. Interessante Kombination. Bist du noch frei?«

»Frei schon.«

Adi schaute auf seine Armbanduhr. »In einer halben Stunde muss ich den Laden wieder aufschließen. Magst du einen Kaffee oder einen Cognac?«

»Beides.« Alwin legte ihm eine Hand auf die Schulter. »Schön dich zu sehen.«

Adi stellte Kaffeewasser auf und schenkte Cognac ein. Alwin setzte sich mit seinem Glas auf die rote Couch und schaute sich in der Küche um, die Adi im vergangenen Jahr mit einer goldgelb glänzenden Tapete verschönert hatte. Die Türen der Hängeschränke leuchteten passend zur Couch karmesinrot. An der Wand über der Couch hing ein Druck von Andy Warhols *Jackie K.*, den er eigentlich für Klara besorgt hatte. Aber sie fand das Portrait zu bunt. Die Sammlung seiner Ausstellungsplakate stand zusammengerollt im Keller.

Alwins Anblick erinnerte Adi daran, wie viel Zeit vergangen war. Sein Haaransatz hatte sich hinter die Ohren zurückgezogen, Falten zerknitterten das Gesicht, und trotz seiner schlaksigen Figur wölbte sich über dem Gürtel eine kleine Plauze. Adi strich sich über beide Wangen. Wirkte seine Gesichtshaut ebenso teigig wie Alwins Wangen und Kinnpartie? Alwin sah nicht schlecht aus. Es war nur so, dass er aussah wie ein Mann von fünfundvierzig Jahren. Bei niemandem, den Adi regelmäßig traf, war ihm das bisher so sehr aufgefallen.

»Gut siehst du aus«, sagte Alwin.

»Wirklich?«

»Nein. Aber deine Haare hätte ich gerne.«

»Besten Dank.« Adi fuhr sich mit beiden Händen durch den Schopf. »Wenn du es genau wissen willst: Sie sind getönt. Ansonsten wäre ich ziemlich grau. Aber sei gegenüber Klara etwas taktvoller, wenn du sie triffst.«

Alwin stellte das Cognacglas ab. »Entschuldige.«

Adi gab Kaffeepulver in den Filter und goss kochendes Wasser darüber. »Erzähl, wo warst du die ganze Zeit? Hatten wir dir was getan?«

Alwin verschränkte die Hände im Schoß. »Das hatte nichts mit euch zu tun.« Eine Weile betrachtete er das Cognacglas. »Kannst du dich an Elvira erinnern?«

»Sicher. Die rassige Elvira aus Brüssel. Die sich nicht entscheiden konnte.« Adi reichte Alwin eine Tasse und setzte sich. »War sie nicht zu dir zurückgekehrt?«

»Als wir das letzte Mal im Mai '62 in Heimstadt waren, hatte sie mir gerade eröffnet, dass ihr Mann sie so sehr brauche und sie mich verlassen müsse. Das ging dann noch ein paar Mal hin und her, sozusagen im Vierteljahrestakt. Gerade als ich anfing, mich damit abzufinden, blieb sie fast ein ganzes Jahr bei mir. Wir wollten sogar heiraten. Und dann, das war im Sommer '64, ist sie endgültig abgehauen.«

»Zurück zu ihrem Mann?«

Alwin zuckte mit den Schultern. »Vermutlich. Ich habe nie mehr etwas von ihr gehört.«

»Tut mir leid.«

Alwin nickte.

»Und wo warst du die ganze Zeit?«

»In Hamburg. Ich habe nach seltenen Mercedes Cabriolets aus den 40ern und 50ern Ausschau gehalten, wie dem 300 SL Roadster oder dem 300 S. Der war in den 50er Jahren der teuerste Wagen überhaupt. War im Stil an die Kompressionswagen aus den 30ern angelehnt. Davon sind nur 760 Stück gebaut worden. Mein absolutes Prunkstück war ein 300 SL Flügeltürer von '55, ein 6-Zylinder mit-.«

»Heh, seit wann verstehe ich was von Autos?«

Alwin hob die Hände. »Jedenfalls habe ich die Wagen gekauft und für das Doppelte oder Dreifache an reiche Leute in Übersee verscherbelt. An die Männer kam ich gegen eine Gewinnbeteiligung über einen Reeder aus Hamburg. Es ging mir gut, Elvira war bei mir, zumindest die meiste Zeit. Aber als sie dann endgültig weg war, hielt ich es in Hamburg nicht mehr aus, und auch sonst nirgends, wo ich das Gefühl hatte, sie könnte sich im Umkreis von tausend Kilometern aufhalten. Da habe ich die Übergabe der Autos eben persönlich abgewickelt.«

»Daher die Postkarten an Klara aus Übersee?«

»Ja.«

»Mich hast du nie grüßen lassen.«

»Tut mir leid. Es wurde immer schlimmer mit mir. Ich war nirgendwo mehr zu Hause und hatte bald nicht nur keine Freunde mehr, sondern auch keine Geschäftspartner. Ich habe mich mit jedem angelegt, saß dann irgendwann wieder in Hamburg und fing an zu saufen und zu spielen. Dazu kamen Ausraster, die in der Ausnüchterungszelle endeten, Spielschulden, Pfändungen, die ganze Palette.«

»Geldsorgen dürftest du jetzt keine mehr haben.«

Alwin lachte. »Weißt du, womit der Alte die letzten Wochen seines beschissenen Lebens verbracht hat? Er hat die Firma verkauft und sicher gestellt, dass man ihm überall in Deutschland kleine und große Denkmäler setzen wird. Kriegsgräberfürsorge, Bund der Vertriebenen, die Bundes-CDU, Adenauerstiftung und verschiedene Pensionsfonds notleidender ehemaliger Kameraden. Einen nicht allzu kleinen Batzen hat das schöne Heimstadt am Rhein in Form einer Stiftung erhalten, zur Sanierung öffentlicher Gebäude wie dem Rathaus und der Hafenmeisterei. Mir ist mein Elternhaus geblieben und eine gewisse Summe, die der Alte auf irgendeinem Konto übersehen hat. »Das Haus werde ich verkaufen. Davon bezahle ich meine Schulden und fange mit dem Rest was Neues in Hamburg an.

»Gut«, sagte Adi.

»Im Grunde ist es mir lieber so. Das Geld von dem Alten hätte mich bestimmt versaut.«

Adi winkte ab. »Geld stinkt nicht.«

»Und du? Was hast du in den letzten Jahren getrieben?«

»Haare geschnitten, irgendwelchen Typen hinterhergeheult und zuviel Bräunungscreme aufgetragen. Der Laden könnte besser laufen. Viele Leute müssen ziemlich knapsen. Wenn das so weiter geht, haben wir bald eine Million Arbeitslose.«

»Haben Jakob und Theo Arbeit?«

18

Klara stand vor ihrem geöffneten Kleiderschrank. Würde sie Alwin in den alten Sachen gefallen? Seit Jahren ging sie nicht mehr mit der Mode, was nicht nur daran lag, dass die jungen Dinger in der *Brigitte* immer dünner wurden und Röcke trugen, bei denen man alles sehen konnte. Sie brauchte sich ihrer Beine nicht zu schämen, aber sie mochte es nicht, wenn man mehr davon sah als Waden und Knie. Außerdem fehlte ihr das nötige Kleingeld, um sich nach dem Laufenden zu richten. Wenn sie darüber nachdachte, warum sie keine rechte Freude mehr an ihrer Fraulichkeit empfand, hielt sie es nicht zuletzt für möglich, dass Jakobs Tod den letzten Rest ihres sexuellen Verlangens mit ins Grab genommen hatte. Sie hoffte nicht, einen Mann für die zweite Lebenshälfte zu finden, und richtete sich mit dem ein, was sie besaß. Sie mochte es, in der Vergangenheit zu leben, und dazu brauchte sie weder neue Kleider noch neue Möbel. Das letzte nicht absolut Notwendige, das sie für den Haushalt angeschafft hatte, war eine elektrische Brotschneidemaschine. Die Jungs hatten einen Heidenspaß damit. Ansonsten sorgte sie dafür, dass es den Beiden an nichts fehlte. Seit Richards Adoption fiel ihr das allerdings zunehmend schwer, denn seitdem bekam sie kein Pflegschaftsgeld mehr. Es tat weh, wenn Richard und Alexander sich für die Kleidung schämten, die sie bei *Ottoversand* bestellte. Die Cordschlaghosen waren nicht so, wie sie sein sollten und meist eine Nummer zu groß. Aber die Bestellungen konnten abgestottert werden. Außerdem wuchsen die Kerle wie die Stangenbohnen. Immerhin gab es genug zu essen und alles war sauber. Es reichte für zwei Flaschen Moselwein in der Woche, fünf Päckchen *HB* und vier Rouladen am Sonntag, wenn Adi kam, um ihr die Haare zu machen. Eine Waschmaschine wäre nicht schlecht gewesen. Die Schrubberei in der Waschküche ging allmählich auf die Knochen.

Klara nahm das türkisfarbene, eng anliegende Kleid vom Bügel. Sie hatte es sich vor langer Zeit gekauft, um schwanger zu werden. Alwin hielt sich in der Stadt auf, und er würde zu ihr kommen. Es war soweit, das Schicksal ein letztes Mal herauszufordern.

Merkwürdig, dachte sie, als sie in das Kleid stieg und den Stoff an Hüften und Brüsten glatt zog. Da schläft die Lust jahrelang tief und fest, und plötzlich wacht sie auf, räuspert sich und sagt: Ich habe Hunger!

Klara staunte über ihre plötzliche Schönheit. Im nächsten Moment fürchtete sie, Alwin, der in seinem Leben so weit gereist war, als zu bieder zu erscheinen. Die Amis waren auf dem Mond gelandet, und sie kannte kaum jemanden in Heimstadt mit einem Fernsprechanschluss. In ihrem Leben hatte sie ganze fünf Telefongespräche in der Telefonzelle der Post geführt und jedes Mal in den Hörer geschrieen, weil sie nicht fassen konnte, dass jemand so weit entfernt verstand, was sie sagte. Auf den Gedanken, die Auskunft anzurufen und in ein paar großen Städten (etwas anderes kam für Alwin ja nicht in Frage) nach ihm zu fahnden, waren weder sie noch Adi gekommen. Es hätte nicht mal einen Pfennig gekostet. Immerhin besaß Adi seit ein paar Monaten ein Telefon. Er war Geschäftsmann, und die Männer, die er an den Wochenenden in Köln kennen lernte, waren mit einem Telefon leichter wiederzufinden.

Sie zog das Kleid wieder aus und legte es aufs Bett. Die Gertrudenstraße, sagte die Post, würde erst im kommenden Jahr ans Telefonnetz angeschlossen. Klara zog einen geblümten Nylonkittel über. Bisher war sie gut ohne Telefon ausgekommen. Im Moment war es ohnehin wichtiger, dass Alwin sie leibhaftig besuchte. Am Telefon waren solche Dinge nicht zu erledigen.

Sie schaute auf den Wecker. Richard trieb sich wahrscheinlich bei *Siegradio* herum und ging seinen Geschäften nach, wie er es nannte. Alexander war in der Bücherei. Vor sechs würden die Jungen nicht nach Hause kommen. Klara nahm das Kleid vom Bett und setzte sich in der Küche an ihre alte, mit einem Fußpedal betriebene *Singer*, um sich an den Hüften ein wenig mehr Spielraum zu verschaffen. Vielleicht würde sie auch den Saum ein wenig kürzen. Alwin sollte ihr das Leben ein wenig erleichtern. Sie presste die Lippen aufeinander. Ein wenig.

Seitdem Jackie Kennedy Jackie Onassis hieß, fühlte Klara sich ihr verbundener denn je. Dass sie diesen griechischen Geldsack geheiratet hatte, imponierte ihr außerordentlich. Jackie konnte für sich sorgen. Im Oktober '68 hatten sich alle das Maul zerrissen, als Jackie dem alten Onassis im Zypressenhain auf Skorpios das Jawort gab und sich damit für alle Zeiten finanziell sanierte. Auch Adi war mit dieser Heirat nicht einverstanden gewesen, weil Jackie den Kerl unmöglich lieben könne. Armer Adi. Als ob es darauf ankäme. Es gefiel Klara, wenn Jackie in Interviews von Onassis schwärmte, wie aufmerksam er sei. Morgens stelle er fest, dass sie etwas blass aussehe und wohl ein wenig Abwechslung brauche, um im nächsten Moment vorzuschlagen, nach Paris zu fliegen und bei Maxim's zu dinieren. Klara neidete ihr den Reichtum nicht. Der Jet Set war bloß eine alberne Illustriertenwelt. Mit einer von Jackies Sonnenbrillen hätte Klara vermutlich ausgesehen wie eine überdimensionierte Stubenfliege. Jackie war schön, weltläufig und gebildet, sie kaufte Kleider bei Valentino und Givenchy und wusste die Modelle wie eine zweite Haut zu tragen. In Klaras Leben gab es dafür keine Verwendung. Sie kochte noch immer auf dem alten, halbelektrischen Herdfeuer, und ob ihre Wohnung jemals eine Zentralheizung bekommen würde, war eher unwahrscheinlich. Jackies Hochzeit mit Aristoteles Onassis war der Weg, den eine alleinstehende und zur Weitsicht fähige Mutter von zwei Kindern gehen konnte. Seit jenem 20. Oktober 1968 wusste Klara, was sie Alwin sagen würde, sollte er jemals wieder in Heimstadt auftauchen. Es war das, wofür sie einst Vorsorge getroffen hatte. Im Unterschied zu Jackie war sie jedoch nicht an einem Ehemann interessiert. Ihr

Sicherheitsbedürfnis wäre mit ein wenig Geld gestillt. Außerdem traf es keinen Armen.

Alwin kam gegen fünf.

»Alwin«, sagte sie leise und gab ihm einen vorsichtigen Kuss auf die Wange. Den Nylonkittel hatte sie gegen eine Baumwollhose und einen Pullover getauscht.

»Nicht böse, dass ich mich so lange nicht gemeldet habe?«

Sie legte ihm eine Hand auf den Unterarm. »Komm rein.«

Auf der Treppe ließ sie ihm den Vortritt. Mit einem Mal fühlte sie sich beklommen und bat ihn überaus förmlich, im Wohnzimmer Platz zu nehmen. Sie setzten sich in die kakaobraunen Schalensessel.

»Das mit Theo tut mir leid«, sagte Alwin. »Ich hatte auch keine Ahnung, was mit Jakob und Ruth passiert ist. Adi hat mir alles erzählt. Es kommt mir vor, als hätte eine Plage unter uns gewütet. Geht es dir gut?«

»Es geht uns gut. Mir und den Jungen. Sie sind schon größer als ich.« Alwin sah müde aus, älter als Adi, und unglücklich. Klara hatte Mühe, in ihm den galanten Liebhaber wiederzuerkennen, der er einmal gewesen war. »Kaffee?«

»Nein danke, ich hab schon bei Adi eine Kanne getrunken.«

Klara zündete sich eine Zigarette an. Auch Alwin nahm sich eine. Sie rauchten.

»Hast du erledigt, weshalb du hergekommen bist?«

Er nickte.

»Ist alles gut gegangen?«

»Ja, alles bestens.« Er schaute sie an. »Du hast kein Telefon. Sonst hätte ich dich angerufen.«

»In der Gertrudenstraße liegt noch kein Kabel.«

»Du hast Jakobs Jungen adoptiert. Das ist toll.«

Klara errötete.

»Aber warum hast du ihn adoptiert? Adi sagt, dass du seitdem auf eine Menge Geld verzichtest, wo du ohnehin nie viel hattest.«

Ihm auf diese Frage eine ehrliche Antwort zu geben, war unmöglich. Hatte sie in diesem Leben nicht Jakob Schells Frau und die Mutter seiner Kinder werden sollen? Nun, inzwischen war sie die Mutter seiner Kinder. Richards Adoption hatte gewissermaßen das Schicksal besiegelt, an dem sie einst gedreht hatte. Seit dem fühlte Klara sich im Reinen mit Jakob. Es war, als hätte sie mit diesem Schritt auch Theo gedankt. Nicht nur für einige unbeschwerte Jahre, sondern auch für seinen Namen.

»Gefühlssache«, sagte Klara. »In einer Familie sollten alle den gleichen Nachnamen haben. Außerdem wollte Richard wie wir Aschkowski heißen, nachdem er die Aufnahmeprüfung zur Realschule geschafft hatte.«

»Wie geht es in der Schule mit den beiden?«

»Alexander geht aufs Gymnasium, das sie vor ein paar Jahren hinter der alten katholischen Volksschule aufgemacht haben. Lernen macht ihm Spaß, und er ist ein lieber Kerl. Richard ist ziemlich frech, aber ich bin sicher, dass er den Realschulabschluss schafft. Die beiden werden dir gefallen.«

»Hört sich an, als hätten sie alles gut verdaut.« Alwin lächelte. »Ich selber habe keine Kinder.«

»Oh.«

»Und wie geht es dir? Ich kann gar nicht glauben, dass Theo schon so lange tot ist. Das muss schwer für dich gewesen sein.«

»Ich bin zufrieden, auch wenn ich mir das alles einmal anders vorgestellt habe. Theo ist seit sechs Jahren tot, und ich denke gern an ihn. Zu Jakob hatte ich in all den Jahren kaum Kontakt, aber durch seinen Tod ist Richard zu mir gekommen. Das Geld ist knapp, aber ich bin froh, die beiden zu haben. Und dann ist ja noch Adi da. Er gehört zur Familie. Allerdings will er weiter Meurer heißen.« Sie lächelte.

»Und Paula? Seid ihr immer noch wie Hund und Katze?«

Klara schnitt eine Grimasse. »Meine Schwester lebt in Lübeck. Wo warst du denn die ganze Zeit?«

»Zieh dir heute Abend was Hübsches an und geh mit mir essen. Dann erzähle ich es dir.«

Klara klatschte in die Hände wie ein Backfisch. »Ehrlich gesagt war ich eine Ewigkeit nicht mehr auswärts essen. Sollen wir zum Italiener bei der Post gehen? *Da Silvio*. Ich war noch nie dort. Adi erzählt, es gebe dort *Pizza*. Das sei ein flacher Teig, auf dem alles Mögliche drauf ist, Servelatwurst, Tomaten und Käse. Oder Nudeln mit einer Soße aus Hackfleisch.«

»Warst du noch nie beim Italiener?«

»Stell dir vor, Alwin: Nein. Früher waren wir immer die Ersten, die etwas Neues ausprobiert haben. Und jetzt? Jetzt denke ich: Was soll ich soviel Geld ausgeben, um essen zu gehen, wo es zu Hause viel billiger ist.«

Er rutschte an den vorderen Rand des Sessels und machte Anstalten, aufzustehen. »Tut mir leid, wenn ich dich in Verlegenheit gebracht habe.«

»Willst du schon gehen? Die Jungs kommen jeden Moment nach Hause. Ich dachte, sie könnten dir noch guten Tag sagen.«

»Ich muss zum Haus, ein paar Dinge erledigen. Ich hole dich gegen acht ab, da liegen die beiden ja sicher noch nicht im Bett. Und dann fahren wir nach Köln und gehen aus. In der Nähe meines Hotels gibt es ein italienisches Restaurant. Danach bringe ich dich wieder nach Hause. Einverstanden?«

Nachdem Alwin gegangen war, dachte sie darüber nach, wie sie ihre beiden Söhne darauf vorbereiten sollte, dass ihre alte Mutter mit einem Mann ausgehen und möglicherweise sehr spät nach Hause kommen würde. Einen kurzen Moment beschlich sie die alte Angst, eines Tages für ihre Sünden bestraft zu werden. Ihre Mutter hatte es ihr stets prophezeit.

19

»Wie findest du den Mann?« Richard saß auf seinem Bett mit dem Rücken an der Wand voller Oldtimerposter und schrieb etwas in das DIN-A5-Heft, in dem er notierte, wer bei ihm mit welchem Betrag in der Kreide stand.

Alexander schaute von seinem Buch auf. »Weiß nicht. Er ist ein alter Freund von meinen Eltern, Onkel Adi und deinem Vater, hat sie gesagt. Wieso?«

»Na hör mal, Mann.« Richard grinste. »Immerhin hat Klara gesagt, sie käme *wohl sehr spät* nach Hause. Wenn sie mit Onkel Adi abends ins Kino fährt, sagt sie das nie, obwohl wir meistens schon pennen, wenn sie wieder kommt. Ist doch klar wie Kloßbrühe, was da läuft.«

»Was denn?«

»Du brauchst doch keine Bombe zu kriegen.«

»Kriege ich doch gar nicht.«

»Hast du ihr Kleid gesehen? Das hat sie noch nie angehabt. Sie sah zwar aus wie aus einem der alten Kamellen im Fernseher, aber dem Typ ist glatt die Spucke weg geblieben. Ich sag dir, heute Nacht gibt's ein Bumsfallera!« Richard formte mit der Hand ein Loch und steckte seinen Zeigefinger hinein.

Alexander schlug sein Buch zu. »Spinnst du! Die beiden gehen essen, und sonst gar nichts. Der Mann ist der Sohn von dem toten Bremschneider. Er war zehn Jahre nicht mehr hier und besucht Klara. Das ist alles.«

»Und wieso haben sie sich auf den Mund geküsst?«

»Weiß ich doch nicht!«

»Du weißt doch sonst immer alles. Aber in diesen Dingen ist Herr Oberschlau ja noch grün hinter den Ohren.«

Alexander klappte das Buch wieder auf und hielt es sich mit beiden Händen vors Gesicht. Er las weiter. Zumindest tat er so.

So kam es immer, wenn er Alexander in die Ecke drängte. In gewisser Weise war Richard ihm dafür dankbar. Wenn etwas Verwirrendes geschah, konnte es passieren, dass er dem Nächstbesten an den Kragen ging. Nicht mit den Fäusten, aus dem Alter war er heraus. Doch mit einem Mal wusste er seine Sätze nicht mehr zu bremsen und besann sich erst, wenn der andere die Rollläden herunter ließ. In der Regel traf es Alexander, der schon gute Reflexe dagegen entwickelt hatte. Richard hätte gerne gewusst, weshalb ihn dieser Mann mit der Glatze so durcheinander brachte.

Er widmete sich wieder dem Schuldenheft. Die Zahlen besaßen eine beruhigende Wirkung auf ihn. Sie gaben ihm das Gefühl, groß zu sein. Die Leute schuldeten ihm etwas und waren nett zu ihm, ob sie ihn leiden konnten oder nicht. Geld zu haben war bedeutend besser als mit dem Filzer Striche auf Unterarme zu malen. Die Zeiten, in denen er sich selbst als Bandenführer wehrlos gefühlt hatte, waren Vergangenheit.

Im Herbst hatten sich beide Aushilfsjobs besorgt, damit sie sich zu gegebener Zeit kaufen konnten, wofür Klara das Geld fehlte. Natürlich würde er eines Tages vor Alexander Mofa fahren; nicht nur, weil er drei

Monate älter war. Dass er der Welt der Großen einen Schritt näher stand als Alexander, kam ihm so selbstverständlich vor, dass er auch dann einen Weg gefunden hätte, vor seinem Bruder auf einem Mofa durch die Gegend zu brettern, wenn er der Jüngere gewesen wäre. Natürlich hatte er und nicht Alexander Klara einmal Zigaretten geklaut. Alexander rauchte seine nur zur Hälfte, weil er dem Qualm nichts abgewinnen könne und das Rauchen ungesund sei, wie ja jedes Kind wisse. Richard ertrug den ätzenden Rauch. Dass es bei dieser einen Zigarette geblieben war, lag an der Art und Weise, in der Alexander an der Zigarette gezogen hatte. *Wie mein Vater!* war es Richard durch den Kopf geschossen. Gut, dass Klara nur in der Küche rauchte. Nie im Schlafzimmer.

Richard jobbte bei *Siegradio*, wo Fernseher, Transistorradios, Musiktruhen und Schallplatten verkauft wurden. Der Laden befand sich in direkter Nachbarschaft eines Hauses mit unzähligen Fenstern, die im Sommer offen standen und den heimlichen Blick auf eine merkwürdige Welt erlaubten. Aus großen Kofferradios plärrten orientalische Klänge, schwarzhaarige Männer mit Schnurrbärten saßen in Unterhemden an Tischen, spielten Karten oder aßen sonderbar riechendes Essen (Kümmel und Knoblauch, hatte Onkel Adi gesagt, seien in Deutschland bloß aus der Mode gekommen), die Arme behaart, ohne Frauen und misstrauisch. Richard hätte sie gerne etwas gefragt, aber was, wenn sie ihn packten, in einen Sack steckten und ihn in Antalusien, oder wie immer die Gegend hieß, aus der die Männer kamen, an Sklavenhändler verkauften? Manfred, der Geschäftsführer von *Siegradio* mit Haaren wie Ian Gillen und einziger Angestellter der Filiale, bezog von der Kölner Zentrale eine im Umkreis von zehn Kilometern einzigartige Auswahl an Platten, die sämtliche Top Ten-Titel der wöchentlich wechselnden Hitlisten aus Deutschland, England und Amerika umfasste. *Dufte* war auch (Manfred benutze dieses Wort ständig) die Auswahl an Langspielplatten, weshalb sogar die *Scheiben* (ein weiteres Manfredwort) von Led Zeppelin und Jimi Hendrix in den Regalen standen. Seitdem Richard leere Kartons im Hof zerkleinerte, Regale einräumte und gelegentlich aufpasste, wenn Manfred kurz weg musste, hatte sich sein Plattenwissen ernorm erweitert. Anfang des Jahres war er ins Geschäft eingestiegen. Aus unerfindlichen Gründen wurden bei jeder Plattenlieferung einige Plattenhüllen so stark beschädigt, dass sie nicht mehr verkauft werden konnten. Anstatt die Platten wegzuwerfen, bot Richard sie in seiner Schule und im weiteren Bekanntenkreis, zu dem inzwischen auch Alexanders Klasse zählte, für den halben Preis an. Von jeder verkauften Scheibe durfte er eine Mark behalten. Seine Kunden konnten auch Wünsche äußern, denn unter den Lieferungen aus der Zentrale fand Manfred so gut wie immer das richtige Mängelexemplar heraus.

Im Gegensatz zu Alexander besaß Richard bereits einen eigenen Plattenspieler. Alexander würde es mit dem Blumenaustragen nie so weit bringen. Er durfte bloß das Trinkgeld behalten und beklagte sich nicht einmal darüber, was Richard zeigte, dass sein Bruder nichts vom Geschäft verstand. Alexander durfte den Plattenspieler nicht mitbenutzen und musste seine Handvoll Platten im Wohnzimmer in Klaras Musiktruhe abspielen, aber das schien ihn nicht zu stören. Er las zentnerweise Bücher, war gut in der Schule und gar nicht mal schlecht in Sport. Trotzdem entwickelte er in den wichtigen Dingen des Lebens zu wenig Ehrgeiz. Wer in der Meute nicht untergehen wollte, brauchte einen eigenen Plattenspieler. Oder einen Kassettenrekorder, mit dem man aus dem Radio aufnehmen konnte. Oder noch besser: ein Tonbandgerät. Alexander besaß nicht mal einen eigenen Musikgeschmack. Seit ein paar Jahren schenkte Onkel Adi jedem zu Weihnachten eine Single, die sie sich vorher aussuchen durften. Alexander, der sich ansonsten die unwichtigsten Dinge merkte, kannte kaum einen Bandnamen. Wer bei welcher Gruppe die Gitarre spielte oder am Schlagzeug saß, interessierte ihn nicht, weshalb Richard ihm jedes Jahr kurz vor Weihnachten den Titel jener Single einflüsterte, die auf seiner eigenen Wunschliste an zweiter Stelle stand.

Alexander hatte ihm schon vor Jahren erklärt, wie man Kinder machte und was ein Homo war. Ihm wuchsen auch nicht weniger Schamhaare. Er hatte bloß ein paar Wochen später seinen ersten feuchten Traum gehabt, dem er seither regelmäßig auf die Sprünge half, was Richard im Bett nebenan kaum entgehen konnte. Aber sein Bruder hatte noch nie ein Mädchen geküsst und auch keinem unter den Pullover gefasst. Dabei sah Alexander ganz gut aus. Richard selbst war ein alter Hase. Die Mädchen wollten ausgiebig inspiziert werden, man brauchte bloß zuzugreifen.

Dass Alexander aufs Gymnasium ging, störte Richard kaum mehr. Das fünfte Schuljahr hatten sie noch zusammen in einer Klasse verbracht, weil Klara entschieden hatte, Alexander noch ein Jahr bei ihm auf der Hauptschule zu lassen. Sie durften sogar nebeneinander sitzen. Im folgenden Sommer wechselte Alexander dann aufs Gymnasium. Er kam in Ulrich Schwarzweilers Klasse (der Arsch war gleich in der Sexta hängen geblieben, kam aber inzwischen halbwegs mit, wie Alexander berichtete). Richard schrieb unterdessen eine Fünf nach der anderen, was weniger daran lag, dass Alexander ihm nicht mehr vorsagen konnte. Er fühlte sich einfach verlassen. Außerdem war Alexander nun was Besseres, weshalb die Hälfte der Figuren des Indianerforts in dieser Zeit verschwand. Auch wusste Richard sich Klaras besondere Aufmerksamkeit zu sichern, brauchte er nun doch allen Zuspruch, den ein oder anderen Extragroschen und das größere Stück Fleisch am Sonntag. Nach einer Weile machte er jedoch eine interessante Entdeckung. Es konnte ihm durchaus einen Kitzel bereiten, eine selbst ins Auge gefasste Leistung zu erzielen. Natürlich übertrieb er es damit nicht. Eine Vier in Rechnen und eine Drei in Englisch genügten vollkommen. Brauchte er eine Zwei in Naturlehre, lag auch dies im Bereich der Möglichkeiten, saß zu Hause doch immer noch Alexander, der alles wusste. Ein Jahr später wechselte Richard die Schule und den Nachnamen.

Alexander war als Einziger imstande, die ellenlange Einleitung von *Immer wenn er Pillen nahm* wortgetreu aufzusagen. Im ehemaligen katholischen Gemeindehaus, das in ein Jugendheim umgewandelt worden war und in dessen Partykeller gelegentlich Discos stattfanden, führte Richard ihn zuweilen vor wie einen Tanzbären. *Denn seine große Stunde kam, immer wenn er Pillen nahm.* Am liebsten hätte er Eintritt genommen, so stolz war er auf seinen Bruder.

»Kannst du mir zwei Platten besorgen?«

Richard schaute von seinem Schuldenheft auf und setzte die Zeile *Margot P. - 7,35 DM* in Klammern. »Welche?«

»Eine von Ricky Shane: *Mamy Blue* und eine von Christian Anders: *Es fährt ein Zug nach nirgendwo.*«

Richard tat, als müsse er sich übergeben. »Hast du wieder ZDF-Hitparade geguckt?«

Alexander drehte sich um. »Die sind nicht für mich.«

»Sondern?«

»Helena Kuby.«

»Kenne ich nicht. Eine aus deiner Klasse?«

Alexander rutschte zur Bettkante und fischte mit den Füßen nach seinen Pantoffeln. »Ihre Eltern haben vor kurzem die Apotheke an der Ecke übernommen.«

»Ach die.« Richard erinnerte sich an das Mädchen. Sie war ihm aufgefallen, als sie in die Apotheke ging und in den hinteren Räumen verschwand. Eine Unberührbare, hatte er gedacht. »Die steht auf so einen Schmalz?«

»Ricky Shane hat längere Haare als wir«, gab Alexander zu bedenken.

»Heißt das nicht *wie wir*?«

»Nein *als wir*.«

»Das kann ich mir einfach nicht merken. Willst du mit der Apothekertochter gehen?«

»Quatsch. Sie hat von dir gehört und mich gefragt, ob ich ihr die Platten besorgen kann. Sie zahlt auch direkt. Außerdem geht sie mit einem.«

»Das ging aber flott«, sagte Richard erstaunt.

»Mit einem aus der 10.« Die Enttäuschung stand ihm ins Gesicht geschrieben.

»Mal sehen, was sich machen lässt«, sagte Richard gutmütig. »Aber Barzahlung ist ab sofort Pflicht. Die Leute zahlen immer zu spät, und Manfred will den Zaster sehen. Schwarzweiler zum Beispiel schuldet mir über zehn Mark für die *Velvet Underground*. Erinnere ihn morgen früh mal dran.« Er sah Ulrich Schwarzweiler vor sich, von der Figur her ein Brecher wie eh und je. Seit ein paar Monaten machte er jedoch auf *Dandy* (das Wort hatte er selbst ins Spiel gebracht), der die Nase über das gewöhnliche Schlager- und Rockvolk rümpfte. »Außerdem ist Margot jetzt aufs Internat abgehauen, und zwar ohne zu bezahlen. Die Siebenfünfunddreißig von ihr kann ich abschreiben. Wer weiß, wann die Schnalle wieder kommt.«

»Wieso Schnalle? Ich dachte, du gehst mit ihr.«

Richard brach in schallendes Gelächter aus. »Wer hat dir denn den Mist erzählt?«

»Du selber. Du erzählst doch die ganze Zeit, was du alles mit ihr machst.«

»Na und? Da ist sie nicht die Einzige.«

»Mit wem gehst du denn sonst noch?«

»Ich geh mit gar keiner, und schon gar nicht mit Margot.«

»Ist ja gut«, sagte Alexander. »Heute Nachmittag ist mir auf dem Weg in die Bücherei ihr Bruder begegnet. Ronald tut ja immer so, als wäre man Luft. Dabei habe ich nie mitgemacht, wenn früher alle auf ihm herumgetrampelt sind. Jedenfalls ist sein Gesicht nicht mehr grün und blau, sondern nur noch gelb. Die Schnittwunden sind allerdings noch rot. Außerdem fehlt ihm rechts der Eckzahn.«

»Selber Schuld«, sagte Richard und verließ das Zimmer.

In der Küche öffnete er den Kühlschrank und verschloss ihn wieder. Er erschauderte vor dem kühlen Hauch. Das passierte ihm gelegentlich. Im Badezimmer setzte er sich auf den Toilettendeckel und umfasste seinen Kopf mit beiden Händen. Wenn er sich vorstellte, wie Pissacker, der Hausmeister des katholischen Jugendheims, seinen Sohn dermaßen verprügelte, dass Schmachthaken Ronald im Krankenhaus genäht werden musste, überkamen ihn beängstigende Fantasien von Mord und Totschlag. Margot hatte ihm alles erzählt, am Tag, bevor sie mitten im Schuljahr in das Internat auf der anderen Rheinseite gesteckt wurde. Irgendwo in der Nähe von Bad Neuenahr. Ronald würden sie nach den Sommerferien noch weiter weg schicken. Nach Montabaur, fast hundert Kilometer weit weg. Bloß, weil er seinem Opa, dem Kiosk-Pissacker, eine *Praline* geklaut hatte. Margot erzählte, es habe einen Handel zwischen der Kirche und ihrem Vater gegeben: Pissacker behielt seine Arbeit als Hausmeister, die Kinder wanderten ins Internat. Es war nicht das erste Mal, dass Pissacker zu fest draufgehauen hatte. Auch die Mutter hielt es angeblich für das Beste, wenn Margot nur einmal im Monat nach Hause kam. Aber sie fand sowieso alles richtig, was man ihr sagte.

Auf der Bank vor dem Rathaus hatte ihm Margot ihr Herz ausgeschüttet. Zuerst dachte er, sie wolle mit ihm knutschen und seine Hand wieder unter ihren Pullover schieben. Aber Margot erzählte bloß, wie ihr Vater geschrieen und geschlagen, geboxt, getreten und gespuckt hatte. Beinahe wären Richard die Tränen gekommen. War er verliebt? Er hatte schon etlichen Mädchen unter den Pullover gefasst. In diesem Moment aber fühlte er sich, als bewegte er sich durch ein Minenfeld. Richard war erstarrt. Margot weinte und wollte sich an ihn schmiegen, aber er wusste nicht, wie er sie umarmen sollte. Keine falsche Bewegung! Er hätte sie gerne beschützt wie ein Mann, aber Margot war ihm unheimlich. Sie war so verletzt.

Jetzt war sie weg. Die Stelle an seiner Wange, an der ihre Stirn ihn berührt hatte, brannte immer noch. Dafür hasste er sie. Sie und ihren Vater, dieses Hausmeisterarschloch. Einmal, ein einziges Mal, hatte er vor Zeugen den Kürzeren gezogen. Alle hatten sich darüber gefreut, selbst die, die Ronald und Margot allein deshalb nicht leiden konnten, weil sie einen bescheuerten Vater hatten. Wenn Pissacker am Zebrastreifen stand, winkte er jedes Mal gebieterisch die Wagen durch. Ein blödsinniges Verhalten, das die anhaltenden Fahrer häufig irritierte. Und dieses eine Mal war es einem *Opel Rekord*-Fahrer zu bunt geworden. Nachdem sie sich mehrmals gegenseitig Zeichen gegeben hatten, dem anderen den Vortritt zu lassen, schrie der Mann aus dem Wagen: *Nun geh endlich rüber, blöder Hund!* Pissackers Tritt gegen den Kotflügel des Opels folgte eine Tracht Prügel, die er nie im Leben vergessen würde.

Leider war Ronald nicht so stark wie der *Rekord*-Fahrer. Nachdem Pissacker seinen Sohn in die Mangel genommen hatte, sah Ronald aus, als hätte der Alte ihn wie eine *Timex* auf der Faust durch die Glasscheibe gedonnert.

Richard sah auf seine Uhr. Fast elf. Dass Klara sich so schön gemacht hatte, den Mann aus Hamburg geküsst und mit ihm ausgegangen war, machte ihm zu schaffen.

20

Klara erinnerte sich durchaus wie es war, eine Hand auf ihrem nackten Körper zu spüren. Aber es fiel ihr schwer, sich mit dem Gefühl der sexuellen Erregung in Einklang zu bringen. Sie wollte erregt sein, aber es gelang ihr nicht. Theo war der letzte Mann, der sie erregt hatte. Damals war sie fünfunddreißig Jahre alt gewesen. Jetzt war sie bald dreiundvierzig.

Alwins Hand strich über ihren Bauch, berührte flüchtig ihre Brüste und wanderte zu ihrer Schulter. Klara drückte ihr Kreuz durch. Sie hätte gerne Alwins Hand genommen und zurück auf ihre Brust gelegt, aber sie traute sie nicht. Sein Penis lag weich an ihrem Schenkel. Sie spürte, dass es zwecklos wäre, ihn in die Hand zu nehmen. In den vergangenen Jahren hatte sie nur selten den Wunsch verspürt, einen Mann zum Zeugen ihres Körpers zu machen. Einmal war sie dem skurrilen Impuls gefolgt, sich Adi im Unterrock zu präsentieren, als er kam, um ihr die Haare zu machen. Auch jetzt wandelte sie mit ihrer früher so unbefangenen Lust auf verschlungenen Wegen. Hier konnten sie sich nicht finden.

Er drehte sich auf den Rücken. Eine Hand streichelte ihren Unterarm, die andere lag ruhig auf seinem Bauch. Seine Augen waren geöffnet, doch ihr war, als schauten sie nichts an.

Klara drehte sich auf die Seite, legte den Kopf auf ihren ausgestreckten Arm und berührte mit den Fingerspitzen sein Kopfhaut, die im Licht, das von der Straße herein fiel, bläulich schimmerte. »Gefalle ich dir nicht mehr?«, fragte sie leise.

»Doch. Sehr sogar.«

»Aber?«

»Es geht nicht.«

Er hatte sie ins *La Rustica* geführt, dem italienischen Restaurant in der Nähe seines Hotels im belgischen Viertel. Er hatte ihr Komplimente gemacht wegen des Kleides und ihr gesagt, wie schön sie sei. Dabei hatte sie bloß die Haare hochgesteckt und eine Halskette aus falschen aber hübschen weißen Perlen umgelegt. Alwin erzählte von Elvira, wie sehr er sie geliebt habe und womöglich immer noch liebe, denn seitdem habe es keine Frau mehr für ihn gegeben. Er sagte etwas, das Klara sofort verstand. Dass er atmete, redete, arbeitete, Witze machte, aß und trank, und trotzdem schien es, als sei er jemand anderes. In seinem Kopf (Klara wusste, er meinte sein Herz) verharrte er an jener Stelle, an der Elvira ihn zurückgelassen hatte.

Klara hätte gerne eine Pizza probiert, doch davon stand nichts auf der Speisekarte. Alwin erklärte, Pizza sei in Italien ein Armeleuteessen, weshalb es sie in guten Restaurants nicht gab. Dafür bekam Klara Spaghetti mit einer roten Hackfleischsoße, wenn auch nur als Vorspeise. Dann bestellte Alwin fremdländisch gewürztes Kalbfleisch, grüne Bohnen und zum Nachtisch eine köstliche Schokoladencreme. Klara war fasziniert, wie echt es klang, wenn er dem schwarzhaarigen Ober die Namen der Gerichte nannte. Er selbst schien keinen Appetit zu haben, während sie selten in ihrem Leben so gut gegessen hatte. Sie tranken Chianti und einen Trester (an dessen Namen sie sich nicht mehr erinnerte) und Capuccino. Als Klaras Hände mit den Weißbrotkrümeln auf der fleckig gewordenen weißen Tischdecke spielten, bat sie ihn, mit ihr in sein Hotel zu gehen. Alwin war verlegen. Lass es uns probieren, hatte sie gedacht. Dann würde sie sagen, was sie sich zu sagen vorgenommen hatte.

Sie zog die Bettdecke über sich und Alwin und legte ihren Kopf auf seine Schulter. »Hast du keine Kinder, weil du seit Elvira keine Frau mehr hattest?«

Alwin sagte nichts. In der Dunkelheit des Zimmers schien es, als nickte er.

Eine Weile war es vollkommen still, auch von der Straße drangen keine Geräusche in das Zimmer. Klaras Gedanken begannen zu rasen, bis sie sich überschlugen und gegen nichts mehr Einspruch erhoben.

»Alwin?«

»Ja?«

»Alexander ist dein Sohn.«

Sie spürte, dass ein Ruck durch seinen Körper ging.

Er richtete sich auf und griff nach seinem Zigarettenpäckchen, zündete zwei Zigaretten an und reichte Klara eine.

»Wie kann das sein?«, flüsterte er.

Klaras Gesicht glühte. »Erinnerst du dich daran, als wir das letzte Mal miteinander geschlafen haben? Vor vierzehn Jahren?«

Auf seinen Lippen erschien ein Lächeln.

»Das Kondom ist dabei kaputt gegangen.«

»Ja.«

»Da ist es passiert.«

»Bist du sicher?«

Klara schloss die Augen. »Ja.«

»Warum hast du Theo als Vater angegeben?«

»Du hast Elvira geliebt, und Theo war glücklich, Vater zu werden. Er war ein guter Vater.«

»Willst du dem Jungen jetzt sagen, dass nicht Theo sein Vater ist, sondern der Glatzkopf aus Übersee?«

»Ich glaube, das wäre nicht gut.«

»Brauchst du Geld?«

In ihren Gedanken hatte sich dieser Satz nie so schroff angehört. »Wenn du uns hin und wieder etwas geben könntest, vielleicht so lange, bis der Junge mit der Schule fertig ist, wäre mir sehr geholfen.«

»Will er studieren?«

»Geht man deswegen nicht aufs Gymnasium?«

»Vielleicht wird er Arzt.«

Klara lächelte.

Alwin drückte seine Zigarette aus. »Alexander ist ein guter Junge.«

Er legte seinen Arm um ihre Schultern und zog sie an sich. Es war eine freundschaftliche Umarmung, die nichts forderte und nichts verhieß. Klara genoss sie, wie sie lange nichts genossen hatte. Dann erzählte sie ihm von ihren Söhnen. Der Stolz, mit dem sie Alwin von Alexander und Richard berichtete, wuchs in dem Maße, in dem sich mit einem Mal wunderte, wie die beiden eine gute Mutter aus ihr gemacht hatten. Als sie aufbrachen, war es nach Mitternacht.

Zuhause huschte Klara durch die Diele und öffnete die Tür zum Jungenzimmer. Sie presste die Lippen dabei aufeinander, um kein Geräusch zu machen. Drinnen roch es nach Schlaf. Alexander und Richard lagen still in ihren Betten. Es war unheimlich, wie sich alles fügte, was vor langer Zeit bloß ein unwahrscheinlicher Plan gewesen war. Es ist gut für uns, sagte sie zu Alexander in Gedanken. Monatlich Vierhundert Mark hatte Alwin vorgeschlagen. Das war mehr, als sie an Miete zu zahlen hatte.

Richard lag wach. Nachdem Klara die Zimmertür wieder geschlossen hatte und das schwache Licht der Diele verschwunden war, schaute er auf seine Uhr. Während er auf Klara gewartet hatte, war er in einen nervösen Dämmerschlaf geglitten, aus dem er immer wieder mit dem selben flatternden Traumfetzen vor Augen aufschreckte. Seine Mutter sagte: *Junge, bleib vom Kühlschrank weg. Da sind schon viele Kinder reingefallen und jämmerlich erfroren.* Sie saß halb liegend auf der Wohnzimmercouch und trug Klaras türkisfarbenes Kleid, das ihr bis zu den Oberschenkeln hochgerutscht war. Der kahlköpfige Kerl aus Hamburg interessierte sich sehr für die Beine seiner Mutter. Im Schlafzimmer nebenan lag Alexander im Bett und zog an einer großen Zigarette. Richard stand weinend im Türrahmen und sah, wie die Frau und der Mann auf der Wohnzimmercouch immer kleiner wurden. Bevor sie ganz verschwanden, war er hochgeschreckt und hatte darauf gewartet, dass Klara die Wohnungstür aufschloss.

Alwin war über die Friedhofsmauer geklettert und stand mit verschränkten Händen am Grab seiner Eltern. Nicht die über Jahrzehnte wie Unkraut gewachsene Bitterkeit beherrschte in diesen Augenblicken seine Gefühle. Er trauerte. Ja, er war ein missratener Sohn. Sie hatten ihn nicht gewollt wie er war, und irgendwann hatte auch er sie nicht mehr gewollt. Nun, das war die Lüge des verschmähten Jungen, dem ein hoffnungsloser Mut zur Wesensart geworden war. Alwin war keineswegs gewillt, seinen Eltern in einer sentimentalen Anwandlung alles zu verzeihen, aber er war es leid zu leugnen, wie sehr er sich nach ihrer Liebe sehnte. Im Erschleichen von Geld war er besser als im Erschleichen von Liebe. Nie hätte er ihnen eine Schwiegertochter vorzustellen gewagt. Wäre Elvira bei ihm geblieben, hätte er sie von ihnen fern gehalten. In keiner Sekunde der vergangenen Jahre war ihm schmerzhafter bewusst gewesen als nun, dass ihn das Schicksal um das Glück einer Familie gebracht hatte, in der es sich leben ließ.

Jetzt hatte er einen Sohn. Und wie konnte es anders sein, als dass auch er erschwindelt war. Beinahe hätte Alwin die Hand gehoben, um seine Eltern zu beschwichtigen. *Klara schwindelt mehr als ich.* Das mussten sie ihm zu Gute halten. Er hatte ihrer Lüge lediglich nicht widersprochen. Niemand würde je erfahren, dass Elvira ihn verlassen hatte, weil er keine Kinder zeugen konnte.

Alwin zog seine Jacke enger um sich und betrachtete die Blumenkränze auf dem Grabhügel seines Vaters. *Danke, dass du mir das Haus gelassen hast, toter Mann!*

Er würde jetzt regelmäßig kommen. Vielleicht zweimal im Jahr. Von nun an konnten die Erinnerungen an seine Eltern vielleicht ein wenig froher werden dürfen. Wenn er seine Schulden bezahlte, blieb genügend Geld übrig, sich vielleicht an einem Nachtclub zu beteiligen. Oder er handelte mit Heizöl. Er trug jetzt Verantwortung, und Alwin erlaubte sich zu hoffen, dass der Junge ihn eines Tages als Onkel ansehen würde. An Adi würde er nie heran reichen. Aber wer wollte in diesem Augenblick vermessen sein?

Alwin verabschiedete sich von seinen Eltern, froh und beinahe glücklich.

Fünf

Herbst 1983 – Zwei junge Frauen

21

Alexander schätzte die Frau auf etwa fünfzig. Sie war kaum jünger als seine Mutter und um einiges kleiner und schwerer. Eine dunkle Hornbrille vergrößerte ihre braunen Augen zu glubschigen Kugeln, ihre grobporige Gesichtshaut war blass, das schwarze, von grauen Strähnen durchzogene Haar bedeckte halb die Ohren, franste im Nacken achtlos aus und war über der Stirn zu einem Pony gestutzt.

»Kommen Sie bitte herein«, sagte sie und reichte ihm die Hand.

Er erwiderte den unvertrauten Gruß. Es war lange her, dass er jemandem die Hand gegeben hatte.

»Mein Name ist Veronika Busch.« Sie rückte ihre Brille mit dem Mittelfinger der rechten Hand zurecht. »Wir haben letzte Woche miteinander telefoniert. Setzen Sie sich bitte.«

Sie wies auf eine Sitzgruppe, die aus einem durchgesessenen grauen Polsterstuhl und einem etwas besser erhaltenen Breitcordsessel in Jägergrün bestand. Ein Terrakottaschälchen, das abgesehen von einer Staubfluse leer war, zierte einen kniehohen, an den Ecken angestoßenen Resopaltisch. Alexander hängte seine Jacke über die Lehne des Polsterstuhls und setzte sich. Augenblicklich bohrte sich eine Sprungfeder in seine Hinterbacke, als wollte sie ihn daran erinnern, dass er nicht zu seinem Vergnügen hergekommen war. Wachsam beobachtete er die Psychologin, die von einem in die Ecke gerückten Schreibtisch einen Stift und einen Bogen Papier nahm, sich in dem tiefen Breitcordsessel niederließ und ihre kurzen Beine übereinander schlug. Zu ihrer dunkelblauen Bluse und einer schlammfarbenen Stoffhose trug sie braune Schnürschuhe, deren Absätze schiefgelaufen waren. Alles an dieser Frau wirkte abstoßend. Alles, bis auf ihre Stimme.

Am vergangenen Freitag war es ihre Stimme gewesen, die ihm am Telefon die Angst genommen hatte, zur psychologischen Beratungsstelle der Universität zu gehen. Ihre weiche, von Güte zeugende Stimme versprach die rasche und unkomplizierte Hilfe von Freunden. *Komm her, setz dich, wo ist dein Problem, hier ist die Lösung*. Er hatte eine wesentlich jüngere Frau erwartet.

»Ihr Name ist Alexander Aschkowski?«

»Ja.« Mit beiden Händen fuhr er sich flüchtig durch seine Lockenmähne. Ein Tick, der sich eingestellt hatte, seit er die Haare lang trug.

Sie machte ein Häkchen auf dem Papierbogen. »Und Sie studieren im siebten Semester Medizin?«

»Ja.« Alexander schaute auf die Uhr.

»Geboren am 13. Dezember 1958 in Heimstadt?«

»Ja.«

»Dann sind Sie vierundzwanzig Jahre alt.«

Alexander nickte.

»Gut«, sagte sie und schaute ihm in die Augen. »Sie wissen vielleicht, dass unser Beratungsangebot kostenlos für Sie ist. Allerdings führen wir keine Therapien durch. Sie können sich bis zu fünf Mal mit mir zu einem fünfzigminütigen Gespräch treffen. Sollten wir zu dem Schluss kommen, dass eine längerfristige Therapie sinnvoll wäre, kann ich Ihnen eine Liste der Psychotherapeuten in unserer Region geben.«

»Aber ich brauche keine Therapie.«

Sie legte Stift und Papier beiseite und lächelte verständnisvoll. »Erzählen Sie mal.«

Alexander stutzte. »Wie, erzählen?«

»Vielleicht möchten Sie mir erzählen, was Sie auf dem Herzen haben.«

»Ich dachte, Sie stellen mir Fragen?«

»Wonach soll ich Sie denn fragen?«

»Ich weiß nicht.«

In der nächsten Minute sagte niemand etwas. Die Psychologin schaute ihn unverdrossen freundlich an und dachte offenbar nicht daran, etwas anderes zu tun.

»Das ist komisch«, brachte er endlich hervor.

»Ja?« Die Psychologin nickte interessiert.

»Ist das eine Methode, Leute zum Reden zu bringen?«

Sie wechselte die Stellung ihrer übereinandergeschlagen Beine. »Zum Reden bringen? Das klingt ja nach Polizeiverhör. Aber nein. Die Menschen, die hierher kommen, brauchen einfach unterschiedlich lange, um sich zu sammeln. Wissen Sie nicht, wie Sie Ihr Problem formulieren sollen?«

Er schluckte. Was genau war sein Problem? »Eigentlich«, sagte er und grinste, »weiß ich gar nicht, was ich hier soll.«

»Hmhm.«

»Ich wohne mit drei anderen Leuten in einer WG. Wir sind zwei Männer und zwei Frauen. Lisa, eine der Frauen, meinte, ich sollte mich hier mal melden, wenn ich schon keine Therapie machen wolle. Sie müssen wissen, Lisa macht seit einiger Zeit eine Gruppentherapie und ist total begeistert. Am liebsten würde sie jeden in Therapie schicken. Sie hat sich sehr verändert. Sie spricht ruhig und bedächtig, wo sie früher geredet hat wie ein Wasserfall. Ständig sagt sie Dinge wie ›Ja aber‹ heißt ›Nein‹ oder ›Wo der Schmerz ist, ist der Weg.‹ Vor ein paar Wochen hat sie sogar ihre Brille weggeworfen, obwohl sie auf beiden Augen zwei Dioptrien hat. Sie meint, sie habe eine Antwort auf die Frage gefunden, was sie sich früher nie habe ansehen wollen. Jetzt brauche sie keine Brille mehr.«

»Wie kommt es, dass Ihre Mitbewohnerin meint, Sie sollten sich hier melden?«

Alexander schaute zum Fenster des Zimmers, hinter dem ihm einzelne Äste eines Ahornbaumes zuwinkten und graue Wolkenmassen am Himmel verschoben wurden. Erneut zog sich die Zeit in die Länge. Er dachte an Lisa und Fred, ihren Freund, der ebenfalls in der WG wohnte und wie Lisa eine Gruppentherapie machte. Sie waren seit einem halben Jahr zusammen und ließen jeden in der WG-Küche an ihren Auseinandersetzungen teilhaben. Von Anfang an hatten sie verabredet, keine Besitzansprüche aneinander zu stellen und unter allen Umständen ehrlich zu sein. Keine Lügen und keine Geheimnisse, nur das totale Vertrauen. Es sei die einzige Möglichkeit, wie Frauen und Männer miteinander auskommen könnten. Vom Bewusstsein her, hatte Fred ihm erklärt, sei Lisa viel weiter als er. Sie habe ihm anvertraut, dass sie sich durchaus vorstellen könne, einmal mit einer Frau zu schlafen. Fred fand das ausgesprochen ehrlich, auch wenn er sich durchaus sorgte; schließlich hatte er Verena Stefans *Häutungen* gelesen. Alexander bewunderte Freds Radikalität.

»Die Leute finden es komisch, dass ich noch nie eine richtige Freundin hatte«, sagte er.

Die Psychologin nahm ihre Brille ab und begann, die Gläser mit einem Zipfel ihrer Bluse zu putzen. Ohne Brille sah sie müde aus, ihre Augen wirkten klein.

Alexander rutschte auf seinem Stuhl hin und her. Er suchte eine Stelle, an der ihn die Sprungfeder nicht störte. »Aber ich bin nicht schwul. Daran liegt es nicht.«

Mit einem prüfenden Blick hielt sie ihre Brille gegen das Fensterlicht und setzte sie wieder auf. Erneut drohten ihre Augen aus dem Kopf hervorzuspringen. »Finden Sie es auch selbst komisch, dass Sie keine Freundin haben, oder ist das eher die Meinung Ihrer Wohngemeinschaft?«

Wieder schaute er zum Fenster. »Naja. Schön ist es nicht. Wenn ich mich verliebe, tut es die Frau nicht, und wenn sich eine für mich interessiert, rührt sich in mir nichts.«

»Haben Sie eine Idee, weshalb das so ist?«

»Margot, eine gute Freundin, meint, ich sei zu romantisch. Ihr geht es ähnlich wie mir, aber sie sagt, es störe sie nicht, zu romantisch zu sein. Sie sei eine seltene Kaktee, genügsam und robust, und eines Tages würde sie in Schönheit erblühen. Margot ist Landschaftsgärtnerin.«

»Finden Sie sich zu romantisch?«

»Eigentlich nicht. Ist es übertrieben romantisch, wenn man darauf wartet, dass eine Frau sich in einen verliebt?«

»Warten Sie darauf?«

Die Frau war hässlich, aber ziemlich gewieft. Er zuckte die Achseln.

Sie griff nach ihrem Stift und rollte ihn langsam zwischen ihren Fingern. Offenbar hatte sie alle Zeit der Welt.

»Es gibt da jemanden«, sagte er, bevor die Stille wieder bedrückend wurde. »Sie heißt Helena. Ich kenne sie seit meinem dreizehnten Lebensjahr.«

»Warten Sie seitdem darauf, dass sie sich in Sie verliebt?« Die Psychologin wirkte keineswegs überrascht. Es lag auch kein leiser Vorwurf in ihrer Stimme, wie man nur so blöd sein könne, als Erwachsener einer pubertären Schwärmerei hinterher zu hängen. Alle hielten ihn in Liebesdingen für zurückgeblieben. Nur Margot nicht.

»Damals hatten die Mädchen nur Augen für die älteren Jungs. Allen ging es so, außer meinem Bruder. Richard hat schon immer jede bekommen, die er wollte. Helena war neu in Heimstadt, wo ich damals wohnte, und sie kam in meine Klasse. Ich fand sie toll. Aber dann hatte sie schnell einen Freund. Der Junge hatte ein Moped. Verstehen Sie? Ich brauchte mir keine Hoffnungen zu machen. Deshalb habe ich nicht wirklich auf sie gewartet.«

»Ich verstehe.«

»Als ich siebzehn war, blieb Helena sitzen. Sie musste die Elf wiederholen, und plötzlich hatte sie einen anderen Freund. Thomas Schlüter aus unserer Parallelklasse. In den nächsten sieben Jahren ist er ihr Freund geblieben. In diesem Jahr, kurz vor Karneval, haben sie sich getrennt. Hin und wieder habe ich mich natürlich auch mal für andere Mädchen interessiert, aber daraus ist nie viel geworden. Eigentlich sahen alle Helena ähnlich. Große Augen, breiter Mund, langes glattes braunes Haar, schlank und gescheit.«

Die Psychologin starrte über ihn hinweg ins Leere, ohne dabei abwesend zu wirken.

»Helena ist hübsch. Aber es ist ihre *Art*, hübsch zu sein. Als wüsste sie nicht, dass sie es ist. Mein Bruder sagt: Schöne Frauen riskieren oft nichts und entwickeln auch kein besonderes Interesse an irgend etwas. Sie vertrauen einfach ihrem Aussehen und sind deshalb oft langweilig und oberflächlich. Helena ist wahnsinnig hübsch *und* total nett. Außerdem verdreht sie ständig alle Redensarten.«

»Was meinen Sie damit?«

»Sie sagt Dinge wie: ›Der hat das Thema wie eine heiße Zitrone fallen lassen‹, oder ›Die traut sich ihres Lebens nicht mehr.‹ Das finde ich-.« Er suchte nach einem Wort. »Süß.«

Die Psychologin lächelte. »Wenn ich Sie richtig verstanden habe, ist sie seit vergangenen Karneval frei. Das ist fast ein dreiviertel Jahr her.«

Alexander nickte verdrossen. »An Karneval«, setzte er an und schaute auf die Uhr.

»Wir haben noch zwölf Minuten.« Die Psychologin machte es sich in ihrem Sessel bequem.

Wie jedes Jahr traf sich die alte Clique an Karnevalsonntag in der Hauptstraße vor Onkel Adis Friseursalon. Die Sonne schien, und Onkel Adi hatte einen kleinen Tisch mit einem Fässchen Kölsch auf den Bürgersteig gestellt. Während er mit ruckenden Schultern zapfte und allen zuprostete, verteilte Klara Krapfen. Aus dem geöffneten Laden dröhnten Karnevalslieder von einer Schallplatte, die er sich vor Jahren einmal gekauft hatte. Die Leute kamen gern vor seinen Laden. Er ging als *Sonnenkönig* und hatte Klara überredet, ebenfalls ein Kostüm zu tragen. Blaue und güldene Stoffe umwallten ihn, seine erstaunlich kräftigen Beine steckten in engen weißen Strumpfhosen, die großen Füße in smaragdgrünen Schnürsandalen. Auf seinem Kopf saß eine ausladende barocke Perücke, deren tiefer Mittelscheitel wie mit der Axt gezogen aussah. Klara trug eine züchtige Krankenschwesterkluft, die aus ihr die beinahe perfekte Kopie der Jenny Fields aus *Garp und wie er die Welt sah* machte. Das Buch von John Irving und der gleichnamige Film waren umstritten. Was führte ein Mann im Schilde, der eine asexuelle feministische Heldin erfand, ohne sich über sie lustig zu machen? Aber das kümmerte Klara nicht, denn von den Auseinandersetzungen der jungen Leute bekam sie nichts mit. Gemeinsam mit Adi hatte sie sich im Kino königlich amüsiert und freute sich nun auf den Abend, wie sie am traditionellen Karnevalsonntagfrühstückstisch in der Gertrudenstraße erzählt hatte. Adi würde sie zu einem Ball nach Köln ausführen. Er habe ihr eine kultivierte männliche Begleitung versprochen, die kein Interesse daran habe, ihr unter die Krankenschwesterkluft zu fassen (Klara hatte die Worte *die ihre Finger bei*

sich behalten kann benutzt). Adi kannte eine Menge schwuler Männer, die versessen darauf waren, mit einer richtigen Frau das Tanzbein zu schwingen. In der Welt, hatte Alexander gedacht, so wie Garp sie sah, waren alle unheilbare Fälle.
Fasziniert schaute er seiner Mutter zu, wie sie mit würdevollem Lächeln Krapfen auf einem Tablett darbot. Adi und sie waren hübsch anzuschauen. Gleichwohl hätte kein Mensch in Heimstadt behauptet, sie seien ein Liebespaar. Im Dorf bestand stilles Einvernehmen darüber, alle über die Jahrzehnte unbeantwortet gebliebenen Fragen mit der theoretischen Möglichkeit für beantwortet zu erklären, Adi Meurer und Klara Aschkowski *könnten* etwas miteinander haben. Heimstadt wartete nicht mehr auf den Nachweis, dass Adi doch richtig herum war, und niemand interessierte sich mehr dafür, weshalb eine hübsche Frau wie Klara kein Interesse an einem anderen Mann zu haben schien. Wenn Alexander darüber nachdachte, gefiel ihm die Vorstellung, dass sie seinem Vater auf ewig die Treue hielt.

Richard trug wie immer schwarze Lederhosen, eine Motorradjacke und weiße Turnschuhe. Anders als Alexander ließ Richard sich regelmäßig von Onkel Adi die Haare schneiden. In seiner Lederjacke glich er eher einem Halbstarken der 50er Jahre als einem Mann der Kölner Alternativszene. Er verabscheute bunte Kleidung, Halstücher und feministische Männer. Seine neueste Liebschaft, ebenfalls in schwarzes Leder gekleidet, hieß Gabi und trug das bis zu ihrem atemberaubenden Hintern reichende Haar hennarot. Ihre Lederjeans saßen so eng, dass sich in ihrem Schritt jede Falte abbildete. Das Dekolletee ihrer kurzen Strickjacke unter der Lederjacke ließ einiges sehen. Vor ein paar Monaten war sie aus Karlsruhe nach Köln gezogen, seit ein paar Wochen arbeitete sie als Setzerin beim *Kölner Druckkollektiv*, wo auch Richard seine Brötchen verdiente. In der letzten Woche hatte sie sich schwarze Lederkleidung gekauft.

Richard stieß Alexander von der Seite an und wies mit dem Kinn in Klaras Richtung. »Jenny Fields passt zu unserer alten Dame. Ich wette, seit damals mit Onkel Alwin ist nichts mehr bei ihr gelaufen.«

Alexander nickte, obwohl er weiterhin davon ausging, dass auch mit Onkel Alwin damals nichts *gelaufen* war.

Eine Salve Bonbons regnete herab. Richard hob abwehrend die Hände,

Alexander zog den Kopf ein. Gabi kreischte und bückte sich als Einzige der umstehenden Erwachsenen, um im Wettstreit mit Cowboys, Marienkäfern und Prinzessinnen Bonbons aufzuklauben. Grinsend legte Richard eine Hand auf Gabis Hintern. Alexander hielt Ausschau nach Helena und ihrem Freund. Ein Spielmannszug marschierte heran. Zackig stieß der Tambourmajor mit seinem metallenen Stab ein Loch in die Luft. Alsdann stimmten Trommeln, Lyren, Flöten und Fanfaren *Rucki Zucki* an. Alexander liebte die Vibration in seinem Bauch, wenn der Mann mit der großen Drumm an ihm vorüberzog. Es folgte der Heimstädter Männergesangsverein in Gestalt fröhlicher Schornsteinfeger, die der Menge HEBALÄ! zuriefen.

»HEBALÄ!«, schrie Richard. Margot erschien hinter ihm und gab ihm einen Kuss auf die Wange. Seine neue Freundin begrüßte sie mit einem Nicken. Margot trug eine curryfarbene Latzhose und eine dunkelrote Steppjacke, das Haar hennaschwarz gefärbt und ein Palästinensertuch um das blasse Kinn. »HEBALÄ«, sagte sie zu Alexander und gab ihm einen freundschaftlichen Klaps auf den Po. Klara hielt ihr das Tablett mit den Krapfen hin, Onkel Adi reichte ihr ein Kölsch, Richard prostete ihr zu.

Seit Jahren konnten Margot und Richard nicht von einander lassen und kamen doch nie wirklich zusammen. Alexander verstand nicht, wie Margot Richards Wechselspiele aushielt. Sie liebte seinen Bruder, der aber keine Beziehung einging, die länger als drei Monate dauerte. Zugute halten musste man ihm, dass er jede Frau noch vor der ersten Nacht über diese Grundregel in Kenntnis setzte. *Scheißegal! Scheißegal! Ob du Huhn bist oder Hahn...* sang Gabi. Die Kapelle der Freiwilligen Feuerwehr schepperte als Blechbüchsenarmee heran. *Wenn du Huhn bist, musst du Eier legen können, wenn du Hahn bist musst du Hühner treten können...* Gabi schien sich rasch zu akklimatisieren. Dem radikalfeministischen Lager gehörte sie jedenfalls nicht an. Sicher hoffte sie, Richards Grundregel außer Kraft setzen zu können. Wenn Richard seinen anderweitigen Abenteuern nachging, blieb Margot abstinent, auch wenn mehr als ein halbes Jahr verging, ehe Richard wieder bei ihr anklopfte. Immerhin war sie die Einzige, zu der er immer wieder zurückkehrte. Alexander missbilligte die Art und Weise, in der sein Bruder Frauen *verschliss* (Helena hatte es einmal so genannt). Aber sein Urteil meinte bloß, dass er sich Richards Liebeswandel nicht für sich selbst vorstellen konnte. Neidlos erkannte er an, dass Richard den Bogen bei den Frauen heraus hatte. Den Feministinnen galt er als übler Macho, doch wusste Alexander von keiner, die je eine Nacht mit ihm ausgeschlagen hätte.

Klara schlängelte sich zwischen ihren Söhnen und den beiden jungen Damen zur Straße. Bea Müller, die alte Kollegin aus gemeinsamen Tagen bei *Coca Cola* hüpfte aus einer Gruppe grasgrüner Frösche heran. Ein kleines dürres Mädchen hing an ihrer Hand, mit großen blauen Augen, die aus dem grünen Gesichtchen hervorstachen wie ein Paar Lapislazuli.

»HEBALÄ!«, rief Bea Müller und fiel Klara um den Hals, die mit dem Tablett in der Hand Mühe hatte, der Wucht ihrer alten Kollegin standzuhalten. Bea Müller war der dickste Frosch von Heimstadt und hatte es, obwohl keine Rheinländerin, zur ersten Vorsitzenden des Heimstädter Möhnenclubs gebracht. »Und das hier ist Denise«, frohlockte sie von einem Bein aufs andere tanzend und hielt die Hand der Kleinen hoch. »Die Nichte von Dietmar. Ist sie nicht süß!«

Klara ging in die Knie und hielt dem Mädchen das Tablett mit den Krapfen hin, aber die Kleine wich zurück.

»Sie hat wohl Angst vor deinem Krankenschwesterkostüm.« Bea Müller lachte. »Nächstes Jahr gehst du mit zum Möhnenball, klar?!«

Ohne eine Antwort abzuwarten tätschelte sie Alexanders Wange. Dann beorderte sie Onkel Adi nach vorn, um ihm einen dicken Schmatzer auf den Mund zu drücken. Alexander kannte Bea Müller von seinem ersten Ferienjob im Sommer 75. Klara stellte damals den Kontakt zu ihrer alten Kollegin her, die mit Produktionsleiter Dietmar Wolfram in wilder Ehe lebte und immer noch als Flaschensortiererin arbeitete.

Bea Müller und das Mädchen hüpften ihrer Truppe hinterher, zwei Reihen blauer Funkenmariechen folgten im Takt des Parademarschs, den ihnen die Kapelle der *Heimstädter Blauen Funken von 1935* blies, dann der einzige Motivwagen des Zugs, der am nächsten Tag auch am Kölner Rosenmontagszug teilnehmen würde. Hoch oben stieg ein weiblicher Genscher von einem Bett, in dem Kanzler Schmidt saß, in ein anderes Bett zu Helmut Kohl. In knapp drei Wochen fanden die Bundestagswahlen statt, und niemand mehr setzte einen Pfifferling auf die Sozis. Alexander hoffte, dass es die GRÜNEN wenigstens ins Parlament schaffen würden.

Es hagelte Bonbons. Gabi füllte begeistert die Taschen ihrer Lederjacke. Richard wartete auf den Prinzenwagen, der echte Karamellbonbons werfen würde. Klara verschwand im Laden, um weitere Krapfen auf ihr Tablett zu laden. Onkel Adi wurde von der ersten Vorsitzenden des Heimstädter Hausfrauenbundes geküsst.

Margot fasste Alexanders Hand. »Helena und Thomas haben Schluss gemacht.

Als spränge er heraus aus der turbulenten Szene, drangen die Geräusche mit einem Mal nur noch gedämpft zu ihm vor. Dann traf ihn etwas kleines Hartes gegen die Stirn.

»Woher weißt du das?«

»Helena kellnert drüben im *Roten Ochsen*. Wir können nach dem Zug kurz hingehen.«

»Warum hast du mir das nicht gleich gesagt?« In vorauseilender Niedergeschlagenheit war ihm augenblicklich klar, dass er an diesem Tag nicht froh werden würde.

Nach dem Prinzenwagen vertrieben Müllmänner mit derben Besen das Volk von den Straßenrändern und kehrten auf, was liegen geblieben war. Onkel Adi verteilte die letzten Kölsch, von denen Alexander mehrere hinunter stürzte. Sie einigten sich auf einen Kurzbesuch im *Roten Ochsen*, um Helena Guten Tag zu sagen. Danach sollte in der Kölner Südstadt weitergefeiert werden. Sie landeten in der Sektbar, die man über die Karnevalstage im hinteren Teil des großen Festsaals eingerichtet hatte. Papiergirlanden spannten sich von Wand zu Wand, wo ausgestopfte Ochsenköpfe hingen. Im vorderen Teil des Saals hingen Luftschlangen von den Deckenlampen auf die Tische herab. Heerscharen saßen auf Bierbänken mit Konfetti in den Haaren und aßen, tranken und schunkelten. Helena und eine andere junge Frau schafften aus der Küche Rheinischen Sauerbraten, panierte Schnitzel und *Halve Hähne* heran, zwei weitere Kolleginnen versorgten die Gäste mit Bier und Weißweinschorle. Vor der Sektbar wurde getanzt und *Asbach-Cola* getrunken.

Helenas Gesicht glänzte vor Anstrengung. Das glatte braune Haar war zu einem Pferdeschwanz nach hinten gebunden, unter ihrer weißen Bluse, zu der sie wie ihre Kolleginnen einen knielangen dunkelblauen Rock trug, schimmerte ihr BH hindurch. Alexander zog seine Jacke und den kakaobraunen Pullover aus, unter dem er ein weißes T-Shirt trug, nahm einen großen Schluck von dem Bier, das Richard ihm vom metallicblauen Tresen der Sektbar reichte, und starrte Helena an. Sie wirkte eigentümlich damenhaft. Er bestellte ein weiteres Bier. Um den Hals trug sie ein Goldkettchen, das auf ihrem rechten Schlüsselbein auflag. Sie hatte Lippenstift aufgetragen und die Wimpern getuscht. Ihre geröteten Nasenflügel verrieten, dass sie sich in letzter Zeit häufig geschnäuzt hatte.

Hedwig, die Wirtin, rief nach ihr.

»Ich muss wieder nach vorn.« Helena schenkte ihm ein Lächeln, das seinen Mut ins Bodenlose sinken ließ. Sie hob die Hand und verabschiedete sich mit einer flüchtigen Drehung von der Runde.

Nie in seinem Leben, dachte Alexander, als er Helena hinterher schaute, war er jemandem begegnet, die ihm so erotisch und traurig zugleich erschienen war.

»Ich bleibe noch«, sagte er zu Margot.

Sie gab ihm einen Kuss auf die Wange. »Trink nicht mehr so viel.«

Er ergatterte einen Barhocker an der Sektbar, von dem aus er die Tischreihen im Festsaal überblicken konnte, und bestellte sich ein Bier. Soweit es das tanzende Gedränge um ihn herum zuließ, behielt er Helena im Auge, stets darauf aus, ein Lächeln von ihr einzufangen. Beim ersten Mal zog sie überrascht die Augenbrauen hoch: *Bist du nicht mit den anderen nach Köln gefahren?* Dann machten sie ein Spiel daraus, seinen Blick bei jeder Gelegenheit zu erwidern. Einige Male kam sie zu ihm herüber, rauchte eine Zigarette und plauderte ein paar Takte. Manchmal berührte ihre Hand seinen Arm, und er spürte ihren Schenkel an seinem Knie, wenn das Gedränge hinter ihr Überhand nahm. Er trank ein Bier nach dem anderen. Irgendwann brachte sie ihm ein paniertes Schnitzel und drei Kroketten, doch die *bessere Grundlage* änderte nichts daran, dass er sich bald kaum mehr auf dem Hocker halten konnte. *Sie weiß seit ihrem halben Leben, was du für sie empfindest*, hatte Margot einmal gesagt.

Grete, Helenas Kollegin an der Sektbar, sicherte ihm alle halbe Stunde den Barhocker, wenn er zur Toilette musste. Alexander schätzte sie auf Mitte dreißig. Sie trug ein enges Kleid aus blauem paillettenbesetzten Taft und eine türkisfarbene Federboa. Beugte sie sich nach vorn, woran sie zu vorgerückter Stunde zunehmend Gefallen zu finden schien, ließ das Kleid ihre schönen, mit feinen Glitzersternchen behafteten Brüste sehen. Alexander brauchte sein Bier schon lange nicht mehr bezahlen. Mit leuchtend rot lackierten Fingernägeln fuhr sie ihm ein ums andere Mal durch die dichten Locken und lachte schallend über den blühenden Unsinn, den er von sich gab. Kam Helena herüber, zwinkerte Grete ihr verschwörerisch zu: *Den Süßen hier nehm' ich heut Nacht mit zu mir...* Alexander behagte nicht, was sich in Gretes Kopf abzuspielen schien, aber er saß bloß da, grinste und trank.

Nach Mitternacht lichtete sich das Gedränge. »Die Küche ist geschlossen«, sagte Helena und ließ sich von Grete ein Glas Mineralwasser geben.

»Ich habe auf sie gewartet«, sagte Alexander zu Grete mit der putzigen Aufrichtigkeit eines Betrunkenen und zeigte mit dem Finger auf Helena. »Den ganzen Nachmittag und den ganzen Abend.«

»Weiß ich doch«, sagte Grete. »Noch einen *Asco*?«

»Ich weiß nicht.« Er schaute Helena an. Der Festsaal drehte sich.

Helena rauchte und schaute den Tanzenden zu. *Am Aschermittwoch ist alles vorbei. Die Schwüre von Treue, sie brechen entzwei. Von all deinen Küssen, darf ich nichts mehr wissen...* Wann hatte Helena die Zigarette angezündet? Grete lachte über etwas, das ihr ein Mann ins Ohr brüllte. Alexander fühlte sich wie ein an Land geworfener, von schlechten Gasen geblähter Fisch. Helena hielt ein Bein leicht angewinkelt und wiegte sich im Takt der Musik. Sie kaute an ihrer Unterlippe, die weiße Bluse war befleckt, der Reißverschluss ihres Rocks hatte sich über dem Steiß einige Zentimeter geöffnet. Auf dem blauen Wildleder ihrer Schuhe sah er Fußabdrücke. Weinte sie?

»Kannst du tanzen?«, fragte sie.

Alexander schüttelte den Kopf.

Sie fasste ihn an der Hand. »Das ist ein Walzer. Komm, das ist halb so leicht.« Er kam ins Rutschen.

»Unsere Zeit ist um«, sagte die Psychologin.

»Man hat mich in einer Schubkarre nach Hause gebracht«, sagte Alexander nachdenklich und schaute auf die Uhr. »Der Mann von Grete. Er arbeitet als Koch im *Roten Ochsen*. Netter Mann.«

Veronika Busch stand auf. »Wenn Sie möchten, kommen Sie nächste Woche wieder.« Sie reichte ihm die Hand.

Verdutzt stand auch Alexander auf und ließ sich die Hand schütteln.

»Nächsten Freitag um die gleiche Uhrzeit?«

Alexander nickte und nahm seine Jacke von der Lehne des Polsterstuhls.

Auf der Straße war er unschlüssig, welche Richtung er einschlagen sollte. Zur Zentralbibliothek oder nach Hause? Obwohl er dieser seltsamen Frau unerwartet viel erzählt hatte, hatte sie keinen blassen Schimmer, weshalb er gekommen war. Er ging ein paar Schritte und verfluchte sich. Was an ihm nagte wie eine ausgehungerte Ratte, hatte er ihr nicht erzählt.

Er schaute in den späten Nachmittagshimmel, dann trottete er nach Hause. Er war mit dem Kochen dran.

22

Klara legte den Hörer auf, drückte ihre Zigarette aus und schaute zur Küchenuhr. Sie war spät dran. In einer dreiviertel Stunde würden die Jungs zum Essen kommen.

Alwin hatte angerufen und sie vom Kochen abgehalten. Er sei immer noch verliebt, hatte er gesagt, und dass die Geschäfte prächtig liefen. Vor einigen Jahren war er in Hamburg in den Baustoffhandel eingestiegen und hatte den Betrieb binnen kurzer Zeit gegenüber der regionalen Konkurrenz auf einem exzellenten Platz im mittleren Drittel etablieren können. Seitdem Alwin auf ehrliche Weise Geld verdiente, redete er in geschäftlichen Dingen ziemlich geschwollen daher. Klara hätte nie gedacht, dass er sein Erbe ausgerechnet in die ehemalige Branche seines Vaters investieren würde. Aber sie wusste von Waltraut, die einmal Alwins Sekretärin gewesen und inzwischen seine Lebensgefährtin geworden war, dass er ein freundlicher Chef war, anders als sein Vater, in dessen Nähe man stets gefroren hatte. Alwins geschäftlicher Erfolg sicherte Klara nicht zuletzt seit mehr als zehn Jahren den monatlichen Zuschuss von vierhundert Mark. Er hatte ihn nie erhöht, obwohl die Lebensmittel ständig teurer wurden, aber er kürzte ihn auch nicht. Als Richard nach der Realschule seine Druckerlehre begann, kostete er sie im Grunde keinen Pfennig mehr. Alles, was er brauchte, kaufte er von seinem Lehrlingslohn und der Waisenrente, die sie ihm zur Hälfte ließ. Für einen Siebzehnjährigen verfügte er damals über recht viel Geld. Der gewissenhafte Umgang damit schien ihm im Blut zu liegen. Nach der Lehre und Alexanders Abitur leisteten beide ihren Zivildienst ab. Richard bei *Essen auf Rädern* der Heimstädter Caritas, Alexander im Altenheim der Heiligen Katharina, an das ein Hospiz angeschlossen war. Danach waren beide ausgezogen. Richard arbeitete bei einer Druckerei in Köln, Alexander begann ein Medizinstudium und bekam *Bafög*. Auf Alwins Geld war Klara schon lange nicht mehr angewiesen. Wenn es trotzdem an jedem Monatsersten eintraf, war es wie ein warmer Regen.

Manchmal dachte sie, dass mit dem Auszug der Jungen ihr letztes Abenteuer zu Ende gegangen war. Ihr fehlten die Gespräche mit ihnen. Sie begann Kartoffeln zu schälen. Immerhin kamen die Jungen fast jeden Sonntagabend zu ihr. Oft kam Adi dazu. Er und Alwin waren gute Onkels. *Dich lieben sie wirklich*, versicherte sie Adi, wenn er in Depressionen verfiel und überzeugt davon war, dass niemand ihn liebte. Die Jungen mochten auch Alwin, der wie Adi keinen ihrer Geburtstage vergaß. An Weihnachten schickte er Geschenke, zweimal im Jahr kam er nach Heimstadt und brachte gute Laune mit. Früher hatte er den Jungen Geschichten aus seiner Autohändlerzeit in Übersee erzählt, später diskutierte er mit ihnen über Politik, in der er sich gut auskannte und eine aus ihrer Sicht annehmbare liberale Grundhaltung an den Tag legte. Seitdem Kohl regierte, gab es kaum strittige Diskussionen zwischen ihm und den Jungen. Er lehnte die Stationierung der Pershing II Raketen ab und hätte, wie er Richard und Alexander vor ein paar Wochen schrieb, das Depot in Mutlangen mit blockiert, wäre er ein paar Jahre jünger oder halbwegs prominent gewesen.

Klara interessierte sich weder für Männer, noch legte sie größeren Wert auf die Gesellschaft von Frauen, abgesehen von Bea Müller, mit der sie (Klara scheute sich, das Wort zu benutzen) in gewisser Weise befreundet war. Einmal im Monat ging sie mit ihr zu *Silvio* eine Pizza essen und erfuhr an diesen Abenden soviel Klatsch, dass sie selbst Adi gelegentlich mit einer Neuigkeit überraschen konnte. Klaras Bedarf an Umgang mit Menschen war schnell gedeckt.

Vor einigen Jahren hatte Alexander ihr zu Weihnachten ein Buch von jener Sorte Bücher geschenkt, die inzwischen zu mehreren ungelesen in ihrem Wohnzimmerschrank standen. Dass ihr milchbärtiger Sohn glaubte, er müsse etwas zu ihrer längst überfälligen Emanzipation beitragen, berührte sie mit Peinlichkeit. *Das andere Geschlecht* von Simone de Beauvoir, einer Französin, die zwanzig Jahre älter und mit einem Philosophen verheiratet war, hatte sie ermüdet wegen der vielen Fremdworte nach fünfzig Seiten zur Seite gelegt. *Die Scham ist vorbei* von einer Holländerin namens Anja Meulenbelt fand sie gegen Ende recht unterhaltsam, aber die Sorgen der jungen Frauen und ihre Wut auf die Männer waren Klara eher fremd. Nun *Der ›Kleine Unterschied' und seine große Folgen*. Klara kannte Alice Schwarzer aus dem Fernsehen, aber sie hatte keine Lust, das Buch zu lesen. Sie wollte sich von einem Grünschnabel, der keinen blassen Schimmer von Frauen hatte, nichts auftischen lassen. Weil sie aber nicht undankbar erscheinen wollte, ließ sie das Buch auf dem Tischchen neben dem Sofa liegen. Hin und wieder fragte er, ob sie schon hineingeschaut habe, und sie antwortete jedes Mal: *Noch nicht, aber bald*. So verstrich ein ganzes Jahr. Eines Abends, als ihr der Lesestoff ausgegangen war, begann sie, lustlos in dem Buch herumzublättern. Was Alice Schwarzer über die weibliche Scheide schrieb, die praktisch empfindungslos sei, weshalb eine Frau kein Interesse am Eindringen des Penis haben könne, hielt Klara für Unsinn. Es widersprach ihrer Erfahrung. Wie hätte sie je einen Höhepunkt haben können, wenn Jakob, Theo und Alwin sie nicht *penetriert* hätten. Welch ein scheußliches Wort für eine so schöne Sache, hatte sie gedacht und weiter geblättert. Dann jedoch stieß sie auf ein Kapitel, das sie außerordentlich erstaunte. Dass auch Frauen sich selbst befriedigen konnten, hatte sie nicht gewusst. Manchmal fasste sie sich selbst an, wenn sie im Bett lag und nicht einschlafen konnte, weil sie an Jakob und Theo dachte oder sich aus anderen Gründen die Spannung des Tages nicht lösen wollte. Doch nie im Leben hätte sie es gewagt, das aufkommende Verlangen weiter zu verfolgen. Inzwischen mochte sie nicht mehr darauf verzichten und genoss dieses grandiose, einst vergessene Gefühl des

Orgasmus. Wie hatte sie so lange darauf verzichten können? Mit Adi kuschelte sie gelegentlich abends vor dem Fernseher und war damit zufrieden. Gut möglich, dass ihr Bedürfnis nach sexueller Entspannung und Zärtlichkeit erfüllter war als das der meisten Frauen in den Wechseljahren, die sie abgesehen von gelegentlichen Hitzewallungen ohne nennenswerte Beschwerden durchlief. Inzwischen war sie Alexander durchaus dankbar für das Buch von Alice Schwarzer, doch im Stillen fürchtete sie den Tag, an dem er ihr ein lieb gemeintes Buch über die Wechseljahre schenken würde.

Vielleicht sollte sie sich eine Arbeit suchen. Sie mochte keine Glucke sein, deren Sonntagabendwelt zusammenbrach, sollten die Söhne einmal verhindert sein oder die Lust verlieren, ihre Mutter zu besuchen. Noch konnte Klara darauf vertrauen, dass die beiden auch deshalb regelmäßig erschienen, weil sie ihnen etwas Anständiges auf den Tisch stellte. Gemüsepfanne mit ungeschältem Reis, den es in Alexanders Wohngemeinschaft sechsmal in der Woche gab, mochte satt machen, mehr aber nicht. An die Kochkünste von Richards Männer-WG konnte sie schwerlich Ansprüche stellen. Richards WG-Küche war der Ort, an dem gefrühstückt und gelegentlich Nudelwasser aufgestellt wurde. Ansonsten aßen die Herren auswärts, in der Dönerbude oder, obwohl weder Richard noch seine beiden WG-Genossen Studenten waren, in der Mensa. Das kontrolliere niemand, hatte er ihr versichert. Dass aber die beiden jungen Frauen in Alexanders Wohngemeinschaft ebenfalls nicht kochen konnten, wollte Klara nicht in den Sinn. Was war dagegen einzuwenden, wenn eine Frau in der Lage war, sich und andere zu bekochen?

Es klingelte. Im selben Moment wurde die Haustür aufgeschlossen. Obwohl die Jungen seit Jahren nicht mehr bei ihr wohnten, besaß jeder von ihnen einen Hausschlüssel. Klara hatte ihn nie zurückverlangt. Hin und wieder übernachteten sie im alten Jungenzimmer. An Karneval hatte man ihr Alexander in einer Schubkarre gebracht, und sie hatte daran denken müssen, wie Jakob als Zwölfjähriger jeden Samstagnachmittag in den *Roten Ochsen* gerufen wurde, um seinen Vater nach Hause zu karren. Klara war glücklich, dass ihre beiden Söhne die Gertrudenstraße noch als ihr zweites Zuhause betrachteten, hatte aber mit ihnen vereinbart, dass sie zuerst klingeln sollten, bevor sie den Hausschlüssel benutzten. Sie wollte nicht in Unterwäsche überrascht werden.

Richard öffnete die Wohnungstür. Strahlend gab er ihr einen Kuss auf die Wange. »Hi, Klara!«

»Tag, mein Schatz.« Mit einer Hand fuhr sie ihm durch die Haare.

Das Leder seiner Jacke fühlte sich kühl an, er roch nach Apfel. Mit ihm kam eine herbstliche Brise herein. Seit er sich von Adi die Haare schneiden ließ, zuckte sie jedes Mal innerlich zusammen, wenn er vom dunklen Treppenhaus in die Küche trat. Als stünde Jakob vor ihr. Einsachtzig, schwarze Locken, ironisches Lächeln, breite Schultern und unbefangen in jeder Bewegung seines athletischen Körpers, der sie einst verrückt gemacht hatte. Richards Ähnlichkeit mit seinem Vater war unheimlich.

Alexander schloss die Wohnungstür. »Hallo«, sagte er und nahm sie in den Arm.

Klara ließ sich drücken. Der Duft von Sandelholz stieg in ihre Nase. »Das Essen ist fast fertig.«

»Wo ist Onkel Adi?«, fragte Richard. Er warf seine Jacke aufs Sofa und ließ sich geräuschvoll auf einem Stuhl nieder.

»Es geht ihm nicht gut.« Klara stellte die Flamme unter dem Gulasch größer.

»Krank?« Alexander setzte sich.

»Gemütskrank. Er will sich partout nicht diesen jungen Kerl aus dem Kopf schlagen, den er an Karneval kennen gelernt hat. Er hat sich sonst nie in Männer verliebt, die so viel jünger sind als er. Ich habe auch Sorge, dass der Mann ein Buhlknabe ist, oder zumindest einmal war. Solchen Leuten kann man doch nicht trauen. Das geht jetzt schon ein dreiviertel Jahr so. Am Ende raubt er Adi aus.«

»Was ist denn ein Buhlknabe?«, fragte Alexander.

»Ein Stricher«, sagte Richard. »Wie alt ist er denn?«

»Anfang zwanzig«, sagte Klara.

»Echt?!« Richard schlug mit der flachen Hand auf den Küchentisch und lachte. »Stell dir mal vor Alex: Du und Onkel Adi.«

»Oder du«, gab Alexander zurück.

»Ach nein du. Ich steh nicht auf Männer, weißt du?« Er legte seine Hand auf Alexanders Hand.

Alexander zog sie weg.

»Hört auf.« Klara nahm die Bohnen vom Herd.

»Kann ich helfen?«, fragte Alexander.

»Brauchst du nicht.« Klara begann, die Bohnen in Schinkenspeck zu wickeln. »Oder doch. Stell mal die Pfanne auf den Herd und mach Öl heiß.«

Richard langte über den Tisch und nahm sich zwei Bohnen.

»Ich habe für Onkel Adi in den Fachzeitschriften am Institut geblättert, aber ich habe nicht viel über diese komische Krankheit aus Amerika gefunden«, sagte Alexander.

»Welche Krankheit?«, fragte Richard.

»*Aids*. Eine Virusinfektion. Ziemlich heimtückisch. Soll vor allem bei Homosexuellen auftreten und das Immunsystem angreifen. In San Francisco sind ein paar Fälle aufgetreten, aber bei uns besteht offenbar keine Gefahr. Sag ihm das, wenn du ihn triffst.«

»Ruf ihn lieber selber an«, sagte Klara und kam zum Herd, um die Bohnenbündel anzubraten. »Ich habe gerade nicht richtig aufgepasst.«

»Was gibt es denn sonst noch zu essen?«, fragte Richard.

»Salzkartoffeln und Rindsgulasch.«

Er rieb sich den Bauch. »Hast du Bier da? Alexander fährt.«

Während sie aßen, erzählte Richard von der Druckerei, in der zurzeit jeder Überstunden machen musste. Für die *Volksversammlung* im Bonner Hofgarten am kommenden Samstag und die vorausgehende Aktionswoche wurden palettenweise Flugblätter, Stellungnahmen und Appelle gedruckt. Außerdem hatte die Polizei nach ständigen Protesten der Anwohner das Haus in der Weyerstraße geräumt, weshalb die Hausbesetzerszene jeden Tag neue Flugblätter orderte. Alexander überlegte, am Mittwoch bei der Blockade des Heeresamtes in der Brühlerstraße mitzumachen, wozu am Dienstag ein Treffen der Kölner Friedensinitiativen stattfand. Richard zeigte an der Aktion kein Interesse. Er könne sich als Werktätiger nicht mitten in der Woche vor irgendein Amt setzen und darauf warten, bis die Bullen ihn wegtrügen. Außerdem sei er im Besitz zweier Karten für *Police*, die am Dienstagabend in der *Sporthalle* spielten. Klara hörte angespannt zu. Die Endlosigkeit der Rüstungsspirale bereitete auch ihr Sorgen, aber sie verstand die Zusammenhänge nicht. Schon die Namen der Politiker konnte sie sich nur schlecht merken. War Hans Apel nun Verteidigungs-

oder Finanzminister? Dass Margaret Thatcher England regierte (oder sagte man Großbritannien?) und Ronald Reagan die USA, war ihr nicht entgangen, und sie war froh, dass Willy Brandt auf der Demonstration in Bonn reden würde. Es beruhigte sie, denn wo Brandt, den sie mochte, und Böll, von dem sie *Und sagte kein einziges Wort* gelesen hatte, sprachen, würden keine Steine fliegen. Dass einem ihrer beiden Söhne bei einer Friedensaktion etwas zustoßen könnte, ängstigte Klara am meisten. Oft erfuhr sie erst im Nachhinein, wenn sie an einer nicht legalen Veranstaltung teilgenommen hatten. Aber weder Richard noch Alexander waren je zur Feststellung ihrer Personalien aufs Polizeipräsidium gebracht worden. Für die vorderste Front, sagten sie, seien beide nicht gebaut.

»Wann fahrt ihr denn nach Amsterdam?«, fragte Klara, als ihr das Gespräch über Politik zu langweilig wurde.

Richard wischte sich mit einer Papierserviette den Mund. »In zwei Wochen. Freitags fahren wir los, aber nur bis Sonntagabend.«

»Nur ist gut«, sagte Klara. »Ich würde auch mal gerne *nur* übers Wochenende verreisen!«

»Was hält dich denn davon ab?« Richard stand auf und nahm sich eine zweite Flasche Bier aus dem Kühlschrank.

»Was soll ich denn allein in Amsterdam?«

»Was ist mit Onkel Adi oder Onkel Alwin? Oder mit deiner Freundin Bea Müller?«

»Ach.« Klara begann den Tisch abzuräumen. Alexander half ihr. »Adi fährt in seine Clubs, Alwin hat Waltraut, und Bea? Das würde ich keine zwei Tage aushalten.«

»Es gibt auch Reisegruppen.« Richard legte die zerknüllte Papierserviette auf seinen Teller, damit Alexander abräumen konnte.

»Wolltet ihr nicht später nach Amsterdam fahren?«, fragte sie und schaute Alexander an, der längere Zeit nichts mehr gesagt hatte.

Er drehte sich zur Spüle und ließ warmes Wasser über die Teller laufen. »Im November ist es zu kalt.«

»Außerdem kann Helena nur am letzten Oktoberwochenende.« Richard schenkte sich Bier ein. »Helena und Margot fahren nämlich mit.«

»Wolltet ihr nicht mal etwas allein unternehmen?«, fragte Klara überrascht.

»Wollten wir auch«, sagte Alexander und lehnte sich mit verschränkten Armen gegen die Spüle.

Klara spürte, wie sich die Luftbeschaffenheit im Raum veränderte. Alexander schaute auf den Fußboden, Richard an die Decke.

»Wie schön!«, sagte sie und lächelte Richard an. »Seid ihr wieder zusammen, du und Margot?«

»Margot und ich waren nie zusammen«, gab er zur Antwort. »Außerdem hat Alexander sie eingeladen.«

Verblüfft schaute Klara zu Alexander, der ihren Blick unverwandt erwiderte und keine Anstalten machte, die Sache zu erklären. Klara schwante nichts Gutes. Alexander hatte vor Ewigkeiten einmal für Helena geschwärmt. Es war auch kein Geheimnis, dass Margot und Richard seit langem ein Verhältnis pflegten, das Klara an ihre Zeit mit Jakob erinnerte. Über diese uralten Geschichten konnten die Jungen sich doch unmöglich zerstritten haben. Möglicherweise war Alexander verärgert, weil er sich auf ein Wochenende mit Richard allein gefreut hatte. Er hing so an ihm, und Richard konnte so schroff sein.

»Ach so«, sagte sie und entschied, erneut das Thema zu wechseln. Sie mochte keinen Streit, der sie in ihrer eigenen Küche zur bloßen Zuschauerin degradierte. So lange die beiden sich nicht die Köpfe einschlugen, hatte Klara sich seit jeher aus ihren Streitigkeiten herausgehalten. Mischte sie sich ein, musste sie gewöhnlich auf Richard mäßigend einwirken und Alexander in Schutz nehmen.

»Ich habe mir überlegt«, sagte sie, »vielleicht wieder arbeiten zu gehen.«

Niemand sagte etwas.

»Nur so, damit ich mehr unter die Leute komme.«

»Wo denn?«, fragte Richard.

»Weiß ich noch nicht. In Heimstadt natürlich.«

Beide nickten.

»Ich habe gesehen«, sagte sie, verwirrt von der wachsenden Spannung im Raum, »dass an der Eingangstür des Spielsalons auf der Hauptstraße ein Zettel hängt. Die suchen jemanden, der einspringt, wenn der Mann an der Wechselkasse mal ausfällt.«

»Ist das dein Ernst?«, sagte Richard. »So ein Job ist todlangweilig.

Außerdem hängen in diesen Läden nur blöde Typen herum.«

»Es ist nur so eine Idee«, sagte sie und schaute Alexander an, der immer noch an der Spüle lehnte und die Arme vor der Brust verschränkt hielt. Normalerweise hätte er ihr nun etwas Nettes gesagt, als Gegengewicht zu Richards notorischer Unverblümtheit.

Richard gähnte.

»Ich fahre«, sagte Alexander und stieß sich mit dem Gesäß von der Spüle ab. »Kommst du mit oder bleibst du noch?«

»Jetzt schon?« Klara zündete sich eine Zigarette an.

»Ich muss noch was für eine Hausarbeit tun.«

»Ich komme mit«, sagte Richard. »Um diese Uhrzeit fahren keine Busse mehr.«

Den Rest des Abends verbrachte Klara vor dem Fernseher. Bis zum Sendeschluss gegen halb Zwölf schaute sie sich den ersten Teil einer Romanverfilmung an. *Nana* von Emile Zola. Aber sie war nicht bei der Sache. Der Stachel, den Richard mit seinem Kommentar über die Arbeit im Spielsalon in ihr Fleisch getrieben hatte, saß tief. Schämte er sich seiner Adoptivmutter? Als sie sich ins Bett legte, kam sie sich alt und dumm vor. Würde sie es denn soviel schlechter anstellen als Jackie O.? Natürlich ließ es sich mit 230 Millionen Dollar auf dem Konto, die Jackie nach dem Tod von Onassis gegen dessen Tochter Christina erstritten hatte, besser leben als von ihrer mageren Witwenrente. Und ganz sicher verdiente Jackie mit der Arbeit als Akquisitionslektorin bei Drubleday und Co. hundertmal mehr, als sie mit irgendeinem Job in Heimstadt verdienen könnte (Klara kannte niemanden, der ihr erklären konnte, worin die Aufgabe einer Akquisitionslektorin bestand). Aber hatte sie nicht genauso wie Jackie mit Umsicht dafür gesorgt, dass sie – nachdem die Männer gegangen waren – über Mittel verfügte, die es ihr erlaubten, arbeiten zu gehen, weil es ihr gut tun würde, und nicht, weil es finanziell notwendig war? Vor vier Jahren hatte Jackie sich das Gesicht liften lassen. Seitdem sah sie wieder aus wie vierzig. *So ein Pfusch!* Ein Spielsalon war kein Schönheitssalon, und Klara brauchte keine Millionen. Aber wie Jackie brauchte sie eine Arbeit. Es wurde Zeit.

23

Alexander saß an seinem Schreibtisch vor aufgeschlagenen Lehrbüchern und zählte die Stunden bis zu seiner zweiten Begegnung mit Veronika Busch. Während der gemeinsamen Rückfahrt von Heimstadt nach Köln hatte er Richard in einem Anfall verzweifelten Mutes gefragt, warum er Helena nach Amsterdam eingeladen habe. Er jagte den Motor des WG-eigenen 2CV4 hoch, riss den dritten Gang an sich und bellte die Frage heraus. Richards Antwort verwirrte ihn mehr als jede denkbare Unverfrorenheit, mit der sein Bruder ihn gewöhnlich entwaffnete. *Ich habe sie nicht eingeladen.* Sie *hat mich gefragt, ob sie mitfahren könne.* Mit Mühe hatte Alexander den Wagen in der Spur gehalten. Seine Wut auf Richard verpuffte zu einem Nichts. An Karneval hätte Helena einen Arm um ihre Schultern gebraucht, und er war vom Barhocker gekippt.

Als nächstes hatte Richard ihm eröffnet, dass Helena mit ihm in das *Police*-Konzert gehe. Alexander betrachtete eine Zyste am Gebärmutterhals, die in dem Lehrbuch auf seinem Schreibtisch abgebildet war. Das Treffen der Kölner Friedensinitiativen vor ein paar Tagen hatte ihn deprimiert. Während die wichtigen Leute die Blockade des Heeresamtes generalstabsmäßig planten und sich vom Fußvolk dabei bestaunen ließen, sah er Helena vor sich, wie sie in der Kölner Sporthalle ihre schönen Arme in den Hallenhimmel reckte und zu *Synchronicity I* tanzte. In der Nacht ließ er sich von Konstantin Wecker in den Schlaf singen. Die Blockade des Heeresamtes am nächsten Morgen war ein Reinfall. Rund tausend Leute versammelten sich gegen Fünf vor dem Haupttor an der Brühler Straße, nicht ahnend, dass die Militärverwaltung ihre Beschäftigten listig eine Stunde früher zum Dienst gebeten hatte. Gegen neun zogen die meisten verhinderten Blockierer wieder ab, etwa 120 wurden zur Feststellung ihrer Personalien aufs Polizeipräsidium gebracht. Alexander gehörte nicht dazu.

Er klappte Waldeyers und Mayets *Anatomie des Menschen 1* zu, dessen Kapitel über die weiblichen Beckenorgane er seit Stunden zu lesen versuchte. Veronika Busch mochte hässlich sein, aber sie schien etwas vom Leben zu verstehen. Gut möglich, dass beide Eigenschaften miteinander zusammenhingen.

»Hast du Fred gesehen?« Lisa stand in der Tür. Sie war komplett in verschiedene Rottöne gekleidet und blinzelte, was sie unentwegt tat, seit sie ihre Brille fortgeworfen hatte. Auch ihre linke Wange leuchtete rot und war außerdem geschwollen.

»Hat Fred dich etwa-?«

»Nein, hat er nicht. Und ich bin auch nicht bei den Sannyasins gelandet, wie dein alter Freund Ulrich Schwarzweiler. Mein Kleiderschrank hat heute morgen einfach keine andere Farbe hergegeben. Hast du Fred nun gesehen oder nicht?«

»Ulrich Schwarzweiler ist bei den Sannyasins?«

Lisa breitete die Arme wie eine indische Tempeltänzerin. »Du solltest ihn mal sehen. Mit den langen roten Haaren sieht er in seiner orangenen Kluft aus wie der letzte Oberstreber. Wahrscheinlich sehr zur Belustigung von Candra Mohan Rajneesh.«

»Schwarzweiler war nie mein Freund, sondern bloß in meiner Klasse. Außerdem dachte ich, er wäre beim Kommunistischen Bund Westdeutschland.« Alexander stand auf. »Was hast du denn mit deiner Backe gemacht? Lass mal sehen.«

Sie ließ ihn die gerötete Wange befühlen. »Wir haben gestern Abend in der Gruppe geübt, unsere Zuneigung und unsere Abneigung offen zu zeigen.«

»Habt ihr euch gegenseitig verprügelt?«

Lisas Augen strahlten. »Das war total toll. Alle standen im Kreis, und jeder musste nacheinander in die Mitte treten, um einen Kuss und eine Ohrfeige zu verteilen. Du gehst also in dem Kreis herum und überlegst, wer in der Gruppe dir besonders sympathisch ist, und wen du vielleicht sogar hasst. Dem einen gibst du einen Kuss, dem anderen haust du eine runter. Allerdings sollten wir nicht so fest zuschlagen wie es Babette bei mir gemacht hat. Leider hatte ich meinen Kuss und die Ohrfeige schon verteilt, sonst hätte die blöde Ziege was erleben können.«

»Weshalb war sie denn sauer auf dich?«

»Fred hat mir erzählt, dass sie sich in ihn verknallt hat. Ehrlich gesagt, geht das bei uns in den Gruppen drunter und drüber. Alle verlieben sich in irgendwen. Weil Fred Babette natürlich enttäuschen musste, habe ich ihre Wut auf ihn abgekriegt. Hinterher haben wir alle geweint und uns in den Armen gelegen. Wahnsinn. Ich habe mich noch nie jemandem so nahe gefühlt. Das war die totale Ehrlichkeit, und keiner hat gekniffen. Wie geht es dir?«

»Gut«, sagte Alexander und drückte sich an ihr vorbei in die Diele. »Ich muss noch mal weg und kaufe auf dem Rückweg fürs Abendessen ein. Weißt du, ob alle da sind?«

»Keine Ahnung«, sagte Lisa. »Was gibt es denn zu essen?«

»Ich wollte mal eine Linsensuppe versuchen.«

»Dann bin ich dabei. Und ich hätte gern ein Würstchen.«

»Seit wann isst du wieder Fleisch?«

»Seit gestern Abend.«

Veronika Buschs Hals steckte in einer fleischfarbenen Manschette, auf deren Rand ihr Kinn einen glänzenden Wulst bildete. Auch an diesem Tag trug sie eine dunkelblaue Bluse zu einer schlammfarbenen Stoffhose und braunen Schnürschuhen, deren Absätze schief gelaufen waren. Offenbar ihre Arbeitskleidung. Sie ging voraus ins Beratungszimmer, bot ihm Platz auf dem grauen Polsterstuhl an und erklärte, ohne dass Alexander sich getraut hätte danach zu fragen, dass jemand in den Kofferraum ihres Wagens gefahren sei, während sie wartend an der Ampel gestanden habe. Dann ließ sie sich vorsichtig in dem jägergrünen Breitcordsessel nieder, schlug ihre kurzen Beine übereinander und legte die Hände ineinander. Die Halsmanschette erschwerte es ihr zu lächeln, aber Alexander sah, dass sie es tat.

Er war entschlossen, jede Minute dieser knappen Stunde zu nutzen. »Ich habe mir überlegt, nicht mit nach Amsterdam zu fahren und die drei einfach ihrem Schicksal zu überlassen. Erstens habe ich gegen Richard keine Chance, zweitens hält Helena mich ohnehin für einen grünen Jungen, und weshalb Margot mitkommt, obwohl sie weiß, dass er mit Helena schläft, ist mir sowieso schleierhaft.«

Einen Augenblick schien sie abzuwarten, ob er weiter reden würde. Dann sagte sie mit ihrer unvergleichlich sanften Stimme: »Vielleicht können Sie mir helfen, Herr Aschkowski. Soweit ich mich entsinne, hat der Koch des *Roten Ochsen* Sie vor etwa neun Monaten in einer Schubkarre zu Ihrer Mutter gebracht. Helena wollte mit Ihnen tanzen, aber Ihnen ist plötzlich schlecht geworden. Da waren wir letzten Freitag stehen geblieben.«

»Oh.«

»Ja.« Sie lachte.

Alexander spürte, wie die Anspannung von ihm abfiel. Veronika Busch hatte eine erstaunliche Wirkung auf ihn.

»Seit diesem Missgeschick an Karneval«, sagte er, »habe ich Helena hin und wieder getroffen. Sie schien jedes Mal ziemlich niedergeschlagen. Bei der ersten Begegnung nach Karneval fragte sie, ob ich gut nach Hause gekommen sei. Ich schämte mich und brachte keine vernünftige Unterhaltung zustande. Bei den anderen Begegnungen wechselten wir bloß ein paar Worte, und ich sagte mir, sie brauche Zeit, die Trennung von ihrem Freund zu verwinden. Im Sommer verabredete ich dann mit meinem Bruder, im November ein gemeinsames Wochenende in Amsterdam zu verbringen. Nur wir zwei allein. Die Stadt ansehen, im Coffeeshop sitzen, rauchen, trinken und ins Museum gehen. Wir haben seit Jahren nichts mehr allein unternommen. Und dann fragt Richard plötzlich, ob ich etwas dagegen hätte, wenn Helena mitkäme. Sie müssen wissen, ohne bestimmte Absichten verbringt er keine Zeit mit Frauen, und natürlich weiß das auch Helena. Schließlich kennen wir uns alle lange genug.«

Alexander rückte ein wenig zur Seite, um der hochstehenden Sprungfeder auszuweichen. »Ich sagte, dass ich nichts dagegen hätte, und bin sofort zu Margot gegangen. Doch anstatt sich über Richard aufzuregen, fragte sie mich, ob noch ein Platz für sie im Wagen frei sei. Eine halbe Stunde später habe ich dann hier angerufen und um einen Termin gebeten.«

Die Psychologin nickte. Zum ersten Mal schien es Alexander, dass sie ein besorgtes Gesicht machte.

»Und Sie wissen«, sagte sie. »dass Richard mit Helena schläft?«

»Warum sollte er nicht?«

»Was ist mit der Freundin ihres Bruders? Seine Kollegin. Wie heißt sie? Gabi.«

»Das hat wie üblich nur ein paar Monate gehalten. Nach ihr kam noch eine Franziska. Dann, vor vier, fünf Wochen, war er wieder mal bei Margot.«

»Weiß Ihr Bruder, was Sie für Helena empfinden?«

»Alle wissen es. Und ich verstehe nicht, was da passiert. Richard nimmt sich die Frau, die ich liebe, und Helena findet offenbar nichts dabei, sozusagen in meinem Beisein mit ihm zu schlafen. Außerdem war sie es, die auf die Idee gekommen ist mitzufahren. Sie hat Richard gefragt, nicht umgekehrt. Und Margot fährt nicht mit nach Amsterdam, weil sie mich so nett findet. Das tut sie zwar, aber sie führt etwas im Schilde, das mit Richard zu tun hat.«

»Haben Sie mit ihrem Bruder je über Ihre Gefühle für Helena gesprochen?«

»Nein.«

»Nicht? Und mit Helena?«

»Auch nicht. Aber Margot sagt, dass-.« Er begriff, worauf die Psychologin hinaus wollte.

Veronika Busch fasste von oben in die Manschette und versuchte, ihrem Hals mehr Platz zu verschaffen. »Wenn Sie zu ihrem Bruder sagten: *Hör mal, Richard. Ich bin in Helena verliebt.* Was glauben Sie, würde passieren?«

Alexander schaute aus dem Fenster und dachte angestrengt nach. »Ich bin mir nicht sicher«, sagte er nach einer Weile. »Ich glaube er würde sagen: *Das weiß ich, lieber Alex, aber wenn du nicht zu Potte kommst, klopf ich eben mal zwischendurch bei ihr an. Ist ja nicht für ewig, und für dich ändert sich sozusagen nichts.* Daran habe ich auch schon gedacht.«

»Woran?«

»Abzuwarten, bis Richards obligatorisches Vierteljahr vorüber ist, das er gewöhnlich mit den Frauen verbringt. Andererseits habe ich mit dem Gedanken gespielt, Richard zu bitten, die Finger von ihr zu lassen. Ich bin mir sogar sicher, dass er verzichten würde.«

»Aber?«

»Ob Sie's glauben oder nicht«, sagte Alexander mit einem Anflug von Trotz, der ihm wie er im selben Moment spürte bloß einen trügerischen Aufwind gab. »Das widerspräche meinen Vorstellungen von Romantik.«

»Wenn Sie zu Helena sagten: *Ich habe mich in dich verliebt.* Wie würde sie reagieren?«

»Sie würde nein sagen.«

»Wozu würde sie nein sagen?«

»Ob sie mit mir zusammen sein wolle.«

»Das war nicht die Aussage, um die es ging. Sie sollten sich lediglich vorstellen zu sagen, dass Sie sich in sie verliebt haben.«

»Wo ist da der Unterschied? Wenn ich mich in jemanden verliebe, möchte ich auch mit ihm zusammen sein.«

»Mag sein. Aber auch das wäre lediglich eine Feststellung, auf die man nicht mit Nein antworten würde. Wenn Sie wollen, können Sie sich auch gerne vorstellen zu fragen: *Willst du mit mir gehen?* Darauf könnte sie mit Nein antworten.«

»Ist das nicht Haarspalterei?«

»Eine Feststellung und eine Frage sind zwei verschiedene Dinge. Ihrem Wunsch, den Sie mit einer Frage vortrügen, könnte Helena mit einem Nein die Erfüllung versagen. Wenn Sie jedoch einfach nur sagten: Ich habe mich in dich verliebt, bliebe Ihre Feststellung von allem unberührt, was auch immer Helena antworten würde. Sie wären in diesem Augenblick verliebt und brächten dies lediglich zum Ausdruck.« Sie stellte ihre Füße auf den Fußboden.

Alexander ließ den Kopf hängen.

»Weshalb sollte Helena sich für Sie entscheiden, wenn die Affäre mit Ihrem Bruder nach drei Monaten beendet sein sollte?«

Alexander spürte Verzweiflung in sich aufsteigen. »Deshalb überlege ich, nicht mit nach Amsterdam zu fahren.«

Über dem Kinnwulst verformten sich ihre Lippen zu einem Lächeln. »Womit wir bei Ihrem stürmischen Auftakt dieser Stunde angelangt wären. An Entschlossenheit, die Sache zu klären, scheint es Ihnen nicht zu mangeln.«

»Ich habe oft Angst, etwas Falsches zu sagen.«

»Mag sein, dass Ihrem Gegenüber nicht alles gefällt, was Sie sagen. Aber falsch muss es deshalb nicht sein.«

Alexander schaute sie überrascht an. In seiner Wohngemeinschaft herrschten klare Vorstellungen davon, was richtig und was falsch war. Immerzu wies man sich gegenseitig auf reaktionäre und frauenfeindliche Sprachmuster hin.

»Können Sie sich vorstellen, die Energie für Ihren Klärungswillen auch in eine andere Bahn zu lenken?«

»Meinen Sie, ich sollte meinen Mann stehen und kämpfen?«

»Kämpfen?« Sie reckte ihren Hals. »Mit wem und um was?«

»Mit Richard natürlich. Und um Helena. Er soll sie mir nicht wegnehmen.«

»Richard kann Ihnen nicht wegnehmen, was Sie nicht besitzen«, entgegnete sie mit einem leichten Kopfschütteln und setzte das letzte Wort in imaginäre Anführungszeichen. »Außerdem ist Helena auch nicht Richards Eigentum. Sie trifft eine souveräne Entscheidung, glauben Sie nicht?«

»Doch, natürlich«, sagte Alexander mutlos. Offenbar wusste die Psychologin die Lösung des Rätsels. Er jedoch würde nie darauf kommen. Außerdem hatte er schon wieder etwas Falsches gesagt. »Ich bin kein Kämpfer«, sagte er. »Weshalb also sollte ich einen aussichtslosen Kampf gegen Richard führen? Nein, ich denke, ich fahre nicht mit nach Amsterdam.«

Sie nahm ihre Brille ab und begann, mit dem Zipfel ihrer Bluse die Gläser zu putzen. »Sind Sie nicht wütend auf ihren Bruder?«

Er lehnte sich auf seinem Stuhl zurück. »Richard und ich sind grundverschieden. Aber wir waren nie gemein zueinander. Im Gegenteil. Wir haben uns immer gegenseitig geholfen. Einmal sind wir nach London geflogen. Es war für uns beide der erste und bislang einzige Flug. Ich hatte fürchterliche Angst, dass beim Start etwas passieren könnte, aber Richard versicherte mir, der Start sei vollkommen ungefährlich – im Gegensatz zur Landung. Ich war fürs erste ein wenig beruhigt. Kurz vor der Landung, als meine Panik wieder anstieg, behauptete er, das Gegenteil sei richtig. Die Landung sei vollkommen ungefährlich, anders als der Start. Er habe mich bloß beruhigen wollen. Ich liebe meinen Bruder, und ich bin sicher, dass auch er mich liebt.«

Sie setzte die Brille wieder auf. »Wie kommt es, dass Ihr Bruder jede Frau haben kann? Wie finden Sie ihn? Ist er unwiderstehlich?«

Alexander blähte die Backen. Margot hatte ihm erzählt, dass sie sich in Richards Armen vollkommen geborgen fühle. Er sei rastlos, doch wenn er sich ihr zuwende, gebe es nichts außer sie im Zentrum seiner Aufmerksamkeit.

»Ich weiß nicht, wie er das macht«, sagte er. »In seiner Nähe fühlt man sich, als begegnete man einem Rockstar. Man ist aufgeregt und will sich von der besten Seite zeigen. Manchmal habe ich den Einruck, die Leute sind hin und weg, bloß weil er sich mit ihnen abgibt. So war es schon in der Volksschule.«

Nie hatte der Anführer der Richie-Bande es nötig gehabt, seine Position mit Intrige und Gewalt zu verteidigen. Wer so tapfer wie er den Tod beider Eltern verkraftete, war unverwundbar, und ein kleines Stück dieser Heldenhaftigkeit strahlte auf jeden in seiner Nähe ab. Richard wusste in jeder Situation zu überleben. Ohne zu glänzen hatte er die Realschule geschafft. Er machte seine Druckerlehre in einer St. Augustiner Blechfabrik, schob seine sechzehn Monate Zivildienst ohne zu jammern und fand danach ohne lange Suche die Stelle beim Kölner Druckkollektiv. Er steckte voll praktischer Ideen und brachte die Finanzen des Alternativbetriebs auf Vordermann. Mit Hilfe des Arbeitsamtes verschaffte er sich die erste sozialversicherte Stelle des Kollektivs, auf der Tarifgehalt gezahlt wurde.

»Was geht Ihnen durch den Kopf?«

»Richard ist oft schroff«, sagte Alexander, ohne die Psychologin anzusehen. »Er taktiert nicht, sagt, was er denkt. Aber er tut es auf eine Art, dass man ihm nicht böse ist. Man denkt vielmehr darüber nach, ob er Recht hat. Wir haben beide den Kriegsdienst verweigert. Damals musste man noch die Gewissensprüfung über sich ergehen lassen. Sie wissen schon: *Stellen Sie sich vor, Sie gehen mit Ihrer Freundin durch den Wald, werden überfallen und haben zufällig ein Gewehr dabei. Was würden Sie tun?* Ich war mir so sicher, man würde mich ohne Probleme als Verweigerer anerkennen. Ich würde wirklich *innerlich zerbrechen* – wie es damals heißen musste –, sollte ich jemanden töten. Richard hat das nie von sich behauptet. Aber im Gegensatz zu mir ist er in der ersten Instanz anerkannt worden. Während ich mich in meinen beiden Verhandlungen bei jedem Satz gewunden habe, um bloß kein falsches Wort zu sagen, hat Richard drauf los schwadroniert. Mit ihm sei an der Waffe nicht zu rechnen. Dabei hat er gar nichts gegen das Schießen. Er würde es bloß nicht ertragen, Befehlen zu gehorchen.«

»Auch Sie scheinen Ihrem Bruder nicht widerstehen zu können.«

Alexander seufzte leise.

»Nach dem, was Sie erzählt haben, müsste auch Margot unter der sich anbahnenden Situation in Amsterdam leiden. Welches Verhältnis besteht zwischen ihr und Richard?«

Betrübt schaute Alexander auf seine Armbanduhr. Die Stunde war beinahe zu Ende, und er wusste noch immer nicht, was er tun sollte. Er hatte auf eine klare Antwort der Psychologin gehofft, doch die dazugehörige Frage war ihm abhanden gekommen. Draußen begann es dunkel zu werden. Alexander wischte sich verstohlen die Augenwinkel. Die Psychologin schaute ihn fragend an.

»Das Leben läuft an mir vorbei«, sagte er. »Es gelingt mir nicht, Schritt zu halten. Ich verstehe die mir wichtigsten Menschen nicht, und am wenigsten verstehe ich mich selbst. Um mich herum geschehen die unglaublichsten Dinge, und ich bin-« nur staunender Zuschauer, dachte er. Als hätte jemand den Hebel einer Zeitmaschine umgelegt, sah er Margot vor sich. Sommer 1976. Stumm vor Zorn und Trauer lässt sie sich von Helena umarmen. Thomas Schlüter, seit zwei Wochen Helenas neuer Freund, steht im Hintergrund und kaut vor Verlegenheit am Daumennagel. Richard bückt sich nach einem großen Stein, um ihn in die Kiesgrube zu schleudern. Margot löst sich aus Helenas Umarmung, sie geht zu Richard und flüstert ihm etwas ins Ohr. Richard nickt. Dann gehen sie zusammen weg. Sie sind siebzehn Jahre alt, und Ronald, Margots ein Jahr jüngerer Bruder, hat sich auf seinem frisierten Mofa den Schädel eingefahren.

»Wann wollen Sie nach Amsterdam fahren?«

»Nächsten Freitagnachmittag«, sagte Alexander tonlos.

»Möchten Sie an dem Morgen noch einmal zu mir kommen? Ich würde es begrüßen, wenn Sie mir jetzt erzählten, woran Sie gerade gedacht haben. Ein paar Minuten haben wir noch. Vielleicht brauchen Sie heute noch nicht entscheiden, ob Sie nach Amsterdam fahren oder nicht.«

»Ja«, sagte Alexander und stellte fest, dass er die hässliche Psychologin mochte.

Niemand mag Ronald Pissacker. Der schmächtige Kerl hat den Kopf stets zwischen den Schultern eingezogen, was es ihm schwer macht, beim Gehen die Balance zu halten. Jeder Schritt wird von der Bewegung seiner entgegengesetzt pendelnden Arme begleitet, die wie zwei Holzstangen an seinen Schultern hängen. Den Unterkörper schiebt er ein wenig vor, so dass er sein Ziel mit den Füßen stets früher erreicht als mit dem Kopf.

Seit er im Alter von vierzehn Jahren Dee Browns *Begrabt mein Herz an der Biegung des Flusses* gelesen hat, nennt er sich Black Fox und pflegt einen ausgewachsenen Indianerfimmel. Ronald meint, Black Fox sei jener junge Lakota-Krieger gewesen, der sich geweigert habe, der Siebten Kavallerie sein Gewehr zu übergeben. Mit einem mutigen und verzweifelten Schuss habe er einen der Blauröcke niedergestreckt und damit das Massaker am Wounded Knee ausgelöst. Ronald ist allerdings nicht der einzige Indianerbewunderer Heimstadts. Andere sagen, Black Fox sei taubstumm gewesen und habe deshalb den Kapitulationsbefehl seines Häuptlings Big Foot nicht mitbekommen. Bei einem Handgemenge habe sich der Schuss dann versehentlich gelöst und so der Siebten Kavallerie den Vorwand geliefert, Big Foots Stamm auszulöschen. Auch im Hochsommer trägt Ronald einen abgerissenen Bundeswehrparka, darunter stets sein *Ghost-Shirt*. Er hat das langärmelige Baumwoll-T-Shirt in Kartoffeldrucktechnik mit indianischen Mustern versehen und ist wie die *Ghostdancers*, ein messianischer Kult unter den Prärieindianern des ausgehenden 19. Jahrhunderts, davon überzeugt, es sei kugelsicher. An den Wänden seines Zimmers, das ihm praktisch allein gehört, seit Margot ins Internat gesteckt worden ist, hängt eine Handvoll Portraits skeptisch blickender Indianerhäuptlinge, dazwischen Bilder des blutigsten aller Massaker an den nordamerikanischen Indianern, das am 29. Dezember 1890 am Ufer des Wounded Knee Creek stattgefunden hat. Mehr als dreihundert Frauen, Kinder und Männer sind von den weißen Soldaten abgeschlachtet worden. Eingefasst von einem schwarzen Holzrahmen hängt über Ronalds Bett eine Namensliste der am Wounded Knee getöteten Lakotas: Big Foot, Iron Eyes, Horned Cloud, Pretty Hawk... Margot kennt viele der Namen, denn sie liebt ihren Bruder.

Ronald war zwölf, als man ihn zu seinem eigenen Schutz in ein Internat steckte. Sein Vater hat ihn erwischt, wie er aus dem Kiosk seines Großvaters eine *Praline* mitgehen lassen wollte. Als man Ronald wieder zurück nach Heimstadt schickte, war er immer noch zwölf. Er hat praktisch jeden Lehrer und jeden seiner Mitschüler beklaut. Natürlich gingen die Schläge zu Hause weiter, denn sein Vater war nach wie vor der cholerische Unmensch, als den ihn jeder kannte. Auch das Klauen hörte nicht auf; allerdings ließ Ronald sich nicht mehr erwischen. Er begann zu rauchen und war zwei Jahre später mit Shit, Gras, Trips und ›H‹ bestens vertraut. In Heimstadt an *Stoff* heranzukommen, ist kein Problem. Ronald experimentiert außerdem mit getrockneten Fliegenpilzen, die er im Wald sammelt, und gilt als spendabel. Nur aus diesem Grund ist er bei den Heimstädter Drogenfreaks halbwegs gelitten. Sie treffen sich nachmittags auf einer der von der Kreissparkasse gespendeten Holzbänke neben dem Soldatendenkmal. Ronalds Parka steht vor Dreck. Er badet selten und riecht schlecht. Die Zähne putzt er sich schon lange nicht mehr. Margot kommt alle zwei Monate für ein Wochenende nach Hause. Sie hat Alexander und Richard gebeten, sich um Ronald zu kümmern. Aber weder die beiden, noch Helena, mit der Margot sich im Laufe der Jahre ein wenig angefreundet hat, kommen ihren Versprechungen nach. So leid Ronald einem tun kann – er nervt mit seinem *Dope*-Gequatsche im selben Maße, wie sein Indianerfimmel mit der Zeit lächerlich geworden ist. Mit fünfzehn kauft er sich ein *Zündapp*-Mofa, verkürzt den Auspuffkrümmer und baut einen zwei Nummern größeren Vergaser ein. Von dem Tag an brettert er mit 50 Sachen durch Heimstadt und kennt weder Ampeln noch Fußgänger.

Gelegentlich sieht man ihn auf dem Judenfriedhof am Stadtrand, wo er das schmiedeeiserne Schloss aufgebrochen hat und Rheinkiesel auf die bemoosten Grabsteine legt. Margot erklärt er, der Judenfriedhof sei Heimstadts einziger kultischer Ort, umfriedet, umrankt, still und unheimlich, besonders bei Tag, wenn die Sonne durch die Kronen der Buchen fällt. Dann spricht er mit den Geistern dieses geschundenen Stammes und unterhält sich mit einem Dompfaffpärchen, das den heiligen Ort bewacht. Im Sommer 1976, Ende August, das neue Schuljahr ist erst ein paar Wochen und Ronald inzwischen sechzehn Jahre alt, muss Anton Pissacker eines Abends im Krankenhaus mit zwölf Stichen an der rechten Schläfe genäht werden. Ronald hat ihm einen Stoß versetzt, der ihn mit Schwung gegen den Pfosten der offenstehenden Küchentür befördert und erst einmal für Ruhe gesorgt hat. Noch am selben Abend ruft Ronald seine Schwester im Internat an und erzählt, was geschehen ist. Zunächst nichts Außergewöhnliches. Der Vater hat auf die Mutter eingedroschen und Ronald verflucht, er hätte ihn besser auf die heiße Ofenplatte gespritzt anstatt ihn von dieser blöden Kuh werfen zu lassen. Da hat Black Fox zum ersten Mal, wie er Margot feierlich mitteilt, Gerechtigkeit walten lassen. Sie verspricht, so bald wie möglich zu kommen.

Am nächsten Tag rast Ronald auf seinem Mofa frontal in einen Schaufelbagger und ist auf der Stelle tot. Genickbruch und 1,9 Promille. Das *Ghost-Shirt* mag kugelsicher gewesen sein, gegen die Zähne des Schaufelbaggers hat es ihn nicht beschützen können. *Buried my Heart at Wounded Knee – Crazy Horse* steht auf der Rückseite des langärmeligen T-Shirts. Kaum jemand hat ihn in den vergangenen Jahren ohne Parka gesehen.

Zwei Tage später wartet Alexander mit den Anderen in der sengenden Nachmittagshitze an der Kiesgrube auf Margot, die im Kühlraum des Krankenhauses ihren Bruder ein letztes Mal anschaut. Sie ist am Morgen nach Heimstadt gekommen, mit allem, was sie besitzt, und hat ihnen mitgeteilt, sie habe das Internat verlassen und werde eine Lehre in einem Kölner Gartenbaubetrieb beginnen. Sie hat alles vom Internat aus geregelt. Wohnen wird sie in einem Zimmer unter dem Dach ihres zukünftigen Chefs, dem Onkel einer ihrer Internatskameradinnen.

Helena und Thomas Schlüter hocken im Schatten der alten verfallenen Bretterbude und unterhalten sich leise. Thomas hält seine Hand zwischen Helenas Knie geklemmt, ihr Kopf lehnt gegen seine Schulter. Alexander erträgt den Anblick kaum. Thomas ist großgewachsen und trägt die glatten blonden Haare schulterlang. Ein stiller Typ. Seine Eltern lassen sich gerade scheiden, weshalb ihn halb Heimstadt bedauert. Alexander denkt unentwegt daran, dass er in den wenigen Wochen, in denen Helena ohne Freund war, zu ihr hätte gehen sollen.

Richard steht in der prallen Sonne und wirft wie eine Steinwurfmaschine Kiesel ins Wasser. Alexander wandert rastlos umher und hält sich die *Kommunistische Volkszeitung* über den Kopf, die er sich am Mittag von Ulrich Schwarzweiler hat aufschwatzen lassen. Schwarzweiler gehört seit kurzem dem Jugendkader des *Kommunistischen Bundes Westdeutschland* an und ist Vorsitzender und einziges Mitglied der Heimstädter Sektion. Der Schock, dass Helena mit Thomas Schlüter zusammen ist, sitzt tief. Außerdem lebt Ronald nicht mehr, was nicht zu begreifen ist. Margot hat die Schule geschmissen und wohnt bald in Köln, allein und selbständig.

Um ihn herum pulsiert das Leben, schrecklich schön und schrecklich grausam, doch in welche Richtung auch immer er seine Fühler ausstreckt, nirgends gelingt ihm eine Berührung.

Margot kommt gegen vier. Sie nickt Alexander zu, Helena nimmt sie in die Arme, Thomas hält sich im Hintergrund, und Richard hört auf, Steine ins Wasser zu werfen. Wenig später geht sie mit ihm Hand in Hand weg und lässt Alexander mit Helena und Thomas zurück. Am Abend betrinkt er sich im *Roten Ochsen* und überlässt sich vor lauter Einsamkeit Ulrich Schwarzweiler, der die Gelegenheit ergreift, ihm einzubläuen, täglich die *FAZ* zu lesen und bloß nicht den Kriegsdienst zu verweigern, sondern sich bei der Bundeswehr an der Waffe ausbilden zu lassen.

Sie habe Richard ins Ohr geflüstert, erzählt Margot später, dass er sie entjungfern solle, in Ronalds Zimmer, unter den Augen von Big Foot, Iron Eyes, Horned Cloud und Pretty Hawk. Sie habe es schon lange gewollt und dabei geweint. Außerdem sagt sie, dass er, Alexander, eine Pfeife sei. *Ich bin mir so was von sicher, dass Helena mit dir gegangen wäre.* In der Nacht kann Alexander nicht schlafen. Irgendwann steht er auf und durchstöbert im Wohnzimmer einen alten Schuhkarton, in dem Klara ihre Fotos aufbewahrt. Weißgezackte Schwarzweißaufnahmen von Onkel Alwin und Jakob Schell, Richards Vater, und jüngere Familienfotos, pastellene Farbbilder. Was ihn ins Wohnzimmer geführt hat, um in diese vergangene Bilderwelt einzutauchen, kann er nicht sagen, und was er dort entdeckt, verbindet sich mit keiner unmittelbaren Erkenntnis. Zurück bleibt nur die Verwunderung, mit der man mit einem Mal spürt, dass sich hinter einem Bild mehr verbirgt, als es zeigt, ohne zu verstehen, worum es sich handelt. Am nächsten Tag schleppt er sich durch den Tag und vergisst, was er beim Anblick des Hochzeitsfotos von Klara und seinem Vater empfunden hat.

Auf dem grauen Polsterstuhl im Beratungszimmer der Psychologin fiel es ihm wieder ein. Wie konnte eine so hübsche Frau wie seine Mutter einen so unansehnlichen Mann wie Theo Aschkowski heiraten? Es war das erste Mal, dass Alexander seine Eltern als Mann und Frau betrachtete. Theo erinnerte auf dem Foto an einen einfältigen Fan, der sich während der Autogrammstunde mit einem geschäftsmäßig bereitwilligen Filmstar ablichten ließ. Klara trug ein schwarzes Kostüm und einen hübschen violetten Stein um den schlanken Hals, ihr Blick ernst, beinahe sachlich. Nun, Jahre später, als Veronika Busch ihn nachdenklich anschaute, suchte Alexander nach dem richtigen Wort, das Klaras Gesichtsausdruck an diesem doch sicherlich schönsten Tag ihres Lebens beschrieb. Theo trug einen schwarzen Anzug, ein weißes Hemd und eine schief sitzende Krawatte, die seinen mächtigen Hals zu strangulieren schien. Seine Augen strahlten und glänzten glücksgewiss wie Klaras Augen auf dem anderen Bild, das Alexander in jener Nacht lange angeschaut hatte und sie eingehakt bei Richards Vater auf einer Schneewiese zeigte. Was seit jeher für jeden, der es wissen wollte, offenbar gewesen war, rechnete Alexander in diesem Moment zum ersten Mal nach. Zum Zeitpunkt der Hochzeit war Klara im fünften Monat gewesen. Sie hatten heiraten müssen. Hatte Klara seinen Vater geliebt? Mit plötzlichem Unbehagen registrierte er den neugierigen Blick der Psychologin. *Mich mag man. Nach Richard verzehrt man sich*. Seit jenem Nachmittag nach Ronalds Tod, als Margot ihm sagte, er habe seine Chance bei Helena vertan, hatte er sich nicht mehr so kümmerlich gefühlt.

24

»Telefon für dich«, sagte Lisa mit weinerlicher Stimme. Sie nahm die Brille von ihrer Nase und rieb sich die Augen.

Alexander schaute sie mitfühlend an. Lisa wartete auf einen Anruf von Fred. Sie hatte die Nacht vor dem Telefon verbracht und den Hörer offenbar beim ersten Mucks abgenommen. Am vergangenen Abend war Fred zu Babette gefahren, der Frau aus Lisas Therapiegruppe, die ihr vor einiger Zeit eine schallende Ohrfeige verpasst hatte und von Fred offenbar doch nicht enttäuscht worden war. *Ich muss mir über etwas klar werden*, hatte er gesagt und ihr sodann gebeichtet, dass er seit Wochen mit Babette schlief, Lisa aber nicht habe beunruhigen wollen. *Ich will nichts weniger, als dir weh tun*. Lisa lächelte tapfer. Kaum war Fred aus der Tür, schrie sie *Ich bring sie um die Schlampe!* und rannte in ihr Zimmer, um nach ihrer Brille zu suchen. *Wie konnte ich bloß so blind sein!*

»Hallo?«

»Hier ist Veronika Busch. Spreche ich mit Alexander Aschkowski?«

»Ja?«

»Es tut mir leid, ich muss Ihnen absagen. Ich bin krank und kann nicht in die Beratungsstelle kommen.«

»Immer noch das Schleudertrauma?«, sagte er leichthin.

»Haben Sie eine Entscheidung getroffen?«

»Ich fahre mit nach Amsterdam. Heute Mittag geht es los. Am Vergangenen Samstag waren wir zusammen mit ein paar Hunderttausend Leuten auf der Bonner Hofgartenwiese. Richard war ständig in Helenas Nähe, aber sie haben sich weder umarmt noch geküsst. Ich habe sogar mit ihr ein wenig geplaudert. Es hat in dieser Sache schon günstigere Umstände gegeben, aber ich bin entschlossen, mich Helena zu eröffnen. Sie hatten Recht. Ich werde ihr sagen, dass ich sie liebe. Und wissen Sie was? Dazu kann sie nicht nein sagen.«

»Ich freue mich, dass Sie eine Entscheidung getroffen haben.«

»Sie finden es doch richtig, dass ich mit nach Amsterdam fahre?«

»Nun, ich wünsche Ihnen, dass etwas Gutes für Sie dabei herauskommt.«

»Sie klingen nicht gerade optimistisch.«

»Wenn Sie möchten, können Sie sich jederzeit wieder in der Beratungsstelle melden.

»Kann man mit Psychologen nicht normal reden?«

Sie lachte. »Alles Gute, Herr Aschkowski.«

Unprofessionalität brachte Richard regelmäßig auf die Palme. Eigentlich hätte sein alter 230er Diesel längst fertig sein sollen, aber Hajo vom *Autoschrauber e.V.* hatte die falschen Ersatzteile bestellt. So mussten sie in Alexanders lahmer WG-Ente nach Amsterdam fahren. In dem mit Aufklebern übersäten 2CV4 kam Richard sich vor, als liefe er mit einer

Trommel um den Bauch durch die Gegend und verkündete jedem seine politischen Ansichten. Außerdem hasste er es, Beifahrer zu sein. Allerdings fand er sich nur schlecht mit der 2CV-Schaltung zurecht, weshalb es im Getriebe ständig krachte, wenn er am Steuer saß. Das nächste Mal würde er seinen Wagen nicht in die einzige atomwaffenfreie Autowerkstatt Kölns bringen, sondern ganz unsolidarisch in die nächstbeste Klitsche.

Ein unverzeihlicher Fehler war ihm unterlaufen. Er hatte sich in Helena verknallt. Jedenfalls gab es Hinweise darauf. Er war sich nicht sicher, denn außer bei Margot rührte sich in ihm gewöhnlich nicht viel. Was er für Helena empfand, seitdem sie auf dem *Police*-Konzert vor seinen Augen ihre schönen Arme gereckt und zu *Synchronicity I* getanzt hatte, kam seinen Gefühlen für Margot bedenklich nahe.

Wer verliebt war, tat dumme Dinge, und wer geliebt werden wollte, war manipulierbar. Er wollte von niemandem abhängig sein, und niemand sollte sich an ihn hängen. Keine Frau, die interessiert an ihm war, ließ er darüber im Unklaren. Wollte sie ihn trotzdem, war es ihre Entscheidung. Er befand sich in der glücklichen Lage, dass die Frauen ihn trotzdem wollten. Er galt als erfahren und rücksichtsvoll. Ihm selbst fiel es dagegen eher schwer, erregt zu sein.

Mit Margot war es anders. Dass er ihr gehörte, darin bestand exakt das Problem. Wenn er mit ihr schlief, war alles gut. Dann war es, als sei er Zuhause. Keine hielt ihn so in ihren Armen, so leidenschaftlich und kompliziert, so unbändig und verletzt, und jedes Mal kam er viel zu schnell.

Vor dem Haus ertönte drei Mal die jämmerliche Tröte des 2CV4. Richard nahm seine Reisetasche und verließ die Wohnung. Er liebte Margot, was nur deshalb möglich war, weil er stets für genügend Abstand sorgte und Margot damit leben konnte. Er liebte sie wegen ihrer Unabhängigkeit und Größe, mit der sie von ihm Besitz ergreifen und ihn wieder gehen lassen konnte.

»Tag zusammen.« Er stieg auf der Beifahrerseite ein.

Margot tippte ihm von der Rückbank auf die Schulter und gab ihm einen Kuss auf die Wange. Sie roch gut. Außerdem war sie beim Frisör gewesen.

»Du hast ja die Haare kurz«, sagte er.

»Onkel Adi.« Sie strich sich über ihren rostfarbenen Mecki. »Ich mochte das Hennaschwarz nicht mehr.«

Helena saß lächelnd neben ihr.

Alexander fuhr sich durch seine Locken und knuffte ihn gegen den Oberschenkel. »Schlecht geschlafen?«

»Fahr los.«

Während Jan Gabarek sein Sopransaxophon zu Sitar- und Tablaklängen quälte, erzählte Alexander von Lisas Problem mit Fred. Richard machte sich an einer abstehenden Ecke des violetten Frauenzeichens zu schaffen, das im vorderen Fensterdreieck der Beifahrertür klebte und mit dem Schriftzug *Frauen nehmen Frauen mit* jeder Tramperin anzeigte, in diesen Wagen gefahrlos einsteigen zu können. Laut Beschluss der WG-Frauen durften Alexander und Fred keine Anhalterinnen mitnehmen, wenn sie den Wagen allein benutzten. Schließlich suggeriere das Abzeichen am Fenster eine Sicherheit, die nur Frauen gewährleisten könnten. Alexander und Fred seien nun mal Männer, auch wenn sie zu den frauenfreundlichen zählten. Ob Fred den Wagen jemals wieder benutzen durfte, hielt Richard allerdings für unwahrscheinlich. Wie er Lisa kannte, waren Freds Tage als WG-Mitglied gezählt.

Nach einer Stunde Fahrt war nicht mehr übersehen, dass Helena Alexander ihre besondere Aufmerksamkeit schenkte. Sie saß hinter ihm auf der vorderen Kante der Rückbank und stützte sich mit verschränkten Armen auf seine Rückenlehne. Sie fragte ihn dies und jenes und machte Bemerkungen über Dinge in der Landschaft, auf die sie sich gegenseitig hinwiesen. Unterdessen sang Mercedes Sosa, die Alexander Helena zuliebe im Kassettenspieler laufen ließ. Zwischen ihr und Alexander entspann sich eine Zweisamkeit, die so überraschend neu war, wie sie ausgrenzend wirkte, als flüsterten sie immerzu miteinander. Sagte Margot etwas, wandte sie sich an Richard, was seine Abneigung gegen die Situation anwachsen ließ. Warum ließ sie ihn nicht in Ruhe?

Vor Nijmegen zeigten sie den Grenzern ihre Personalausweise und passierten den Übergang. In der nächsten Raststätte gingen die beiden Frauen auf die Toilette, die Männer tauschten D-Mark in Gulden und wechselten die Plätze im Wagen. Auch die Frauen setzten sich um. Helena saß nun hinter dem Beifahrersitz. Mit einem Krachen im Getriebe ging es weiter. Gegen den Protest der Frauen schob Richard eine Kassette von Frank Zappa ein.

Er dachte an Erika Schlottmann, die einzige Frau, die Zappas *Dinah Mo Hum* nicht abstoßend sondern lustig fand. Sie war Alexanders erste Frau gewesen und vermutlich auch seine bislang einzige. Richard brachte die beiden kurz nach ihrem Umzug nach Köln auf einer Fete im *Kölner Druckkollektiv* zusammen. Erika Schlottmann, Anfang dreißig, manisch depressiv und schön, war wie üblich ziemlich betrunken, sehr anhänglich und sehr freizügig mit den Einblicken in ihre weiten wallenden Kleider. Als Gymnasiallehrerin für Deutsch und Sozialkunde befand sie sich im Status der vorläufigen Frühpensionierung und konnte, mehr oder weniger gut mit Lithium versorgt, sehr lustig sein, und sehr ordinär. Nun, hatte Richard entschieden, sollte auch Alexander einmal in den Genuss ihres tollen Körpers kommen und beim selben Abwasch seine Unschuld verlieren. Nachdem er ihm ordentlich Alkohol eingeflößt hatte, ging Alexander tatsächlich ein wenig aus sich heraus. Er kicherte unentwegt, als könne er es kaum erwarten, endlich etwas Verbotenes zu tun. Es dämmerte bereits, als Erika ihn mit in ihre Wohnung nahm. Richard stellte sich vor, wie sie seinen jungfräulichen Bruder geradezu niederritt, während hinter den blutroten Vorhängen ihres Schlafzimmers die Sonne aufging. Im Bett war Erika Schlottmann eine Kanone, wenn auch ein wenig theatralisch. Ein paar Tage später beschlich ihn das Gefühl, das er aus seiner Zeit als Chef der Richiebande kannte. Die seltsame Macht, andere beeinflussen zu können, war überaus verführerisch, doch am Ende erzeugte sie bloß Verachtung für jeden, der tat, was er ihm eingeflüstert hatte. Richard entschied, sich fortan aus Alexanders Liebesleben heraus zu halten. Unterdessen erwies sich sein Bruder als übertrieben dankbarer Novize, hin und her gerissen zwischen der gewissermaßen natürlichen Pflicht, sich in Erika Schlottmann zu verlieben, und dem Drang, sich dafür zu entschuldigen, ihr Bettlaken beschmutzt zu haben. Eine Woche lang brütete er über einem Brief, der nie abgeschickt wurde. Richard vermutete, dass sein Bruder sich das erste Mal nicht so geil und unromantisch vorgestellt hatte. Er mochte Alexanders zurückhaltende Art durchaus, aber ihn nervte seine Unfertigkeit, das ewige Zaudern und sein schwacher Durchsetzungswille.

Im Rückspiegel sah er Helena. Das braune glatte Haar fiel flüssig auf ihren kragenlosen Pullover aus himmelblauem Topflappengarn. Margot hatte ihm vor einigen Wochen einen schwarzen Pullover aus dem gleichen Material gestrickt. *Keine Angst*, hatte sie gesagt. *Das wird nicht zur Gewohnheit.*

»Möchte jemand Schokolade?«, fragte Alexander.

»Gern.« Helena streifte sich mit der linken Hand die Haare hinter die Ohren und bediente sich mit der rechten.

»Ich auch«, sagte Margot und nahm sich ein Stück.

Alexander hielt ihm die Tafel hin.

Richard schüttelte den Kopf. Er drehte sich eine Zigarette und klappte sein Fenster hoch. »Zieht es hinten?«

»Nein.« Helenas schlanke Hand erschien rechts von seinem Kopf. »Lässt du mich auch eine drehen?«

»Ein bisschen«, sagte Margot.

Richard löste das Klappfenster aus der oberen Verankerung und ließ es auf seinem Ellenbogen aufliegen. »Besser so?«

»Danke.«

Er reichte Helena das Tabakpäckchen und beobachtete im Rückspiegel, dass Margot ihr beim Drehen angespannt zuschaute.

Helena war die Hübschere von beiden. Alles an ihr war weich und warm und rund, ohne Ecken und ohne Kanten. Seltsamerweise machte die glatte Oberfläche aus ihr keine langweilige Frau. Oft schien es, als träume sie, und war ihrem Gegenüber im Gespräch dennoch zugewandt, obschon sie nur wenig redete und selten etwas von sich erzählte. Vielleicht, weil ihre Mutter jeden, den sie zu fassen bekam, in Grund und Boden redete. Er hätte die Reißleine ziehen sollen. Während des Konzerts hatte er dicht hinter Helena gestanden. Sie trug die Haare hochgesteckt, und er betrachtete jene verletzliche Stelle ihres Nackens, an der ein Raubtier den Todesbiss ansetzte. Da drehte sie sich um und lächelte. Später hatte sie ihn nicht gefragt, ob er mit ihr nach Hause kommen wolle, obwohl es den Regeln der Situation entsprochen hätte. Ihr Abschiedskuss auf seine Wange war so entschieden keusch gewesen, dass er einen Moment zu lange gezögert hatte, selbst einen Vorstoß zu wagen. Das sah ihm nicht ähnlich. Er hätte nicht mit nach Amsterdam fahren sollen.

Sie rauchte und schaute auf Alexanders Seite aus dem Fenster. Sein Bruder lächelte und wischte sich mit den Händen über die Oberschenkel. Alexander wirkte aufgeregt und hatte allen Grund dazu, war er doch dabei, die Eroberung seines Lebens zu machen (auch wenn sein Zutun kaum der Rede wert war und bislang lediglich darin bestand, nicht wie üblich unpassende Dinge zu sagen).

Und Margot? Wollte sie die Anstandsdame spielen? Er würde den Teufel tun, Alexander in Sicherheit zu wiegen. Außerdem hatte Margot eine Lektion verdient. Seit der letzten gemeinsamen Nacht vor ein paar Wochen ließ sie ihn nicht mehr aus den Augen. Wo er war, tauchte sie auf. Er fühlte sich manipuliert und schämte sich, weil er nicht auf sich aufgepasst hatte.

Hinter ihm rückte Margot näher und berührte mit dem Rücken ihres Zeigefingers den Ansatz seiner Nackenhaare. »Wie lange fahren wir noch?«

Unwirsch drehte er den Kopf zur Seite. Sicherlich wäre es das Beste gewesen, die Sache mit Anstand hinter sich zu bringen. Aber danach stand ihm nicht der Sinn.

»Wer geht denn mit wem ins Zimmer?«, fragte er in die Runde und vergewisserte sich mit einem raschen Blick, dass er alle miteinander von einer Sekunde zur anderen in Verlegenheit gebracht hatte.

Wenn sie in Richards Nähe war, betrachtete Helena sich stets mit seinen Augen. Er machte sie verlegen und hielt sie, davon war sie bislang ausgegangen, für langweilig und prüde. Sie fürchtete seinen taxierenden Blick, auf den sie automatisch mit dem Wunsch reagierte, ihm gefallen zu wollen. Die sieben Jahre mit Thomas Schlüter hatten nichts an ihrer unsäglichen Verklemmtheit ändern können.

Wenn Richards blaue Augen sie anschauten und sie dem Blick nicht rechtzeitig auswich, wurde ihr heiß. Das kühle Blau seiner Augen verbarg nur schlecht seine begehrenswerte Traurigkeit. Doch sich in ihn zu verlieben kam nicht in Frage.

»Ist es in Ordnung, wenn ich an der Fensterseite schlafe?«

Margot nickte. »Klar.«

Helena setzte sich auf ihre Bettseite. Augenblicklich sackte sie in eine tiefe Kuhle. In der Nacht würden sie in der Bettmitte zusammenrollen. Draußen auf dem Gang roch es nach der Toilette, die sie sich mit Alexander und Richard im Zimmer gegenüber teilten. Die türkisfarbene, mit rosa und goldenen Röslein gesprenkelte Tapete hing an einigen Stellen herab, an der Öffnung des Wasserhahns bildeten sich grünweiße Kalkkrusten. Über den speckigen Teppichläufer vor dem Bett lief man besser nicht barfuß. Der Schrank roch nach Schimmel, das Zimmer muffig. Trotzdem hielten sie das Fenster verschlossen. Unter ihnen befand sich die Küche des parterre gelegenen koreanischen Restaurants.

In einer Stunde waren sie mit den Jungs an der Rezeption verabredet, um in die Stadt zu gehen. Bis dahin musste Helena eine Sache klar stellen. In der augenblicklichen Stimmung würde das Abendessen niemandem schmecken.

Acht Monate waren seit der Trennung von Thomas vergangen. Keine lange Zeit nach sieben Jahren. Trotzdem war sie ihr lang geworden. Thomas war inzwischen mit einer anderen Frau zusammen. Silke war hübsch und saß an ihrer Diplomarbeit über Enzyme aus dem Verdauungstrakt irgendwelcher Fadenwürmer. Helena wünschte Thomas, dass die Biologin besser zu ihm als angehenden Elektrotechniker passte. Bis zum Schluss hatte sie nicht verstanden, was ihn an Zahlen und Systemen faszinierte. Von morgens bis abends saß er im Institut an einem Bildschirmgerät und tippte Zahlenkolonnen ein. Mit dem Schlussstrich hatten sie sich lange herumgequält. Als es dann so weit war, versank Helena in vollkommenem Trübsinn. Sie hungerte bald nach zärtlichen Berührungen, doch das Illusionsdebakel war so umfassend, dass sie in eine seltsame Fühllosigkeit glitt. An Karnevalssonntag in Heimstadt hatte Alexander ihr Herz einen Augenblick lang heftig schlagen lassen. Danach hatte sie sich von jedem ausgelassenen Treiben wieder fern gehalten.

Jetzt war sie froh, wieder unter den Lebenden zu sein. Seit ihrem dreizehnten Lebensjahr war sie nie länger als zwei Wochen allein gewesen. Nach jeder Trennung hatte sie zum Erstbesten Ja gesagt. Im Traum hatte sie einmal mit Richard geschlafen und war zu einem filmreifen Orgasmus gekommen, der ihr mit Thomas und allen, die es vor ihm versucht hatten, nie gelungen war. Aber Richard würde sie befriedigt *und* verletzt zurück

lassen. Er war ein Meister im Entfachen vergeblicher Sehnsüchte.
Sie war erfreut, als er sie zum Konzert einlud, und hatte seinem Blick zum ersten Mal nicht ausweichen müssen. Sie wollte Alexander. Vor ihm brauchte sie keine Angst zu haben, denn er war scheu und verletzlich wie sie. Seine Verliebtheit war so zum Greifen nahe, dass die Luft flirrte, wenn er neben ihr stand. Mit zärtlichem Gefühl erinnerte sie sich, wie er im *Roten Ochsen* auf dem Barhocker gesessen und sie wie ein Teenager in der Eisdiele angeschmachtet hatte. Er schuldete ihr einen Walzer. Dass Richard seine Fühler nach ihr ausstreckte, war schmeichelhaft. Vor allem aber machte es ihr ein schlechtes Gewissen.

Sie räusperte sich. »Hör mal.«

»Hm?« Margot stellte ihre Zahnbürste in eines der beiden Gläser am Waschbecken.

»Du brauchst dir keine Sorgen zu machen.«

Margot drehte sich zu ihr um. »Worüber?«

»Zwischen mir und Richard ist nichts.«

Margot kletterte langsam in ihre Betthälfte. »Himmel, was für eine Matratze!«

»Ich will nichts von ihm«, sagte Helena. »Wir sind Freunde. Nur alte Freunde.«

»Aber er macht dich an, oder?«

»Um Gottes Willen nein!«

»Sei ehrlich.«

»Ich will nicht die Nummer hundertsiebenundsechzig auf seinem Kerbholz sein. Ich kann mir nicht vorstellen, dass er jemanden wirklich lieben kann.«

»Das hast du schön gesagt.«

»Tut mir leid.«

»Mich liebt er.«

»Bist du sicher?«

»Ja. Aber jetzt will er dich.«

»Nein, bestimmt nicht.«

»Ich weiß es«, sagte Margot sachlich. »Er ist anders als sonst.«

»Ich will nicht ihn. Ich will Alexander.«

»So plötzlich?«

»Deshalb habe ich nicht ihn sondern Richard gefragt, ob ich mitfahren kann. Alexander wäre imstande gewesen, aus Versehen Nein zu sagen.«

»Bist du verliebt?«

»Ich weiß nicht. Vielleicht.«

»Seit wann?«

»Seit ich dreizehn war, oder siebzehn.«

»Komm, das ist Quatsch.«

»Seit Karnevalsonntag.«

»So was Verrücktes.«

»Was?«

Margot verschränkte die Arme. »Auf Richards Frage vorhin im Auto konnte es nur die Antwort geben, die du ihm gegeben hast: Dass wir zwei uns ein Zimmer teilen. Richard ist eifersüchtig. Alexander hat zum ersten Mal vor Zeugen mit dir geflirtet, was selbst mich ein wenig irritiert hat. Gleichzeitig will Richard weder mir noch ihm ernsthaft weh tun. Er weiß sich nicht zu helfen, und das kann er nicht ertragen. Was macht er also? Er macht uns allen einen heißen Kopf. Wenn jeder von uns in diesem Augenblick seine Wünsche ausgesprochen hätte, wären wir inzwischen wieder auf dem Weg nach Hause. Er will mit dir ins Zimmer, Alexander auch, ich will mit Richard, du mit Alexander und niemand mit mir.«

»Hast du wirklich geglaubt, ich würde mich an Richard ranmachen?

»Richard kann jedem den Kopf verdrehen. Aber wahrscheinlich wärst du das Ganze diskreter angegangen, nicht unbedingt hier in Amsterdam.«

»Das hätte ich nie getan.«

»Man kann es sich nicht aussuchen, in wen man sich verliebt.«

»Wie erträgst du das? Richard kommt und geht, ständig tanzt er dir ganz ungeniert mit anderen Frauen vor den Füßen herum, und jetzt-.«

»Und jetzt verliebt er sich in dich.« Margot schaute an die Decke, von der Spinnengewebe herabhingen. »Mit dir ist er nicht ungeniert«, sagte sie. »Er kann es sich ebenso wenig aussuchen, in wen er sich verliebt.«

»Du hast Nerven!«

»Es geht«, sagte Margot. Es war eine Feststellung, nicht der Versuch abzuwiegeln. »Außerdem ist es nicht so, dass ich es nicht schaffe, von ihm los zu kommen. Ich will keinen anderen.«

»Weshalb bist du mit nach Amsterdam gefahren, wenn du es für möglich gehalten hast, dass Richard und ich hier zusammen kommen. Das wäre doch unglaublich demütigend für dich gewesen.«

»Mehr schmerzhaft als demütigend«, sagte Margot.

»Und was hättest du getan?«

Margot stand auf. »Mach dir keine Sorgen um mich. Die Dinge ändern sich. Sollen wir uns ein bisschen hübsch machen?«

Es nieselte. als sie sich auf den Weg ins *Americain* machten. Das Café lag in der Nähe ihres Hotels in der Leidsekade. Ein Mediziner-Kommilitone, sagte Alexander, habe versichert, man könne dort gut und preiswert essen. Ein Blick auf die Teller der Gäste bestätigte die Aussichten auf ein delikates Abendessen. Allerdings war es eher unwahrscheinlich, dass der Studienkollege von Bafög lebte.

Helena überließ sich der betriebsamen Atmosphäre unter den hohen Stuckdecken, von denen gelbe Glaslampen herabhingen. Sie fand sich hübsch an diesem Abend, was selten vorkam. Zu ihrer Verblüffung hatte Margot ein ganzes Arsenal jungfräulicher Kajal- und Lippenstifte, Parfumproben und Döschen verschiedenfarbiger Lidschatten aus ihrem Kulturbeutel hervorgezaubert. Helenas Kosmetik bestand gewöhnlich aus Niveacreme und einem nach Stefanie Fabers *Natürlich schön* selbst hergestellten Rosmarinshampoo. Margot trug eine schwarze Samthose, dazu eine blaue Seidenbluse. Ihre feinen Augenbrauen hatte sie mit einem rötlichen Kajalstift nachgezogen, ein gleichfarbiger Lippenstift und der neue millimeterkurze Haarschnitt verwandelte sie in eine anämische Schönheit.

Sie fanden einen Tisch vor einem hohen Bogenfenster, dessen Oberlicht fast bis zur Decke reichte. Arglos setzte Helena sich als Erste. Margot nahm sogleich neben ihr Platz. Ein wenig zu schnell, wie Helena fand, um nicht zu verraten, dass sie Richard zuvorkommen wollte, der ebenfalls den Stuhl neben ihr angesteuert hatte. Überrumpelt von Margots Entschlossenheit disponierte er eine Sekunde zu spät auf den Platz gegenüber Helena um, auf den sich im nächsten Moment Alexander setzte. Mürrisch nahm er gegenüber Margot Platz, die Alexander ein Lächeln schenkte, das sowohl Dankbarkeit als auch Ermutigung bedeuten konnte.

Margot schlug vor, eine Flasche Rotwein zum Essen zu trinken. Kurz darauf zeigte der Ober Alexander eine ungeöffnete Flasche. Alexander schaute die anderen überrascht an und kratzte sich am Kopf. Im selben Moment schien es ihm zu warm in seinem grob gestrickten braunen Rollkragenpullover zu sein. Der Ober entkorkte die Flasche und schenkte ihm eine Pfütze ein. Alexander kippte den Schluck herunter und nickte mit errötetem Kopf.

»Ich hätte auch genickt«, flüsterte er vorgebeugt, als der Ober verschwunden war, »wenn es purer Essig gewesen wäre.« Alle außer Richard lachten. »Mir hat noch nie jemand das Etikett einer Flasche unter die Nase gehalten, um es zu begutachten. Was sagt man denn da? Schönes Etikett?«

Richard zündete sich eine Zigarette an. Seine dritte, seit sie am Tisch saßen. »Du solltest lediglich bestätigen, dass der Mann die richtige Flasche und keinen falschen Jahrgang gebracht hat.«

»Welchen Jahrgang trinken wir denn?«

»Der ist vom letzten Jahr. Ein 82er Bordeaux.«

»Ist das gut oder schlecht?«

Helena stieß mit Alexander an. »Der Wein ist gut«, sagte sie. »Gar nicht sauer.«

Sie aßen konzentriert, nippten an ihren Gläsern und lobten das Essen. Richard stocherte auf seinem Teller herum. Alexander kämpfte mit kleinen Gräten, die er mit den Fingern aus seinem Mund fischte und am Tellerrand abstreifte. Margot seufzte in regelmäßigen Abständen und schaute sich jedes Mal mit einer kurzen Kopfdrehung um. Sie schien sich ihrer Seufzer nicht bewusst zu sein, denn sie machte keine Anstalten, etwas über ihr Befinden mitzuteilen. Helena dachte an Thomas und fragte sich, wo er sich in diesem Augenblick befand. Sie schaute Alexander an, der ihren Blick bemerkte und einen Moment beim Kauen innehielt.

»Habt ihr gehört«, sagte Margot, »was am Mittwochabend auf der Werkstattfete passiert ist?«

Helena und Alexander schüttelten den Kopf. Richard zeigte keine Reaktion.

»Da hat einer mitten auf der Tanzfläche seiner Freundin eine runtergehauen. Der Typ heißt Henry Dick und ist bei *Pax Christi*, die Frau heißt Sonia Berliner und macht bei *Frauen helfen Frauen* mit.«

»Diese Sonia kenne ich«, sagte Helena mitfühlend. »So eine kleine Dicke, die oft vor der Mensa mit dem Infotisch steht und immer ihr Kind dabei hat. Bevor sie einem etwas erzählt, fragt sie nach dem Sternzeichen und Aszendenten.«

»Henry Dick ist der Vater des Mädchens«, sagte Margot. »Warum er Sonja geschlagen hat, weiß niemand genau. Jedenfalls dreht er sich nach der Ohrfeige um und will verschwinden, da stellt sich ihm Pia Herbert, die Vorsitzende von *Frauen helfen Frauen*, in den Weg und schreit, niemand werde hier ungestraft Gewalt gegen Frauen ausüben – erst recht kein linker Macho. Henry stößt sie beiseite und läuft hinaus zu seinem Wagen, Pia und ein Tross Frauen rennen hinterher. Derweil sitzt Sonia auf einem Stuhl und heult. Vom weiteren Hergang gibt es zwei Versionen. Die Frauen sagen, Henry habe versucht, Pia mit seinem Wagen zu überfahren. Andere behaupten, Henry habe es gar nicht bis zum Auto geschafft, weil Pia auf ihrem Motorrad versucht habe, ihn umzunieten.«

»Ist Pia Herbert die vom *Kommunistischen Bund*?, fragte Alexander. »Trägt bei jedem Wetter schwarze Lederhosen?«

Der Ober huschte an ihrem Tisch vorbei. Richard bestellte eine neue Flasche Rotwein. »Geht auf meine Rechnung«, sagte er den besorgten Gesichtern der Anderen.

»Mit Pia ist nicht zu spaßen«, sagte Margot. »Gestern hat sie der *Kölnrevue* einen von ihr geschriebenen Artikel über Henry Dick und die Gewalt linker Männer gegen Frauen gegeben und gefordert, den Text ungekürzt in der nächsten Ausgabe abzudrucken. Die Redaktion hat das mit dem Hinweis auf ihre redaktionelle Unabhängigkeit abgelehnt. Schließlich gebe es zwei verschiedene Versionen des Hergangs, und man wolle sich nicht in die privaten Streitereien zweier Leute einmischen. Das sei ja mal wieder typisch, soll Pia gesagt haben, dass die Männermehrheit der Redaktion einen Geschlechtsgenossen decke. Gewalt sei niemals privat und die Weigerung der Redaktion, ihren Artikel abzudrucken, nichts als linke Gewalt gegen Frauen. Gestern Abend hat sie dann mit ihren Frauen an die Redaktionstür *Auch hier wohnen Frauenfeinde* gesprüht.«

»Sonia Berliner ist vor einer Woche mit dem Kind zu Pia Herbert gezogen«, schaltete sich Richard ein. »Pia hat Henry die Frau ausgespannt. So einfach ist das. Und dann müssen sie auf der Werkstattfete auch noch vor seinen Augen einen regelrechten Begattungstanz hinlegen. Man kennt ja Pias ausdrucksvolle Art. Selbst wenn sie alleine tanzt, beansprucht sie die halbe Tanzfläche nach dem Motto: Frauen erobern den öffentlichen Raum. Dann jagt sie ihn wegen der Ohrfeige quer durch den Saal, und jetzt will sie ihn öffentlich fertig machen. So hinterfotzig geht kein Mann mit dem Ex seiner Neuen um.«

»Sag nicht hinterfotzig«, sagte Helena.

Richard füllte sich sein Glas aus der neuen Flasche. »An Henrys Stelle hätte ich genau dasselbe getan.«

»Du?«, fragte Alexander überrascht. »Seit wann hast du Verständnis für Leute, die eifersüchtig sind?«

»Das arme Kind«, sagte Margot. »Kinder leiden unter einer Trennung immer am meisten.«

»Ich dachte, du wärst froh gewesen, wenn deine Mutter euch gepackt und deinen Alten verlassen hätte«, sagte Richard.

»Wäre ich auch«, sagte Margot leise. Jeder wusste, dass sie es hasste, auf ihre Familie angesprochen zu werden.

Richard schaute sie mit dem Anflug einer Entschuldigung an. »Man sollte keine Kinder in die Welt setzen«, sagte er. »Margot hat Recht.«

»So meine ich das nicht«, erwiderte sie und schaute ihn mit einer Bestimmtheit an, als zöge sie im selben Moment ein Rollo in der Mitte des Tischs herunter, um Helena und Alexander von der Unterhaltung auszuschließen. »Ich liebe Kinder. Sie sind ein großes Glück und ein Geschenk. Nichts ist leichter, als ein Kind zum Weinen zu bringen, weißt du das? Ein Kind zu demütigen und wehrlos zu machen. Es ist wirklich unglaublich, wie wenig dazu gehört, ein Kind in Panik zu versetzen, ihm das Liebste zu nehmen und zu sagen: Du kriegst es nie mehr wieder! Kinder können nicht anders, als das zu glauben. Kinder sind so schutzlos, weil ihre Liebe bedingungslos ist. Deshalb werde ich alle Kraft aufbringen, die in mir steckt, um es besser zu machen als meine Eltern.«

Richard goss sich ein weiteres Glas Wein ein. Er schien sich unwohl zu fühlen. Alexander räusperte sich, sagte jedoch nichts.

»Niemand hat die Kraft, Kindern gute Eltern zu sein«, sagte Richard in die Stille hinein. »Schau dir unsere Eltern an. Dein Vater und mein Vater: Säufer und Schläger, deiner noch schlimmer als meiner. Und deine

Mutter und meine Mutter? Hilflose, flennende Hühner. Alexanders Vater? Schon lange tot. Klara? Seitdem ohne Mann und besondere Interessen. Helenas Mutter? Eine unerträgliche Schwätzmaschine. Ihr Vater? Steht völlig unterm Pantoffel. Und natürlich haben sich alle einmal ganz doll geliebt. Und wir? Wer treu sein will, schafft es nicht. Wer die offene Zweierbeziehung propagiert, rastet aus, wenn passiert, was verabredet wurde. Der Planet ist vergiftet, die Welt vollgestopft mit Atomwaffen, keine Stabilität, keine Sicherheit, nirgendwo. Nur Schwäche und Geschwätz.«

»Ich bin stark«, sagte Margot. »Ich bin anders als meine Mutter, und eines Tages werde ich eine gute Mutter sein. Bist du ein Säufer oder Schläger? Mit Helena kann man wunderbar reden, und Alexander ist der liebste Mensch, den ich kenne.«

»Warum machst du alles schlecht?«, sagte Alexander zu Richard. »Klara hat alles für uns getan.«

Richard griff nach seinem Glas, leerte es und stellte es wieder ab.

»Ich will später auch einmal Kinder haben«, sagte Helena.

Richard schaute sie an und schüttelte den Kopf. »Nicht mit mir.«

»Das will ich wohl hoffen«, sagte Alexander.

»Guter Witz, Bruderherz.«, Richard legte ihm eine Hand auf die Schulter. Eine in dieser Situation ungewöhnlich versöhnliche Geste. In diesem Moment war Helena klar, dass Richard sich geschlagen gab. »Ich meinte das allgemein und grundsätzlich: Ich will keine Kinder. Mit niemandem.«

»Lasst uns gehen«, sagte Margot. »Ich bin müde.«

»Wisst ihr, dass Mata Hari hier ihre Hochzeit gefeiert hat?«, sagte Alexander.

25

In der Nacht tat Alexander lange kein Auge zu. Er lag auf der Seite und betrachtete seinen Bruder, der mit blankem Oberkörper schlief und ruhig atmete. Wie groß und schwer und erwachsen Richard wirkte. Es war lange her, dass sie gemeinsam in einem Zimmer übernachtet hatten. Damals lagen sie in ihren alten Jungenbetten, Richard in der rechten Zimmerhälfte, er selbst in der linken. Doch was früher so selbstverständlich war wie die Tatsache, einen rechten und einen linken Arm zu haben, erfüllte ihn nun mit Befremden. Sie gehörten nicht mehr in ein gemeinsames Schlafzimmer.

Es war etwas passiert, das mehr als ein Jahrzehnt lang das Unwahrscheinlichste gewesen war. Helena öffnete sich für ihn. Zum ersten Mal in seinem Leben durchströmte ihn Gelassenheit. Er würde Helena küssen. Bald.

Am nächsten Morgen hätte er seinen Bruder am liebsten in die Luft gesprengt. Richard sonderte sich von der Gruppe ab, ohne sich wirklich zu entfernen. Bei *Madame Tussaud* und im *Rijksmuseum* durchstreifte er die Räume, als wäre er allein unterwegs. Ständig entzog er sich ihren Blicken, um immer wieder wie aus dem Nichts aufzutauchen, als wollte er sagen: Denkt nicht, dass ihr mich so leicht loswerdet. Trotz allem genoss Alexander die Choreographie der Situation, in deren Zentrum er sich mit Helena befand. Das Wetter hatte sich beruhigt, die vielen Menschen in der Stadt schienen sich über ihre Anwesenheit zu freuen. Margot begleitete sie wie ein trauriger Schutzengel, Richard blieb auf Distanz und unberechenbar, als lauere er auf eine Gelegenheit, ihnen weh zu tun. Aber er blieb friedlich. Während Alexander die meiste Zeit neben Helena ging, vermied Richard den Eindruck, er gehöre zu Margot. Als sie am Nachmittag eine Grachtenrundfahrt unternahmen, setzte er sich in die Reihe hinter sie.

Am frühen Abend tranken sie in einem Coffeeshop ein Bier und entschieden sich gegen einen Joint. Danach nahmen sie das Abendessen bei einem billigen Chinesen in einer Seitengasse des Oudezijds Achterburgwal ein. Alexander unterhielt sich mit den Frauen, sogar Richard warf hin und wieder einen Satz ein. Aber er trank viel und blieb abweisend. Alexanders Aufregung wuchs an. Der überromantische Spätzünder, die taube Nuss, der Softie, der Spinner, der verkappte Homo und wie er sonst noch in den vergangenen Jahren benannt worden war, er, das sexuelle Nichts, stand im Begriff, eine Frau zu erobern, deren Wahl auch auf Richard hätte fallen können. Kein Zweifel, seine Geburtsstunde als Mann bedeutete eine unverhoffte Niederlage für den nach Klara wichtigsten

Menschen in seinem Leben. Alexander haderte mit dieser Tatsache. Aber das Leben würde nicht mehr einfach an ihm vorüberziehen, und diese Aussicht war außerordentlich und wunderbar.

Nach dem Abendessen verabschiedete sich Margot. Richard schloss sich ihr wortlos an. Als die beiden hinter der nächsten Straßenecke verschwanden, waren Alexander und Helena allein in der Stadt.

Alexander steckte beide Hände in die Hosentaschen. Veronika Busch erschien vor seinem geistigen Auge. Sie saß in dem jägergrünen Breitcordsessel, das fleischige Kinn bildete einen glänzenden Wulst über der Halsmanschette, mit dem Mittelfinger rückte sie ihre Brille zurecht. *Nun, Herr Aschkowski, wie schaut' s aus?* Im selben Moment hakte Helena sich bei ihm ein. Alexander setzte einen Fuß vor den anderen, vorsichtig und überwach. Als öffnete diese aus der Mode gekommene Geste eine verborgene Schleuse, fühlte Alexander sich mit jedem Schritt männlicher. So mussten sein Vater und Klara vor vielen Jahren durch Heimstadt gegangen sein. Klaras schlanke Hand auf Theos mächtigem Unterarm, sicher und selbstverständlich, einig in der Gewissheit, Mann und Frau zu sein. Theo sah nicht gut aus. Aber er war ein Mann, bei der sich eine Frau einhaken konnte.

Sie landeten in den *Walletjes*, dem Viertel im Zentrum der Stadt, wo sich Bordelle, Nachtbars, Pornoshops, Lebensmittelgeschäfte, Boutiquen, Cafés und Touristenläden mit niederländischem Kitsch aneinander reihten. Kichernd warfen sie verstohlene Blicke in die Fenster, in denen halbnackte Prostituierte saßen, und blieben vor jedem Pornoshop stehen, um mit angehaltenem Atem über die bizarrsten Bilder und Gegenstände zu staunen, die sie je zu Gesicht bekommen hatten. Alexander überließ Helena die Entscheidung, stehen zu bleiben und zu schauen oder schnell weiter zu gehen. Manches, dessen sie ansichtig wurden, verschlug ihm den Atem. Hände, die in einer Vagina verschwanden, ein Hund mit erigiertem Penis, dem sich eine Frau entgegenreckte, Gesichter, auf die uriniert oder ejakuliert wurde. Unfassbar, dachte Alexander, und ehe er sich versah, war er erregt. Unterdessen machte Helena keineswegs Anstalten, sich mit Grausen abzuwenden. Gebannt schaute sie sich alles an.

»Ist das nicht alles unglaublich frauenfeindlich?«, sagte er in der Hoffnung, sie möge ihn von dem Dilemma befreien, von den abstoßenden Bildern angezogen zu werden.

»Ich weiß nicht«, sagte sie und presste seinen Arm an sich. Sie lachte und hielt sich eine Hand vor den Mund. »Ich glaube, das ist Sexualität.«

Niemand in Köln hätte sie sehen dürfen. Dass sie sich nicht empörten und einen Pflasterstein in einen der Pornoläden warfen, sondern sich etwas anschauten, von dem sie beide keine Ahnung hatten, war ein Skandal und ihr erstes kleines Geheimnis, ein Bündnis gegen die Fühlverbote der Szene, und das war ein guter Anfang. So, dachte er, beginnt die Liebe.

»Ich habe mich in dich verliebt«, sagte er.

»Ja«, sagte sie.

Er lachte. »Ich habe gar keine Frage gestellt.«

»Nicht?«

»Naja, im Grunde schon.«

Sie lächelte. »Ich auch.«

Er steckte seine Hände wieder in die Hosentaschen. »Gehen wir ein Stück?«

Auf dem Weg ins Hotel lud sie Richard in eine Cocktailbar ein. Sie setzten sich an einen wuchtigen dunkelbraunen Tresen auf schwere, mit weinrotem Leder bezogene Barhocker und vermieden es, sich anzusehen. Margot bat ihn, ihr einen *Tequilla Sunrise* zu bestellen. Den Namen hatte sie irgendwo einmal gelesen. Er redete mit dem Barkeeper und bestellte den Tequilla und für sich einen *Honolulu Cooler*. Während sie auf ihre Drinks warteten, schaute er sich rauchend um.

»Leg schon los«, sagte er, als die Cocktails vor ihnen standen.

Margot drehte ihr Glas in beiden Händen. Blutrotes Grenadine zog Schlieren durch das kräftige Gelb des Orangensafts und sammelte sich auf dem Boden des bauchigen Glases. Obenauf schwamm eine halbe Orangenscheibe, in der ein kleines Schirmchen aus Papier mit chinesischen Schriftzeichen steckte. Behutsam schlossen sich ihre Lippen um den Plastikhalm. Etwas Scharfes drang durch Süße. Wie gut er mich kennt!, dachte sie.

»Was würdest du tun, wenn ich schwanger wäre?«

»Bist du's etwa?«

»Was würdest du tun, wenn ich es *wäre*.«

»Scheiße.« Er sog kräftig an seinem Röhrchen. »Mir ist fast das Herz stehen geblieben. Du weißt genau, dass ich keine Kinder will.«

»Aber ich darf die Pille nehmen.«

Er stellte sein Glas ab und begann, sich eine neue Zigarette zu drehen. »Wir können auch Kondome benutzen, sollten wir jemals wieder miteinander schlafen.«

»Ich mag diese Dinger nicht.«

»Ich auch nicht.«

»Sag schon.« Sie musste es wissen.

»Was?«

»Was würdest du tun?«

»Kommt drauf an.«

»Worauf?«

»Ob ich der Vater wäre. Wenn du von jemand anderem schwanger wärst, hätte ich ja nichts damit zu tun. Es wäre deine Entscheidung. Was würde ich dann tun?« Er zündete sich die Zigarette an. »Nichts vermutlich.«

»Und es würde dir nichts ausmachen, wenn ich von einem anderen Mann schwanger wäre?«

»Nein«, sagte er. »Wir waren nie ein richtiges Paar, und wir werden nie eines sein. So ist es nun mal mit uns. Ich rechne es dir hoch an, dass du mir nie eine Szene gemacht hast, und wenn du willst, können wir es noch eine ganze Weile so halten. Wir können beide tun und lassen, was wir wollen. Ist doch wunderbar.«

»Und wenn ich von dir schwanger wäre?«

Richard zuckte die Achseln und schaute sich wieder in der Bar um. »Was würdest du denn tun?«, fragte er.

»Ich würde das Kind kriegen.«

»Im Ernst?« Er lachte unbeholfen. »Das war mir nicht klar. Ich bin immer davon ausgegangen, dass du mit der Pille verhütest und es wegmachen lassen würdest, sollte mal was schiefgehen.«

»Ich würde es nicht darauf anlegen, schwanger zu werden. Aber wenn es denn passierte, veränderte es vielleicht meine Einstellung dazu. Eine

Abtreibung zerstört schließlich Leben. Kannst du dir nicht vorstellen, ein Kind mit mir zu haben?«

»Solange ein Kind nicht geboren ist, lebt es nicht wirklich.«

»Aber es wäre unser Kind.«

Er drückte die Zigarette aus. »Was willst du? Du bist nicht schwanger. Also ist es bloß eine hypothetische Frage. Wenn ich es richtig verstehe, lautet deine eigentliche Frage, ob wir jemals mehr miteinander zu tun haben werden, als es bisher der Fall ist. Ob ich will, dass wir ein richtiges Paar werden, mit Treue und Zusammenwohnen, mit Kindern und allem drum und dran. Ist es das?«

Sie sagte nichts, denn sie wusste, was er als nächstes sagen würde.

»Du kennst die Antwort: Nein. Vielleicht denkst du, ich würde mich irgendwann ändern. Aber nein, das werde ich nicht. Ich werde dich hassen, sobald ich nicht mehr tun kann, was ich will. Abgesehen davon wäre ich eine Gefahr für mein eigenes Kind. Natürlich ist das nicht sonderlich erwachsen. Klar drücke ich mich vor der Verantwortung. Aber so bin ich nun mal. In dieser Hinsicht bin ich verkorkst. Ja, es wäre sogar unverantwortlich von mir, mich einem Kind als Vater und dir oder sonst wem als Ehemann zuzumuten. Wenn du von mir schwanger wirst, werde ich alles daran setzen, dass du es wegmachen lässt. Und solltest du dich für das Kind entscheiden, müsstest du allein damit klar kommen. Ich würde zahlen, mehr nicht.«

»Wie konnte es passieren, dass du dich in Helena verliebst?«

Er griff nach seinem Glas, legte den Plastikhalm zur Seite und nahm einen großen Schluck. »Von daher weht der Wind. Bist du deswegen mit nach Amsterdam gefahren? Hast du geglaubt, verhindern zu müssen, dass ich mit Helena ins Bett steige?«

»Auch deswegen.«

Er nickte anerkennend. »Wir waren immer ehrlich miteinander.«

»Wie konnte das passieren? Du verliebst dich doch sonst nie.«

»Verlieben, verlieben! Was ist das überhaupt? Vor Sehnsucht schlaflose Nächte? Eine Verschmelzung, aus der nebenbei ein Kind entsteht? Der Wunsch nach der totalen Kontrolle über den Anderen? Oder die große Langeweile in großer Vertrautheit nach der ersten großen Zeit. Was denkst du dir? Glaubst du, ich hätte vor Alexanders Augen mit Helena herumgevögelt?«

»Das beantwortet meine Frage nicht.«

Er gab dem Barkeeper ein Zeichen, dass er zahlen wollte. »Ich bin ein bisschen durcheinander. Reicht das als Antwort? Mehr war und ist nicht.«

»Liebst du mich?«

Bald darauf räumte Margot den Kleiderschrank aus, entnahm vier Regalbretter und schob sie unter ihre Matratzenhälfte. In dieser Nacht würde sie keine Berührung in der Mitte des Betts ertragen können. Sie legte sie sich hin und wischte sich die Tränen aus den Augen.

Er hatte ihr einfach keine Antwort gegeben. Er hatte weder ja noch nein gesagt, sondern so getan, als habe sie keine Frage gestellt. Nicht einmal ein Achselzucken. Es gab kein besseres Leben an der Seite des Mannes, für den sie sich als junges Mädchen einmal entschieden hatte. Richard war ein Liebeswrack, noch beschädigter als sie, und niemand konnte sich aussuchen, wen er liebte. Aber sie hatte die Wahl, wo und wie sie leben wollte. Sie würde weggehen aus Köln. Weg von ihm. Trotz des Übermaßes an Katastrophen in ihrem Leben war sie stark.

Sie legte beide Hände auf ihren Bauch. Am besten ließ sie die anderen morgen allein zurück nach Köln fahren und blieb gleich in Amsterdam. Von der ersten Sekunde an, da sie wusste, dass sie schwanger war, hatte sie gewusst, was zu tun wäre, sollte das Gespräch mit Richard diesen Verlauf nehmen. Er liebte sie auf seine Art, und zu wissen, dass er stets wieder bei ihr anklopfte, hatte ihr lange Zeit gereicht. Nun aber hätte das Kind einen Vater gebraucht. Da es diesen Mann nicht gab, durfte es auch kein Kind mehr geben.

Vor der Zimmertür erklang leise Helenas Stimme. Die Tür wurde geöffnet. Margot schloss die Augen. Sie wollte nichts wissen vom jungen Glück.

Sechs

Sommer 1990 – Mehr Lügen und Geheimnisse

26

Im November 1986 hatte Margot die Gelegenheit ergriffen und sich ihres Familiennamens entledigt. Es bereitete ihr tiefe Genugtuung, dass ihr Vater das Ende ihres Ledigseins noch hatte erleben müssen. Angeblich interessierte Anton Pissacker sich einen Dreck für die Hochzeit seiner Tochter mit dem promovierten Botaniker Harald Schönburg. Trotzdem wurmte es ihn gewaltig, dass Margot nur ihre Mutter zur standesamtlichen Trauung in den Frankfurter Römer eingeladen hatte. Jedenfalls ließ er sie nicht fahren. Im nächsten Frühjahr war er dann an einem Herzinfarkt gestorben. Eigentlich erstickte er an seiner Zunge. Hätte er seine Frau nicht eine halbe Stunde zuvor aus dem Haus gejagt, weil sie es wieder einmal gewagt hatte, seine Luft zu verbrauchen, hätte sie einen Rettungswagen rufen können. Aber es regnete in Strömen, und so suchte sie Zuflucht in einem Seitenschiff der katholischen Kirche Heimstadts, wo sie unter den müden Augen der Heiligen Mutter einschlief. Steif vor Kälte, wie sie Margot später erzählte, habe sie am Abend die Wohnungstür aufgeschlossen und sich gegen die Ohrfeige gewappnet, mit der sie wegen des späten Nachhausekommens zu rechnen hatte. Aber da lag Anton Pissacker in der Diele, blau angelaufen, verrenkt und tot. Ein paar Tage lang weinte Margot um die ihr vorenthaltene Liebe des Alten, dann warf sie eine Handvoll Erde auf seinen Sarg und legte eine Krähenfeder auf Ronalds Grab, das sich zwei Reihen weiter befand. Ihrer Mutter würde sie in Zukunft hin und wieder einen Besuch abstatten. Häufiger ertrug sie ihre Klagen über die Hilflosigkeit ohne den Mann nicht.

Harald Schönburg war ein baumlanger und astdünner Mann vom Niederrhein. Margot hatte ihn auf ihrer ersten Weihnachtsfeier im Frankfurter *Palmengarten* kennen gelernt, wo sie wenige Wochen nach der

Abtreibung eine Stelle als Landschaftsgärtnerin gefunden hatte. Sie brauchten zwei Jahre, um ein Paar zu werden. Eigentlich suchten beide nur eine Freundschaft, die das Alleinsein erträglich machte, weil man sich nicht darum kümmern musste, mit wem man das nächste Wochenende verbrachte. Sie wanderten über die Höhen der nahen Röhn, genossen die Stille der Hochmoore und fachsimpelten über alles, das kreuchte und fleuchte. Haralds Spezialgebiet war die Vegetation der Namibwüste, über deren einzigartige Welwitschia mirabilis er promoviert hatte. Ebenso gut kannte er sich mit Insekten und Vögeln aus. Margot lernte in ihrer neuen Arbeit alles über Steppenvegetationen. Nach der geplanten Neugestaltung des *Palmengarten* war sie für die Betreuung der weitläufigen Steppenwiesen vorgesehen. Harald liebte die Wüste, die Trockenheit und die Kargheit, hinter der sich eine kuriose Vielfalt von Überlebenskünstlern verbarg. Margot schätzte die Pflanzen der vergleichsweise üppigen Steppe, von denen ihr die Indianernessel nicht nur wegen ihrer köpfchenförmigen, rosa leuchtenden Blüten die Liebste war.

Seit ihrer ersten gemeinsamen Nacht schlief Harald nur selten mit ihr und brannte dabei auch nicht gerade ein Feuerwerk ab. Aber das machte Margot nichts. Aus ihrer Zeit mit Richard war sie daran gewöhnt, über Wochen und Monate hinweg auf Sex zu verzichten. Was die fehlende Leidenschaft anbetraf, hatte die in Kindertagen erworbene Nüchternheit nun auch ihr Liebesleben erfasst. Harald war ein netter Mensch, kein verklemmter Spinner oder eitler Schwätzer. Er hatte nie in einer Wohngemeinschaft gelebt, nie eine Kaserne blockiert oder im Beisein anderer verwirrter Studenten in ein Kissen geboxt, das Vater oder Mutter symbolisierte. Margot genoss seine Unvoreingenommenheit gegenüber allen menschlichen Stärken. Er sympathisierte mit den Demonstranten am Wackersdorfer Bauzaun, wo es an Pfingsten nach dem GAU in Tschernobyl blutige Schlägereien gegeben hatte, doch für einen aktiven Kämpfer besaß er ein zu sanftes Wesen. Am Tag, an dem Hessens Sozialminister Clauss die Grenzwerte für Jod 131 in Rindfleisch auf 200 Becquerel festlegte, machte sie Harald einen Heiratsantrag. Er war das jüngste von fünf Geschwistern, alle lang und dünn wie er, und versammelte sie und ihren kinderreichen Anhang im Trauungssaal des Römer, während Margot nur sich selbst mitbrachte. Außer ihrer Mutter, die nicht kommen durfte,

hatte sie niemanden eingeladen.
Nachdem sie Köln ohne eine Erklärung verlassen hatte, waren Alexander und Helena einige Male zu Besuch gekommen. Helena arbeitete als Sozialpädagogin in einem Jugendzentrum, wo sie Mädchen ohne Hauptschulabschluss selbstbewusster machen und über Empfängnisverhütung aufklären sollte. Alexander hatte das erste Klinische Examen hinter sich gebracht und studierte mit steigender Begeisterung. Beide begegneten Margot mit freundlicher Neugierde, aber sie blieb verschlossen. Um nicht über Richard reden zu müssen, vermied sie es, Gespräche über die Vergangenheit zu führen. Doch bald merkte sie, dass sich dadurch auch die Gegenwart der vertrauten Plauderei entzog. Was Alexander und Helena erzählten, begann Margot zunehmend zu langweilen. Ihnen Harald vorzustellen, erschien mit der Zeit umso abwegiger, je mehr Mühe sich alle gaben, nicht über Richard zu reden.

Nach der Hochzeit, von der Alexander nur deshalb erfuhr, weil Margots Mutter es seiner Mutter erzählt hatte, telefonierten sie noch ein einmal miteinander. Er habe gehört, sagte er, sie sei wegen der Beerdigung ihres Vaters in Heimstadt gewesen, und fragte, warum sie sich nicht bei ihnen gemeldet habe. In ihrer Verlegenheit speiste Margot ihn mit der Begründung ab, die Beerdigung sei sehr anstrengend gewesen. Das verstand er natürlich, aber sie merkte, wie sehr ihn ihr abweisendes Verhalten verletzte. Ein paar Tage später steckte eine Postkarte von Richard im Briefkasten, die Harald ihr auf den Tisch legte. Er schrieb, er habe eine neue Adresse in Köln, eine neue Telefonnummer und denke oft an sie.

Der letzte Satz warf Margot vorübergehend aus der Bahn. Wer Richards Zurückhaltung kannte, sich mit einem anderen Menschen in Beziehung zu setzen, musste das *Ich muss oft an dich denken* als Liebeserklärung lesen, so verschroben es sein mochte, sie zusammen mit der Mitteilung einer Adressenänderung abzugeben. Margot ließ sich krankschreiben und zog sich ein paar Tage in ihr Schlafzimmer zurück. Harald verlangte keine Erklärung. Er war ein diskreter Mensch und vergewisserte sich nur, dass sie zurecht kam. Als sie ihm sagte, sie habe den Mann aus Köln einmal sehr geliebt, lächelte er verständig. Am nächsten Tag ging sie wieder zur Arbeit, entschlossen, Richard aus ihrem Herzen zu verbannen und möglichst bald schwanger zu werden.

Das erste Vorhaben gelang ihr leidlich. In den folgenden Jahren sah und hörte sie nichts von Richard. Auch Alexander und Helena hatten die Botschaft verstanden und blieben fern. Bis zu dem Tag, als Helena anrief und alles aufwirbelte, stellte Margot gelegentlich fest, dass die Erinnerung an die alten Freunde Jahr um Jahr an Farbe verlor, wie es vor geraumer Zeit schon mit Ronald geschehen war. Die Toten und Verlassenen lebten nicht weiter in den Herzen der Menschen. Sie standen dort bloß stumm und bewegungslos herum, erstarrt in einem längst vergangenen Alter, nicht mehr vertraut und ohne Zukunft. Mit der Zeit geriet auch Richards Geruch in Vergessenheit, ebenso der Geschmack seiner Zunge. Als sie bemerkt hatte, dass sie sich nicht mehr an Ronalds Stimme erinnern konnte, musste sie weinen.

Von Harald schwanger zu werden stellte sich als unmöglich heraus. Eine Zeitlang schliefen sie häufiger während Margots fruchtbarer Zyklusphase miteinander, doch Haralds Samen war in einem Maße *vermindert fruchtbar*, wie es sein Arzt formulierte, dass keines seiner Spermien zu ihren empfängnisbereiten Eizellen vordringen konnte. Zum Trost fuhren sie einige Wochen nach Neuseeland. Margot war achtundzwanzig Jahre alt, und es schmerzte sie unablässig, beinahe einmal Mutter geworden zu sein.

Zwei Jahre später läutete während des Viertelfinalspiels der Fußballweltmeisterschaft zwischen Deutschland und der Tschechoslowakei das Telefon.

»Das kann nur eine Frau sein«, sagte Harald.

Er ging in die Diele. Fußball interessierte ihn weniger als Margot, die sich immer noch über die Engländer ärgerte, weil sie am Nachmittag Roger Milla und seine tapferen Kameruner aus dem Turnier geworfen hatten.

»Für dich«, sagte er und setzte sich wieder auf die Couch.

»Wer?«

»Ich habe ihren Namen nicht verstanden.«

Widerwillig stand Margot auf, lupfte ihr Sommerkleid, das ihr an den Beinen klebte, und strich sich die schulterlangen roten Haare hinter die Ohren. »Frauen ist wirklich nichts heilig.«

»Hallo Margot.«

»Elfmeter für Deutschland!«, rief Harald im Wohnzimmer.

»Was?«, fragte Margot.

»Ich bin's, Helena. Helena aus Köln.«

»Matthäus schießt den Elfer!«

»Hallo«, sagte Margot zögerlich. Im nächsten Moment schrillten die Alarmglocken in ihr. Dass Helena anrief, bedeutete nichts Gutes.

»Lange nichts mehr voneinander gehört«, sagte Helena. »Wie lange wohnst du jetzt in Frankfurt?«

»Im November sind es sieben Jahre.«

»So lange schon?«

»Ist etwas passiert?«

Helena lachte künstlich. »Keine Sorge, hier leben alle noch.« Sie räusperte sich. »Nein. Es ist etwas anderes.«

Margot wartete.

»Ich hoffe, du bist mir nicht böse, dass ich dich anrufe, nach so langer Zeit. Wir hatten den Eindruck, dass du nichts mehr mit uns zu tun haben wolltest. Aber ich würde gerne mit dir über etwas reden. Du kannst natürlich nein sagen. Das könnte ich verstehen.«

»Eins zu null für Deutschland!«

»Worum geht's denn?«, sagte Margot. »Ich meine, worüber möchtest du mit mir sprechen?

»Schaust du gerade das Spiel? Ich will nicht stören.«

»Ja. Kein Problem.«

»Bist du damals, als wir in Amsterdam waren, dort geblieben, um eine Abtreibung zu machen?«

Margot zuckte zusammen, als habe ihr Vater zum Schlag ausgeholt. Es war ihr nie gelungen, den Reflex zu unterdrücken, in Deckung zu gehen. Langsam setzte sie sich auf den kleinen runden Hocker, der neben dem Telefon stand. »Wieso fragst du das?«

Helena zog die Nase hoch, als weinte sie. »In welche Klinik bist du damals gegangen?«

»Ich bin nicht in Amsterdam geblieben. Ich bin nach Haarlem gefahren.«

»Warum hast du es nicht in Deutschland machen lassen? Du hättest bestimmt eine Indikation bekommen.«

»Ich wollte mit niemandem reden. Weder mit einem von euch, noch mit einer Beraterin.«

»Verstehe.«

»Woher weißt du davon? Ich wollte nicht, dass-.«

»Richard weiß von nichts. Ich wusste es auch nicht sicher. Als du damals nach Köln zurück gekommen bist, warst du so niedergeschlagen. Alexander und ich machten uns Sorgen. Wir waren frisch verliebt und wollten dich aufheitern. In deinem Badezimmer stand eine Riesenpackung extradicker Binden, die ich bisher nur bei zwei Frauen gesehen hatte. Eine hatte gerade ein Kind geboren, die andere hatte eins abgetrieben. Außerdem lag in deinem Bücherregal ein Buch über Schwangerschaft. Du hieltest die ganze Zeit die Knie zusammen gepresst. Ich weiß, wie es sich anfühlt, wenn man ausläuft. War das Kind von Richard?«

»Hast du mit Alexander darüber geredet?«

»Nein.«

Eine Weile schwiegen sie. Margot hörte Harald im Wohnzimmer raunen, wahrscheinlich wegen einer vergebenen Torchance der Deutschen.

»Bist du schwanger?«, fragte sie.

»Ja.«

»Von Richard?«

»Kann sein.«

Hat er's also doch geschafft! »Weiß Alexander, dass du seinen Bruder bumst?«

»Alexander weiß von nichts. Er soll es auch nicht erfahren.«

»Wieso weißt du nicht, von wem das Kind ist?«

»Mit Richard ist es genau in der gefährlichen Zeit passiert. Mit Alex war ich kurz vorher zusammen, aber ich glaube, dass es von Richard ist. Und bevor du fragst: Ja, wir haben ein Kondom benutzt. Richard hat sich hinsichtlich seines Frauenkonsums nicht geändert, und ich bin nicht erpicht auf Aids. Nur ist das blöde Ding gerissen.«

»Und weshalb rufst du mich an?«

Helena schien darüber nachzudenken. »Weil ich wie du mit niemandem reden will«, sagte sie schließlich. »Du bist so weit weg von allem hier. Da-. Scheiße. Ich hab kein Kleingeld mehr. Ich rufe von einer Telefonzelle aus an. Tut mir leid, Margot. Ich wollte nicht, ich dachte nur-.«

Die Verbindung brach ab. Eine Weile blieb Margot in der Diele sitzen.

Sie schwitzte. Sicher besorgte Helena neues Münzgeld und rief noch einmal an. Doch das Telefon blieb still. *Scher dich zum Teufel!!* Margot fasste sich an den Bauch.

Im Wohnzimmer gab sie Harald einen Kuss auf die Stirn. Sie gehe in ihr Zimmer, sagte sie. Er schaute sie überrascht an, und sie versicherte, alles sei in Ordnung. Sie müsse über eine alte Kölner Geschichte nachdenken. Er lächelte, nahm ihre Hand und drückte sie sanft.

In ihrem Zimmer legte sie sich bei geöffnetem Fenster aufs Bett. Die Luft von draußen brachte keine Kühlung. Zornig schlug sie mit den Händen auf die Matratze. Ihre Augen füllten sich mit Tränen. Unaufhaltsam begann Richard sich in eine lebendige Erinnerung zu verwandeln. Schon schimmerte das Blau seiner Augen, so blau, dass sie glaubte, hineinspringen zu können. Sie verhöhnte Alexander, der offenbar nichts gelernt hatte und sich von der Freundin und dem eigenen Bruder Hörner aufsetzen ließ. Sie verfluchte Richard, der seinen Schwanz immer noch in jede Frau hineinstopfen musste, egal, wem er damit das Herz brach. Und sie beschimpfte Helena, die nichts Besseres zu tun hatte, als sich vom bindungsunfähigsten Mann dieses Planeten ein Kind machen zu lassen. Ohnmächtig sah sie die alte Eifersucht herankriechen, die sie klein und mickrig machte, wie ihr Vater sie am liebsten gesehen hatte. Ein einziges dummes Telefonat hatte ausgereicht, sie aus ihrem neuen Leben zurück zu reißen wie einen Hund, der vergessen hatte, dass er an der langen Leine lag. Ihre ganze Jugend lang hatte die Eifersucht an ihr gefressen wie eine Ratte, die ihre Zähne immer wieder in die selben Stelle grub. Jede Frau, die sich an Richard heranschmiss oder bloß seinem Charme erlag, hätte sie auf der Stelle erwürgen können. Aber sie spielte die duldsam Liebende, deren einziger Stolz darin bestand, ihm nie eine Szene zu machen.

Die Eifersucht streckte ihre alles besudelnde Hand aus. *Helena, du blöde Schlampe!* Sie war schwanger, schwanger von IHM. Margot presste die Lippen aufeinander. *Wie dumm zu glauben, ein neues Leben beginnen zu können, ohne IHM in die Augen zu sehen!* Ein Schluchzer stieß ihr aus der Kehle. In wenigen Wochen wäre der erste Schultag des Kindes gewesen.

Die Zimmertür wurde geöffnet. Harald legte sich zu ihr und nahm sie in die Arme.

»Scheiße«, wimmerte sie.

»Ist gut«, flüsterte er.

Sie küsste ihn hart und hantierte an der Schnalle seines Hosengürtels. Sie riss sich und ihm die Kleider vom Leib, nahm seinen Penis in den Mund, denn dies war die sicherste Methode, ihn zu einer Erektion zu bringen. Als er ihr gehorchte, zog sie Harald auf sich, um ihn in sich hinein zu bugsieren. Sie biss ihrem Mann in die Unterlippe und zog die Beine an. Mit beiden Händen griff sie nach seinen Pobacken und presste ihn gegen sich. Sie schlug auf seinen Hintern, dass es patschte, sie keuchte und grub ihre Finger in seinen Rücken, sie kratzte ihn, bis er sich endlich in ihr bewegte und zustieß, schnell und maschinenhaft. Harald gab Laute von sich wie ein kleines Ferkel. Sie wollte, dass er nicht aufhörte und in sie stieß bis sie nichts mehr spürte. Der Orgasmus tat so weh, dass alle anderen Schmerzen mit ihm verbrannten.

27

Vielleicht war sie ja von beiden schwanger? Alexander hatte einmal davon gesprochen, dass eine Hündin von zwei Männchen gleichzeitig schwanger sein konnte. Welpen aus einem Wurf konnten von verschiedenen Rüden abstammen, wenn das Muttertier sich innerhalb weniger Stunden von mehreren Verehrern begatten ließ. Beim Menschen, hatte Alexander erklärt, kam die so genannte Überschwängerung allerdings nur selten vor, was nicht daran lag, dass die Menschenfrauen treuer waren. Unter Primaten konnte es zu einer Überschwängerung nur dann kommen, wenn bei einer Frau zwei Eizellen gleichzeitig heranreiften, und das passierte nun mal eher selten. Schlief die Frau unmittelbar vor ihrem doppelten Eisprung mit zwei Männern, war es theoretisch möglich, dass die Eizellen von beiden Männern befruchtet wurden und die sich entwickelnden zweieiigen Zwillinge unterschiedliche Väter hatten.

Helena dachte an das Fachwort, das Alexander benutzt hatte. *Superfecundatio* klang extrem unanständig.

Zu Hause lagen in ihrer Schreibtischschublade zwei positive

Schwangerschaftstests, die sie vor sieben Wochen im Abstand einiger Tage gemacht hatte. Sie war nicht bei ihrer Frauenärztin gewesen. Niemand sollte wissen, in welche Lage sie sich gebracht hatte. Margot zählte nicht. Aber hätte es wirklich etwas Tröstliches, sich nicht auf einen Vater festlegen zu müssen?

Sie verließ das chinesische Restaurant-Hotel, das vor sieben Jahren ein koreanisches gewesen war. Der Himmel leuchtete blau, es ging eine leichte Brise, die Amsterdamer machten einen entspannten Eindruck. Für den Anlass ihrer Reise erschien Helena die Stadt viel zu schön. Am Vormittag war sie mit dem Zug angekommen, den Abbruch wollte sie am nächsten Morgen in der Universitätsklinik durchführen lassen. Alexander ging davon aus, dass sie sich ein paar schöne Tage in Amsterdam machte, weil ihr die zahllosen Weltmeisterschaftsspiele auf den Geist gingen. Glücklicherweise waren die Holländer bereits ausgeschieden. Die Deutschen hatten sie vor zehn Tagen aus dem Turnier geworfen. Am Abend würden sich Deutschland und England im zweiten Halbfinale gegenüber stehen. Helena hoffte, nicht davon behelligt zu werden.

Auf dem Weg zum *Vondelpark* kaufte sie zwei Dosen Bier und eine Schachtel holländisches Spritzgebäck. Die Entscheidung, im selben Zimmer des Hotels zu übernachten, mit dem so viele Erinnerungen an den Beginn ihrer Liebe zu Alexander verbunden waren, hatte sie mit Bedacht getroffen, soweit sie im Augenblick in der Lage war, etwas mit Bedacht zu tun. Es war ein weiterer Versuch, die Vergangenheit zu beschwören, in der Hoffnung, aus dem Strom der Erinnerungen die Antwort auf ihre Fragen herausfischen zu können. Von Margot hatte sie gehofft zu erfahren, wie es war, ein Kind von Richard wegmachen zu lassen, und wusste nun, dass Margot auch nach sieben Jahren nicht fertig damit war. Und das Zimmer? Es sah aus wie damals und war doch nicht das Selbe.

Im Park breitete sie unter einer Weide am Ufer eines kleinen Teichs ihre Jeansjacke aus und öffnete eine Bierdose. Diesem verdammten Ding in ihrem Bauch konnte es egal sein. Morgen um diese Zeit würde es nicht mehr existieren.

Sie wollte kein Kind. Nicht jetzt und ganz sicher nicht von Richard. Sie wollte mit Alexander zusammen sein. Umso erstaunlicher war, dass nur ein kleiner Teil ihrer Gewissensbisse ihm galten. Es kam ihr vor, als hätte sie Alexander nicht wirklich betrogen. Der Seitensprung war ein Ausrutscher gewesen, nur ihr Körper hatte sich hinreißen lassen. Wäre sie nicht schwanger, sagte sie sich, brauchte der Treuebruch sie moralisch kaum belasten. Sobald der kleine Zellklumpen in ihrem Bauch verschwunden wäre, konnte die Welt sich weiter drehen. Was sie gerade erlebte, würde nicht mehr wahr sein.

Ihr schlechtes Gewissen galt vor allem Richard. Zum zweiten Mal würde ein Teil von ihm aus der Welt geschafft, ohne dass er davon wusste. Richard hatte niemanden. Die vielen Liebschaften bedeuteten ihm nicht viel. Seine Eltern waren tot, Klara und Alexander bloß eine Ersatzfamilie, Margot die verpasste Liebe seines Lebens. Im *Americain* hatte er gesagt: *Ich will keine Kinder. Nie und mit niemandem.* An diesem Abend musste Margots Entscheidung gefallen sein. Hätte sie das Kind allein großgezogen, wäre sie für immer mit Richard verbunden gewesen, ohne mit ihm zusammen zu sein. Aus dem selben Grund wollte Helena das Kind nicht haben. Schwanger zu bleiben bedeutete, entweder Alexander das Kind unterzuschieben, oder sich von ihm zu trennen und alleinerziehende Mutter zu werden. So oder so wäre sie mit Richard verbunden und trotzdem allein. Beide Alternativen erschienen ihr gleichermaßen schrecklich. Sie wollte kein Band zwischen sich und Richard. Deshalb tat er ihr leid.

Während sie zur zweiten Dose Bier das süße holländische Gebäck probierte, meldete sich die Angst vor dem Eingriff. Mit einem Handstreich schob Helena sie beiseite. Die niederländischen Ärzte waren in dieser Hinsicht die erfahrendsten Handwerker. Außerdem blieben ihr bis zur Heimreise drei Tage, in denen sie sich erholen konnte. Sollten die Blutungen bis dahin nicht aufhören, wäre es kein Problem, sie vor Alexander zu verbergen. Seit Monaten gaben sie sich nur noch die Türklinke in die Hand.

Sie hörte auf zu kauen. Sie hatte immer geglaubt, mit Alexander eine gute Beziehung zu führen. Die meisten Paare, die während des Studiums zusammen gekommen waren, lebten längst getrennt. Träume vom Sex ihres Lebens mit einem Anderen waren bloß Phantasien und nicht dazu da, Wirklichkeit zu werden. Es gefiel ihr, mit Alexander zu schlafen. Sie war keine Wildkatze. Was wollte sie mit einem Tiger im Bett?

Alexander hatte sie ermuntert, die unerträglich gewordene Arbeit im Jugendzentrum aufzugeben und im fünfzig Kilometer entfernten Mönchengladbach ein Studium der Ernährungswissenschaften anzufangen. Zweimal in der Woche kellnerte sie bei einem Italiener in der Brüsseler Straße, ihre Eltern übernahmen die Fahrtkosten zur Fachhochschule und steckten ihr regelmäßig einen Hundertmarkschein zu. Das *Taschengeld* gab ihr das Gefühl, von Alexander nicht vollkommen abhängig zu sein. Ihren Eltern, entschied sie, verlangte sie nichts ab, das ihnen tiefere Einblicke in das Leben ihrer bald dreißigjährigen Tochter erlaubt hätte. Einmal in der Woche fuhr sie nach Heimstadt, um ihren Vater vom unversiegbaren Redefluss seiner Frau zu befreien, indem sie sich selbst ein paar Stunden zur Verfügung stellte. Den Hundertmarkschein, den ihr die Mutter jedes Mal zur Briefmarkengröße zusammengefaltet in einem Akt verschwörerischer Heimlichkeit in die Hand drückte (als hätte ihr Vater etwas dagegen gehabt), betrachtete Helena als Honorar. Alexander verdiente als Assistenzarzt inzwischen nicht schlecht. Er half ihr beim Studium, wofür sie ihm trotz ihrer Herkunft als Apothekertochter vor allem in Fragen der Biochemie dankbar war.

Sie setzte ihre Sonnenbrille auf. Im Mai hatte sie ihr Examen bestanden. Am Tag ihrer letzten Prüfung wollte sie das bestandene Examen mit Alexander bei einem schönen Abendessen feiern und ihm sagen, wie gut sie es miteinander getroffen hatten. Aber dann sagte Alexander ab. Wieder einmal hatte er sich einen Notdienst aufschwatzen lassen.

Von der Wiese stieg warme Feuchtigkeit auf, die ihr unter das T-Shirt kroch und unter den Achseln scharf riechende Schweißflecken bildete. *Ich weiß, ich weiß, ich weiß* hatte Alexander lamentiert, *ich muss endlich lernen, nein zu sagen.* Kurz darauf rief Richard an, um ihr zum bestandenen Examen zu gratulieren.

Seit Richard wegen finanzieller Unpässlichkeiten seines Chefs für vergleichsweise wenig Geld in den Besitz dreier Kopierläden im Univiertel gekommen war, wusste er dem eigenen Vernehmen nach nicht, wohin mit dem Geld. Für seine persönlichen Konsumbedürfnisse hätte ein durchschnittliches Einkommen ausgereicht. Das Abendessen nahm er im Restaurant ein, er flog auch einmal im Jahr nach Übersee in die Ferien. Trotzdem blieb ihm genügend Geld auf dem Konto, um sich, wie er sagte, mit der Vermehrung des überschüssigen Zasters ein wenig die Zeit zu vertreiben. Die wundersame Geldvermehrung sei schon immer Richards Steckenpferd gewesen, meinte Alexander.

Aus Richard war ein charmanter Mann geworden – ein Ausdruck, den sie noch nicht lange gebrauchte. Gleichwohl war er weiterhin unfähig, sich verbindlich mit jemandem einzulassen. Jede Sehnsucht perlte an ihm ab wie Wasser auf sonnengebräunter Haut. Es war seine Masche, sich Frauen als funkelnder Juwel unter die Nase zu halten, um sich ihnen in dem Augenblick, da sie zugreifen wollten, zu entziehen. Oder war es Richard, der von den Frauen benutzt wurde? Wer unverbindlichen Sex mit Orgasmusgarantie suchte, hieß es, konnte sich auf ihn verlassen.

Komm uns nicht mit einem Kind nach Hause! Hätte ihr an diesem verdammten Abend doch irgend jemand mit irgend etwas gedroht, grob und beleidigend, wie es die Art ihrer Mutter war, wenn sie aus der Apotheke hoch in die Wohnung stieg und ihr die monatliche Pillenpackung auf den Tisch knallte.

Helena warf die beiden leeren Bierdosen und die angebrochene Gebäckschachtel in den nächsten Abfallkorb. Auf der Toilette eines Cafés entleerte sie sich mit schmerzhaftem Durchfall. Das Ding in ihrem Bauch schien ein Loch in ihre Eingeweide zu fressen. Sinnlos zu leugnen, wie heftig sie Richard becirct hatte. Schon an Weiberfastnacht hatte nicht viel gefehlt. Damals waren sie sich zufällig im *Rummelplatz* begegnet, einer Kneipe mit katholischem Reliquienfimmel. Alexander schob wieder einmal Dienst im Krankenhaus. Helena stürzte sich mit einer Bekannten ins Getümmel. Nach Beute Ausschau haltende Männer spendierten Kölsch um Kölsch, und als nach zwölf der Schweiß hunderter Menschen von der Decke tropfte, war es ihr gleichgültig. Irgendwann, ihre Bekannte hatte sich längst verabschiedet, tauchte Richard auf. Groß und schön, mit einer schwarzen Augenmaske unter einem Zorrohut. *Wo ist Alexander?* Statt einer Antwort fasste sie ihn an den Händen und bewegte ihn zum Tanzen. Sie befühlte seine Rückenmuskeln unter dem dünnen schwarzen Hemd, sie spürte seine Handgelenke an ihren Brüsten, wenn sie sich drehte, doch unter der Maske blieb sein Gesicht ernst. Sie spürte, wie sehr es ihm gefiel, mit ihr zu tanzen, und diese Tatsache erregte sie über die Maßen. Doch je mehr sie sich der Fantasie hingab, sich in einer Ecke auf Mänteln und Taschen mit ihm zu vereinigen, umso unmissverständlicher bedeutete seine unbewegte Miene, dass dieser Abend kein törichtes Finale haben würde. Am nächsten Morgen betrachtete sie in ihrer Küche die wund getanzten Füße und war ihm dankbar. Niemals war ihr ein Mann so nahe gekommen, ohne in sie zu dringen.

Am Abend ihres bestandenen Examens hatte sie ihn schließlich zu einem Glas Wein in den *Rummelplatz* eingeladen. Welch durchsichtiges Manöver! Richard saß an einem der Bistrotische. Nach zwei Gläsern Sekt begann Helena sich Sorgen zu machen. Sobald sie für einen Moment die Augen schloss, wünschte sie sich, dass er sie anfasste.

»Ernährst du dich gesünder, seitdem du Ernährungswissenschaften studierst?«, fragte er irgendwann und teilte den Rest der Sektflasche in ihre Gläser.

»Studiert hast.«

»Richtig.« Er prostete ihr zu. »Dein Abend.«

»Wir ernähren uns ganz normal, möglichst frisch und keine Konserven. Aber Alexander isst sowieso meistens im Krankenhaus.«

»Und du?«

»Alleine essen macht keinen Spaß. Trotzdem tu ich's.«

»Klara kocht und isst seit zehn Jahren allein.«

»Wie kommst du jetzt auf Klara?«

»Wieso?«

»Normalerweise bringst du nie die Sprache auf sie.«

»Bea Müller ist letzte Woche gestorben. Hat Alexander davon erzählt?«

»Nein. Wer ist das?«

»Sie war Klaras einzige Freundin, wenn du Onkel Adi nicht zählst. Sie haben früher bei *Coca Cola* Flaschen sortiert und sich lange Zeit einmal im Monat bei *Silvio* getroffen. Klara hat jedes Mal Spinatpizza gegessen. Jetzt wird sie, wie ich sie kenne, nie mehr Pizza essen.«

»Mochtest du sie?«

»Ich kannte sie kaum. Und ich bin mir nicht mal sicher, ob Klara sie wirklich mochte. Bea Müller hat unglaublich viel geredet. Beim Tratschten hätte höchstens deine Mutter mithalten können. Klara sagte mal, dass sie nie mit ihr in Urlaub fahren könne, weil Bea sie mit ihrem

Gerede innerhalb kurzer Zeit fertig mache. Sich einmal im Monat mit ihr zum Pizzaessen zu treffen, war in Ordnung, zumal Klara sonst keine Freundinnen hat. Ich glaube, Klara hat Beas Herzlichkeit gemocht. Sie sagte, trotz allem Getratsche sei Bea Müller nicht falsch gewesen. Keine Diplomatin, sondern ein dickes Weib mit dicken Titten und dicken Lippen, mit denen sie Adi gern einen dicken Schmatzer aufgedrückt hat.«

»Hat Klara *dicke Titten* gesagt?«

»Wie sie es gesagt hat, klang es nett.«

»Seltsam, dass eine so gut aussehende Frau wie Klara nach dem Tod von Alexanders Vater nie mehr einen Mann hatte, oder?«

»Wer sagt denn, dass sie keinen hatte oder hat?«

»Wen denn? Adi?« Helena lachte.

»Im Spielsalon hängen jede Menge einsamer Männer herum. Junge Kerle und einige in ihrem Alter, die sie richtig anschmachten, wenn sie mal eine Spielpause machen. Manche sehen gar nicht mal übel aus. Vielleicht nimmt sie hin und wieder einen mit nach Hause.«

»Kann ich mir nicht vorstellen.« Helena leerte ihr Glas. »Und Alexander auch nicht.«

»Klara ist äußerst diskret in diesen Dingen. Außerdem wäre Alexander der Letzte, der es erfahren würde. Sie weiß, wie sehr ihm die Vorstellung gefällt, dass sie seinem Vater auf Ewig die Treue hält.«

»Meinst du, Alexander hätte etwas dagegen, wenn Klara sich einen Mann nehmen würde?«

»Verlass dich drauf. Außerdem glaube ich, dass Klara und Adi sich abgesehen von Sex alles geben, was Menschen an körperlicher und seelischer Zuwendung brauchen. Klara geht es besser als den meisten Frauen ihres Jahrgangs. Die Damen von Heimstadt erblassen immer noch vor Neid, wenn sie Klara sehen.«

»Woher willst du das wissen?«, fragte Helena und wunderte sich, worüber Richard sprach. Worte wie *seelische Zuwendung* benutzte er gewöhnlich nur in ironischen Zusammenhängen.

»Onkel Adi weiß alles. Magst du noch Sekt? Du bist mein Gast.« Er winkte der Bedienung und zeigte auf die leere Flasche vor sich.

Wie so oft kam Helena sich einfältig vor. In ihrer Familie gab keine Toten vor der Zeit, keine Fehden, keine Scheidungen, keine Eklats. Als

Apothekertochter hatte es ihr materiell nie an etwas gefehlt. Ihre Eltern waren einfache, konservative Bürger, die ein Leben in übersichtlichen Bahnen führten und nie den Ehrgeiz besessen hatten, ihrer Tochter musisch oder intellektuell besondere Fähigkeiten mit auf den Weg zu geben. Sie war ein braves und durchaus aufgewecktes Mädchen gewesen, ohne ausgefallene Interessen. Bald würde sie besorgte Eltern beraten, deren Kinder von Lebensmittelallergien geplagt waren. Ihr Vater fand, dies sei eine ehrenwerte Arbeit. Dass sie Adi Meurer kannte, in dessen Bekanntenkreis mehrere Männer an Aids gestorben waren, gehörte zum Verruchtesten, das sie vorzuweisen hatte.

»Und du?«, fragte sie. »Bist du liiert zurzeit?«

Richard schaute in sein Sektglas, als sähe er den Bläschen beim Aufsteigen zu. »Nein.« Er griff nach seinen Zigaretten. »Magst du?«

Sie ließ sich Feuer geben und unterdrückte den Impuls, seine Hand zu berühren. »Warst du eigentlich jemals verliebt?«, fragte sie.

»Bist du betrunken?«

»Ein bisschen. Wieso?«

»Seit wann stellst du mir solche Fragen?«

»Gibst du mir keine Antwort?«

»Weißt du's nicht?«

»Margot.«

Er nickte.

»Und seitdem nie mehr?«

Er zuckte mit den Schultern und schaute zur Seite. »Vielleicht. Ein bisschen.«

»In wen?«

»Heh, Frau Vorwitznase!« Mit dem Zeigefinger berührte er ihre Nasenspitze. »Was sind das denn für Themen an deinem Festtag?«

»Hast du Lust, tanzen zu gehen? Komm, es ist mein Abend.«

Er seufzte.

Sie gingen in einen dunklen, Souterrain gelegenen Tanzschuppen im Belgischen Viertel, der vor allem von Afrikanern und deutschen Rastafaris besucht wurde. Richards Wohnung lag um die Ecke. Aus den Boxen dröhnte hektischer Afropop und harter Reggae. Richard tanzte stampfend. Er schwitzte stark und wich ihrem Blick aus, wenn sie versuchte, mit den Augen Kontakt zu ihm aufzunehmen. Sie war betrunken. Der Sekt und der von ihr abfallende Stress der letzten Wochen katalysierten einen alten Wunsch, einmal etwas sehr Unvernünftiges zu tun. Irgendwann küssten sie sich, gierig und feucht, und verschwanden in Richards Wohnung. Später, als sie stumm eine gemeinsame Zigarette rauchten, sann Helena über ihren Orgasmus nach, da drückte Richard die Zigarette im Aschenbecher aus und bat sie höflich, nach Hause zu gehen. *Glaubst du, Alexander ist ein guter Arzt?*, hatte sie ihn gefragt. *Kommt drauf an, was dir lieber ist*, war seine Antwort gewesen. *Ein arroganter Blödmann, der unzweifelhaft über brillante Fähigkeiten verfügt, oder ein netter Mensch, der gut ist, weil er sich alle Mühe gibt.*

Das Hotelzimmer hatte sich in den vergangenen Jahren kaum verändert. Kopf- und Fußende der Matratze drohten wie ehedem einander zu berühren, wenn man sich die Mitte setzte, die rosa-goldenen Röslein der türkisfarbenen Tapete waren beinahe verblasst. Der speckige Teppichläufer vor dem Bett war lediglich durch einen anderen speckigen Teppichläufer ersetzt worden. Im Zimmer roch es nicht mehr gar so penetrant nach Toilette, obwohl Helena nicht erkennen konnte, dass in dem Kabuff auf dem Flur gegenüber etwas erneuert worden war. Der Preis hatte sich um zwanzig Gulden erhöht. Doch in Anbetracht der Hunderte Menschen, die in der Zwischenzeit hier übernachtet hatten, schienen die Jahre hier nicht wirklich vergangen. Ihre Erinnerungen lebten augenblicklich auf, als sie den Raum betrat, und ihr wurde klar, dass sie vor sieben Jahren schon mit Richard hätte schlafen und für alle Beteiligten einiges an Unheil hätte anrichten können.

Unfassbar, wie profan sich die Ereignisse entwickelten. Ein paar Tage nach ihrem bestandenen Examen hatte er angerufen. Er fragte, wie es ihr gehe, und bat sie, Alexander nichts *von dieser Sache* zu erzählen. Das sei *ziemlich dumm* gewesen, hatte sie ihm beigepflichtet und damit das banalste Ende einer Affäre besiegelt.

Helena sank auf die weiche Matratze und legte die Hände auf ihren Bauch. Banal war das, was sich da drinnen befand, nicht. Das Kondom musste einen winzigen Riss gehabt haben. Wenn sie gewissenhaft rechnete, kam Alexander als Vater des Kindes nicht in Frage. Mit ihm hatte sie das letzte Mal während ihrer letzten Periode geschlafen, mit Richard genau während der folgenden fruchtbaren Tage, die sich wie immer durch ein leicht gesteigertes Lustempfinden angekündigt hatten. Mit Alexander war sie dann zehn Tage nach ihrem Fehltritt in Richards Bett wieder zusammen gewesen, als *schöner Abschluss der versprochenen Nachfeier*, der sie in die stille Hoffnung versetzt hatte, die körperliche Vereinigung gebe ihr das Gefühl der Zusammengehörigkeit mit Alexander zurück. Keine Woche später hätte ihre Monatsblutung einsetzen müssen. Als sie sich weitere zwei Tage später den ersten Schwangerschaftstest besorgte, war sie bereits schwanger. Deshalb konnte Alexander nicht der Vater sein. Die Tests reagierten frühestens, wenn die Schwangerschaft seit mindestens vierzehn Tagen bestand.

Sie rollte sich in die Bettdecke ein und schloss die Augen. Diesen Abend, die Nacht und den nächsten Vormittag musste sie überstehen, dann war sie wieder frei. In ihrem Bauch gluckerten die Gedärme, ihre Augen brannten unter den geschlossenen Lidern, im Zimmer war es kalt. Sie würde neu beginnen, mit mehr Verständnis, mehr Offenheit und mehr Liebe. Es klopfte.

»Hallo?«

Helena öffnete die Tür. »Ja?«

»Telefon, hallo.« Der junge Chinese nickte freundlich. Offenbar der Koch des parterre gelegenen Restaurants, denn er trug eine weiße Küchenmeisterkluft.

»Für mich?«

Er nickte unaufhörlich. »Ja, unten, im Büro. Telefon Deutschland, ja.«

Sie folgte ihm in einen dunklen Raum. Vor aufsteigender Panik flatterte ihr Bauchfell. Niemand konnte wissen, in welchem Hotel sie abgestiegen war. Dass sich jemand die Mühe gemacht hatte, es herauszufinden, ließ ihr Herz wild klopfen.

»Helena?«

»Alexander! Was ist los? Woher weißt du, dass ich hier bin?«

»Na ja. Es ist unser altes Hotel. Ich habe mich an die Adresse erinnert, und die Leute bei *VVV* waren so nett, mir die Telefonnummer zu geben.«

»Was ist denn los? Du hast mir einen Riesenschrecken eingejagt.«

»Dein Vater hatte einen schweren Herzinfarkt. Heute morgen. Es wäre besser, wenn du schnell nach Köln kommst.«

28

Alexander durchströmte ein lange vermisstes Gefühl tiefen Glücks. Mit ihren kleinen, heißen Fingern hielt Maria den Daumen seiner rechten Hand umklammert. Ihre Lungen pumpten rasselnd Atem. Obwohl ihr Körper vor Fieber glühte, wirkte ihr Gesicht entspannt. Zärtlich streichelte er ihre Wange und streifte eine schwarze Locke aus ihrem verschwitzten Gesicht. Dann schaute er weiter *Wetten dass* ohne Ton.

Seit Stunden drosch der Wind kalten Regen gegen die Scheiben des behaglichen *Zee en Duinzicht*, wohin Alexander mit seiner zweieinhalbjährigen Tochter geflohen war. November war nicht gerade die beste Zeit für einen Kurzurlaub an der Nordsee, erst recht nicht dieser stürmische Samstag, in dessen Morgenstunden Alexander beschlossen hatte, nach Zandvoort aufzubrechen. Als Robin ihn gegen Fünf mit einem gellenden Schrei aus dem Schlaf gerissen hatte und Maria auf nackten Füßen trappelnd aus dem Elternschlafzimmer huschte, war ihm klar gewesen, dass er die kleine Hexe fortschaffen musste, wenigstens für zwei halbe Tage und eine Nacht. Die Situation drohte zu eskalieren. Inzwischen reagierte Helena auf die nichtigsten Anlässe überreizt. Ihn selbst brachte gewöhnlich so schnell nichts aus der Ruhe, doch nach einem dienstfreien Wochenende fühlte er sich, als habe er zwei Tage und Nächte im OP verbracht. Von Maria beständig beäugt und malträtiert, fing Robin an zu weinen, sobald sie nur den Raum betrat. Seit der Geburt ihres Bruders wusste sie nicht, wohin mit sich und dem Entsetzen über ihre Entthronung. Laut stöhnend hatte Helena sich am Morgen aufgerichtet. Sie griff nach Robin, der neben ihr im Stubenwagen unter einem Berg von Kissen begraben lag und sich brüllend gegen den Erstickungstod wehrte, und sank mit ihm auf dem Arm zurück ins Bett. Sogleich fand der Junge die ihm dargebotene Brust. *Geh du zu ihr*, zischte sie. *Ich schrei sie doch nur an. Blödes Balg!* Ohne Zweifel liebte sie ihre Erstgeborene. Doch nach Robins Geburt war der Reiz des Neuen für Maria schnell verflogen gewesen, und seitdem war es praktisch unmöglich, sie mit ihm auch nur eine Sekunde allein zu lassen. Rund um die Uhr ging sie ihren Bruder an. Gelegentlich täuschte sie Fürsorglichkeit vor, tätschelte Robin die Backe, um ihm im nächsten Moment die Nase zuzuhalten oder mit dem Finger ins Auge zu stechen. Die Engelsgeduld, die Helena in den ersten Wochen noch aufbrachte, wich bald einer ohnmächtigen Wut, doch alles Drohen, Fluchen und Wüten verfing bei Maria nicht. Ihr Drang, Robins Existenz rückgängig machen zu wollen, war stärker als der Wunsch, von der Mutter gelobt und geherzt zu werden. Dabei hatten sich alle so viel Mühe gegeben. Als Geburtsgeschenk erhielt Maria eine Käthe-Kruse-Puppe, die sie sich schon lange gewünscht hatte und nun seit Wochen verwaist in einer Ecke herumlag. Vorbildlich war ihr überlassen worden, den Großmüttern das neue Familienmitglied vorzustellen, als Klara und Hedda, wie Alexander seine Schwiegermutter seit der Hochzeit im vergangenen Sommer nennen durfte, ihren Antrittsbesuch machten. Natürlich hinderte sie auch niemand daran, sich schnullernd zu Robin in den Stubenwagen zu legen, denn auf Weisung des Kinderarztes sollte sie nach Herzenslust regredieren dürfen. Doch der entthronten Prinzessin ging es schlecht, und das ließ sie jeden fühlen. Seit Robins Geburt gab es in ihrem Kaufladen nichts mehr zu kaufen, obwohl die Regale vollstanden.

Tina Turner stand breitbeinig auf der Bühne, eine Windmaschine ließ ihr Röckchen und die goldene Mähne flattern, ein bodygebuildeter Saxophonspieler ging angeberisch in die Knie. Der Fernseher hing unter der Zimmerdecke und bestrahlte den kleinen Raum mit blauweißem Licht. Alexander schob seine Füße unter den zusammengerafften Bettüberwurf und lächelte. So nahe war er seiner Tochter lange nicht mehr gewesen. *Mein Fleisch und Blut*. Sie sah so friedlich aus.

Am Morgen waren sie in den Intercity nach Amsterdam gestiegen. Im Zug hatte Maria sich mit einem Bilderbuch in der Hand an ihn geschmiegt, was unabhängig von Robins Erscheinen auf dieser Welt gar nicht ihre Art war. Meist sprang sie durch die Wohnung, saß nur selten still. *Wie ein Junge*, sagte Helena. *Von mir hat sie das aber nicht*, hatte Alexander erwidert und seine Frau in den Arm genommen. In Amsterdam stiegen sie in den Bummelzug nach Zandvoort, Maria ging brav an seiner Hand, ohne dass er sie dazu auffordern musste. Nachdem sie ihr Gepäck im Hotelzimmer untergebracht hatten, setzte ein alles durchdringender Nieselregen ein. Trotzdem gingen sie zum Strand und kauften sich an einem einsamen Imbisswagen ein eiskaltes Fischbrötchen, das labberig schmeckte und ein Vermögen kostete. Eine Weile stiefelten sie durch die schmutzigen Schaumausläufer der Brandung, dann wurde der Regen kräftiger. Im Rutschenhäuschen eines Strandspielplatzes stellten sie sich unter, aber der Regen ließ nicht nach. Zurück im Hotel trockneten sie ihre Hosen auf dem Heizkörper ihres Zimmers, blätterten in Bilderbüchern und tollten auf dem großen, weichen Bett herum, bis sich neuer Hunger meldete. Als sie später in einem chinesischen Restaurant zu Abend aßen, begann Maria plötzlich zu weinen. Alexander fühlte ihre Stirn und brachte sie ins Hotelbett, wo sie sogleich einschlief.

Sie seufzte und steckte sich ihren Daumen in den Mund. Dieses kleine, wilde Tier, krank vor Eifersucht und Not, war nicht mehr wiederzuerkennen. Hier in der Fremde schien alles an seinem Platz.

Alexanders Welt war in die Schwebe geraten, als Helenas Vater einen Tag vor dem Finale der Fußballweltmeisterschaft in Rom seinem Herzinfarkt erlag. Ein paar Tage später teilte Helena ihm unter Tränen mit, dass sie schwanger sei. Von dem Moment an wechselten die Augenblicke existenziellen Glücks mit quälender Verdrossenheit so häufig, dass er seine Kräfte jeden Tag aufs Neue sammeln musste, um gegenüber dem Übermaß an Freude und Furcht bestehen zu können.

Während Helena Maria im Bauch trug, kam sie nie mit sich und dieser großartigen Tatsache ins Reine. Sie wirkte verloren. Alexander erklärte sich ihre Niedergeschlagenheit mit dem plötzlichen Tod ihres Vaters. Seine Schwiegermutter war ihr weder Trost noch Hilfe. Hedda Kuby redete ohne Unterlass, als ginge es um ihr Leben. Wahrscheinlich tat es das auch. Während der Trauerfeier hätte er ihr am liebsten einen alten Strumpf in den Mund gestopft. Aber dann erkannte er, dass sie nur deshalb unentwegt plapperte, weil sie nichts spüren wollte. Diese späte Erkenntnis (immerhin kannte er die Apothekerfrau seit seiner Jugendzeit) änderte jedoch nichts an dem Fluchtreflex, der ihn jedes Mal durchschoss, sobald sie anhob, übergangslos Sätze aneinander zu reihen. *Jetzt hat er seine Ruh'*, sagte Helena, als sie sich einmal darüber unterhielten, dass die Lippen ihrer Mutter selbst am Grab noch lautlose Worte geformt hatten. In den Wochen nach dem Begräbnis kümmerte Helena sich um die Abwicklung der Apotheke in der Gertrudenstraße. Mit ihrem Abschluss als Pharmazeutisch Technische Assistentin konnte die Mutter das Geschäft nicht allein weiterführen. Helena erbrach sich jeden zweiten Morgen und hetzte durch die Tage. Vor allem floh sie jeden stillen

Moment, in dem Alexander sie an sich ziehen wollte, um in Fantasien der kommenden Elternschaft zu schwelgen. *Vielleicht geht es ja noch ab*, sagte sie jedes Mal und wehrte seine Hände ab. *Die Leute warten nicht ohne Grund drei Monate, bis sie eine Schwangerschaft bekannt geben*. In der elften Woche setzten schwache Schmierblutungen ein. Doch das Baby hatte beschlossen zu bleiben. Gegen Ende des vierten Monats ging Helena zum ersten Mal zu ihrer Frauenärztin, die erklärte, mit dem Kind sei alles in Ordnung. Weshalb Helena ungewöhnlich stark zunahm, von extremen Blähungen heimgesucht wurde und sich zu allem Übel auf ihren äußeren Schamlippen ein neurodermitischer Ausschlag entwickelte, begründete die Gynäkologin mit der schlichten Tatsache, dass eine Schwangerschaft den Hormonhaushalt einer Frau nun mal gehörig durcheinanderwirbele. Vom sechsten Monat an klagte Helena unaufhörlich, wie hässlich sie sich fühle. Dabei hätte Alexander gerne mit ihr geschlafen, was bei der Zeugung des Kindes zum letzten Mal geschehen war. Aber daran war nicht zu denken, zumal sich das Kind im siebten Monat auf Helenas Ischiasnerv legte und ihr bis zur Geburt ununterbrochene Qualen bereitete. Im Frühjahr 1991 kam Maria durch einen Kaiserschnitt zur Welt. Schwarzhaarig, blauäugig, verschrammt (denn sie war bereits in den Geburtskanal eingetreten, darin jedoch stecken geblieben) und nach Sauerstoff japsend, den die OP-Schwester ihr aus einer zischenden Flasche zufächelte. Alexander erinnerte sich mit Grauen an das vergebliche Pressen, den unerklärlichen Geburtsstillstand und die Sectio, während der er zur ärztlichen Untätigkeit verdammt gewesen war.

Marias erstes Lebensjahr verging wie im Flug, bei dem die Familienmaschine mehr als eine Gewitterfront passieren musste. Alexander war der glücklichste Vater des Universums, wenn auch nicht der glücklichste Ehemann. Helena erwies sich als fürsorgliche Mutter, aber sie ließ keine rechte Freude aufkommen. Sie schmuste kaum mit Maria. Noch seltener erschien ein unbefangenes Lächeln auf ihrem Gesicht. Als ihr nach einem Monat die Milch wegblieb, bereitete sie jede Säuglingsmahlzeit mit großem Aufwand selbst zu. Sie verwendete ausschließlich Zutaten aus biologischem Anbau, die sie nach ernährungswissenschaftlichen Kriterien zusammenstellte. Auch im Ehebett, wo Helena ein dreiviertel Jahr nach Marias Geburt wieder zu ihm fand, schien es Alexander, als schliefe sie eher aus Pflichtbewusstsein mit ihm. Er verbrachte jede freie Minute mit ihr und dem Kind und bat sie, ihm die Zubereitung der ökotrophologischen Spezialkost beizubringen. Sie solle sich schonen. Helena aber meinte, das sei ihre Aufgabe. Er solle lieber Geld verdienen gehen.

Alexander empfand unfassbares Glück, wenn er Maria in seinen Armen hielt oder mit ihr auf seinem nackten Bauch einschlief. Er, der früh auf seinen Vater hatte verzichten müssen, war mit zweiunddreißig nun selbst ein Vater. Als das winzige Geschöpf einmal die Finger geisterhaft spreizte und nach seiner Nase fasste, versprach er seiner Tochter, nicht vor ihrem achtzehnten Geburtstag zu sterben.

Mitunter beschlich ihn das Gefühl, mit ihr auf einem schönen, aber einsamen Vaterplaneten zu leben. Niemand schien Anteil an seinem Glück nehmen zu wollen. In seiner Station ging man nach der Überreichung eines Blumenstraußes für die *glückliche Mutter* zur Tagesordnung über. Schließlich war es nichts Besonderes, wenn die Frau eines der Assistenzärzte ein Kind zur Welt brachte. Doch dass Onkel Adi mehr Freude über das erste Kind seines Neffen zeigte als Klara über die Ankunft ihres Enkelkindes, versetzte Alexander einen Stich. Klara war nie die herzlichste Mutter gewesen, weshalb er auch keine überschwänglichen großmütterlichen Gefühle von ihr erwartete. Trotzdem wäre es ihm lieber gewesen, wenn sie Maria mit erwartungsfrohen Armen begrüßt hätte. *Deine Mutter hat zurzeit viel mit sich selbst zu tun*, sagte Onkel Adi. *Sieh mal zu, dass sie endlich zum Arzt geht*. Erst nachdem sie Maria einmal gewickelt hatte, schien sie ein wenig aufzutauen. *Bring mir die Kleine ruhig ab und zu vorbei*, sagte sie und gab ihm einen ihrer selten gewordenen Küsse auf die Stirn. *Ich denke, Adi und ich kennen uns noch gut genug aus.*

Helenas Mutter war als Großmutter kaum zu gebrauchen. Alexander fragte sich, wie es Hedda gelungen war, Helena ohne schwerwiegende Schäden großzuziehen. Regelmäßig brachte sie Marias Fläschchen zum Kochen und verschwendete keinen Gedanken daran, Helenas Spezialgebräu ein wenig abkühlen zu lassen, ehe sie es dem Mädchen verabreichte. Wiederholt gelang es ihr, mit den winzigen Füßen ihrer Enkelin eine Tasse heißen Kaffee umzustoßen, und hatte überdies keinen Schimmer, wie man einen weinenden Säugling beruhigte. Jedes Mal schüttelte sie Maria halb schwindelig. Je lauter die Kleine schrie, desto mehr redete

Hedda auf sie ein. *Ich frage mich*, sagte Helena einmal, *ob sie es mit mir genau so gemacht hat.*

Es war Richard, mit dem Alexander am besten über sein Vaterglück reden konnte. Er schien sich wirklich über Marias Geburt zu freuen. Er lächelte, wenn Alexander über die Kleine ins Schwärmen geriet und von all jenen grandiosen Fortschritten berichtete, die nur für Eltern von Bedeutung waren. Zur allgemeinen Überraschung erbot er sich, Marias Taufpate zu werden, was Alexander außerordentlich rührte und noch mehr mit Vaterstolz erfüllte. Leider wehrte Helena sich vehement gegen eine Taufe, was Alexander nicht weniger überraschte als Richards Angebot, Pate zu werden. Ihre dezidiert kritische Haltung gegenüber der Katholischen Kirche war ihm bislang verborgen geblieben.

In den Monaten nach Marias zweitem Geburtstag spielte sich schließlich eine Familienroutine ein, in der jeder seinen Geschäften nachging und Maria das gemeinschaftlich umsorgte Zentrum der Sippe war. Hedda feierte ihren 60. Geburtstag und trat dem Heimstädter Hausfrauenbund bei, zu dessen Zusammenkünften sie Maria gelegentlich mitnahm, um sich mit anderen Großmüttern über die Freuden des Großmutterseins auszutauschen. Alexander war es nie wohl dabei, wenn Hedda seine Tochter unbeaufsichtigt beaufsichtigte, aber sie brachte die Kleine jedes Mal ohne Schrammen wieder nach Hause. Einmal in der Woche kamen Klara und Adi, um mit Maria spazieren zu gehen. Sie schoben den Kinderwagen die Rheinufer entlang, zeigten Maria den Dom und gingen mit ihr in den Zoo. Klara erzählte, wie sehr es Adi genoss, in der anonymen Kölner Öffentlichkeit als ihr Ehemann und Marias Großvater angesehen zu werden. An manchen Tagen brachte Alexander Maria nach Heimstadt, wo sie in Klaras Küche mit Theos handlackierten Holzbauklötzen spielte, die mehr als ein Viertel Jahrhundert in der Schublade des alten Herdfeuers im Keller auf sie gewartet hatten. Auch Richard kam gelegentlich zu Besuch und türmte mit Maria *Duplos* aufeinander oder bemalte paketweise DIN A3-Fotokopierpapier. Alexander dachte oft wehmütig an Theo. Er hätte ihm gerne gezeigt, welch schönes Kind ihn zum Großvater gemacht hatte. Helena traf sich regelmäßig mit anderen Müttern, die sie in einer Spielgruppe kennen gelernt hatte, und gab jeden Donnerstagnachmittag in den Räumen einer naturheilkundlichen Gemeinschaftspraxis

Ernährungskurse für Eltern allergiekranker Kinder. Ihre Mutter hatte sich bereit erklärt, in dieser Zeit auf Maria aufzupassen. Im vergangenen Herbst hatte Helena sich einen praktischen Kurzhaarschnitt verpasst und trug seitdem zu karierten Karottenjeans dunkelblaue Collegeslipper. Alexander gefiel weder die neue Frisur, noch konnte er sich für Karottenjeans und Collegeslipper erwärmen. Aber das behielt er für sich. Er fragte sich, ob sich nun, da aus Helena eine Mutter geworden war, ihr wahres Wesen herauskristallisierte. Sie war ein ernsthafter und pflichtbewusster Mensch und begehrte ihn nicht mehr.

An einem Samstagmorgen im September des Jahres 1992 widerfuhr ihm dann in einer Umkleidekabine des *Kaufhof* etwas ganz und gar Erstaunliches. In der Früh hatte er Maria zu Klara gebracht. Die Kleine war inzwischen anderthalb Jahre alt und hätte an jenem Morgen mit absoluter Sicherheit hohes Fieber gehabt, hätte sie geahnt, dass ihre Eltern nun ihren Bruder zeugen würden. Das Ereignis beeindruckte Alexander so nachhaltig, dass er fortan kein Kaufhaus mehr betreten konnte, ohne eine Erektion verbergen zu müssen.

Vorsichtig löste er seinen Daumen aus Marias Hand und fühlte ihre Stirn. »Wenn du wüsstest«, flüsterte er, »was deine Mutter drauf hat.« Er zog Maria die Decke bis zum Kinn, stand auf und blickte aus dem Fenster. Der Regen prasselte unvermindert auf Zandvoort herab. Alexander öffnete das Fenster und nahm einen tiefen Zug von der nassen Seeluft.

Sie waren Hand in Hand durch die Kölner Innenstadt geschlendert, wie sie es seit Marias Geburt nicht mehr getan hatten. Helena drückte zärtlich seine Hand. Irgendwann sagte sie, sie wolle sich nach einem Kleid umsehen, und fand bei *Kaufhof* ein kurzes Etwas aus glänzender, smaragdgrüner Seide. Sie bat ihn, mit in die Umkleidekabine zu kommen. Er solle entscheiden, ob die Mutter seiner Tochter ein solches Kleid noch tragen könne. *Aber du hast doch fast wieder dein altes Gewicht*, erwiderte er in vorauseilender Verlegenheit. Sie wand sich aus ihrer Jeans, zog T-Shirt und BH aus und schlüpfte in das Kleid. *Und?* Er nickte. Mit einer raschen Bewegung entledigte sie sich ihres Slips und löste den Gürtel seiner Hose. Im nächsten Augenblick verstummte jedes Geräusch. Sie küssten sich tastend, als küssten sie sich zum ersten Mal. Helenas Geruch erschien ihm erregend unvertraut, wie auch der Geschmack ihrer Lippen und der Atem ihrer Nase auf seiner Haut. Ihr Körper dehnte sich vor Spannung, ihre Hände flatterten umher, unschlüssig, ob sie die Erregung mildern sollten, um ihn schließlich mit einem scharfen Schnaufen an sich zu reißen, als verlangte ihr Körper mehr als ihr Kopf. Er schaute sich selbst zu, erregt von der unmöglichen Situation und unsagbar froh, weil Helena atemlos flüsterte: *Komm! Schnell!*

Seither schliefen sie häufiger miteinander, woran auch die zweite Schwangerschaft nichts änderte, während der Helena geradezu aufblühte. Alexander hatte sie nie strahlender erlebt. Die Schwangerschaft verlief ohne Probleme. Auf dem Weg zum Anderen brauchten keine Hindernisse mehr fortgeschafft werden, die sich aus Krampf, Zorn und Peinlichkeit aufgetürmt hatten. Robins Zeugung markierte einen verstandesmäßig nicht fassbaren, doch umso deutlicher spürbaren Wendepunkt ihrer Beziehung, als habe das junge Paar, das sie einmal waren, ein großes Bündel alter Verklemmtheiten abgeworfen. Was die Veränderung herbeigeführt hatte, war ihm nicht klar. Aber das Rätsel beschäftigte ihn nicht allzu lange, denn bald nach Robins Geburt (eine Bilderbuchentbindung) schlug Marias Eifersucht alle in ihren Bann.

Er putzte sich die Zähne und legte sich ins Bett. Marias Stirn glühte. Sie wimmerte leise.

Mit dem Wimmern kam ihm mit einem Mal Erika Schlottmann in den Sinn. Seine erste sexuelle Erfahrung und die einzige Frau, die Frank Zappas *Dinah Mo Hum* angeblich nicht abstoßend gefunden hatte. Er war mit ihr nach einer Fete des *Kölner Druckkollektivs* im Bett gelandet. Bei Tagesanbruch hatte sie ähnlich wimmernd neben ihm gelegen wie in diesem Augenblick Maria. Was aus ihr wohl geworden war?

Sein Erstes Mal war eine deprimierende Angelegenheit gewesen. Erika legte los wie die Feuerwehr, kaum dass er ihr Schlafzimmer betreten hatte. Es schien sich zu bewahrheiten, was man über sie erzählte. Sie fasste ihm recht grob in den Schritt und rieb noch im Stehen ihre Scham an seinem Oberschenkel, als füllte sein Hosenbein die verchromte Stange einer Strippbar. Ihm gelang nur eine halbgare Erektion, die sie mehr schlecht als recht in sich hineinbugsierte. In dem Moment, da er sich zu fragen begann, ob er sich nicht lieber wieder zurückziehen sollte, sackte Erika in sich zusammen wie eine Gliederpuppe und begann zu schluchzen. Verwirrt fragte er, ob er etwas für sie tun könne. Doch sie wiederholte immerzu, dass niemand sie verstehe. Auf ihrer mit zahlreichen Seidentüchern behängten Spiegelkommode stand ein kleiner, messingfarbener Buddha, der freundlich lächelte, ihm jedoch nicht verstehen half. Irgendwann rollte Erika sich unter ihre Bettdecke und schlief ein. Als Alexander das Schlafzimmer verließ, hörte er sie leise schnarchen. Später hatte er mehrere Briefe geschrieben, von denen er keinen an sie abschickte. Er war zwanzig Jahre alt gewesen und schämte sich, in Erika Schlottmann eine *Gelegenheit* gesehen zu haben.

Alexander schaute den Schatten hinterher, die ein langsam vorbeifahrender Wagen an der Zimmerdecke entlang laufen ließ. Dass er mit seiner fiebrigen Tochter in einem Zandvoorter Hotelzimmer lag, ihrem Atem lauschte und spürte, dass sie in diesem Augenblick nichts brauchte als seine Nähe, erfüllte ihn mit der Gewissheit, am richtigen Ort das Richtige zu tun. Seit er Erikas Schlafzimmertür von außen geschlossen hatte, war er einen weiten Weg gegangen. Er nahm sich vor, Richard bei nächster Gelegenheit nach ihr zu fragen. Hoffentlich hatte sie sich in der Zwischenzeit nicht umgebracht.

Am nächsten Morgen weckte ihn Maria mit der Toilettenspülung.

»Kacka geht nicht weg!«, sagte sie, eine Hand am Hebel der Toilettenspülung, in der anderen Hand ihre Windel.

Alexander richtete sich auf. »Hast du Kacka gemacht?«

»Ja.«

»In die Toilette?«

Sie nickte.

»Toll. Seit wann machst du das so?

»Heute. Aber geht nicht weg.«

Er stand auf, knüllte einen Meter Toilettenpapier zusammen und spülte nochmals ab. »Geschafft.«

»Geht Kackawurst jetzt ins Meer?«

»Ich glaube schon.«

Sie lachte.

Er fühlte ihre Stirn. »Kein Fieber mehr.«

»Wieder gesund?«

»Ja.«

»Ich hab Hunger.«

»Dann lass uns frühstücken. Hinterher können wir uns noch ein bisschen das Meer angucken und in Amsterdam mit einem Boot fahren. Danach fahren wir mit dem Zug wieder zu Mama und Robin.«

Maria setzte sich wortlos aufs Bett.

»Ich hol uns das Frühstück. Wartest du hier?« Alexander begann sich anzuziehen.

Sie nickte. »Ich will kein Boot fahren.«

Sie frühstückten auf dem Bett, das anschließend voller Schokostreusel war. Maria aß mehrere Scheiben *Volkorenbrod*, das sich wie alle holländisches Brote zu einem Bruchteil seiner optischen Masse zusammendrücken ließ. Nach dem Frühstück stellten sich beide unter die Dusche, wo Alexander feststellte, dass er weder Seife noch Shampoo mitgenommen hatte und auf Zahnpasta zurückgreifen musste.

Bis zum Mittag suchten sie Muscheln am Strand. Der Wind blies schneidig kalt, aber es regnete nicht mehr. In einem auf Betonstelzen gebauten Strandcafé verfütterte Maria eine große Portion Pommes frites mit Ketchup und Mayonnaise an sich und ihn, er trank ein Bier dazu. Lionel Ritchie sang *Hello, is it me you're looking for?* In der nächsten Stunde bemalte Maria mit caféeigenen Buntstiften eines der dazu vorgesehen Tischsets aus Papier, die Sonne zeigte sich und Alexander trank ein zweites Bier. Maria blätterte an ihn gelehnt *Das goldene Blatt* durch, das Touristen vor Monaten zurückgelassen hatten. Alexander fühlte sich großartig. Am Tresen kaufte er eine Postkarte, die er an Klara adressierte, nachdem Maria sie mit Buntstiften bekritzelt hatte.

In Amsterdam unternahmen sie eine Grachtenfahrt, während der Maria mit einer japanischen Touristengruppe anbändelte und sich bereitwillig fotografieren ließ.

»Black curls, blue eyes!î, sagte der Mann und nickte Alexander freundlich zu. »Beautifully.«

Maria drückte sich schüchtern an Alexanders Bein. Als er sie später zum Bahnhof trug, vergrub sie ihr Gesicht an seinem Hals. Auf der Rückfahrt nach Köln versprach sie ihm, ihrem Bruder nie wieder weh zu tun.

»Ich hab Robin so lieb«, sagte sie und wirkte so zerknirscht, dass

Alexander ihr tröstend einen Kuss auf die steifen, nach Zahnpasta riechenden Locken gab.

Zu Hause ging Helena mit ausgebreiteten Armen in die Hocke. »Da sind ja meine beiden Schätze!«

Maria ließ sich von ihr drücken und schaute nach Robin, der am Fenster in seinem Stubenwagen schlief.

»Wir war's?«, fragte Helena und umarmte Alexander.

»Ich hatte vergessen, was für eine tolle Tochter wir haben. Maria war so lieb!«, sagte er betont laut. »Wir hatten nicht eine Sekunde Streit. Überhaupt kein Problem.«

Robins Schrei ließ beide zusammenfahren.

»Maria!« Helena stürzte zum Stubenwagen, in den ein Ficus Benjamini gestürzt war, der vor wenigen Sekunden noch auf der Fensterbank gestanden hatte.

Robins große Schwester rannte aus dem Zimmer, vorbei an Alexander, dessen Zugriff sie sich durch eine geschickte Schulterbewegung entzog.

»Wie wär's mit getrennten Wohnungen?«, sagte er mit einem aufmunternden Lächeln.

»Nichts dagegen.« Helena nahm Robin auf den Arm und pustete Reste von Blumenerde aus seinem Gesicht. »Du nimmst die Kinder, gehst arbeiten, kochst und hältst alles sauber. Ich komme regelmäßig rüber, gebe Robin die Brust und esse mit euch. Die paar Mahlzeiten am Tag werde ich schon durchstehen.«

In der Nacht schliefen sie miteinander, ruhig und befriedigend. Danach kuschelte Helena sich an seinen Rücken und Alexander ging den OP-Plan des nächsten Tages durch. Eine Blasenendoskopie, zwei Phimosen und zwei Varikolzelen, die er unter der Aufsicht des Oberarztes selbstständig ausführen würde, um danach dem vorgesetzten Kollegen bei einer Blasenanhebung zu assistieren. Um Fünf klingelte der Wecker.

29

Klara überlegte, Alexander abzusagen. Er hatte sich für Halbvier mit den Kindern angekündigt, aber sie war müde und mochte sich keine Vorhaltungen anhören, endlich ihren Blutzucker testen zu lassen. Das Jahr ging zu Ende und sie musste zugeben, dass sie sich schon lange schlecht fühlte. 1993 war kein gutes Jahr gewesen.

Sie zwinkerte mit den Augen, aber die Küchenuhr an der Wand wurde nicht schärfer. Adi hatte recht. Wenn sie nicht zum Arzt ginge, würde sie ihm bald keine Hilfe mehr sein. Seine Symptome hatten sich verschlimmert. Klara setzte sich in den Sessel am Küchenfenster. Seit Helena Alexander ein Kuckucksei ins Nest gelegt hatte, zeigte sich das Schicksal anhaltend ungnädig. Nicht dass sie Helena für den Schwindel verurteilt hätte. Sie selbst war die Letzte, die sich in einer solchen Sache über andere mokieren durfte. Adi und sie hätten nur zu gerne gewusst, wes Vaters Kind sie regelmäßig zum Spaziergang ausführten. Als wenige Tage nach Marias Geburt im März '91 Waltraut aus Hamburg anrief und von Alwins Herzinfarkt berichtete, hatte sie zum ersten Mal die böse Ahnung beschlichen, das Schicksal könne damit begonnen haben, sie für ihre Verfehlungen zu bestrafen. *Hör auf, Horoskope zu lesen*, sagte Adi, als sie die Rede darauf brachte.

Klara stand auf, schaute aus dem Fenster und setzte sich wieder hin. Waltraut und Alwin hatten ihren Baustoffhandel verkauft und waren nach Teneriffa übergesiedelt. Als Ruheständler ließ er es endlich langsamer angehen. Leider blieben seitdem die monatlichen vierhundert Mark aus, die er ihr mehr als fünfzehn Jahre lang überwiesen hatte. Doch auch in dieser Sache stand es ihr nicht an, gegenüber ihrem Schicksal Beschwerde einzulegen. Zum Ausgleich aß sie häufiger als früher mit Adi zu Mittag. Sie kochte, er bezahlte den Großteil der Einkäufe. Ein paar Wochen nach Alwins Herzinfarkt erfuhr Adi von einer Kundin, Klaras Schwester Paula sei beinahe an einer Blutvergiftung gestorben, die sie sich in einem Lübecker Krankenhaus bei der Entfernung ihrer Gebärmutter zugezogen habe. Seither leide sie an einer rätselhaften Form der Auszehrung. Man wisse nicht, wie lange sie noch zu leben habe. Auf Adis Anraten überwand Klara sich und rief in Lübeck an. Der Herr war ihr Zeuge (sollte es ihn geben), aber es dauerte keine zwei Minuten, da hatte sich Paulas Überraschung gelegt, nach Jahrzehnten der Funkstille Klara am Telefon zu haben. Schon schoss sie ihren ersten Pfeil ab. Klara richtete ihr liebe Grüße von Adi aus, und Paula erwiderte mit gebrechlicher Stimme: *Hast du immer noch mit diesem Adolf zu tun? Liest du denn keine Zeitungen? Die haben doch alle Aids.* Klara hatte das Gespräch bald beendet. So schlecht ging es ihrer Schwester offenbar nicht. Als Adi wenig später den positiven HIV-Test auf Klaras Küchentisch legte, wäre sie am liebsten in den nächsten Zug nach Lübeck gestiegen, um ihrer Schwester den dürren Hals umzudrehen. Marco, der junge Mann, in den Adi sich vor Jahren verliebt hatte, war an Aids gestorben. Als Adi davon erfuhr, drängte sich in seine Trauer über diese letzte unerfüllte Liebe eine dräuende Alarmiertheit, die sich nicht verflüchtigen wollte. In den vergangenen zehn Jahren hatte er absolut keusch gelebt. Sein einziger Trost hatte darin bestanden, auf diese Weise wenigstens vor einer HIV-Infektion geschützt zu sein. Mit einem Mal war es nicht mehr auszuschließen, dass selbst einer wie er mit Aids gestraft wurde. *Das würde zu meinem Glück in der Liebe passen*, hatte er zu Klara gesagt, als er beschloss, den Test zu machen.

Klara stand auf und trank zwei Gläser Leitungswasser. Auch wenn sie seit mehr als einem Jahr Bescheid wusste, wollte sie es nicht wahrhaben. Adi hatte sie beruhigt, noch habe er kein Aids. Offenbar trug er das Virus bereits seit zehn Jahren in sich, und es hatten sich bisher nur schwache Symptome gezeigt. Natürlich war er niedergeschlagen. *Wenn ich mir in den letzten Jahren wenigstens die Seele aus dem Leib gevögelt hätte!* Nun wussten sie, weshalb er an manchen Tagen ungewöhnlich stark schwitzte und immer wieder von rätselhaften Durchfällen gepeinigt wurde. Auch bereitete es ihm zunehmend Mühe, harmlose Erkältungen auszukurieren. Ein anderes Problem war der Frisörsalon. Sollte jemand von seiner HIV-Infektion erfahren, konnte er den Laden dicht machen. Seine Kunden würden seine schützende Fassade auf der Stelle einreißen. Wer ließ schon einen Aidskranken an sich herumschnippeln? Als im vergangenen Mai fünf junge Rechtsradikale das Haus in Solingen angezündet und der Familie Genc zwei Frauen und drei Mädchen geraubt hatten, stand er tagelang unter Schock. *Wenn sie hier erfahren, dass ich HIV-positiv bin*, sagte er, als er seine Fassung wiedergewonnen hatte, *machen sie mich zum aus der Türkei stammenden rollstuhlfahrenden schwulen Kommunisten ohne Pass.* Bestenfalls würden sie ihn, der nirgendwo anders als in Heimstadt leben wollte, aus der Stadt jagen. Nach reiflicher Überlegung entschieden er und Klara, niemanden einzuweihen, auch nicht Alexander und Richard. Niemand sollte in die Verlegenheit gebracht werden, Adis Geheimnis wahren zu müssen. Irgendwann würde es heraus kommen, denn am Ende zerstörte die Krankheit jeden. Klara hatte versprochen, ihn nicht allein zu lassen.

Vor einigen Wochen musste er sich wegen einer Pilzinfektion im Mund behandeln lassen. Seit dem nahm er eine Kombination aus AZT, ddI und ddC (Alexander wäre stolz auf seine alte Mutter gewesen, denn sie wusste inzwischen eine Menge über die Behandlung von Aids). Anfangs hatte Adi sich gesträubt, sich seinem Hausarzt in Heimstadt anzuvertrauen. Es sei der letzte Schritt, sagte er, die Tatsache anzuerkennen. Zu seinem Erstaunen entpuppte sich der Mediziner als Spezialist der Stadt für die Behandlung von HIV-Patienten. Er arbeitete nebenbei ehrenamtlich für das Hospiz der Heiligen Katharina, in dem auch Aidskranke im Sterben begleitet wurden. *Offenbar sind wir nicht die Einzigen in unserem verfickten Kaff*, hatte Adi gesagt, *die ein gutes Herz haben.*

Klara schaute erneut aus dem Fenster. Alexander hielt Robin auf dem Arm und ließ Maria aus dem Wagen steigen, den er auf der gegenüberliegenden Straßenseite vor Pissackers altem Kiosk geparkt hatte. Der Besitzer hatte vor Jahren gewechselt, aber Klara konnte sich den Namen des freundlichen Persers nicht merken. Sie blinzelte zur Wanduhr. Auch Adi würde zum Kaffee kommen. Er wollte Kuchen und Brötchen mitbringen. Kuchen für Maria, Brötchen für die Erwachsenen. Dass sie den süßen Kram nicht mehr vertrug, war nicht zu leugnen. Ein Stück Kuchen, und sie musste bis zum Abend mehr pinkeln, als sie in sich hinein schütten konnte.

In ihrer feuerroten Steppjacke überquerte Maria an Alexanders Hand die Straße. Klara mochte den wilden kleinen Feger, die erste Nachfahre der Schultheißschen Reihe ohne Schultheißsteiß, wie Theo die kleine Hautfalte genannt hatte, als er Alexander zum ersten Mal auf den Armen hielt. Schon Klaras Urgroßvater war mit der Hautfalte am Eingang seiner Poritze auf die Welt gekommen und hatte sie an alle Nachkommen bis hin zu Alexander vererbt. Marias Poritze war dagegen vollkommen ebenmäßig, was Klara beim ersten Windelwechsel bemerkt und ihr Interesse an dem Baby, wie sie gestehen musste, augenblicklich gesteigert hatte. Als Robin zur Welt kam, wurde ihr Helenas Seitensprung endgültig zur Gewissheit. Sie konnte es kaum erwarten, den Hintern des Kleinen zu inspizieren, und siehe da: ein Schultheißsteiß. Offenbar wusste Alexander nicht, dass die ominöse Hautfalte an alle vererbt wurde, in deren Adern Schulheißsches Blut floss. Nach Klaras Ansicht besaß er nicht die Abgebrühtheit, das Kind eines Anderen als sein eigenes auszugeben. Dass er die Kleine abgöttisch liebte, war dagegen nicht zu übersehen. Mit ihren schwarzen Haaren und den blauen Augen hätte Maria durchaus Richards Tochter sein können. Aber das konnte sich Klara nicht vorstellen.

»Was ist passiert?«, rief Klara, als Alexander mit den Kindern zur Tür herein kam.

Alexander befühlte vorsichtig die Haut unter seinem linken Auge. »Sieht man da was?« Er drückte ihr Robin in den Arm und ging in die Hocke, um Maria aus der Jacke zu helfen.

»Papa ist gehauen worden«, sagte Maria.

»Wirklich?« Klara setzte sich in ihren Sessel und schälte Robin aus seiner Winterkleidung. »Aufs Auge?«

Alexander ließ sich auf einen der Küchenstühle fallen. »Wir waren vorhin auf dem Spielplatz. Da war ein Mann, etwa in meinem Alter, mit seiner Tochter und seinem Sohn. Irgendwann fing er an, das Mädchen herumzuschubsen. Die anderen Mütter verdrückten sich schon in eine andere Ecke des Spielplatzes, da rutschte das Mädchen die Rutsche hinunter und traf ihren Bruder mit dem Fuß in die Seite. Der Kleine brüllte wie am Spieß, und der Mann kam, haute dem Mädchen auf den Hinterkopf und schrie, so was Blödes könne es ja nicht zwei Mal geben. Tja, und dann«, Alexander schaute Maria an und streichelte ihre Wange. »Und dann hat der Papa was gesagt.«

»Aha.« Klara grinste und ordnete Robins spärliche blonde Haarsträhnen.

»Die Kleine tat mir so leid, und da hab ich bloß ›Stopp!‹ gerufen. Mehr nicht.«

»Das war alles?«

»Der Kerl schaute mich giftig an meinte: ›Hast du was gesagt, du blöder Öko?‹ Ich weiß nicht, was mich da geritten hat. Jedenfalls sage ich: ›Ihre Tochter rühren Sie nicht mehr an, haben Sie mich verstanden?‹«

»Ist das wahr?«, sagte Klara zu Maria.

Maria nickte und schlang ihre Arme um Alexanders Bauch.

Es klingelte.

Klara drückte auf den Türöffner.

Adi kam schnaufend mit zwei Tüten in der Hand die Treppe hochgestiegen. »Hallo zusammen«, sagte er, gab Maria einen Kuss und ließ sich von Klara Robin geben. »Wo habt ihr denn die Mutter gelassen?«

»Helena hat heute Nachmittag kinderfrei«, sagte Alexander.

Maria verschwand im *Zimmer*, wo sie mit Vorliebe die Schränke durchstöberte. Adi sah erschöpft aus. Klara hoffte, dass er sich nicht wieder einen Infekt eingefangen hatte.

»Hast du abgenommen?«, fragte Alexander.

Adi schaute an sich herunter. »Nicht dass ich wüsste. Aber was hast du denn mit deinem Auge gemacht?«

»Auf dem Spielplatz im Römerpark hat ein Vater seine Tochter geschlagen«, schaltete Klara sich ein, froh, dass Adi so rasch das Thema gewechselt hatte, »und mein Sohn ist dazwischen gegangen. Dagegen hatte der Mann aber etwas einzuwenden und hat ihm eine verpasst..«

Tuntenhaft hielt sich Adi die Hände vor den Mund. »Und Alexander hat zurück geschlagen?«

»Alexander ist ein Held«, sagte Klara.

»Bin ich auch!«, meinte Alexander.

»Papa, was ist das?« Maria hielt ihm ein kleines, flaches Metallkästchen hin.

»Ach du je!«, rief Klara und nahm ihr einen 5-Klingenspender *Rotbart Rostfrei* aus der Hand.

Alexander griff danach und betrachtete ihn nachdenklich. »Das ist verrückt«, sagte er leise und gab Maria einen Kuss. »Was du da gefunden hast, ist schon ganz alt. Das sind Rasierklingen von deinem Opa Theo. Opa Theo war mein Papa.«

Maria schaute ihn verständnislos an. »Wo ist dein Papa?«

»Hier.« Alexander zeigte sich auf die Brust.

Sie hob die Schultern, offenbar unschlüssig, was Alexander damit meinte, sein Papa wohne in seiner Brust. Dann schaute sie noch einmal in die Runde und verschwand wieder im *Zimmer*.

»Hat sich ihre Eifersucht gelegt?«, fragte Adi.

»Heute ist sie ganz friedlich«, sagte Alexander abwesend. »Ich musste während der Fahrt hierher die ganze Zeit an Theo denken. Wegen dem hier«, er zeigte auf sein geschwollenes Auge. »Und jetzt findet Maria Theos alten Klingenspender, den ich nach seinem Tod ständig mit mir herumgetragen habe. Damals hatte ich mir fest vorgenommen, mich eines Tages damit zu rasieren. Später habe ich nicht mehr daran gedacht.«

Adi nickte stumm, Robin kuschelte sich an seine Brust.

»Was hat denn Theo mit deinem blauen Auge zu tun?«, fragte Klara.

»Weißt du noch, wie Papa zu Schwester Eusebia in den Kindergarten gegangen ist, um ihr Bescheid zu stoßen, sie solle damit aufhören, mir Dresche anzudrohen, nur weil ich immer so lange an meinem Butterbrot herumgekaut habe?«

»Wer? Theo?«

»Sicher. Die Nonne ist richtig giftig geworden. Sie sagte, es habe sich noch nie jemand über ihre Erziehungsmethoden beschwert, und wie sie mit den Kindern umgehe, solle er gefälligst ihr überlassen. Aber Papa hat sich nicht einschüchtern lassen. Er hat ihr gesagt: ›Meinen Alexander rühren Sie jedenfalls nicht an, haben Sie mich verstanden?‹ Da ist die alte Schachtel abgerauscht, und Theo hat ihr noch hinterher gerufen: ›Und lassen Sie mir auch den kleinen Schell in Ruhe.‹«

»Das soll Theo zu der Kindergartenleiterin gesagt haben?« Klara war verwirrt. Wovon redete Alexander?

»Weißt du das denn nicht mehr? Die Nonne hat uns im Kindergarten jeden Mittag im Foyer zusammen getrommelt. Die Kindergärtnerinnen mussten dann petzen, welches Kind nicht brav war, und diesem Kind hat sie dann vor versammelter Kinderschar Stockschläge auf den Hintern gegeben, wie bei einer öffentlichen Auspeitschung. Das musst du doch noch wissen! Und Papa ist eines Tages zu dieser Nonne gegangen und hat ihr verboten, uns zu schlagen.«

Klara schüttelte den Kopf. »Ich erinnere mich daran, dass hin und wieder mal ein Kind gehauen wurde im Kindergarten. Das war ja normal damals. Aber du warst nie dabei. Jedenfalls hast du nie etwas davon erzählt.«

»Doch!«, insistierte Alexander. »Ich habe Theo erzählt, dass unsere Kindergärtnerin damals gedroht hat, der Eusebia zu sagen, dass ich diese blöden Butterbrote nicht richtig essen würde.«

»Ach du liebe Zeit!« sagte Klara. »Daran erinnerst du dich noch? Aber da musst du etwas durcheinander bringen. Es stimmt, Theo hat mir davon erzählt, und wir haben auch überlegt, ob ich mal mit der Kindergartenleiterin reden sollte. Aber-.«

»Du?«

»Natürlich ich. Theo hätte alles für dich getan, aber wenn es darum ging, mit Leuten vom Amt, dem Kindergarten oder mit sonst jemand Offiziellem zu reden, hat er mich vorgeschickt. Für so etwas war er zu schüchtern. Er meinte, er fände nie die richtigen Worte. Er hätte sich im Leben nicht vor Schwester Eusebia gestellt und gesagt: ›Meinen Jungen rühren Sie jedenfalls nicht an.‹«

»Aber ich sehe es doch genau vor mir, wie Papa da steht und mit der Nonne redet.«

»Warst du denn dabei?«

»Muss ich ja wohl, woher sollte ich sonst-. Andererseits .... Er war in seiner Mittagspause da, und um diese Zeit waren wir Kinder schon zu Hause. Merkwürdig. Jetzt bin ich ganz durcheinander.«

»Wenn er da gewesen wäre, hätte Theo es mir ganz sicher erzählt«, sagte Klara. »Ich weiß noch, dass wir damals gesagt haben: Warten wir mal ab. Und wenn sie dich wirklich geschlagen hätte, wäre ich hingegangen und hätte mir die Nonne vorgeknöpft. Aber da du nie etwas in dieser Richtung erzählt hast, ist auch nie einer von uns in den Kindergarten gekommen. Das musst du geträumt haben.«

Alexander wog den Klingenspender in der Hand. »In meiner Erinnerung hat Theo mich vor der Nonne beschützt. Und er hat sich auch für Richard in die Bresche geworfen. Deshalb musste ich nach dem Handgemenge vorhin auf dem Spielplatz an ihn denken. Ich war richtig stolz, weil ich dachte: Das hätte Theo auch getan. Für mich und für andere Kinder.«

»Das war ja auch toll von dir, mein Junge«, sagte Adi. »So etwas traut sich nicht jeder.«

Sie deckten den Kaffeetisch und unterhielten sich über Richards Freundin Roswitha, mit der er seit mehr als einem halben Jahr zusammen war. Alexander schien weiterhin seiner seltsamen Erinnerung an Theo nachzuhängen, denn er bekam nicht mit, dass Robin, der nach sechs Monaten endlich, wie Klara fand, seinen ersten Möhrenbrei als Ersatz für eine von fünf Brustmahlzeiten bekommen hatte, ein paar Krümel von Adis Rosinenschnecke kaute. Wenn das Helena wüsste! Klara grinste. Sie hatte Alexander nach vier Wochen abgestillt, wie es die meisten Frauen damals taten, und fand, dass Helena es mit der Ernährung ihrer Kinder zu pingelig nahm.

Es tat ihr leid, Alexanders schöne Bild von Theo angekratzt zu haben. Sie hatte zu spät verstanden, worauf er hinaus wollte. Es gab keinen Grund daran zu zweifeln, dass Theo der beste Vater gewesen war, den ein Kind sich hätte wünschen können.

»Meinst du, es ist was Ernstes mit Richard und dieser Roswitha?«, fragte Adi.

Alexander seufzte. »Wenn ich ehrlich bin, kann ich mir das nicht vorstellen. Ich habe die beiden einmal zusammen gesehen, als Richard sich vor ein paar Wochen an einem Samstagnachmittag Maria ausgeliehen hat. Das hat mich schon genug gewundert. Er kommt zwar hin und wieder vorbei und spielt auch mit Maria. Aber abgeholt hatte er sie noch nie. Worüber ich mich aber noch mehr gewundert habe, ist-«, er schien nach dem passenden Wort zu suchen, »war ihr-. Naja, ich finde, Roswitha ist nicht gerade Richards Typ, äußerlich, meine ich.«

Klara nickte. »Ich weiß, was du meinst.«

»War er mit ihr hier?«

»Ja.«

»Dann bahnt sich da wohl tatsächlich was Ernstes an, wenn er sie dir vorstellt.«

»Was ist denn mit ihr?«, fragte Adi, der Robin noch ein Stück von einer Rosinenschnecke vor den Mund hielt. Der Kleine fixierte das Kuchenstückchen, begann zu schielen und wackelte mit seinem Kopf so lange, bis er den großen Krümel mit den Lippen erwischte.

»Sie hat ein richtiges Pferdegesicht«, sagte Klara.

Maria wieherte. »Witta ist Pferd!«

Klara fand, dass es da nichts zu beschönigen gab. Außerdem machte Roswitha den Eindruck, dass sie die Letzte sei, die sich wegen ihres Gesichts den Kopf zerbrach. Richard war überraschend auf einen Kaffee vorbeigekommen und hatte verlegen gewirkt, was Klara an ihm nicht kannte und auch sie selbst verlegen gemacht hatte. Roswitha, groß, schlank und eine einnehmende Ruhe ausstrahlend, hatte die Situation charmant gerettet. Sie plauderte ohne zu plappern und blieb dabei gebührend zurückhaltend.

»So gnadenlos reden nur Frauen über Frauen«, sagte Alexander. »Ich hätte es nicht so ausgedrückt, aber es stimmt: Roswitha hat eine Wahnsinnsfigur, aber mit ihrem Gesicht ist sie ein echtes Phänomen. So einen Menschen habe ich noch nie gesehen. Als hätte Frankenstein Burt Lancaster den Kopf von Fernandel aufgesetzt.«

»Jetzt übertreibst du«, sagte Klara. »Außerdem ist Roswitha eine Frau. Dein Vergleich passt nicht.«

»Ich dachte, mit Lancaster und Fernadel kann Onkel Adi sich das Ganze besser vorstellen.«

»Mein Junge«, protestierte Adi. »Durch meine Hände sind etwa eine Million mal mehr Frauenköpfe gegangen als durch deine.«

»Dann stell dir Gina Lollobrigida vor mit dem Kopf von, von – es gibt keine Schauspielerinnen mit einem Pferdegesicht.«

»Helga Feddersen«, schlug Klara vor. »Sie hatte zwar kein Pferdegesicht und auch nicht eine so tolle Figur, war dafür aber ebenfalls sehr sympathisch.«

»Sei's drum.« Alexander klatschte in die Hände. »Wir müssen bald los. Ich habe heute Nachtbereitschaft.«

Klara beugte sich vor und sagte zu Maria: »Was soll die Oma dir denn zu Weihnachten schenken?«

Maria schaute ihren Vater fragend an.

»Die Oma meint«, sagte er, »was das Christkind für dich nach Heimstadt bringen soll.«

»Ja, richtig«, sagte Klara. »Das Christkind kommt ja auch zur Oma.« Sie wunderte sich, dass Helena und Alexander ihrer Tochter vom Christkind erzählt hatten. Schließlich sträubte Helena sich vehement gegen die Taufe ihrer Kinder.

»Kwoos.«

»Wie bitte?«

»Sie meint ein Indianerdorf von *Playmobil* mit Wigwams, Pferden und Squaws«, übersetzte Alexander. »Das hat sie bei ihrer Freundin aus der Spielgruppe gesehen.«

»Kommt das Christkind auch für Robin zu Oma?«, fragte Maria.

»Natürlich! Und sag das bitte nicht mehr: Witta ist Pferd. Versprochen? Oma hat nur Quatsch gemacht. Ja?«

Maria rollte mit den Augen und lachte. »Ja.«

Nachdem Alexander und die Kinder gegangen waren, half Adi beim Abwasch. Später drehten sie eine Runde im Park. Adi berichtete, er sei beim Arzt gewesen und habe drei Kilo abgenommen. Trotzdem schlügen die Medikamente gut an. Die Virenzahl sei deutlich gesunken. Klara hakte sich bei ihm ein und dachte beklommen, wie einsam ihr Leben ohne ihn sein würde.

Am Abend versuchte sie, ihn zu einem Glas Riesling zu überreden. Adi lehnte ab. Die Zeiten, in denen er Alkohol trinken durfte, gehörten der Vergangenheit an. Er ermahnte sie, endlich zum Arzt zu gehen.

In der Nacht dachte sie an Jackie. Jackies Leben schien kaum mehr der Rede wert zu sein. Zumindest stand kaum noch etwas über sie in Adis Zeitschriften. Vor ein paar Jahren war sie zum ersten Mal Großmutter geworden. Ihre Enkelin hieß Rose und war drei Jahre älter als Maria, deren Großmutter in Wahrheit nicht Klara Aschkowski hieß. Aber das war nicht wichtig. Hauptsache, Alexander war ihr ein guter Vater. Wichtig war außerdem, dass Adi noch lange bei ihr blieb. Sie würde sich einen Termin bei ihrem Hausarzt geben lassen. Nicht morgen, aber im neuen Jahr. Im kommenden Mai würde sie ihren fünfundsechzigsten Geburtstag feiern, wohl oder übel ohne Sekt.

30

Richard glitt in Roswitha, die sich mühelos und weich öffnete. Sie reckte ihr Kinn, seufzte und ließ ihre Hände über seine Lenden gleiten. Bald war es, als segelte er auf ihr, wie auf einem Ozean, dessen sanfte Dünung sie mit ihrem Becken erzeugte. Er schloss die Augen und ließ sich treiben. Ein Schauer ließ seine Brustwarzen zu winzigen Punkten schrumpfen. *Das ist so schön*, hörte er Roswitha flüstern. Im nächsten Moment kam ihm Margot in den Sinn.

Das passierte ihm nicht zum ersten Mal, und er hatte sich schon gefragt, ob er sich wirklich daran erinnerte, wie Margot sich vor mehr als einem Jahrzehnt angefühlt hatte. Möglicherweise beruhte sein Vergleich lediglich auf seinen Vorstellungen von ihr. Ihre Bewegungen waren weniger weich als unbändig gewesen. Margot war kompliziert und verletzlich, Roswitha strahlte die genießerische Erotik erfahrener Frauen aus. Aber konnte man die Sexualität einer Anfangzwanzigjährigen mit der einer reifen Frau vergleichen? Trotzdem gab es eine Verbindung zwischen den beiden Frauen, wodurch sie sich von all den anderen unterschieden, mit denen er zusammen gewesen war.

»Was ist los?«, fragte Roswitha leise.

»Hm?«

»Mach bitte weiter.«

Er küsste sie auf den Mund. Er mochte diesen großen Mund mit den großen schiefen Zähnen und der großen weichen Zunge, die so unvergleichlich mit seiner Zunge spielen konnte. Er nahm den Rhythmus ihres Beckens wieder auf. Roswitha reckte ihm ihre Brüste entgehen. Er nahm eine Brustwarze zwischen seine Lippen. Im nächsten Augenblick schloss sich ihre Scheide fester um seinen Penis. Die Dünung des Ozeans wurde kräftiger, als käme Wind auf. Richard nahm sich auch der anderen Brustwarze an, von der er wusste, dass sie den Seegang bald in heftige Wellen verwandeln würde. Das war ihm gleich beim ersten Mal aufgefallen.

Er hatte sie an Ostern im vergangenen Jahr in der namibischen Etoschapfanne kennen gelernt, an einem sonnenbeschienenen Wasserloch, um das herum sich einige Giraffen, eine Elefantenherde, eine Handvoll Zebras, Gnus, ein Schakal und ein Kudu versammelt hatten. Den Besuchern des Wildreservats war es verboten, außerhalb der umzäunten Camps ihren Wagen zu verlassen, da in den letzten Jahren einige Touristen von Löwen verspeist worden waren. Zuletzt hatte es zwei Japaner erwischt, die in der Nähe eines Wasserlochs eine Löwenfamilie entdeckt hatten. Dieses seltene Glück, für das man gewöhnlich tagelang durch die Etoschapfanne kurven musste, hatte sie dermaßen elektrisiert, dass sie ihren Leihwagen verließen, um sich von einem dritten Japaner (der im letzten Moment ins Auto flüchten konnte) mit der Löwenfamilie im Hintergrund ablichten zu lassen.

Richard hatte sich in Tsumed einen roten Toyota geliehen und stand an einer Wasserstelle unweit des Camps Namutoni. Trotz zahlreicher Schleierwolken, die den Himmel überzogen, flirrte die Hitze über der am Ende der nordnamibischen Regenzeit üppig bewachsenen roten Erde. Richard kurbelte seine Scheibe herunter, fächelte sich Luft zu und genoss den stillen Anblick der trinkenden Tiere. Nach einer Weile rollte ein gelber Toyota auf leise knirschenden Reifen heran und hielt dreißig Meter von ihm entfernt an. Drei Elefantenkühe scharten sich gerade um zwei Jungtiere, da wurde die Fahrertür des gelben Toyotas geöffnet, und eine große, blonde Frau in grünen Shorts und gelbem T-Shirt spurtete zu einem Haufen bleicher Knochen, die unweit ihres Wagens in der Sonne lagen. Das Gerippe war ihm bisher gar nicht aufgefallen. Mit einem Knochenstück, rund und groß wie eine Frisbeescheibe, sprang die Frau zurück in ihren Wagen. *Eine Bekloppte!* dachte Richard. Allerdings eine ausgesprochen hübsche Bekloppte und allem Anschein nach allein unterwegs. Jedenfalls saß niemand auf ihrem Beifahrersitz. Am Abend hielt er im Camp Ausschau nach ihr, und war, als er sie entdeckte, irritiert von ihrem Gesicht. Es stand im krassen Gegensatz zu ihrem ungewöhnlich schönen Körper. Er fragte sie, ob sie lebensmüde sei, was sie fröhlich bestätigte. Sie habe unbedingt einen Elefantenknochen als Andenken mitnehmen wollen und einen schönen Halswirbel erwischt. Er lud sie zu einem Drink ein und aß mit ihr zu Abend, um später die Nacht und die folgenden zwei Wochen mit ihr zu verbringen. Roswitha hatte in ihrer Kindheit wegen eines Tumors mehrere Kieferoperationen durchstehen müssen. Sie war dreiunddreißig, zwei Jahre jünger als er, und arbeitete als Grundschullehrerin in Bonn. Wie sie unbescheiden berichtete, war sie bei ihren Schülern sehr beliebt, was Richard nicht verwunderte. Welche Lehrerin brachte ihren Schülern schon einen Elefantenhalswirbel aus den Ferien mit?

Der Ozean gebärdete sich inzwischen als tosende See. Richard drückte seine aufgestützten Arme durch und versuchte noch einmal, sich von Roswithas Erregung mitreißen zu lassen. Aber es gelang ihm nicht. Mit einem langgezogenen gutturalen Laut machte sie sich ohne ihn auf und davon. Fasziniert betrachtete er ihr Gesicht.

»Was war los?«, fragte sie nach einer Weile.

»Weiß nicht. Nichts.«

»Soll ich noch?« Sie griff nach seinem Penis.

Er schüttelte den Kopf.

»Dösen wir noch ein bisschen?«

»Gut«, sagte er und zog die Decke über beide.

Sie kuschelte ihren Kopf in seine Achselhöhle und seufzte.

Richard schaute auf seine Armbanduhr. Die Frühlingssonne schien warm auf sein Bett. Natürlich war er selbst die Verbindung zwischen Margot und Roswitha. Sie fühlten sich nicht gleich an und sahen sich nicht ähnlich. Vielleicht war ihnen die enorme Leidensfähigkeit gemein. Roswitha hatte als Kind nicht nur die Tumoroperationen, sondern ebenso wie Margot einen hirnamputierten Vater überlebt. Was ihn jedoch an Margot denken ließ, wenn er mit Roswitha schlief, war die Erinnerung an sich selbst. Er hatte mit genügend Frauen geschlafen, um zu wissen, dass die Bandbreite dessen, was man im Bett gemeinhin tat, nicht allzu groß war. Weder Margot noch Roswitha vollbrachten großartige Dinge, wenn sie mit ihm schliefen. Auch er nicht. Der Unterschied war, dass er mit ihnen nicht wie sonst außen vor blieb. Mit beiden Frauen fühlte er sich zu Hause, auch wenn es kein Ort war, zu dem man hingehen konnte.

»Ich freue mich auf heute Abend«, sagte Roswitha.

»Ich dachte, du schläfst.«

»Tu ich auch. Es ist das erste Mal, dass wir deinen Bruder und seine Frau besuchen, ich meine offiziell. Endlich lerne ich auch die Mutter deiner süßen Nichte kennen. Außerdem freue ich mich auf ein gutes Essen. Ich nehme an, als Ernährungsberaterin kann Helena gut kochen.«

Richard dachte mit Grauen an den Abend. Seit der Riesendummheit am Tag ihres bestandenen Examens hatte er nicht mehr mit Helena an einem Tisch gesessen. Wenn er gelegentlich zu Besuch kam und mit Maria spielte, hielt er sich im Kinderzimmer auf. Trank er am Küchentisch eine Tasse Kaffee, stand Helena an der Anrichte oder räumte Dinge hin und her. Als Alexander die Einladung zum Abendessen ausgesprochen hatte, war ihm klar geworden, dass er nie in die alte Unbefangenheit mit ihr zurückgefunden hatte.

Er löste sich aus Roswithas Umarmung und ging in die Küche, um eine Zigarette zu rauchen. Seit er sich in Roswitha verliebt hatte, dachte er oft an Margot. An sie und einige unangenehme Dinge seiner Kindheit. Er inhalierte tief und blies den Rauch zur Deckenlampe. Am letzten Tag in Namibia hatte Roswitha erzählt, dass sie in einem Bungalow mit acht Zimmern auf einem Grundstück so groß wie der Stadtpark von Heimstadt aufgewachsen war. Ihre Mutter, eine schmallippige depressive Frau, gekränkt durch die entstellte Tochter, während der Vater keine Gelegenheit ausließ, Roswitha mit Verachtung zu strafen. Nach einem kurzen Aufenthalt in der Psychiatrie steckten sie Roswitha mit acht Jahren in ein schickes Internat. Dort ging es ihr besser. Roswitha erzählte ihre Geschichte ruhig und bewegend. Eine Psychoanalyse, sagte sie, habe ihr geholfen, mit sich ins Reine zu kommen. Sie strahlte die Klarheit eines Menschen aus, der sich frei gemacht hatte von Wünschen nach Verzeihen und Vergeltung. Später am Abend fragte sie, warum ein so gut aussehender Mann wie er allein auf Urlaubsreise gehe, und Richard war ihr zum ersten Mal ausgewichen.

Was sollte er erzählen, ohne dass sie ihn sofort als den Misanthropen durchschaute, der er war? Außer Alexander, den Kinder, Klara und Onkel Adi gab es niemanden, zu dem es ihn zog. Er spürte die Wertschätzung seiner Angestellten, weil er als Chef auch an stressigen Tagen fair blieb und keine dienstbeflissene Selbstverleugnung verlangte. Niemand brauchte sich vor ihm zu verbiegen, außerdem zahlte er übertarifliche Gehälter. In den Wochen, die er ohne Frau war (nach wie vor vermied er es, länger als zwei Nächte hintereinander das Bett zu teilen), zog er es vor, abends allein im Restaurant zu essen. Obwohl er Konversation hasste, wusste er charmant zu plaudern. Er verspürte kein Bedürfnis, sich jemanden mitzuteilen, und interessierte sich nicht für die unentwegten Selbsterklärungen der Anderen. Deshalb fuhr er seit Jahren allein in Urlaub. Ja, er war verschroben und leugnete nicht, dass er die Menschen eigentlich nicht mochte. Er interessierte sich nicht einmal für sich selbst. Roswitha erzeugte in ihm den merkwürdigen Wunsch, ein unkomplizierter Mensch zu sein. Aber er war kompliziert, und das ging niemanden etwas an. *Das hat sich so ergeben*, antwortete er ihr. Dann fragte sie ihn nach seinen Eltern. Widerwillig berichtete er, dass beide Alkoholiker gewesen und bei einem Wohnungsbrand ums Leben gekommen waren. Eine Frau namens Klara Aschkowski habe ihn adoptiert, ihr Sohn sei sein Bruder geworden. Außerdem sei er der Anführer einer Schulhofbande gewesen, habe später eine Druckerlehre gemacht und besäße seit einigen Jahren mehrere Copyshops. Er formulierte kaum mehr als die Titel dicker Bücher, doch gemessen daran, dass er im Allgemeinen nichts von sich preisgab, erzählte er viel. Von ihrer seltsamen Reinheit war er weit entfernt. Im Vergleich zu ihr schienen ihn dunkle Gemütskräfte zu beherrschen, die ihn augenblicklich ins Verderben stoßen würden, zöge er es nur in Erwägung, sich ihnen zu stellen. In der Tat führte Roswitha ihn dem Leben wieder zu, und er hätte nicht gedacht, dass es so schmerzhaft sein würde. Manchmal dachte er daran, sich ihr zu eröffnen. Aber dann stellte er fest, dass er sich kaum daran erinnerte, was vor seinem neunten Geburtstag passiert war, dem Jahr, als er seine Eltern verloren hatte. Vertraut war ihm allein seine Wut. Seit er denken konnte, hatte er sich alle Mühe gegeben, sie gleichmäßig in seinem Körper zu verteilen.

Als sie am Abend an Alexanders Haustür läuteten, nahm Richard sich vor, keine dezidierten Positionen zu beziehen, egal auf welches Thema die Rede kommen würde. Peinliche Gesprächspausen würden nicht entstehen. Dafür sorgte schon Roswithas unaufdringliche Art, gesprächig zu sein.

»Schlafen die Kinder?« Er drückte Alexander zwei Flaschen Champagner in die Hände und beugte sich mit zurückgestelltem Unterkörper vor, um Helena Wangenküsse zu geben.

»Wir haben das Abendessen so spät angesetzt«, antwortete sie an Roswitha gewandt und schüttelte ihr mit ausgesuchter Höflichkeit die Hand, »damit wir in Ruhe essen können.«

Roswitha lächelte. »Ich freue mich, dich kennen zu lernen. Du hast eine tolle kleine Tochter.« Alexander herzte Roswitha überschwänglich.

»Kommt rein.« Helena zeigte ins Wohnzimmer, das am anderen Ende der Diele lag.

»Veuve Clicquot La Grande Dame. 1987.« Alexander hielt Richards Gastgeschenke hoch und studierte eines der Etikette. »Schmeckt vermutlich besser als unser *Kellergeister*.«

»Auf dem proletarischen Trip?«, sagte Richard. »Schon was intus?«

Alexander legte ihm einen Arm um die Schultern, in den Händen noch immer die beiden Champagnerflaschen, und bewegte ihn Richtung Wohnzimmer. »Roswitha ist toll.«

Richard nickte und gab sich Mühe, Alexanders Arm so wenig aggressiv wie möglich abzuschütteln, bevor sie die Tür zum Wohnzimmer erreichten.

Er ließ einen Champagnerkorken knallen. Das Gesöff hatte ein Vermögen gekostet, aber das brauchte niemand zu wissen. Auch als Alexander den 87er Clicquot als *edles Tröpfchen* lobte, belehrte er ihn nicht, dass man Champagner anders als Weine im Allgemeinen nicht als edle Tropfen bezeichnete. Helena trug zu einer dunkelbraunen Bluse einen beigefarbenen Rock, der ihre schönen Beine zeigte, wenn sie sich setzte. Das braune, in der Mitte gescheitelte Haar fiel ihr längst wieder über die Schultern (den Muttilook aus der Zeit vor Robins Geburt hatte er nicht ausstehen können), ihre Lippen schimmerten in einem warmen Rot. Während sie eine appetitlich riechende Steinpilzsuppe servierte, vermied sie es offenbar, ihn anzuschauen. Ihre konzentrierte Aufmerksamkeit galt allein Roswitha, die aufgeräumt mit ihr plauderte. Alexander saß grinsend da wie ein Honigkuchenlipizzaner, angetrunken und bestens gelaunt. Richards Laune verschlechterte sich zunehmend. Roswitha trug ein enganliegendes ultramarinblaues Wollkleid, eine Kette weißer Zuchtperlen zierte ihren Hals, an den Handgelenken klimperten silberfarbene Armreife. Die blonden Locken lagen als tief gebundener Pferdeschwanz auf ihrem Rücken. Sie fragte Helena nach dem Rezept der Steinpilzsuppe, und sie verabredeten sich für einen der kommenden Nachmittage zum Austausch ihrer Kochkünste. Richard fühlte sich überrumpelt von dem Tempo, mit dem die Frauen Kontakt knüpften. Als sei es ausgemachte Sache, in Kürze Schwägerinnen zu werden. Er entschuldigte sich zur Toilette. Mit einem Mal schien Roswitha sich in sein Leben zu drängen.

»Wie laufen die Geschäfte?«, fragte Alexander, als Helena einen nach Kardamom duftenden Lammrücken auf den Tisch stellte.

»Gut.«

»Die Copyshops?«

»Wie immer.«

»Und sonst?« Alexander schenkte jedem Rotwein ein. »Ich hoffe, du kriegst ihn runter. Ich finde ihn nicht schlecht.«

Richard kostete den Wein. »Er ist gut, danke.«

»Ich habe neulich Ulrich Schwarzweiler in der Stadt getroffen. Er sagte, er mache jetzt Geschäfte mit dir?«

Richard teilte eine Rosmarinkartoffel und spießte ein Stück Möhre auf seine Gabel. »Schwarzweiler schwätzt wie immer zuviel. Entschuldige, aber auch wenn du mein Bruder bist, braucht er dir nicht auf die Nase zu binden, mit wem ich welche Geschäfte mache.«

»Wer ist denn Ulrich Schwarzweiler?«, fragte Roswitha.

»Ein alter Freund von Alexander«, antwortete Richard. »Bis zur Vierten waren wir alle in der selben Klasse. Schwarzweiler war schon damals ziemlich unbeliebt, was bis heute so geblieben ist. Er und Alexander sind zusammen aufs Gymnasium gegangen. Später war er beim KBW, dann bei den Sannyasins. Nach Oshos Tod ist er Anlageberater geworden, und zwar ein ziemlich erfolgreicher – womit auch die Frage beantwortet ist, weshalb ich mit einem Blödmann wie ihm Geschäfte mache.«

»Er ist kein alter Freund von mir«, protestierte Alexander. »Du hast ihn damals immerhin zu deinem Stellvertreter als Chef der Ritchiebande gemacht.«

»Das war rein strategisch. Außerdem wolltest du seinen Posten ja nicht.«

»Alexander als Anführer einer Jungenbande. Unvorstellbar«, sagte Helena.

»Richard hat mir ein wenig von eurer Grundschulzeit erzählt«, sagte Roswitha und rollte mit den Augen. »Das Fleisch ist gut.«

Alexander schaute Richard an. »Richard erzählt nicht gern von früher. Ich allerdings auch nicht. Prost!« Er erhob sein Weinglas. »Ich glaube, ich habe einen sitzen.«

»Welche Geschäfte machst du denn mit Ulrich?«, fragte Helena und schaute ihm zum ersten Mal an diesem Abend in die Augen.

Richard machte eine wegwerfende Handbewegung. »Das ist langweilig.«

»Wieso?«, sagte Roswitha. »Lass uns entscheiden, ob es langweilig ist.«

Richard seufzte. »Vor zwei Jahren konntest du an Aktien kaufen, was du wolltest. Nach dem Golfkrieg haben alle zugelegt, besonders Chemieaktien. Von dem Gewinn habe ich mir ein Anlagekonto eingerichtet, mit dem ich Schwarzweiler ein bisschen herumspielen lasse. Er macht hauptsächlich Warentermingeschäfte. Bislang bin ich trotz der Gebühren, die er nimmt, im Plus.«

»Was sind Warentermingeschäfte?«, fragte Roswitha.

»Ich würde zum Beispiel einen ziemlich großen Gewinn machen, sollte es – sagen wir – im kommenden Juni auf den brasilianischen Kaffeeplantagen zu einem späten Frost kommen. Das senkt den Ernteertrag um fünf bis zwanzig Prozent und lässt den Kaffeepreis um das Fünffache ansteigen. Schwarzweiler hat mit meinem Geld bereits den noch nicht geernteten Kaffee gekauft, und zwar zu einem vergleichsweise niedrigen Festpreis. Kommt es zu Ernteausfällen, mache ich ein gutes Geschäft.«

»Und die Kaffeebauern?«, fragte Roswitha mit unverhohlener Entrüstung. »Was ist mit denen?«

»Richard war nie besonders links«, warf Alexander ein und schenkte sich Rotwein ein.

»Wenn es den brasilianischen Großgrundbesitzern die Kaffeeernte verhagelt, freuen sich die nicaraguanischen Campesinos, die ansonsten nicht mit den Brasilianern konkurrieren können, in einem solchen Fall aber mehr für ihren eigenen Kaffee kassieren. Was ist dagegen zu sagen?«

Richard hatte keine Lust, sich weiter dazu zu äußern. Er nahm sich vor, Schwarzweiler bei nächster Gelegenheit einen Tritt in den Hintern zu verpassen. Vielleicht sollte er sich einen neuen Anlageberater suchen. Schwarzweiler war und blieb ein Idiot.

Als Nachtisch servierte Helena Pistazieneis. Richard öffnete die zweite Flasche Champagner, Alexander erzählte in allen Einzelheiten eine neue Kuriositätengeschichte der Urologischen Station seines Krankenhauses. Voller Lustekel lauschte die Runde der Geschichte eines Mannes, dem er das dicke Ende einer *Maggi*flasche aus dem zu Beton angeschwollenen Schließmuskel seines Afters herausoperieren musste. Später unterhielten sich die Frauen über Bekleidungsgeschäfte, das Zappelphilipp-Syndom unter Grundschülern und Marias Eifersucht auf ihren Bruder. Sie verstanden sich prächtig. Doch dann stellte Alexander eine Frage, für die er ihn am liebsten auf der Stelle erschossen hätte.

»Und was ist mit dir, Roswitha?«, hob Alexander an, die Wangen gerötet von Rotwein und Champagner. »Willst du auch mal Kinder?«
Roswitha griff beherzt nach den Salzstangen, die Helena in ein Glas auf

den Tisch gestellt hatte, und bemerkte allem Anschein nicht den augenblicklichen Temperaturabfall im Raum. Helenas Gesichtszüge strafften sich, als habe Alexander einen Witz über Contergankinder erzählt. Richard sah Roswithas unbekümmertes Lächeln und hasste Alexander für die Arglosigkeit ihrer Antwort, die ihm das Gefühl gab, ein seelischer Krüppel zu sein.

»Oh ja«, sagte sie. »Wenn ich den richtigen Mann gefunden habe.«

Alexander wollte etwas erwidern, doch Helena warf ihm einen erzürnten Blick zu, den er mit verständnislosem Gesichtsausdruck erwiderte.

»Kinder sind das Größte«, sagte Roswitha. »Seht euch bloß eure beiden Süßen an!«

»Das stimmt«, sagte Alexander und schaute aufmunternd zu Richard. Offenkundig war er zu betrunken, um zu bemerken, welchen Stier er in die Arena geschickt hatte.

Roswitha folgte Alexanders Blick. »Und du, Richard?«, fragte sie. »Willst du mal Vater werden?«

Augenblicklich machte sich Mutlosigkeit in ihm breit. Es fiel ihm kein Grund ein, weshalb eine so lebensbejahende Frau wie sie nicht Mutter werden sollte. Ebenso sicher war, dass ab dem Moment, da sie ihr Lebensglück davon abhängig machen würde, er der falsche Mann für sie war. Sie war eine kluge Frau. Bestimmt ahnte sie, wie es um ihn stand, und hatte es bislang für besser gehalten, darüber zu schweigen. Nun aber hatte Alexander die Tür aufgestoßen, und Richard konstatierte mit einem Klos im Hals, dass er im Begriff war, Roswitha zu verlieren.

Er sagte: »Ich glaube nicht, dass ich ein guter Vater wäre.«

Helena stand auf und begann, den Tisch abzuräumen. Alle schauten sie überrascht an.

31

Auf dem Weg ins Belgische Viertel saß Roswitha am Steuer. Richard schaute aus dem Fenster. Der jugendliche Samstagabendrummel auf dem Kölner Ring flog an ihm vorüber. Niemand hatte an dem von Helena leergeräumten Tisch sitzen und auf eine weiße Tischdecke mit Soßenflecken starren wollen. Selbst Alexander bemerkte schließlich, was er angerichtet hatte. An der Garderobe hatte er ihm eine Hand auf den Rücken gelegt und sich flüsternd entschuldigt. Roswitha stand in der Diele, zog sich ihren Mantel an und stellte keine Fragen. Auch für ihr Gespür, eine komplizierte Situation aus eigensüchtigen Gründen nicht noch komplizierter zu machen, schätzte er sie sehr. Helena, die mit ihrer plötzlichen Tischabräumaktion den Abend für beendet erklärt hatte, klapperte in der Küche mit dem Geschirr und lehnte jede Hilfe ab. Richard fragte sich, weshalb ausgerechnet sie so ungehalten auf Alexanders faux pas reagiert hatte.

»Hilf mir, Richard«, sagte Roswitha. »Ich verstehe nicht, was da vorhin passiert ist. Ich hatte den Eindruck, dass es etwas mit dem Kinderkriegen zu tun hat. Aber was?«

»Alexander weiß, dass ich keine Kinder haben möchte«, antwortete Richard schwerfällig. »Wir haben früher oft darüber gesprochen.«

»Und deswegen darf er mich nicht fragen, ob ich mal Kinder haben möchte?«

Richard schaute sie überrascht an. »Natürlich darf er das«, sagte er vorsichtig.

»Wenn jemand einen Fehler gemacht hat, dann bin ich es.« Roswitha setzte den Blinker. »Ich bin nicht blöd, Richard. Mir war schon nach wenigen Wochen klar, dass du nicht vorhast, in absehbarer Zeit eine Familie zu gründen. Eine Frau von Anfang dreißig denkt relativ bald über diese Frage nach, wenn sie einen Mann kennen lernt. Frauen können sich mit dem Kinderkriegen nun mal nicht so viel Zeit lassen. Aber hätte ich die Beziehung zu dir sofort abbrechen sollen?«

Da sie aufhörte zu sprechen und die Frage offenbar nicht rhetorisch gemeint war, sagte er: »Nein.«

»Vorhin am Tisch, als Alexander das Thema aufgebracht hatte, hat es mich einfach gejuckt. Ich dachte: Jetzt frag ich ihn mal. Wir sind hier bei seinen Leuten. Das wird schon kein Problem sein.« Sie hielt an einer Ampel und schaute ihn an. »Aber das war es offensichtlich doch. Und nicht nur für dich. Helena hat reagiert, als wäre Gott weiß was passiert. Und wie sie deinen Bruder angeschaut hat. Meine Güte! Kannst du mir das erklären?«

»Nein«, sagte Richard. Das konnte er nicht, zumal ihn plötzlich eine ungute Ahnung beschlich. Aber nein, er war nicht Marias Vater. Unmöglich. Auch wenn es vom Abend mit Helena bis zu Marias Geburt zeitlich exakt hinkam und sie ihm durchaus ähnlich sah. Bloß ein merkwürdiger Zufall. Auch Alexander und er sahen sich ähnlich, obwohl sie keine leiblichen Brüder waren. Er hatte ein Kondom benutzt und hätte bemerkt, wenn etwas schief gegangen wäre. »Ich weiß nicht«, sagte er, »was mit Helena los war.«

Roswitha blies geräuschvoll Luft aus und ließ es dabei bewenden.

In der Nacht lagen sie eng beieinander. Richard schmiegte sich an sie und konnte doch das Gefühl nicht abschütteln, eine undurchdringliche Luftschicht zwischen ihren Körpern verhinderte, dass er sie wirklich berührte. Warum wollte er nicht Vater werden? Weshalb nahm er in Kauf, dass Roswitha sich früher oder später von ihm abwenden würde? Alle möglichen Leute wurden Eltern. Warum machte er daraus ein Drama? Auch andere Menschen hatten es in ihrer Kindheit nicht leicht gehabt und bekamen trotzdem Kinder.

Er stand auf. Als er auf einem der kalten Küchenstühle saß, dachte er daran, dass er nicht wusste, wie man auf einem Grashalm blies. Er konnte nicht einmal richtig pfeifen. Niemand hatte es ihm beigebracht.

Am nächsten Morgen lag ein Zettel auf dem Küchentisch. *Bin spazieren. Kuss, Roswitha.*

Sieben

Spätsommer 2001 – Klara fährt nach Capri

32

Helena betrachtete eine Handvoll Fotos, die Alexander an Marias elftem Geburtstag im vergangenen April aufgenommen hatte. Eigentlich gehörte sie nicht zu den Frauen, die sich in regelmäßigen Abständen in nach Lavendel riechenden Schachteln versenkten, um sich der Geschichte ihrer Sippe zu vergewissern. Marias Erstlingsjäckchen, das auch Robin getragen hatte, war irgendwann mit einer bunten Sammlung von Stramplern, Lätzchen und Schühchen in der Altkleidersammlung gelandet. Sie liebte es, die Ecken ihrer Wohnung auszuräumen und sich alter Dinge zu entledigen. Ich brauche Luft, ich brauche Platz, sagte sie dann zu Alexander, der es schade fand, dass von den Kindern kaum mehr als eine Handvoll Zeichnungen existierte. Aber er brachte selbst nicht die Zeit auf, die ausgedehnte Produktion seiner Kinder zu archivieren. Als sie vor ein paar Jahren in die große Wohnung gezogen waren, hatte Helena die Gelegenheit genutzt und noch einmal in großem Stil ausgemistet.

Sie nahm ein Foto zur Hand, das Robin zeigte, wie er seiner zwei Jahre älteren und fast zwei Köpfe größeren Schwester ein Geburtstagsgeschenk überreichte. Helena überlegte, was sich in dem quadratischen, in Illustriertenpapier gewickelten Geschenk befunden hatte, konnte sich jedoch nicht erinnern. Auf dem nächsten Foto lag Maria langgestreckt auf ihrer neuen, roten Schlafcouch und blätterte in einer *Bravo*. Als Alexander Helenas missbilligenden Blick bemerkte, hatte er gesagt: *Schau sie dir doch an!*. Natürlich war ihr nicht entgangen, dass Maria in die Höhe geschossen war. Außerdem legte sie an Gewicht zu, obwohl sie nicht mehr aß als sonst. *Bald hat ihr Körper einen Fettgewebeanteil von mehr als zwanzig Prozent,* sagte Alexander. *Dann kriegt sie ihre Menarche.* Helena wollte nichts davon wissen. Seitdem ihre Tochter laut an die Pforte der Pubertät klopfte, sah sie ihrem Erzeuger mit jedem Tag ähnlicher. Ihre blauen Augen und die dichten Brauen unter dem schwarzen Lockenschopf waren eindeutig Richards Werk. Trotzdem hoffte Helena inständig, dass niemand je Verdacht schöpfen möge. Auch Alexander war ein Lockenkopf, und das leuchtende Blau seiner Augen unterschied sich kaum von Richards blauen Augen, obwohl sie keine leiblichen Brüder waren. Eine glückliche Fügung des Schicksals, an die sich seit jeher Helenas Zuversicht geklammert hatte.

Sie steckte die Bilder zurück in den Umschlag und packte sie in eine große Plastiktüte, in der sie die Familienfotos der vergangenen Jahre aufbewahrte. Sollte ihr Leben je wieder in überschaubaren Bahnen verlaufen, würde sie Alben kaufen und die Fotos chronologisch ordnen. Wie es sich gehörte. Sie liebte ihre beiden Kinder mehr als alles auf der Welt. Das war kein Klischee, sondern eine Tatsache von schlichter Fundamentalität, wie ihr vor wenigen Tagen klar geworden war, als sie erfuhr, dass Margot nach Heimstadt zurück gekehrt war. So lange Margot sich aus ihrer aller Leben verabschiedet hatte, war es ohne Bedeutung gewesen, wessen Gene Maria in sich trug. Alexander war ihr Vater, Richard ihr Onkel. Nun sah Helena der Tatsache ins Auge, dass Margot in absehbarer Zeit mit Richard sprechen würde. Bei ihrem Anruf in Frankfurt vor mehr als zehn Jahren war Margot ihr aus verständlichen Gründen nicht gerade freundlich gesinnt gewesen. *Weiß Alexander, dass du seinen Bruder bumst?* Jedes einzelne Wort eine Ohrfeige. Helena fragte sich, wozu Margot imstande wäre, erführe sie, dass sie die große Liebe ihres Lebens ein zweites Mal *gebumst* hatte? Würde Margot ihm verraten, was dabei heraus gekommen war?

Gegen Sechs ging sie in die Küche, um das Abendessen vorzubereiten. Um diese Uhrzeit bestand kaum noch Gefahr, dass Alexander wie so häufig seit dem Schlaganfall seiner Mutter anrief und ihr freier Donnerstagabend ausfallen musste, weil eine Pflegekraft seiner Mutter abgesagt hatte oder etwas Unvorhergesehenes im Krankenhaus passiert war.

Die Wohnungstür wurde aufgeschlossen. Helena lauschte dem zänkischen Geschnatter ihrer Kinder. Seitdem Maria ihren Bruder wieder um zwei Köpfe überragte, kommandierte sie ihn unentwegt herum. Robin setzte sich nur selten zur Wehr. Er war ein stiller Junge, sanft und duldsam wie sein Vater, der in diesem Augenblick ebenfalls in der Wohnungstür erschien. Alles, dachte Helena, diese Kinder, dieser Mann, der routinierte Sex, die Sorgen, der Stress, die Langeweile und alles andere, es sollte so bleiben wie es war. Sie gab Nudeln ins kochende Wasser.

Nach dem Abendessen schaute Alexander mit den Kindern fern. Helena verabschiedete sich. Sie treffe eine Kollegin in der *Alteburg*, dem kleinen Biergarten am südlichen Bahndamm. Alexander nickte müde und wünschte ihr einen schönen Abend.

Im *Roten Ochsen* hingen die ausgestopften Ochsenköpfe an Ort und Stelle, der Schankraum roch wie ehedem säuerlich nach Wein und Zigarren, an den dunklen, Jahrzehnte alten Eichetischen saßen ältere Herren, die murmelnd Skat spielten oder über irgend etwas schwadronierten. Hinter den Skatspielern befanden sich zwei Daddelautomaten in Aktion, die einer der Männer mit gelegentlichen Seitenblicken im Auge behielt. Im Hintergrund sang Nat King Cole. Helenas Vater hatte ihn sehr gemocht. Bei Hedwig bestellte sie ein Mineralwasser.

Als Margot die Gastwirtschaft betrat, hielt Helena den Atem an. Sie hatte nicht mit einer derart attraktiven Frau gerechnet. Margot trug das glatte, seidige Haar lang und karmesinrot. Ihre blasse Haut erschien makellos, die fraulich gewordenen Hüften bewegten sich geschmeidig. Das zitronengelbe Sommerkleid sah umwerfend aus.

»Hallo Helena.«

Helena fasste sich in ihre kastanienbraunen Haare. »Sind deine echt oder hast du nachgeholfen?«

»Nachgeholfen.« Margot nahm ihr gegenüber Platz. »Das Rot ist ziemlich verblasst. Und deine?«

»Natur mit ersten grauen Strähnen. Im Oktober werde ich vierzig.«

»Das bin ich schon seit zwei Monaten.« Margot schlug ihre Beine übereinander. »Interessant, wie Frauen sich begrüßen, die sich seit einer Ewigkeit nicht gesehen haben. Beim letzten Mal waren wir dreiundzwanzig. Schön, dass du mich angerufen hast.«

Helena warf einen demonstrativen Blick auf Margots teuer aussehende Sandaletten, deren Gelbton perfekt zum Kleid passte. »Du hättest mich warnen sollen, dass du dich heute abend so in Schale wirfst. In Jeans und Bluse bin ich jetzt ziemlich underdressed.«

»Ehrlich gesagt trage ich nicht allzu oft Kleider. Hier in Heimstadt ist mir irgendwie danach.«

»Lebt deine Mutter noch?«

»Es geht ihr ganz gut. Wie deiner, wie sie mir erzählt hat.«

»Haben die beiden miteinander zu tun?«

»Ich glaube nicht. Aber Onkel Adis Nachfolger ist genauso schwul wie er war und eine ebenso diskrete Plaudertasche.«

Hedwig kam an ihren Tisch. »Na Mädels, Erinnerungen auffrischen im ollen Roten Ochsen? Ich habe gehört, du wohnst wieder in Heimstadt.« Sie schaute Margot an. »Oder muss ich Sie sagen?«

»Nein«, sagte Margot freundlich. »Im Augenblick wohne ich am Park. Mal sehen, was daraus wird. Bringen Sie mir ein Kölsch?«

»Mach ich. Und du, Helenchen? Die erste Bestellung geht aufs Haus.«

Helena schaute auf ihr Mineralwasser. »Ich muss Auto fahren.«

Die Wirtin ging zurück zu ihrem Tresen und brachte Margots Kölsch.

»Was machst du in Heimstadt?«, fragte Helena. »Hast du eine Stelle?«

»Im Augenblick nicht.«

Sie schwiegen sich lächelnd an. Mit einem Mal erschien es Helena undenkbar, das Gespräch in angemessener Zeit auf den für sie entscheidenden Punkt zu bringen.

»Willst du wissen, warum ich nach Heimstadt gekommen bin?«, fragte Margot.

»Wir waren alle sehr überrascht, von dir zu hören. Ehrlich gesagt käme keiner von uns auf die Idee, wieder nach Heimstadt zu ziehen.«

»Uns?«

»Alexander, ich«, Helena zögerte, »und Richard. Du warst lange weg. Plötzlich tauchst du wieder auf, besuchst Klara, meldest dich aber nicht bei uns.«

»Ich musste mich in den ersten Wochen noch sortieren.«

»Verstehe.«

»Mit Richard habe ich inzwischen auch schon kurz gesprochen.«

Unwillkürlich rückte Helena ihren Stuhl einige Zentimeter vom Tisch ab. »Und?«

»Ich habe ihn gestern angerufen, nachdem du mich angerufen hattest.«

Helena drehte ihr Wasserglas langsam in den Händen.

»Es ist mir gut gegangen in Frankfurt«, sagte Margot. »Die Arbeit im *Palmengarten* hat Spaß gemacht. Ich kenne eine Menge Leute in der Stadt und bin immer noch mit Harald verheiratet. Ich bin nicht hier, weil es mir in Frankfurt nicht mehr gefallen hätte. Aber stell dir vor, ich hatte Sehnsucht nach Heimstadt. Mit meinem Herzen war ich immer in der Stadt meines armseligen Vaters, nicht im Internat, nicht in Köln und nicht in Frankfurt. Ich muss oft an Ronalds altes Jungenzimmer denken, an die Bilder von Big Foot, Horned Cloud und Pretty Hawk. Ich sehe oft die Bretterbude unten am Rhein vor mir, die Kiesgrube und dich und Alexander und Richard, als wir Siebzehn waren und Ronald in die Ewigen Jagdgründe eingegangen ist. Mein Vater hatte Ronald und mich einfach nicht verdient.«

Helena sah sich im Sommer 1977 mit Thomas Schlüter im Schatten der Bretterbude sitzen. Thomas Hand klemmte zwischen ihren Knien, ihr Kopf lehnte gegen seine Schulter. Richard stand in der prallen Sonne und warf Steine ins Wasser. Alexander wanderte rastlos umher und hielt sich wegen der Hitze eine *Kommunistische Volkszeitung* über den Kopf. Vor zwei Tagen war Ronald in den Schaufelbagger gerast, Margot hatte die Schule geschmissen und schlief an diesem Nachmittag in Ronalds Zimmer zum ersten Mal mit Richard, wie sie Alexander später erzählte. Danach hatte sie in Köln die Gärtnerlehre angefangen.

»An die Jahre in Köln erinnere ich mich noch weniger gern als an die Horrorzeit zu Hause«, sagte Margot. »Es ging mir schlecht, weil Richard immer wieder mit anderen Mädels geschlafen hat. Aber ich hab mich ja nie beklagt, sondern mich ständig verleugnet. Keine Besitzansprüche! Heute würde ich allen Weibern, die sich an ihn ranschmissen, eigenhändig den Hals umdrehen, egal ob ich Richard dadurch verlöre oder nicht. Einfach aus Gründen der Psychohygiene.«

Helena schluckte.

»Wie geht es dir und Alexander und den Kindern? Meine Mutter erzählte, dass ihr ein Mädchen und einen Jungen habt. Elf und neun.«

»Gut«, sagte Helena leise. »Ganz gut.«

Beide schauten zur Toilettentür, deren Scharniere laut quietschten. Einer der Skatbrüder musste mal austreten.

»Was ist mit Harald?«, fragte Helena, der die Luft in der Kneipe mit einem Mal stickig erschien. »Kommt er bald nach?«

Margot lachte. »Nein. Jeder führt sein eigenes Leben, aber wahrscheinlich kommt er in den nächsten Tagen zu Besuch. Er hat vor einiger Zeit etwas Geld geerbt und mir die Hälfte davon abgegeben. Deshalb kann ich mir Zeit lassen. Ich weiß noch nicht, ob ich hier bleibe.«

»Du weißt, dass Maria Richards Tochter ist.«

»Davon bin ich immer ausgegangen. Nach einer Abtreibung wird man so schnell nicht wieder schwanger wie du es warst. Wolltest du nicht abtreiben?«

»Mein Vater lag plötzlich im Sterben. Es ging nicht mehr.«

»Bist du heute froh darüber?«

»Alexander ist nie von etwas anderem ausgegangen, als dass Maria seine leibliche Tochter ist, und ich habe ihn damit zum glücklichsten Mann der Welt gemacht. Richard freut sich, dass er Marias Onkel ist und sich nicht weiter um sie kümmern muss. Alles ist gut. Deshalb habe ich dich angerufen. Ich muss wissen, ob du vorhast, mich zu verraten oder nicht.«

Margot schaute sie überrascht an. »Weshalb sollte ich nach so vielen Jahren mit irgend jemandem darüber reden? Ich sehe keinen Grund, es Alexander oder Richard auf die Nase zu binden. Was hätte ich davon, deine Familie kaputt zu machen?«

»Bist du nicht sauer auf mich?«

Margot lehnte sich zurück. »Ich war sauer auf dich, als du mich in Frankfurt angerufen hast. Mehr als sauer. Hättest du mir gegenüber gesessen, hätte ich dich geschlagen. Dein Anruf hat mich eine Woche meines Lebens gekostet. Ich habe Rotz und Wasser geheult, weil du mich daran erinnert hattest, dass mein Kind damals kurz vor seiner Einschulung gestanden hätte. Ich wäre so gern Mutter gewesen, aber dieses eine Kind war verloren, und Harald konnte keine Kinder zeugen. Außerdem war ich nicht mit Richard fertig. Ich konnte nicht fassen, wie gemein du warst, Alexander ausgerechnet mit ihm zu betrügen. Ich finde, es gibt nichts Niederträchtigeres, als den Ehemann mit dessen Bruder zu hintergehen. In dem Moment habe ich auch Richard für seine Verantwortungslosigkeit verflucht. Am meisten aber war ich neidisch auf dich. Weil du mit Richard geschlafen hattest, und weil du schwanger von ihm warst. Du hattest noch die Wahl, das Kind zu behalten. Dir war es noch möglich, eine andere Entscheidung zu treffen als ich. Ich hätte schreien können bei dem Gedanken, dass ausgerechnet du ein Kind von ihm haben würdest. Deshalb war ich froh, dass du es wegmachen wolltest.« Sie fasste nach ihrem Kölschglas und trank es mit einem Schluck leer. »Ja, ich war sauer auf dich. Wenn du es so nennen willst. Aber jetzt nicht mehr. Das ist eine alte Geschichte, die nicht neu erzählt werden muss.«

Die Wirtin erschien unaufgefordert mit einem frischen Kölsch für Margot. Helena hob eine Hand und bestellte einen Aquavit, den sie umgehend erhielt.

»Es gibt da etwas, von dem ich möchte, dass du es von mir erfährst, bevor es Richard dir erzählt«, sagte sie. Der Branntwein brannte scharf in ihrem Hals.

Margot zog die Stirn in Falten. Zu Helenas Verwunderung lächelte sie im nächsten Moment. »Sag bloß, ihr habt schon wieder was miteinander.«

Helena nickte beklommen.

»Verachtest du Alexander so sehr, dass es ausgerechnet Richard sein muss? Oder liebst du unseren Kandidaten etwa?«

»Nein«, flüsterte sie.

»Warum tust du es dann?«

»Ich habe darüber nachgedacht, aber mir fällt kein vernünftiger Grund ein. Ich bin Alexander immer treu gewesen. Es ist einfach wieder passiert. Ganz unromantisch übrigens, wenn du es wissen willst. Außerdem habe ich ihn wie beim ersten Mal mehr oder weniger verführt. Von sich aus hätte Richard nie die Initiative ergriffen.«

»Und warum Richard?«

»Ich weiß es nicht.«

»Weil er guten Sex verspricht?«

Helena antwortete nicht.

»Weil er verschwiegen ist? Ich wundere mich, dass du mir das alles beichtest. Richard hätte es mir garantiert nicht erzählt. Hast du ihn ausgesucht, weil du bei ihm sicher sein konntest, dass er keine Ansprüche stellt? Er würde nie und nimmer deine Ehe absichtlich gefährden.« Margots Ton wurde unvermittelt scharf. »Vermutlich spielen alle diese Gründe eine Rolle. War Richard nicht schon immer der unkomplizierteste Mann in dieser Hinsicht?«

Helenas Schultern begannen zu beben.

»Komm«, sagte Margot in versöhnlichem Ton. »Fang nicht an zu heulen.«

Helena wischte sich die Augenwinkel. »Bin ich nicht zum Kotzen?«

»Zumindest scheinst du nicht zu wissen, was du willst.«

»Ich will Alexander und die Kinder.«

»Ich werde ihm nichts erzählen. Was dich treibt, ihn zu betrügen, musst du mit dir selbst ausmachen. Wie lange geht das schon mit dir und Richard?«

»Es war nur einmal, vor zwei Wochen, und es steht nicht zur Debatte, mehr daraus zu machen. Eigentlich wollte ich mit ihm darüber reden, weshalb er mit Alexander gestritten hatte. Es ging um Geld, und Geld ist normalerweise weder für Alexander, noch für Richard ein Grund, sich zu streiten. Aber Richard hat sich verändert. Er ist noch verschlossener als früher, noch-.«

»Einsamer?«

Helena zuckte die Achseln.

Margot schaute sie lange an. »Nachdem du mich in Frankfurt angerufen hattest und die erste Wut verraucht war, habe ich lange darüber nachgedacht, weshalb Richard mit dir geschlafen hat. Ich dachte: Er ist ja nicht blöd. Hätte Alexander je davon erfahren, hätte es ihn umgebracht. Richard liebt seinen Bruder, das wissen wir alle, auch wenn er es nicht zeigen kann. Er liebt auch dich in gewisser Weise. Du warst immer wichtig für ihn. Damals in Amsterdam troff es ihm aus allen Poren, dass er drauf und dran war, sich in dich zu verlieben. Aber schließlich hat er respektiert, dass du nicht ihn, sondern seinen Bruder wolltest. Mir nutzte das nichts, aber das ist eine andere Geschichte. Aber warum hat er Alexander ein paar Jahre später mit dir hintergangen? Das habe ich lange nicht verstanden«

»Hast du eine Antwort?«

»Ich glaube, er war und ist so verdammt einsam, dass er – koste es, was es wolle – mit einer Frau zusammen sein wollte, die ihm etwas bedeutet. Offenbar kommen dafür auch heute nicht allzu viele Frauen in Frage. Und das stimmt mich-. Trinkst du noch was?«

»Ich will nach Hause.«

»Darf ich dich einladen?« Margot gab der Wirtin ein Zeichen.

»Was willst du in Heimstadt, Margot?«

Sie nahm einen Geldschein aus der unsichtbaren Seitentasche ihres wunderschönen Sommerkleides und sagte: »Ein Kind.«

33

»Onkel Alwin kommt«, sagte Alexander laut. »Morgen, Samstag.«

Klara schloss die Augen und öffnete sie wieder, um ihn ausdruckslos anzustarren. Er warf Liese einen fragenden Blick zu.

»Sie ist müde.«

»Ich schaue am Sonntag wieder rein«, sagte er leise, gab Klara einen Kuss auf die Stirn und ging in die Küche.

Als Liese sich zu ihm an den Tisch setzte, hatte er sein Gesicht in den Händen vergraben.

»Müde?«, fragte sie.

»Ja, das auch.«

»Es geht schneller mit ihr zu Ende als ich dachte. Sie könnte kämpfen. Aber sie will nicht. Sie lässt ihren Körper regelrecht verfallen.«

Alexander fragte sich, ob Liese jemand wäre, mit dem er über sich reden könnte. In den letzten Tagen waren ihm seine Gespräche mit Veronika Busch durch den Kopf gegangen, jener klugen Therapeutin der studentischen Beratungsstelle, mit deren Hilfe er vor einer Ewigkeit den Weg zu Helena gefunden hatte. Wahrscheinlich war sie schon lange pensioniert. Liese schien ihn zu mögen. Möglicherweise mehr als das. Das wäre ein Problem.

»Ich glaube«, sagte er schließlich, weil er es jemandem sagen musste, »dass meine Frau mich betrügt. Wir führen schon lange nicht die harmonischste Ehe. Bis vor kurzem hoffte ich, dass es sich um eine Krise handelt, wie sie viele Ehen in schwierigen Zeiten durchstehen. Aber seit zwei Wochen habe ich das Gefühl, dass etwas anderes hinzu gekommen ist, und ich kann nicht sagen, was. Meine Frau sieht irgendwie anders aus und sie bewegt sich anders. Auf merkwürdige Weise bewegt sie sich-«, er zögerte es auszusprechen, »erotischer. Manchmal denke ich sogar, sie riecht anders. Gleichzeitig wirkt sie vollkommen in sich zurück gezogen, als wollte sie nicht, dass ich etwas mitbekommen von dem, was sie umwälzt. Gestern war ihr freier Abend. Sie sagte, sie treffe sich mit einer Kollegin in der *Alteburg*, dem kleinen Biergarten bei uns um die Ecke. Als sie nach Hause kam und ich fragte, wie es gewesen sei, erzählte sie, sie habe mit der Kollegin Erweitungspläne für die Gemeinschaftspraxis besprochen, in der sie als Ernährungsberaterin arbeitet. Als ich ins Bett ging, kam ich an der Garderobe vorbei, und da rochen ihre Kleider ziemlich stark nach Kneipe. So riecht man nicht, wenn man einen lauen Sommerabend draußen im Biergarten verbracht hat. Deshalb frage ich mich, ob die Kollegin, mit der sie sich angeblich getroffen hat, vielleicht der Physiotherapeut ist, der vor einem halben Jahr in die Praxis eingestiegen ist.« Er sah, dass Liese den Mund öffnete, um etwas zu erwidern. »Vielleicht spinne ich auch«, sagte er rasch und machte eine abwehrende Handbewegung. »Wahrscheinlich steigere mich da bloß in etwas hinein.« Wenn er es recht bedachte, war es ihm lieber, wenn Liese sich nicht zu seinen Eheproblemen äußerte. »Außerdem ist meiner Station heute eine Klage ins Haus geflattert«, redete er weiter. »Vor ein paar Monaten haben wir einem Witwer die Prostata herausgenommen. Er kam zu uns, weil er Beschwerden hatte. Der Befund war unklar, weshalb ich drei Stanzbiopsien bei ihm gemacht habe. Das pathologische Gutachten der Proben hat dann unser Chefarzt erstellt: Eindeutig Krebs. Dem Witwer sagte er, dass nur eine radikale Prostataentfernung ihn retten könne. Leider habe ich mir die Schnittproben nicht selbst noch einmal angeschaut, denn bis heute weiß kein Mensch, wie der Chef zu der Karzinomdiagnose gekommen ist. Bei der routinemäßigen pathologischen Untersuchung der entnommenen Prostata konnte man nichts feststellen, das eine Entfernung gerechtfertigt hätte. Jetzt klagt der Mann wegen Behandlungsfehler. Zu Recht. Und wenn er, wie es sich abzeichnet, nicht nur inkontinent, sondern auch impotent bleibt, wird das richtig teuer für unseren Laden.

Leider ist unser Chef ein Mensch, der sich über jeden Zweifel erhaben hält, weshalb ich mich ehrlicherweise schon gefreut habe, dass er endlich mal eins aufs Dach kriegt. Aber da habe ich nicht mit seiner Verschlagenheit gerechnet. Wenn es schon nicht seine Qualitäten als Arzt gewesen sind, die ihn zum Chef unserer Station gemacht haben, dann müssen es seine Fähigkeiten als Intrigant gewesen sein.«

»Was hat er vor? Die Schuldfrage ist doch eindeutig, wenn er es war, der die falsche Diagnose gestellt hat.«

»Er versucht, mir seinen Fehler in die Schuhe zu schieben. Er behauptet, ich hätte ihm vor seinem pathologischen Gutachten ein hellzelliges Adenokarzinom nahegelegt. Das stimmt zwar nicht, aber ich kann es nicht beweisen. Außerdem soll ich seinen Ergebnisbericht bestätigt haben. Auch das stimmt nicht, was ich aber glücklicherweise nicht beweisen muss. Der Bericht trägt allein seine Unterschrift, und nur das zählt. Ich hoffe es zumindest.«

»Was willst du jetzt tun?«

»Ich muss nach Hause.« Alexander schaute auf seine Uhr. »Ich weiß nicht, ob ich unter ihm weiter arbeiten kann.«

»Besteht die Möglichkeit noch, in die Praxis einzusteigen, von der du erzählt hast?«

»Ja. Und so eine Chance kommt so schnell nicht wieder, nicht in der Kölner Innenstadt, und nicht zu diesem Preis.«

»Und das Geld?«

»Mir fehlen etwa 100.000 Mark, das heißt ab kommenden Januar 51.000 Euro.«

»Hast du noch mal mit deinem Bruder wegen des zinslosen Darlehens gesprochen?«

»Nein.«

»Dann leih dir das Geld doch von der Bank. Wenn die Praxis eine solide Substanz hat, wirst du das mit den Zinsen schon hinkriegen.«

»Es hat sich herausgestellt, dass die Zinsen gar nicht das eigentliche Problem sind. Die Zeiten, in denen die eigene Praxis eine Gelddruckmaschine war, sind vorbei. Ich habe mit der Bank gesprochen, und mein Berater war alles andere als begeistert, als ich ihm sagte, dass ich darüber nachdächte, 100.000 Mark aufzunehmen. Er sagte, zurzeit gehe alles den Bach runter. Die Aktienmärkte brächen ein, Firmenpleiten nähmen drastisch zu, die Banken machten wahnsinnige Verluste. Er hat mir zu verstehen gegeben, dass ich im Augenblick mit einer Absage rechnen müsste. Und deshalb werde ich Wohl oder Übel noch einmal mit Richard reden müssen. Soll er eben die marktüblichen Zinsen nehmen, wenn es ihn glücklich macht.«

»Gute Idee.«

Alexander stand auf. »Ich muss gehen. Und Danke.«

»Wofür?«

»Fürs Zuhören.«

»Sprich mit deiner Frau.«

Er nickte und fuhr nach Hause, wo die Dielen still vor sich hinknarzten. Irritiert ging er in die Küche, dann fiel es ihm ein. Maria und Robin hatten ihm gesagt, dass sie am Freitag bei Freunden übernachten würden. Aber bei welchen Freunden? Er erinnerte sich nicht mehr.

Auf dem Tisch fand er einen Zettel von Helena: *Maria schläft bei Lisa, Robin bei Max. Adressen und Telefonnummern stehen auf der Liste am Kühlschrank. Ich bin in der Praxis. Es kann spät werden. Ciao, H.*

Eine Welle sengender Eifersucht ging über ihn hinweg. Liese hatte Recht, er musste mit Helena reden. Mit einer Flasche Bier und einer Packung Cracker setzte er sich an den Küchentisch. Schwarze Wolken zogen auf. Er sah sich und Helena im Streit um Unterhaltszahlungen und Besuchsregelungen. Vernichtende Blicke, verzerrte Münder, die Kinder weinten fassungslos. Die Kinder. Seine Kinder. Weder als Oberarzt im Krankenhaus, noch als niedergelassener Urologe wäre es ihm möglich, sie zu sich zu nehmen. Lautlos fluchend stand er auf. Die Vorstellung, dass er Maria und Robin verlieren könnte, war unerträglich.

Im Wohnzimmer zog er die Schublade auf, in der sich neben verschiedener Dokumente seine wenigen persönlichen Dinge befanden. Eine Kopie des Hochzeitsfotos von Klara und seinem Vater, Juli 1958. Das samtene Muschelkästchen vom einzigen Urlaub, den er mit seinen Eltern im Sommer 1964 an der Ostsee verbracht hatte. Der Fünfklingenspender, den sein Vater irgendwann im Frühjahr 1967 gekauft haben musste. Alexander nahm sie aus der Schublade und setzte sich auf die Couch.

Viel hast du mir nicht hinterlassen, Papa. Er betrachtete das Foto, auf dem

Klara im schwarzen Kostüm einen violettfarbenen Stein um den schlanken Hals trug, leidenschaftslos schön und gefasst, während Theo im schwarzen Anzug, weißen Hemd und mit schief sitzender Krawatte glücksgewiss strahlte. *Gut aussehend warst du auch nicht gerade. Aber ein großes Herz, das hattest du...* Alexander wog das Muschelkästchen in der Hand. Behutsam hob er den Deckel an und legte den Fünfklingenspender hinein, den er einst heldenhaft gegen Ulrich Schwarzweiler verteidigt hatte. *Danach, Papa, hat Barsch es nie wieder gewagt, mich anzurühren. Ich habe sogar den Schutz der Bande genossen, ohne Mitglied sein zu müssen. Von da an war Richard mein Freund. Als er mein Bruder wurde, fiel es mir leichter, ohne dich zu sein.* Alexander betrachtete seinen Vater, und da öffnete Theo Aschkowski seinen kleinen Mund und sagte: *Gib's ihnen, mein Junge. Lass dir nichts gefallen und nimm dir, was dir zusteht.* Alexander schloss die Augen und schlief ein.

Das Telefon klingelte. Alexander fuhr er hoch und stürzte zum Telefon. *Helena!* Er musste ihr sagen, dass er am nächsten Morgen mit ihr und den Kindern an die Ostsee fahren würde.

»Hier ist Richard.«

»Hallo.« Alexander räusperte sich.

»Stör ich?«

»Nein, nein. Ist was?«

»Ich habe Maria und Robin versprochen, nächsten Dienstag nach der Schule etwas mit ihnen zu unternehmen. Ich wollte fragen, ob sie sich entschieden haben, was sie machen wollen.«

»Sie schlafen heute bei Freunden.«

»Na gut«, sagte Richard. »Ich muss es nämlich wissen, das heißt, wenn unser Treffen ausfallen sollte, könnte ich etwas anderes machen. Ich habe viel zu tun.«

»Ich sag ihnen, dass du keine Zeit hast.«

»Nein, so meinte ich das nicht. Ich rufe deine Kinder morgen noch mal an.«

»Gut.«

»Sag mal, hast du vielleicht was von Ulrich Schwarzweiler gehört?«

»Nein. Was denn?«

»Schon gut. Ich dachte, du hättest vielleicht etwas von ihm gehört.«

»Machst du immer noch Geschäfte mit ihm?«

»Ja. Das heißt nein. Wieso?«

»Ich war heute bei Klara. Liese sagt, es dauert nicht mehr lange.«

»Wirklich?«

»Ein, zwei Wochen noch. Mehr nicht.«

»Scheiße. Das tut mir wirklich leid.«

»Schau mal bei ihr vorbei. Dann freut sie sich.«

»Hat sich Margot bei euch gemeldet?«

»Nein.«

»Mich hat sie heute Mittag im Büro angerufen.«

»Und?«

»Wir treffen uns am Montag.«

»Schön für dich.«

»Hast du schlechte Laune?

»Ich muss dich etwas fragen.«

»Ja?«

»Gibst du mir das Darlehen über 100.000, wenn ich dir die marktüblichen Zinsen zahle? Wir setzen einen Vertrag auf und legen einen Ratenplan fest, wie es sich gehört.«

Richard schien es die Sprache verschlagen zu haben. Die Verbindung klang wie tot.

»Bist du noch dran?«

»Ja.«

»Du sagtest doch, ein normales Darlehen sei kein Problem. Wenn du die 85.000 von Klara bekommst, brauchst du bloß ein wenig drauf zu legen, dann merkst du die Leihgabe kaum und kriegst sie von mir sogar noch ordentlich verzinst.«

»Es geht nicht.«

»Was?«

»Es gibt kein Geld.«

»Warum nicht?«

»Privatsache.«

Im nächsten Augenblick explodierte die Wut in Alexanders Kopf. Klara liebte Richard mehr als ihn, Helena betrog ihn, Berg spielte ihm übel mit und sein stinkreicher Bruder gefiel sich darin, ihn zu demütigen.

»Willst du mich verarschen?«, schrie er in den Hörer.

»Nein, hör zu Alexander.«

»Nein, hör du zu! Du hast gesagt, du gibst mir das Geld, wenn ich dir die normalen Zinsen zahle, und kein raffgieriger Bankmensch ist mir je im Leben dermaßen arrogant gekommen. Und jetzt willst du mir ernsthaft erzählen, dass du kein Geld für mich hast? Du kriegst das meiste davon doch von Klara! Wie viel Zaster willst du eigentlich noch horten! Du hast immer alles bekommen von mir. Ich habe immer mit dir geteilt. Und du?«

»Hör auf!«

»Womit soll ich aufhören? Tacheles zu reden? Ich habe Frau und Kinder und einen Knochenjob. Trotzdem reiß ich mir seit Monaten den Arsch auf, damit Klara nachts nicht allein sein muss, während der Herr Bruder in Frankfurt oder sonst wo wichtig in der Weltgeschichte umhergondelt. Ich hoffe, du amüsierst dich gut, wenn ich mich nachts um Klara kümmere, die dich ja so sehr liebt. Was kannst du überhaupt, außer billige Ausflüchte vorbringen? ›Alexander, ich kann das nicht. Du bist der Arzt, du bist an so etwas gewöhnt, und du machst das ganz wunderbar‹. Hast du mir ein einziges Mal einen Ausgleich für die zusätzlichen Belastungen angeboten, und sei es ein bisschen Geld für eine zusätzliche Pflegekraft?«

»Alex.«

»Nichts da ›Alex‹. Ich will die 85.000 Mark, die du von Klara bekommst. Nicht mehr und nicht weniger. Für dich ist es doch bloß ein verzinster Durchlaufposten.«

»Nein.«

Alexander starrte den Hörer an. Wie konnte Richard so egoistisch sein? Er schloss die Augen und zwang sich, ruhig zu atmen. *Lass dir nichts gefallen und nimm dir, was dir zusteht.* »Klaras Geld steht dir nicht zu«, sagte er mit gepresster Stimme. »Theo war mein Vater.«

Richard sagte nichts.

»Wenn du nicht freiwillig auf Klaras Geld verzichtest, werde ich einen Weg finden, dich von dem Zaster, wie du zu sagen pflegst, fern zu halten.

»Jetzt mach mal einen Punkt!, sagte Richard mit einem Mal ungehalten. »Du kapierst überhaupt nicht, was läuft!«

Gibt's ihnen, mein Junge. Plötzlich sprangen die Worte aus Alexanders Mund heraus wie schlüpfrige Kirschkerne. Er hätte nicht sagen können, in welcher Hirnwindung diese Geschichte in den vergangenen Jahrzehnten darauf gewartet hatte, hervorgeholt zu werden. »Siehst du den Rauch, Richard?«, sagte er. »Er kommt durchs Schlüsselloch. Nicht viel, nur ganz wenig. Plötzlich stehst du im Schlafzimmer deiner Eltern. Dein Vater liegt im Bett und raucht eine Zigarette. Sie ist riesig, einen halben Meter lang und zentimeterdick. Die Glut an der Spitze leuchtet wie ein Drachenauge. Sie fällt auf die Bettdecke, die sofort anfängt zu qualmen. Dir ist kotzschlecht, da schreit jemand: Heh Junge, mach die Zigarette aus! Aber du kannst dich nicht bewegen. Du kannst auch nichts sagen. Du kannst nicht um Hilfe rufen, nichts. Deine Mutter liegt im Wohnzimmer auf dem Sofa, halbnackt, und der Arbeitskollege deines Vaters ist bei ihr. Aber sie merken gar nicht, was passiert. Das Bett fängt an zu brennen, du läufst in dein Zimmer, packst Hansis Käfig und rennst zu uns, zu *mir* und *meiner* Mutter und *meinem* Onkel. *Dein* Vater, Richard, hat dir gar nichts hinterlassen, bloß einen beschissenen Traum.« Die Verbindung brach ab.

Langsam legte Alexander den Hörer auf. *Das war nicht recht*, hörte er eine Stimme aus weiter Entfernung sagen. Vor mehr als dreißig Jahren hatte er Richard bei Klaras Leben geschworen, niemals jemandem von dem Traum zu erzählen. Er würde es auch nicht tun. Wen interessierte diese Geschichte noch? Trotzdem zitterten seine Beine, als er sich wieder auf die Couch setzte. Mit einem Mal hörte er Klaras Stimme, die ihn bat, Rücksicht auf Richard zu nehmen und nicht mehr Mama sondern Klara zu ihr zu sagen. Richard stand in Lederjacke in ihrer Küche. Er gab ihr einen Kuss auf die Stirn. *Hey, Klara!* Sie fuhr ihm mit einer Hand durch die Haare. *Tag, mein Schatz!* Richard, jung, kräftig, einsachtzig groß, dichte schwarze Locken, ein ironisches Lächeln, breite Schultern und unbefangen in jeder Bewegung seines athletischen Körpers, wie der junge Jakob Schell auf Klaras Fotos. Dann kam Alexander hinzu. *Hallo!* Klara ließ sich von ihm drücken. *Das Essen ist bald fertig.* Chefarzt Berg im Ärztezimmer, graue Schläfen, hängende Backen, arroganter Mund: *Aschkowski, das war IHR Patient!* Helena auf dem Schreibtisch in der Gemeinschaftspraxis, im luftigen Sommerkleidchen, die Beine gespreizt, vor ihr, mit heruntergelassen Hosen der neue Physiotherapeut, Arschbacken wie ein Pferd, stieß in sie hinein. *Ja! Ja! Ja!* Lieses Hand auf seiner Hand. *Armer Alexander, küss mich!* Barsch: *Die Schonzeit ist vorbei, Aschkowski!* Schwarzweiler stellte ihm ein Bein, Schwester Eusebia drohte ihm katholische Prügel an, aber Theo wachte nicht auf.

»Leckt mich doch alle!«

34

Alwin hievte seine schlaksige Gestalt aus dem alten 65er SL Pagode, den er in der Gertrudenstraße gegenüber Klaras Haus abgestellt hatte. Während Alwins kahler Schädel mit Altersflecken übersäht war, erstrahlte die Karosserie des Mercedescabriolets in makellosem Glanz. Allerdings machten dem Wagen das Alter seiner Achsen und Holme zu schaffen, und natürlich rasselten und quietschten auch einige wichtige inneren Organe, sobald es länger bergan ging. Wie Alwins Herz, wenn er nicht aufpasste. Aber sie hatten es sicher von Heidelberg nach Heimstadt geschafft. Als vor einem Viertel Jahr Waltraut erfahren hatte, dass der Krebs ihr das Hirn im Laufe des Jahres auffressen würde, hatten sie ihren Altersruhesitz in Puerto de La Cruz auf Teneriffa verlassen und waren in Waltrauts Geburtsstadt Heidelberg gezogen. Mehr als zehn Jahre hatten sie nach seinem Herzinfarkt in der jahreszeitlosen Wärme Teneriffas verbracht. Jetzt, am Ende, hoffte Waltraut, ein letztes Mal Schnee anfassen zu dürfen.

Eine füllige, geschäftsmäßig lächelnde Frau öffnete ihm die Tür. Sie stellte sich mit Vornamen vor und führte ihn in die Küche. Frau Aschkowski schlafe, sagte Frau Kerstin, wache aber gewiss bald auf. Sie erwarte ihn. Alwin setzte sich auf einen der mehr als ein halbes Jahrhundert alten Küchenstühle und hörte ihn unter seinem Gewicht ächzen. Bei Adis Leichenschmaus hatte er das letzte Mal darauf gesessen und sich gefragt, weshalb Klara sich von den alten, hässlichen Möbeln nie getrennt hatte. Damals saß sie auf der verschlissenen Couch, über der eine Schutzdecke lag. Sie war ihm als eine Frau vorgekommen, die sich mit ihren neunundsechzig Jahren nichts mehr daraus machte, schön zu sein, in sich gesunken und fahl. Waltraut, noch ahnungslos, hatte einen Arm um sie gelegt. Er erfreute sich an ihrem Anblick. Wie elegant und vital sie neben Klara wirkte! Klara war nie den Weg gegangen, den die meisten Frauen gegangen wären, hätten sie ihre Schönheit besessen.

Alwin legte eine Hand unter seine linke Brust und beruhigte seinen Atem. Er wusste, was Klara dazu sagen würde. Dass sie nie die Absicht gehabt habe, ein reiches und wunschlos unglückliches Eheweib zu sein. Natürlich tönte da aus ihrem Mund der junge Jakob Schell, dieser unglückliche Proletarier, dem sie schon als junges Mädchen verfallen war. Später hätte sie sich über ein wenig mehr Wohlstand und Liebe sicherlich nicht beklagt. Aber ihren getreuen Adi Meurer und das ewige Heimstadt hätte sie niemals verlassen. An keinem anderen Ort der Welt konnte sie sicherer sein, dass sie etwas Besonderes war.

Er hörte die Pflegerin im Hintergrund werkeln. In dieser unbehausten Küche fiel ihm das Atmen schwer. Der stumme chlorgrüne Küchenschrank mit seinen schwergängig aussehenden blassgelben Schubladen und Schiebetüren schien zu wanken. Alwin stand auf und trank ein Glas Leitungswasser. Er schwitzte. Während der Autofahrt war ihm ein Traum der vergangenen Nacht eingefallen. Er hatte Elviras Gesichts gestreichelt, das Klara, wie sie einmal sagte, an eine hübsche jüdische Schulkameradin namens Medi erinnerte. Elvira aus Brüssel, dunkelhaarig, rassig und verheiratet. Er kurvte mit ihr in einem *Borgward Isabella TS* durch Heimstadt, sie trug elegante Winterkleidung, und alle im Kaff, einschließlich des Alten, waren überzeugt, dass er sich aus reiner Boshaftigkeit mit einer jüdischen Schlampe eingelassen hatte.

Er vermisste Waltraut. Sie konnten nicht mehr wie Mann und Frau zusammen sein. Als sie noch in schöner Regelmäßigkeit miteinander schliefen, massierten sie sich stets mit gut riechendem Öl, das Waltraut besorgt hatte, legten Musik auf von James Last und Roger Wittaker und gaben sich ganz der Ruhe hin, um in eine Tiefe vorzudringen, von der er als junger Mann von fünfzig Jahren noch keine Ahnung gehabt hatte.

Und nun? Da ließ er seine Frau einmal einen Tag allein, schon träumte er von einer Anderen. Alwin hörte, dass die füllige Frau etwas zu ihm sagte. Klara hatte er begehrt. Elvira hatte er geliebt. Waltraut war seine Gefährtin.

»Herr Bremschneider?«

Alwin schaute zur Küchentür.

»Frau Aschkowski ist wach. Sie können jetzt zu ihr gehen.«

»Danke.«

»Ich empfehle Ihnen, langsam und in kurzen Sätzen zu sprechen. Frau Aschkowski ist heute ganz gut auf dem Posten. Sie wird Sie also verstehen, wenn Sie einfache Sätze verwenden. Übernehmen Sie das Reden. Wenn Sie Frau Aschkowski etwas fragen, formulieren sie es am besten so, dass sie mit Ja oder Nein antworten kann. Ihr Neffe sagte, dass Sie Frau Aschkowski zuletzt vor drei Jahren gesehen haben. Sie hat sich seit dem Schlaganfall sehr verändert. Ihre rechte Körperhälfte ist fast vollständig gelähmt, und sie hat sehr stark abgenommen. Haben Sie schon einmal jemanden gesehen, der beschlossen hat zu sterben?«

»Meine Frau wird bald sterben«, sagte Alwin und bedankte sich noch einmal.

Die Sonne schien auf Klaras Bett. Sie saß halb aufgerichtet mit einem großen Kissen im Rücken und zwei kleineren an den Seiten, die dafür sorgten, dass sie nicht umkippte.

»Allo Alwn.« Sie sah ihn aus einem bleichen Totenschädel an.

»Klara«, sagte er leise und trat vorsichtig ans Bett. Würde Waltraut bald ebenso aussehen? Er beugte sich vor. Ihre Lippen fühlten sich an wie altes, poröses Gummi.

Matt klopfte sie mit der linken Hand auf die Matratze. Er setzte sich.

»Walrau?«, fragte sie.

»Hat Alexander dir von ihr erzählt?«

Sie nickte, wobei ihr Kopf ein wenig nach rechts knickte.

»Schöne Bescherung, was? Kurz nachdem das mit dir passiert ist, ging es auch bei Waltraut los.«

»Raurig.«

Alwin schaute in den Spiegel über Klaras Schlafzimmerkommode. Aus seinem hageren Pferdegesicht stach die Nase wie ein Zinken hervor, sein fleckiger Schädel glänzte. Seitdem ihm mit Waltrauts Diagnose der Appetit vergangen war, schienen seine Ohren von Tag zu Tag größer zu werden. »Haben wir etwas verbrochen?«

Jemand hatte Klara das silberne Haar zu einem Zopf geflochten und ihn auf ihre linke Schulter gelegt. Im Kontrast zu ihrem eingefallenen, maskenhaften Gesicht wirkte das Haar auf seltsame Weise intakt und rief in ihm das Bild einer Mumie hervor. Unter dem weißen Nachthemd zeichnete sich ein knochiger Brustkorb ab. Ihre Brüste waren verschwunden. Sie wiegte den Kopf und schien zu lächeln.

»Wieso sterben wir alle so früh?«, sagte Alwin. »Erst Theo, dann Jakob und Ruth. Junge Menschen! Adi, vor drei Jahren, gerade mal Siebzig. Was soll das? Das ist doch kein Alter!«

»Jezz ich.«

Alwin stöhnte. »Ja. Und schau mich an. Sehe ich nicht aus wie Achtzig?«

Klara hustete. »Hüsch wars nie.«

Er lächelte. »Ich wollte mich bei dir bedanken.«

»Hm?«

»Dafür«, er grinste, »dass aus mir ein passabler Liebhaber werden konnte, auch wenn ich nur hin und wieder als Ersatz für Jakob einspringen durfte.«

Sie legte ihre linke Hand auf seine und schloss die Augen.

»Ich hab dich bewundert. Du hast dir tausend mal mehr erlaubt, als all die anderen Mädels im Kaff. Und was du nicht haben wolltest, hast du eben in den Wind geschossen. Alle haben dich für ein Flittchen gehalten. Aber du warst ein guter Kamerad und trotzdem ein Rasseweib. Das ist selten. Und du hattest den prächtigsten Balkon, den ich je gesehen habe. Da konnte selbst Elvira nicht mithalten.«

Klara öffnete die Augen, das rechte Augenlid blieb auf halben Weg hängen, doch in ihrem linken Auge erkannte Alwin, das sie überrascht war, Elviras Namen zu hören. Mit schwacher Kraft drückte sie seine Hand.

»Ich weiß übrigens, dass ich nicht Alexanders Vater bin. Ich wäre gern ein richtiger Vater gewesen. Aber Tatsache ist, dass Elvira mich verlassen hat, weil ich keine Kinder zeugen konnte. Wahrscheinlich war's der Mumps. Ich war dir nicht böse, als du mir die Geschichte mit dem gerissenen Kondom aufgetischt hast.« Er schaute sie zärtlich an. »Es hat mir gefallen, eine Zeitlang den Zahlpapa spielen zu dürfen. Dadurch hatte ich eine Familie. Die vierhundert Mark hab ich dir gern geschickt.«

»Verzeih?«, fragte Klara.

Alwin hob beschwichtigend die Hand. »Wirklich, ich war und bin froh.«

»Jakob Alex Vaer. Kondom nich kapu bei dir un Dheo. Nur bei Jakob. Exra macht.«

»Wirklich?« Alwin schaute sie verblüfft an. Dann lächelte er. »Du Luder. Hast du's also geschafft, dir zwei Kinder von ihm unter den Nagel zu reißen.«

»Ja.«

»Gibt es sonst noch etwas, dessen heimlicher Mitwisser ich werden dürfte? Ein uneheliches Kind von Adi vielleicht, eine heimliche Geliebte von dir, oder ein schreckliches Geheimnis eines deiner Söhne? Etwas, das ich wissen sollte? Schließlich war ich mal Alexanders Vater. Und du weißt, ich bin äußerst verschwiegen.«

Klara legte ihren Kopf auf die linke Schulter. »Maria nich Alex Ochter.«

»Woher weißt du das?«

Klaras linkes Auge blinzelte.

»Hat Alexander es dir gesagt?«

»Nei.«

»Helena?«

»Nei.« Sie nahm seine Hand und schob sie sich mühsam unter den Steiß. »Maria nich Schulheiß.«

»Tatsächlich? Und Robin?«

»Ja.«

»Weiß es Alexander?«

»Nei.«

»Sieh an, unsere biedere Helena.«

»Alex nich sagen«, flüsterte sie.

Alwin legte sich den Zeigefinger auf die Lippen.

Aus ihren Augenwinkeln lösten sich Tränen. Vom Nachtschränkchen nahm Alwin ein Taschentuch und tupfte sie ab.

»Ach, Klärchen«, krächzte er. Dann brach auch er in Tränen aus. Nur einen Augenblick lang, doch so heftig, dass er nichts dagegen tun konnte.

Mit zerknülltem Taschentuch in der Faust saß er noch eine Weile an Klaras Seite und dachte an Waltrauts fortschreitenden Verfall. Vorsichtig beugte er sich ein letztes Mal vor, um Klara einen Kuss auf das silberne Haar zu geben.

»Auf bald«, flüsterte er.

Im Spiegel über der Kommode vergewisserte er sich, dass seine Augen nicht gerötet waren, dann ging er in die Küche, wo Frau Kerstin in einer Zeitschrift blätterte.

»Sie ist wieder eingeschlafen.«, sagte er.

»Länger als eine viertel Stunde ist sie nur noch selten wach. Bleiben Sie in Heimstadt heute?«

»Nein, ich treffe mich heute Abend in Köln mit meinen Neffen und übernachte im Hotel. Morgen fahre ich zurück nach Heidelberg zu meiner Frau.«

»Keine leichte Zeit für Sie, hm?«

»Nein«, sagte Alwin. »Das nicht.«

Auf dem Weg zum Friedhof meldete sich sein Magen mit einem Knurren. In der Heidelberger Krebsklinik hatten sie ihm gesagt, dass er weinen solle, wenn ihm danach sei. Ob allein oder zusammen mit seiner Frau, Weinen helfe, die schwierige Zeit durchzustehen. *Die haben Nerven!*, hatte er gedacht. Er wusste nicht, wann er das letzte Mal geweint hatte. Selbst als Elvira zu ihrem Mann zurückgekehrt war, hatte er nicht geweint. Es ging ihm schlecht damals, sehr schlecht. So schlecht, dass er es vorzog, für Jahre von der Bildfläche zu verschwinden. Aber weinen? Das hatte ihm der Alte gründlich ausgetrieben.

Nachdem er mit seinen Eltern und Adi ein paar Worte gewechselt hatte, aß er eine Pizza bei *Silvio*, den es, das wunderte Alwin nicht allzu sehr, immer noch gab. Beinahe hätte er Ausschau nach dem naturblonden italienischen Mädchen gehalten, das ihn vor Jahren einmal bedient hatte.

Da er zum Essen einen halben Liter Wein getrunken hatte, lenkte er sein Cabriolet zu einem schattigen Plätzchen am Park und hielt auf dem Fahrersitz ein Mittagsschläfchen. Vielleicht hatten die jungen Leute in der Klinik doch Recht. Zumindest machte Weinen Hunger.

35

Richard legte den Bleistift beiseite, zündete sich eine Zigarette an und betrachtete die Summe, die er auf der Rückseite des Einschreibens von seiner Bank geschrieben hatte. Eine Addition von Nullen, die ein Minus von einer runden Million ergab. Auch wenn ihm das Denken schwer fiel, waren seine komplexen finanziellen Verhältnisse inzwischen leicht zu überblicken. Zu den 500.000 Mark, die er in den vergangenen zwei Jahren an Aktien verbrannt hatte, waren 440.000 Mark Bankschulden gekommen, die ihm jetzt den Garaus zu machen drohten. Wenn Klara nicht innerhalb der nächsten Tage starb und er schnellstmöglich an die unverhofften 85.000 herankam, war er ruiniert.

Seine Bank verlangte die Rückzahlung von 70.000 innerhalb einer Woche. Bloß, weil er einige Male mit dem Abtrag seiner Kredite in Verzug geraten war. Sollte das Geld nicht bis zum Fünfzehnten bei der Bank eingehen, sähe sie sich gezwungen, wie sie in dem Einschreiben mitteilte, die sofortige Rückforderung der Gesamtkreditsumme zu erwirken. Das war gleichbedeutend mit der Überschreibung seiner Läden an das Bankhaus.

Mit einem Teil der Kredite hatte er vor einiger Zeit neue Farbkopierer gekauft. Der Rest war in den Erwerb von *theglobe.com-Aktien* geflossen. Daraus resultierte die erste Null seiner Rechnung, denn theglobe.com hatte sich inzwischen in Luft aufgelöst. Unterdessen dienten die neuen Kopierer mit allem, was seine Läden wert waren, der Bank als Sicherheit für einen weiteren Kredit in Höhe von 300.000 Mark, die in zwei riskante Geschäfte geflossen waren, mit denen er seinen finanziellen Ruin hatte abwenden wollen. Daraus resultierten zwei weitere Nullen. Die *Comroad*-Aktien, von denen er auf Anraten Schwarzweilers noch einmal ein Paket im Wert von 100.000 angeschafft hatte, waren in den letzten Tagen komplett abgestürzt. Außerdem war das nicht ganz legale, aber angeblich todsichere Neuseelandgeschäft, für das er Schwarzweiler die restlichen 200.000 überlassen hatte, offenbar eine Luftnummer. Wie es aussah, regnete es nicht nur keine Kiwidollars. Auch die 200.000 waren perdu.

Gestern Vormittag hatte Richard einen Anruf der Kölner Staatsanwaltschaft erhalten. Sie sei auf der Suche nach Herrn Ulrich Schwarzweiler und meldete sich, da Richards Name in mehreren Geschäftsunterlagen auftauchte, die bei einer Haussuchung in Schwarzweilers Büro sichergestellt worden waren. Wie Richard erfuhr, war er nicht der Einzige, den Schwarzweiler um erhebliche Geldsummen gebracht hatte. Offenbar war es ihm gelungen, bei einer Reihe von Leuten für den angeblichen Neuseelanddeal insgesamt eine halbe Million einzusacken, um damit eigene Gläubiger ruhig zu stellen. Nun war er unauffindbar.

Klaras Erbe war Richards einzige greifbare Möglichkeit, seinen Hals noch aus der Schlinge zu ziehen. Er brauchte einen Spielraum von wenigen Wochen, in denen er einen realistischen Finanzplan aufstellen konnte. Seine Kopierläden wirtschafteten auf solider Basis und warfen genügend ab, um in den nächsten Jahren wieder auf die Füße zu kommen. Doch das nutzte ihm nichts, sollte er die 70.000 nicht innerhalb der nächsten Tage aufbringen.

Abrupt stand Richard auf. Sollte Alexander sich wirklich zwischen ihn und Klaras Geld stellen, blieben ihm durchaus einige Optionen, vage zwar und eine davon auch sehr unschön, aber hier ging es nicht um eine Eins in Betragen. Er konnte Onkel Alwin bitten, ihm 70.000 Mark zu leihen. Richard bezweifelte zwar, dass der alte Herr nach der Übersiedelung aufs Festland so viel Geld entbehren konnte, aber es war einen Versuch wert. Außerdem könnte er Alexander reinen Wein über seine finanzielle Situation einschenken. Dass sein Bruder von seinem dilettantischen Finanzgebaren erfuhr, war allerdings eine scheußliche Vorstellung. Abgesehen davon schien irgend etwas Alexanders Zorn geweckt zu haben, weshalb er im Augenblick unberechenbar war. Die letzte Option, die ihm blieb, war recht unappetitlich. Sie galt für den Fall, dass Alexander weiterhin die Meinung vertrat, Klaras Erbe stünde ihm allein zu. Es blieb keine Zeit für eine Testamentsanfechtung oder was immer Alexander sich einfallen lassen könnte. Er würde mit Helena reden müssen. Sollte sie sich weigern, ihren Mann zur Vernunft zu bringen, sähe er sich gezwungen, ihm von ihnen beiden zu erzählen.

Richard verachtete sich allein für das Inbetrachtziehen dieser letzten Möglichkeit. Wenn Alexander jedoch glaubte, sich mit ihm anlegen zu müssen, beging er einen großen Fehler. Niemand sollte den Chef der Richiebande bis aufs Blut reizen, nachdem er auf so tragische Weise beide Eltern verloren hatte.

In der Küche trank er einen Schluck Wasser und starrte rauchend aus dem Fenster in die mit Mülltonnen und Fahrrädern vollgestellten Hinterhöfe. Seit Alexander ihm auf so perfide Weise den alten Traum in Erinnerung gerufen hatte, schossen unentwegt Fetzen des Todestages seiner Eltern durch seinen Kopf, ohne dass er sagen konnte, welche der hereinstürzenden Bilder die grausame Wahrheit zeigten und welche eine gnädigere Nachbildung waren. Aber er fühlte eine alte Schuld. Hatte er zugeschaut, wie die Zigarette seines Vaters die Matratze im Schlafzimmer in Brand setzte? Mit einer einzigen Handbewegung hätte er sie auf den Fußboden wischen und austreten können. Oder war er zu betrunken von dem Bier, das sein Vater und sein Saufkumpan ihm eingeflößt hatten? Hatte er womöglich aberwitzige Rache geübt, kindisch und fatal, weil Schmitz ihn und Hansi zu Tode erschreckt hatte und dieser Unmensch seiner Mutter unter den Rock glotzte? War die Welt denn verrückt? *Nicht*, hörte er seine Mutter sagen. *Der Junge ist doch erst neun.*

Zu allem Übel war Margot aus dem Nichts aufgetaucht. *Margot*. Seit dem fielen die Erinnerungen an sie über ihn her wie Piranhas über die letzte Kuh einer Herde, die durch den Amazonas getrieben wurde. Sein Verlangen nach ihr verursachte körperliche Schmerzen. Was wollte sie? Plaudern? *Und was machst du so inzwischen? Hast dich ja kaum verändert!* Am Montag, hatte sie gesagt, wolle sie ihn treffen. In zwei Tagen. Eine Ewigkeit. Dabei wollte die Bank keine kümmerlichen fünf Tage später 70.000 Mark von ihm.

Er schaute auf die Uhr und zog sich um. Onkel Alwin erwartete ihn im Hotel. Glücklicherweise hatte Alexander das Treffen abgesagt, wie Onkel Alwin am Telefon berichtet hatte. Angeblich war er im Krankenhaus unabkömmlich. Richard war es recht. Er fühlte sich schlapp, und jeder Kämpfer brauchte kleine Pausen.

Onkel Alwin saß im Foyer und winkte. Richard gab ihm ein Zeichen und steuerte auf die Sitzgruppe in der Nähe der Bar zu. Zu braunen, eleganten Sommerlederschuhen trug Onkel Alwin einen hellen Leinenanzug, darunter ein weißes Hemd. Neben ihm auf der weinroten Foyerchaiselonge lag ein cremefarbener Hut, der ihm das Flair eines älteren, weitgereisten Mannes von Welt verlieh, der er auch war, wie Richard konstatierte. Möglicherweise lag es daran, dass Onkel Alwin anderer sozialer Herkunft war als Klara, Onkel Adi und seine Eltern, die ihre Scholle nie verlassen hatten.

»Richard, mein Junge! Schön dich zu sehen.«

Richard schüttelte die große warme Hand des Mannes, der ihm augenblicklich ein Gefühl von Zuversicht einflößte. Dabei hatten sie sich in den vergangenen zehn Jahren nur einmal getroffen. »Freut mich, dass du mal wieder in Köln bist«, sagte er und unterdrückte den merkwürdigen Impuls, ihm um den Hals zu fallen.

Onkel Alwin stand auf und glättete mit zwei geübten Handschlägen die Sitzfalten seiner Hose. »Nur ist der Anlass meines Besuchs ziemlich traurig.« Er fasste sich ins Kreuz. »Wenn ich längere Zeit auf weichen Möbeln sitze, tut mir der Rücken weh.«

»Warst du bei Klara?«

Onkel Alwin nickte. »Ich glaube, es dauert nicht mehr lange.«

»Was meinst du, wie lange sie noch hat?« Richard spürte, wie ihm die Schamesröte ins Gesicht stieg.

»Ziemlich stickig hier drin, was?« Onkel Alwin setzte seinen Hut auf. »Lass uns ein bisschen laufen. Was hältst du davon, über die Hohenzollernbrücke rüber zum *Tanzbrunnen* zu gehen? Ich war lange nicht mehr dort. Ich weiß nicht, wie viel Zeit Klara noch bleibt. Kommt darauf an, ob sie noch ein Weilchen leben will oder nicht. Das können drei Tage sein oder drei Wochen. Wenn sie will, sogar drei Monate. Klara ist zäh.« Er schaute ihn aufmunternd an. »Kommst du?«

Richard hatte diesen hässlichen alten Lulatsch schon immer gemocht und fasste den Entschluss, sich ihm anzuvertrauen.

Sie spazierten zur Rheinpromenade und bahnten sich einen Weg durch die Altstadttouristen über die Bahnhofsbrücke auf die andere Rheinseite, wo sie die Messehallen passierten und am *Tanzbrunnen* einen Tisch mit Blick auf den Dom fanden, hinter dem sich der Himmel rot zu färben begann. Geduldig wartete Richard Onkel Alwins obligatorische Frage nach dem Lauf der Geschäfte ab und erzählte dann, wie heftig ihn der Börsencrash erwischt hatte.

Onkel Alwin pfiff durch die Zähne. »Ich war auch mal Millionär«, sagte er und nahm einen Schluck Weißwein. »Bis zu meinem Herzinfarkt vor zehn Jahren sogar mehrfacher. Aber damals hatte ich keine Kraft, aus dem Verkauf meines Geschäfts mehr herauszuschlagen als den bloßen aktuellen Warenwert der Anlage und der Fahrzeuge, und das waren nicht mehr als 800.000. Wegen der großen Konkurrenz war das Geschäft an und für sich wertlos. Immerhin hat uns der Erlös durch die nächsten zehn Jahre gebracht, und wenn ich nicht steinalt werde, wovon ich mal ausgehe, reicht es auch für meine restlichen Jahre. Rente kriege ich nämlich keine, und an eine Lebensversicherung habe ich vor dem Infarkt nie einen Gedanken verschwendet.«

»Klingt nicht danach«, Richard schluckte trocken, »als ob du mir kurzfristig 70.000 Mark leihen könntest?«

Onkel Alwin runzelte die Stirn. »70.000?«

»Ich konnte in den letzten Monaten die Kreditraten nicht termingerecht überweisen. Jetzt wollen sie bis zum Fünfzehnten 70.000, sonst reißen sie sich meine Läden unter den Nagel. Wenn ich Glück habe, komme ich Plusminusnull aus der Sache heraus. Vermutlich aber läuft es wie bei dir damals. Wenn du verkaufen musst, drücken sie dich brutal im Preis. Vermutlich bleibe ich am Ende auf 50.000 Schulden sitzen. Allerdings weiß ich nicht, welchen halbwegs vernünftig bezahlten Job ich dann machen könnte. Gelernt habe ich Drucker. Den Beruf gibt es praktisch nicht mehr. Und als Geschäftsführer eines Ladens wird mich nach meiner Pleite niemand nehmen. Dass ich die Copyshops immer sauber gemanagt habe, interessiert kein Schwein.«

»Ich fürchte, dass ich dir nicht helfen kann«, sagte Onkel Alwin. »Zumindest kann ich dir nicht soviel Geld geben. 10.000 vielleicht. Der Umzug von Teneriffa und die neue Wohnung in Heidelberg haben einiges gekostet, und Waltrauts Versorgung verschlingt im Augenblick ebenfalls Unsummen. Ich weiß nicht, wie lange Waltraut noch lebt. Die Ärzte haben gesagt, von drei Wochen bis drei Jahren ist alles möglich. Wahrscheinlich sind es drei Monate.« Er legte seine Hand auf Richards Hand. »Tut mir leid, mein Junge. Ich habe nur den Rest meiner Ersparnisse, und was ich nicht unmittelbar brauche, ist in einer privaten Rentenversicherung angelegt, aus der mir jeden Monat ein festgelegter Betrag gezahlt wird, bis ich tot umfalle. Die 10.000 aber gebe ich dir gern, wenn sie dir helfen.«

»Das ist nett von dir«, sagte Richard und gab sich Mühe, so viel aufrichtige Dankbarkeit wie möglich in seine Stimme zu legen. Ebenso viel Mühe kostete es ihn, seine Enttäuschung über das Platzen der ersten seiner Optionen in Grenzen zu halten.

»Was ist mit Klaras Geld, von dem Alexander am Telefon erzählt hat?«, fragte Onkel Alwin. »Klara hat doch sicher nichts dagegen, wenn ihr das Geld jetzt schon bekommt. Hast du mit ihr gesprochen?«

Richard schüttelte den Kopf. Darüber hatte er auch schon nachgedacht, bis Alexander ihm klar gemacht hatte, wem seiner Meinung nach das Geld zustand. »Alex will das Geld für sich allein.«

»Wieso?«

»Er braucht es, um in eine Praxis einzusteigen. Vor drei Wochen hat er mich um ein zinsloses Darlehen über 90.000 gebeten, das ich ihm natürlich verweigern musste.«

»Hast du ihm deine Situation erklärt?«

»Nein.«

»Wieso nicht?«

Richard zuckte mit den Schultern. »Gestern Abend hat er mich gefragt, ob ich ihm das Darlehen wenigstens zu den marktüblichen Zinsen gebe. Als ich das ebenfalls abgelehnt habe, blaffte er mich an, Klaras Erbe stünde ihm allein zu, weil Theo sein und nicht mein Vater gewesen sei.«

»Er versteht natürlich nicht, wie ein reicher Mann wie du plötzlich so geizig sein kann, zumal es ihm ziemlich unter den Nägeln brennt, aus dem Krankenhausdienst heraus zu kommen, wie er mir gesagt hat. Rede mit ihm.«

In Richard sträubte sich alles. Die zweite seiner Optionen war in Wahrheit keine. Er wollte Alexander um nichts bitten. Er hatte noch nie jemanden um etwas bitten müssen. Zumal es ihm widerstrebte, ausgerechnet jenen Mann zu einer freundlichen Geste zu bewegen, den er vor nicht einmal zwei Wochen mit seiner Ehefrau hintergangen hatte. Ihn bewegten keine moralische Bedenken. Helena war für sich allein verantwortlich, er selbst hatte in einem unbedachten Moment die Kontrolle verloren. Bewahrten sie Stillschwiegen, konnte Alexander sich noch lange seiner schönen Familie erfreuen. Doch den Gehörnten um einen Gefallen zu bitten, gehörte sich einfach nicht.

»Alexander und ich haben zurzeit nicht das beste Verhältnis«, sagte Richard. »Ich will einfach nur, was mir zusteht.«

Onkel Alwin trank seinen Wein aus und schaute hinüber zum Dom. »Ja«, sagte er. »Klaras Erbe steht dir ohne Zweifel zu.«

»Kann Alex sich darauf berufen, dass es sein Vater war, über den Klara an das Geld gekommen ist? Vielleicht steht ihm als leiblicher Sohn Theo Aschkowskis mehr zu als die Hälfte, so eine Art Pflichtteil.«

Onkel Alwin gab der Bedienung ein Zeichen für ein weiteres Glas Wein. »Ich kann mir nicht vorstellen, dass er damit durchkäme. Noch weniger aber kann ich mir vorstellen, dass er es überhaupt versucht. Das passt nicht zu ihm. Ihr solltet wirklich miteinander reden. Auch er steckt in einer üblen Situation, nachdem sein Chef ihm den Kunstfehler angehängt hat.«

»Davon weiß ich gar nichts.«

»Als Alexander heute Nachmittag unser Treffen abgesagt hat, meinte er, bei irgend einer Operation sei etwas schief gelaufen. Sein Chef habe es vermasselt, der Patient klage wegen eines Behandlungsfehlers, und Alexander soll Schuld sein. Ich kann gut verstehen, dass er aus dem Laden raus will.«

Ein Grund mehr, sich Sorgen zu machen, dachte Richard verdrossen.

Onkel Alwin nahm das neue Glas Wein entgegen. »Mach dir mal keine Sorgen. Alexander wird mit dir teilen wie immer. Außerdem ist deine rechtliche Position einwandfrei. Das weiß auch er.«

»Mag ja sein«, insistierte Richard. »Aber so wütend, wie er im Augenblick auf alles und jeden ist, traue ich ihm zu, das Testament aus reiner Schikane anzufechten. Da vergehen Monate, ehe die Sache durch ist. Ich brauche das Geld in genau einer Woche.«

Onkel Alwin schaute Richard lange an. »Mein Junge«, sagte er schließlich. »Was ich dir jetzt erzähle, ist vielleicht nicht recht. Und du musst mir versprechen, dass du es Alexander nur dann sagst, wenn sich deine Befürchtungen bewahrheiten sollten und er sich gegen dich stellt. Ich weiß außerdem nicht, ob es dir sonderlich gefällt, was ich dir jetzt sage.«

»Was denn?«

»Alexanders Vater hieß nicht Theo Aschkowski. Ich meine Vater im Sinne von Erzeuger.«

»Wen meinst du?«

Ich vertrage nichts mehr, dachte Alwin, als er durch das Foyer seines Hotels zum Fahrstuhl wankte. In seinem Zimmer wusch er sich das Ge-sicht und legte sich mit dem beklemmenden Gefühl aufs Bett, einen nicht wieder gut zu machenden Fehler begangen zu haben. Richard schien wie erstarrt, als er das unbestreitbar skurrilste Detail seiner an dramatischen Momenten nicht armen Familiengeschichte begriffen hatte. Leider schien die Tatsache, dass Theo in seinem viel zu kurzen Leben nie ein Kind gezeugt hatte, Richards Laune keineswegs zu heben. Immerhin stellte es sicher, dass Alexander wohl kaum vor Gericht ziehen würde, um sich als Theos leiblicher Erbe in Position zu bringen. Deshalb hatte Alwin Klaras Geheimnis verraten. *Offenbar keine gute Idee, alter Mann!* Richard hatte kaum noch ein Wort gesprochen. Er stellte ein paar Fragen nach Klaras Verhältnis zu Jacob und wirkte dabei, als habe ihm jemand den Stecker herausgezogen. Auf dem Rückweg zum Hotel hatten sie geschwiegen. Zum Abschied wollte Alwin ihm eine Hand auf die Schulter legen und beteuern, dass er ihn nicht vor den Kopf habe stoßen wollen. Doch Richard hatte *Ist schon gut* gesagt und war gegangen.

Alwin drehte sich auf die Seite und schlief in seinem Anzug ein, den Waltraut ihm vor zwanzig Jahren in Buenos Aires gekauft hatte. Er war ihr immer treu gewesen.

36

Margot zupfte eine Fluse von ihrem knielangen Kleid aus lindgrüner Baumwolle und musterte ihre weißen Leinenschuhe. Als das Warten schließlich ein Ende hatte und sie ihn sah, schlug ihr das Herz bis zum Hals. Im selben Moment erschien ihr die unermessliche Zeit von achtzehn Jahren als bloßer Augenblick. In Gedanken war sie ihm oft wieder begegnet und hatte sich jedes Mal gefragt, was die Jahre wohl aus ihm machten. Sie schob die Hände unter ihre Oberschenkel und befühlte die abblätternde grüne Farbe der Parkbank. Er hatte zugenommen. Sie schätzte ihn auf knapp achtzig Kilo. Normal für sein Alter und seine Größe. Aus dem vor nutzloser Kraft pulsierenden Burschen war ein zweiundvierzigjähriger Mann von geschmeidiger Schwere geworden. Erika Schlottmann hatte nicht zu viel versprochen.
Sie war dem früheren Kölner Szenevamp vor einigen Monaten in Frank-

furt auf dem Freigelände der Buchmesse begegnet und hatte sie kaum wiedererkannt. Erika Schlottmann, vor langer Zeit Gymnasiallehrerin für Deutsch und Sozialkunde, manisch depressiv und Anfang der achtziger Jahre stets mit einer eitel unzeitgemäßen Zigarettenspitze bewehrt, reiste seit Jahren mit einem Marktstand durch die Republik und verkaufte Seidenstoffe. Wie Margot mit einem Mal klar wurde, war Erika vor zwanzig Jahren, als sie praktisch alle linksalternativen Jungs der Stadt flachgelegt hatte, weit über dreißig gewesen. Inzwischen sah sie in ihrem wallenden, weinroten Seidengewand aus wie Barbara Rütting, die Königin der Vollwertkost. Das Haar eisgrau und kurzgeschnitten, die Gesichtshaut von sorgfältig gegerbtem Leder, die großen, energischen Hände einer Frau von Ende fünfzig, gepflegt und reich beringt. Nur ihre Augen flackerten wie eh und je. *Ich nehme immer noch Lithium*, hatte sie gesagt, als Margot sich nach ihrer Gesundheit erkundigte.

Sie tranken einen Kaffee und tauschten höfliche Erinnerungen aus. Als Margot sich nach einer halben Stunde verabschieden wollte, sagte Erika: *Dein Richard wartet übrigens auf dich.* Mit dem sichtlichen Vergnügen einer Klatschbase erzählte sie, dass Richard sich kaum verändert habe. Er sei noch immer begehrt und bindungslos, seine Frauen würden allerdings jünger. Wer ihn kannte (*und ein Auge für so etwas hat*, wie sie hinzufügte), konnte jedoch sehen, wie unglücklich er war. *Genau wie damals, als du weg gegangen bist*, meinte sie. *Ich bin nie einem einsameren Mann begegnet*. Gut sehe er aus, nach wie vor. Die schwarzen Locken ein wenig meliert und kein Kilo zuviel auf den Rippen. *Ich vermute*, sagte sie und grinste dabei ganz unasketisch, *sein Hintern ist immer noch recht knackig*. Jedenfalls sei er stets gut angezogen, leider inzwischen jedoch zu jung für sie.

Margot stand auf und reichte ihm die Hand. »Tag Richard.«

Er trug beige Leinenjeans und ein ultramarinblaues, kurzärmeliges Hemd. Die nackten Füße steckten in eleganten Lederslipper. »Margot«, sagte er leise.

»Gut siehst du aus«, sagte sie.

»Du auch.«

Er setzte sich und ließ einen Abstand zwischen ihnen, der achtzehn Jahren gebührte. Sie lächelte.

Ohne ihr eine anzubieten, zündete er sich eine *Camel* an. Offenbar war er nicht weniger nervös als sie, wie sie erleichtert feststellte. Sie hatte Fragen und einen großen Wunsch. Doch das alles machte keinen Sinn, wenn er gekommen war, um den lonesome Cowboy zu geben.

»Es ist komisch«, ergriff er das Wort und trat seine angerauchte Zigarette aus. »Nach fast zwanzig Jahren tauchst du wieder auf. Du rufst mich an und schlägst vor, dich mit mir im Park zu treffen. Als wären wir dreizehn, oder fünfzehn oder siebzehn. Bloß, dass wir damals noch kein Telefon hatten.«

»Ja«, sagte sie. »Das ist komisch.«

»Leider hast du dir einen schlechten Zeitpunkt ausgesucht. Hier ist nämlich die Hölle los. Klara stirbt, Alexander und ich haben Streit und einen Haufen Probleme, und-.« Er zuckte mit den Schultern.

»Ich hab mich mit Helena getroffen.«

Langsam wie ein Leguan drehte er seinen Kopf und schaute sie an.

»Ich weiß von dir und ihr.«

»Na prächtig.«

»Gehen wir runter zum Rhein?«

Er nickte. »Ich kann ohnehin nicht ruhig sitzen.«

Sie spazierten eine dreiviertel Stunde lang zur alten Kiesgrube, wofür sie als Jugendliche kaum mehr zwanzig Minuten gebraucht hatten. Margot erzählte von ihrem Besuch bei Klara, und dass ihre Mutter aufgehört habe zu jammern. Aus dem Kiesgrubengelände war ein kleines Feuchtbiotop geworden. Von der Bretterbude, schon zu ihrer Kinderzeit alt und verfallen, war bis auf Reste des bröckeligen Zementfundaments nichts mehr zu sehen. Margot wählte einen Platz im Schatten einer Zitterpappel, unter der sie sich auf zwei große Steine setzten.

»Was ist mit deinem Mann?«, fragte Richard.

»Harald und ich leben seit Jahren getrennt, obwohl wir noch viel gemeinsam unternehmen.« Sie fasste mit beiden Händen in ihren Nacken, um den Sitz des Haarbands aus hellgrüner Seide zu prüfen, das Erika Schlottmann ihr zum Abschied geschenkt hatte. »Es ist mir ein wenig peinlich, das zu sagen, aber Harald ist so schwul, wie es ein Mann nur sein kann. Trotzdem habe ich es in den ersten Jahren nicht bemerkt. Vielleicht wollte ich es auch nicht bemerken, oder es war mir nicht wichtig.«

»Ich kann mir nicht vorstellen, so etwas nicht zu merken«, sagte Richard ohne Sarkasmus. »Ist er bi?«

»Nein. Er hat es wohl versucht. Aber ich fürchte, er hat sich mit mir vor allem abgequält.« Sie lächelte. »Ansonsten haben wir uns wunderbar verstanden. Seitdem wir entschieden haben, Bett und Wohnung nicht mehr teilen, können wir unsere Freundschaft wieder genießen.«

»Onkel Adi und Klara waren auch ein prima Paar.«

»Meinst du, sie haben miteinander geschlafen?«

»Glaub ich nicht.«

Sie schwiegen. Margot war guten Mutes. Sie hatte sich keinen schlechten, sondern den denkbar günstigsten Zeitpunkt ausgesucht, nach Heimstadt zurück zu kehren. Die Dinge waren in Bewegung geraten. Ohne ihr Zutun. Einfach, weil es so kommen musste.

»Hier hat sich eine Menge verändert«, sagte er.

»Was meinst du?«

»Die Kiesgrube.«

Margot schaute sich um.

»Was hier alles wächst und blüht! Das gab es früher nicht.«

»Doch. Es ist dir bloß nicht aufgefallen.«

»Wie heißt das da?« Er zeigte auf eine Ansammlung kleiner gelber Blumen.

»Kriechender Hahnenfuß, Ranunculus repens.«

»Das da auch?« Er deutete auf einen Busch.

Margot lachte. »Das ist Großes Schöllkraut. Wenn du hinschaust, siehst du, dass der Hahnenfuß fünf Kelchblätter hat, denen die Blütenblätter anliegen, während das Schöllkraut nur vier Kelchblätter hat und außerdem ein höher wachsendes Mohngewächs ist. Das ist so, als würdest du Bananen mit Apfelsinen verwechseln.«

»Kennst du alles, das hier blüht?«

»Das meiste. Das hohe Weiße dort hinten ist Wiesenbärenklau, und die kleinen hübschen weißgelben Blumen neben deinem Stein sind wilde Stiefmütterchen. Da vorn sind auch ein paar verblühte Schwertlilien, und natürlich wachsen hier hundert verschiedene Gräser. Wahrscheinlich kommt nur noch selten jemand hierher.«

»Es war ein Versehen, gewissermaßen.«

»Was?«

»Das mit Helena.« Er griff in seine Brusttasche und zündete sich eine

Zigarette an. »Ich habe nicht nur mit der Frau meines Bruders geschlafen, was so ziemlich das Blödste ist, das man tun kann. Ich brauche außerdem bis zum Fünfzehnten 70.000, sonst knipst mir die Bank das Licht aus. Über etwas mehr als diese Summe liege ich im Streit mit Alexander. Klara hat vor einem Jahr eine überraschende Erbschaft gemacht und möchte das Geld zwischen Alexander und mir aufteilen. Allerdings beansprucht er den gesamten Betrag für sich allein, weil Theo nicht mein Vater war und ich das Geld sowieso nicht bräuchte. Und bevor du fragst, ob ich ihm meine finanzielle Situation dargelegt habe, sage ich: Nein, habe ich nicht. Inzwischen spielt es auch keine Rolle mehr.«

»Meinst du, er hat von dir und Helena erfahren?«

»Dann hätte er anders mit mir geredet. Allerdings ist er nicht wieder zu erkennen. Launisch und aggressiv. Außerdem ist er sauer auf mich, weil ich mich aus Klaras Pflege komplett heraushalte, während er zwei Mal in der Woche Nachtdienst bei ihr schiebt.«

»Ich weiß nicht, ob ich meine Mutter waschen und füttern könnte, ohne das Grausen zu kriegen.«

Richard trat die Zigarette aus und fischte einen Tabakkrümel von seiner Zungenspitze. »Das ist es nicht.«

Sie betrachtete ihn von der Seite und spürte, dass es die alte Glut noch gab.

»Interessiert es dich überhaupt? Du warst lange weg.«

»Deswegen bin ich hier, Richard.« Es war elektrisierend, seinen Namen in seiner Gegenwart auszusprechen.

Er zündete sich eine weitere Zigarette an und schaute auf den Tümpel. »Ich weiß nicht, ob ich mich überhaupt jemals in meinem Leben um jemanden gekümmert habe. Der einzige, der mir einfällt, war mein Wellensittich. Hansi. Den hab ich wirklich ge-«. Er lachte gequält. »Es fällt mir schon schwer, das Wort nur zu benutzen: Den Vogel hab ich wirklich *geliebt*. Dagegen kann ich mich an meine Eltern kaum erinnern. Ich habe keine Bilder in mir, nur die Erinnerung an einen ziemlich schlechten Traum von unserem letzten gemeinsamen Tag vor mehr als dreißig Jahren. Ich kann Klara, wie sie so hilflos und stumm in ihrem Bett liegt, einfach nicht anfassen. Es geht nicht, und ich glaube, das ist so, weil ich mich nicht daran erinnern kann, wie sich meine richtige Mutter angefühlt hat. Es macht mich verrückt. Außerdem weiß ich nicht, ob ich den Schwelbrand damals hätte verhindern können. In meinem Traum schaue ich einfach zu, wie die Matratze meines Vaters langsam anfängt zu brennen.«

»Du warst neun und es hieß, du seiest betrunken gewesen. Deine Eltern und der Mann, der dabei war, hatten dich betrunken gemacht. Was hättest du tun können?«

»Nichts«, sagte Richard matt. »Aber neben diesem Bild vom hilflosen Neunjährigen gibt es auch den Chef der Richiebande. Richie wusste sich immer zu helfen. Er konnte alle Jungs herumkommandieren und später auch die Puppen tanzen lassen. Der Bursche war kaltschnäuzig, abgebrüht und berechnend. Ich kriege die beiden nicht übereinander. Nach dem Tod meiner Eltern war Alexander der Einzige, dem ich den Traum erzählt habe, und letzten Freitag hat er ihn im Streit um das Erbe zum ersten Mal wieder erwähnt. Sein Vater, meinte er, habe ihm eine Menge Geld vererbt. Ich dagegen hätte meinen umkommen lassen.«

»Das hat Alexander gesagt?«

»Mehr oder weniger. Dann habe ich mich Samstag Abend mit Onkel Alwin getroffen. Vormittags war er bei Klara, um sich von ihr zu verabschieden. Da hat sie ihm ein Geheimnis verraten, das er nur deshalb an mich weitergegeben hat, weil Alexander angekündigt hatte, auf Klaras Erbe Alleinanspruch zu erheben. Und was Onkel Alwin erzählt hat, stellt alles auf den Kopf.«

»Was denn?«

»Versprichst du, es für dich zu behalten?«

»Natürlich.«

»Onkel Alwin sagt, dass Klara zu ihm, meinem Vater und zu Theo Aschkowski lockere sexuelle Beziehungen unterhalten hat, ihrer Zeit sozusagen weit voraus, allerdings um den Preis, als Heimstadts Schlampe dazustehen. In ihrem Herzen, meint Onkel Alwin, sei sie meinem Vater immer treu gewesen. Allerdings war Jakob Schell offenbar ein echter Herumtreiber und Frauenheld. Als er meine Mutter geschwängert hatte, die eigentlich nur eine unbedeutende Nebenaffäre war, wie Onkel Alwin es genannt hat, traf er eine Entscheidung: Wenigstens einmal wollte er sich als Ehrenmann erweisen. Er trennte sich von Klara und verkündete, meine Mutter zu heiraten. Darüber sei Klara nicht hinweg gekommen und habe es irgendwie verstanden, innerhalb weniger Tage mit allen dreien noch einmal zu schlafen und dabei die Kondome zu präparieren. Ich weiß nicht, wie es ihr gelungen ist, jedenfalls erfuhr mein Vater nie, dass er Alexanders Erzeuger war, während Theo Aschkowski sie in der festen Überzeugung heiratete, er sei der Vater ihres Sohnes. Jahre später, nachdem der dicke Aschkowski tot war, hat sie Onkel Alwin weisgemacht, in Wahrheit sei er Alexanders Vater, woraufhin er ihr jahrelang jeden Monat 400 Mark geschickt hat.«

Margot hatte Mühe, dem merkwürdigen Komplott zu folgen. Sich die ernste und stets distanziert wirkende Klara Aschkowski als lebenslustige Endzwanzigerin mit Verhältnissen zu mehreren Männern vorzustellen, fiel ihr schwer. Es gelang ihr nicht, sich ein anderes Bild von ihr als das einer eher leidenschaftslosen alleinerziehenden Mutter zu machen, deren Interesse an Männern sich in der Busenfreundschaft zu ihrem Friseur erschöpfte. Von Richards Vater wusste Margot gar nichts. Sie hatte nie ein Foto von ihm gesehen und wäre im Leben nicht auf die Idee gekommen, dass er ein Mann gewesen war, von dem eine Frau sich heimlich ein Kind machen ließ, um es alleine großzuziehen.

»Siehst du deinem Vater ähnlich?«, fragte sie.

»Schwarze Locken, blaue Augen. Etwas kleiner und breiter gebaut, wie Alexander.« Er zündete sich eine Zigarette an. »Jetzt weiß ich auch, weshalb Alexander und ich uns so ähnlich sehen. Wir dachten immer, das sei nur ein lustiger Zufall.«

»Willst du es ihm sagen?«

»Er ist so stolz auf seinen Vater. Warum sollte ich seine schönen Erinnerungen zertrümmern, auf die ich früher immer neidisch war? Aber der wahre Grund, es ihm nicht zu sagen, ist ein anderer. Irgendwann wird Alexander sagen, ich hätte nicht nur meinen, sondern auch seinen Vater auf dem Gewissen. Deshalb werde ich den Teufel tun, ihm zu erzählen, dass wir den selben Vater hatten. Er hätte einen Grund mehr, mir die Pest an den Hals zu wünschen.«

»Gibst du mir eine Zigarette?«

»Rauchst du?« Er hielt ihr sein Zigarettenpäckchen hin.

»Nein.« Sie ließ sich Feuer geben. »Es wäre schön gewesen, wenn wir früher so miteinander hätten reden können.«

»Früher?« Er machte eine wegwerfende Handbewegung. »Früher war ich dumm und arrogant.«

»Jetzt nicht mehr?«

Er schaute sie argwöhnisch an. »Sagt Helena das über mich?«

»Nein.«

»Dumm bin ich immer noch. Das sieht man daran, dass ich mit ihr geschlafen habe. Außerdem stehe ich kurz vor der Pleite, weil ich alles falsch gemacht habe, was man in meiner Situation falsch machen konnte. Und arrogant? Keine Ahnung. Aber ich würde sagen: nein. Ich bin bloß schrecklich müde und habe keine Lust auf gar nichts mehr.«

»Klingt nach Depression.«

»Wahrscheinlich war ich schon immer depressiv.«

»Machst du eine Therapie?«

Er lächelte. »Weil ich Dinge sage, die mir früher nie über die Lippen gekommen wären?«

»Warum hast du mit Helena geschlafen?«

Er seufzte. »Frag mich was Leichteres.«

Margot wartete.

»Ich weiß es nicht.«

»Natürlich weißt du es. Du wärst nie Chef der Richiebande gewesen, wenn du nicht ein außergewöhnliches Gespür für dich und deine Mitmenschen gehabt hättest. Du kannst nichts manipulieren, von dem du nicht weißt, wie es funktioniert. Und du kannst niemanden für dich tanzen lassen, wenn du dich nicht selber durchschaust.«

Er stellte seine Füße exakt nebeneinander und schien eine Weile nachzudenken. »Die Wahrheit ist«, sagte er, »dass du die einzige Frau bist, die ich je *geliebt* habe.« Er sprach das Wort gedehnt aus und mied es, sie dabei anzusehen. »Aber ich wollte mich nicht auf dich einlassen. Vielleicht bin ich auch in dieser Sache meinem Vater ähnlich. Wahrscheinlich ist es ein ganzes Bündel an Gründen, das heute nicht mehr aufzuschnüren ist. Nach dir hat es nur noch eine Frau von Bedeutung gegeben. Sie hieß Roswitha, und um es kurz zu machen: Sie wollte Kinder und hat sich von mir getrennt, weil sie gesehen hat, dass das mit mir nicht zu machen war. Zwischen dir und Roswitha gab und gibt es eigentlich nur noch Helena. Und wenn du mich fragst, warum ich mit ihr geschlafen habe, fällt mir bloß ein, dass sie die Einzige gewissermaßen erreichbare Frau war, mit der ich mir wenigstens die Illusion von Intimität verschaffen konnte. Aber auch das war Unsinn. Es hat nicht funktioniert. Warum bist du damals einfach abgehauen?«

»Du wolltest mich nicht?«

»Wenn du dich noch einmal bei jemanden ins Hirn einpflocken willst, brauchst du bloß wieder ohne ein Wort wegzugehen.«

»Du hättest mich fragen können, weshalb ich nicht mehr in Köln leben wollte.«

»Ich dachte, so lange du meine Bedingungen akzeptiert hattest, lief alles bestens. Aber dann konntest du meine Bedingungen offenbar nicht mehr akzeptieren und bist gegangen. So dachte ich mir das. Wie gesagt, ich war dumm und arrogant. Gleichzeitig hatte ich das ungute Gefühl, da könnte noch etwas anderes sein, das dich aus Köln vertrieben hat. Etwas, von dem ich nichts wissen wollte.«

»Was sollte das gewesen sein?«

Er antwortete nicht.

»Ich habe damals ein Kind von dir abgetrieben.«

Er schaute sie lange an. »Also doch«, flüsterte er.

Ja, sagte sie zu sich selbst und dachte an Klara Aschkowski. *Hätte ich damals anders entschieden, wäre ich heute Mutter eines beinahe erwachsenen Kindes.*

»Das tut mir leid«, sagte er.

»Als es zu spät war, habe ich es bereut.«

»Das war nicht das letzte Mal, dass ich mich als Versager erwiesen habe. Roswitha war ein wirkliches Geschenk. Aus ihr und mir hätte was werden können. Sie war dir ähnlich, und sie bot mir eine zweite Chance. Aber ich konnte es nicht. Als sie weggegangen ist, habe ich auch sie nicht aufgehalten.«

»Warum konntest du nicht?«, fragte Margot und spürte einen heißen Stich in ihrer Brust. Ergeben ließ sie sich von der Eifersucht durchbohren.

Richard stand auf und lehnte sich mit beiden Händen in den Hosentaschen mit dem Rücken gegen den Stamm der Zitterpappel. »Vielleicht habe ich mir gesagt: Man kann aus einem Bass keinen Tenor machen.

Irgendwie bekäme ich schon ein paar Töne heraus, aber es klänge nicht gut. Ich wäre der falsche Mann in einem an sich schönen Fach, aber die falsche Besetzung. Ich bin in dieser Hinsicht nicht lebenstüchtig, nicht erwachsen. Ich kann nicht von mir absehen, was man können muss, wenn man Kinder hat. Mein Bedarf war immer gedeckt, wenn ich Alexanders und Helenas Kinder mal einen halben Tag lang gehütet habe. Schöne Kinder, toll und wild und anstrengend, vor allem Maria. Mit ihnen konnte ich mich der ebenso schönen wie schrecklichen Fantasie hingeben, Vater zu sein, und den Spuk abends wieder beenden. Roswitha sagte, dass ich in die Vaterrolle hineinwachsen würde. Aber ich wollte nirgends hineinwachsen.« Er stieß sich vom Stamm der Pappel ab. »Vielleicht hat mich noch etwas anderes davon abgehalten, mit Roswitha zusammen zu bleiben und Kinder zu kriegen. Bist du mal Helenas Tochter begegnet?«

Margot schüttelte den Kopf. *Er weiß alles, der Dummkopf!*

»Sie hat die gleichen schwarzen Haare wie ich, und ihre Augen haben das selbe Blau. Bis zu diesem Wochenende hat mich gelegentlich die Frage beschäftigt, ob ich vielleicht ihr Vater sein könnte. Dazu muss ich sagen«, er schaute in den Himmel, »dass Helena und ich schon einmal miteinander geschlafen haben. Vor zwölf Jahren, kurz nach Karneval, als Helena ihr Examen bestanden hatte. Allerdings waren wir nicht so freie Geister wie Klara, Theo Aschkowski, Onkel Alwin und mein Vater vor mehr als vierzig Jahren. Wir waren bloß besoffen und einsam. Nun, inzwischen weiß ich, weshalb Maria mir so ähnlich sieht.«

»Hat sie es dir doch gesagt?«

Er schaute sie überrascht an. »Wer ›sie‹? Was meinst du?«

Auch Margot war verwirrt.

»Alexander und ich haben zur Hälfte die gleichen Gene. Kein Wunder also, dass Maria mir ähnlich sieht.«

Wäre sie Erika Schlottmann nur früher begegnet! Sie hatte viel Zeit vergeudet, weil sie dem Schicksal zu ergeben gewesen war.

»Und wie stehen die Dinge?«, fragte er.

Sie schaute ihn an und lächelte. »Ich bin vierzig und habe keine Zeit zu verlieren.«

37

Maria drückte den Klingelknopf ihres Onkels. Was war nur mit den Erwachsenen los? Zu Hause rückten sie Möbel und schrieen sich an, und der Herr Onkel hielt es nicht für nötig, seine Verabredung einzuhalten. Richard war keineswegs die Art von Onkel, die voller ungewöhnlicher Ideen steckte, und auch seine Nerven waren nicht gerade aus Drahtseil. Doch unzuverlässig war er nie gewesen. Vor ein paar Tagen hatte ihr Vater ihr verboten, seinen Bruder jemals wieder anzurufen. Sie wollte gerade seine Nummer wählen, als er ihr den Hörer aus der Hand genommen und ihre Frage nach dem Warum einfach ignoriert hatte. Sie wollte ihren Onkel fragen, was am Dienstag nach der Schule auf dem Programm stand, und hatte sich am heutigen Morgen entschieden, einfach zu ihm gehen. Robin meinte, das sei noch verbotener als ihn bloß anzurufen, aber Robin war ein elender Angsthase. Ihr Vater hatte bloß vergessen, das Verbot wieder aufzuheben.

Am Wochenende hatten die Eltern ihr eine Heidenangst eingejagt. Sie wusste von einer ihrer Freundinnen, wie es war, wenn Vater und Mutter sich trennten. Seit Monaten hatte eine merkwürdige Friedhofstille geherrscht. Ein bisschen Gemeckere hier, ein bisschen Gezeter da, und nicht ein einziger Tag tanzte aus der Reihe, niemand tat irgendwem weh. Nur die Wochenenden, an denen ihr Vater zu Hause war, wogen seltsam schwer. Die Familie war zusammen, trotzdem gingen alle sich aus dem Weg, als wollte niemand den anderen Gelegenheit geben zu fragen: Wie geht's dir? Ihr Vater hatte erklärt, Oma Klara sei sehr krank, weshalb er nachts auf sie aufpassen müsse. Vor einer Woche hieß es dann, dass sie vielleicht bald sterben werde. Eine unvorstellbare Vorstellung, und Maria hatte entschieden, dass die oft nur schwer zu atmende Luft zu Hause allein dem Kranksein ihrer Großmutter zu verdanken war. Dann hatte sich etwas noch Schrecklicheres offenbart. Die Selbstverständlichkeit, mit der sie zueinander gehörten wie ihre Vornamen zum Nachnamen, löste sich urplötzlich auf in einer Explosion von Gehässigkeiten. Nichts und niemand mehr, so hatte es Maria in ihrem Entsetzen verstanden, schien mehr zusammen zu gehören. Ihr Vater warf ihrer Mutter vor, mit einem Mann aus der Praxis zusammen zu sein, was ihre Mutter als vollkommenden Blödsinn bezeichnete, worauf ihr Vater Erklärungen verlangte, die ihre Mutter ihm offenbar nicht zu seiner Zufriedenheit geben konnte. Überhaupt sei die Ehe, schrieen beide, seit langem das Papier nicht mehr wert, auf dem sie und die Trauzeugen einst unterschrieben hätten. Er, hatte ihre Mutter gerufen, interessiere sich bloß noch für seine Arbeit, und er schnauzte, für wen er sich eigentlich jeden Tag den Hintern aufreiße, was ihre Mutter mit der Bemerkungen quittierte, er kenne nicht einmal die Freunde seiner Kinder und so weiter und so weiter. Drei Tage lang hielt Maria den Atem an und glaubte mit einem Mal sogar, es mit Robin als Bruder doch nicht so schlecht getroffen zu haben. Ihr war schlecht vor Angst. Am Montagabend waren die Anklagen dann verstummt. Keine aufschreienden Wörter mehr, die aus der bedrohlichen Nähe der Nebenzimmer klangen, als zersägten sich die Erwachsenen. Statt dessen erfüllte Gemurmel die Stille. Irgendwann war die Tür ihres Zimmers aufgegangen, die Mutter nahm sie bei der Hand, und alle vier hatten sich auf dem Elternbett aneinander gekuschelt. Vereint wie früher, ein herrliches Knäuel, und jede Nase saß wieder in ihrem Gesicht.

Maria drückte erneut den Klingelknopf. Sie mochte ihren Onkel. Er war witzig, oft unfreiwillig komisch, denn er konnte überhaupt nicht mit Kindern umgehen. Er wusste weder richtig zu schimpfen, wenn sie und Robin etwas in seiner Wohnung angestellt hatten, noch hatte er je eine seiner hilflosen Drohungen wahrgemacht, wenn sie ihm auf der Nase herumtanzten. Er war anders als ihr Vater, der zwar nicht streng war, es mit seiner sanften Art jedoch fast immer schaffte, dass ihr das Gehorchen nicht allzu schwer fiel. Abgesehen von der Unbeholfenheit im Umgang mit Kindern fand Maria jedoch, dass ihr Onkel ein faszinierender Mann war. Er trug vorzugsweise teure schwarze Kleidung. Er war reich. Er besaß riesige Sammlungen von Videofilmen, DVDs, CDs und Schallplatten. Außerdem tauchten immer wieder schöne Frauen in seiner Wohnung auf, die deutlich jünger waren als ihre Mutter. Ihre Freundinnen waren darin übereingekommen, dass ihr Onkel wahnsinnig gut aussah. Er war der einzige Nicht-Filmstar, Nicht-Sänger und Nicht-Lieblingslehrer, der bei ihren Hitparaden der anbetungswürdigen männlichen Wesen mit ins Rennen gehen durfte und regelmäßig einen der vorderen Plätze belegte. Daran änderte auch das immer wieder aufflammende Gerücht nichts, ihr Onkel sei leider homosexuell, weshalb es eigentlich wenig Sinn mache, von ihm zu träumen. Ein so gut aussehender Mann, weder verheiratet noch geschieden, kinderlos und nicht liiert mit einem Supermodel (das er sich zweifelsohne angeln konnte), musste einfach homosexuell sein. Maria versicherte immerzu, in seiner Wohnung ständig junge Frauen anzutreffen, da ihr Onkel die Freundinnen wechsele wie seine Unterwäsche. Das jedoch sei, wie die Erfahrenen im Kreis der abstimmenden Mädchen beschieden, alles nur Tarnung.

Der Türöffner summte. Maria schulterte ihre Schultasche und stieg das Treppenhaus hoch. Für sie bestand kein Zweifel daran, dass er nicht Männer liebte, sondern Frauen. Opa Adi war homosexuell gewesen. Das hatte ihr Vater ihr vor ein paar Jahren nach der Beerdigung erklärt. Opa Adi habe nicht Frauen, sondern Männer geliebt. Zwar habe er auch Frauen nett gefunden, so wie Oma Klara seine beste Freundin gewesen sei, und er habe auch Kinder lieb gehabt, wie sie und Robin. Aber er habe nie mit einer Frau zusammen Kinder machen wollen. Maria hatte gefragt, ob er meine, dass Opa Adi nie seinen Schniedel in die Scheide einer Frau gesteckt habe, und ihr Vater hatte gesagt: *Genau!* und hinzugefügt: *Homosexuelle verlieben sich in Männer und fassen ihnen gerne an den Schniedel.* Zur Beerdigung waren nicht viele Leute gekommen. Oma Klara stand vorn am Grab, Opa Alwin und seine Frau hielten sie zwischen sich eingehakt. Dahinter standen ihr Vater, ihre Mutter, Robin und sie selbst, außerdem Onkel Richard und Oma Klaras Hausarzt, der auch Opa Adis Arzt im Hospiz der Heiligen Katharina gewesen war. Eine alte Frau im schwarzen Anzug, die Resi hieß und aussah wie ein dünner alter Mann, stand am anderen Ende des Grabes und erzählte Dinge aus Opa Adis Leben, die Maria nicht verstand. Dass die Frau Oma Klara einst geholfen hatte, ihn zur Welt zu bringen, wie der Vater ihr später erzählte, konnte Maria nicht glauben. Ein wenig abseits hatte ein seltsames Paar der Beerdigung zugeschaut. Der dickere der beiden alten Männer hatte sich als Frau verkleidet und ging, als die dünne Frau im Anzug zu Ende geredet hatte, zu Oma Klara und umarmte sie lange. Die ältere Dame sei ein alter Freund Opa Adis gewesen, hatte Oma Klara ihr beim Leichenschmaus erklärt. Sie hieß Helmut und sei mit Opa Adi vor vielen Jahren einmal nach Capri in den Urlaub gefahren. Nach Capri, hatte Oma Klara gesagt, habe sie auch einmal fahren wollen. Onkel Richards Papa habe es ihr vor langer Zeit versprochen, aber dann sei etwas dazwischen gekommen. Frau Helmut, wie Maria die Erscheinung genannt hatte, warf schließlich Marias Frage auf, weshalb Opa Adi niemals verheiratet gewesen sei und keine Kinder gehabt habe.

Onkel Richard jedenfalls liebte Frauen. Seit ihre Brüste zu wachsen begonnen hatten, verunsicherten sie seine Blicke, die glücklicherweise eher neugierig waren als aufdringlich. Doch ihr war, als habe er ihr Kindsein in seiner Gegenwart mit einem Mal beendet, womit sie sich auch seine Zurückhaltung erklärte, mit ihr zu raufen, wie sie es immer getan hatten. Bald würde sie zu jenen weiblichen Wesen aufsteigen, die sich in der glitzernden Welt der verzweifelt Verliebten verloren und auf Männer wie Richard Aschkowski warteten.

Als er die Wohnungstür öffnete, stand er nur mit einer Hose und offenem Hemd bekleidet vor ihr und schaute sie überrascht an. Im nächsten Moment veränderte sich sein Gesichtsausdruck, weil ihm offenbar einfiel, dass sie verabredet waren.

»Maria!« Er hielt sich eine Hand vor die nackte Brust und trat einen Schritt zurück. »Komm rein. Wo ist Robin?«

»Der ist nach Hause gegangen. Mein Vater hat uns verboten, dich anzurufen.«

»Was? Wieso denn?«

»Weiß ich nicht.«

Sie trat in die Diele, schloss die Wohnungstür und stellte ihre Schultasche unter der Garderobe ab. Durch die offenstehende Tür des Schlafzimmers, das sich am anderen Ende der Diele befand, sah sie eine Frau, die sich den Reißverschluss ihres grünen Kleids zuzog. Ihre Haare waren leuchtend rot. Verlegen schaute Maria zur Seite.

»Was ist denn los, zu Hause?«, fragte Onkel Richard.

»Meine Eltern haben sich das ganze Wochenende so gestritten, dass ich schon dachte, sie lassen sich scheiden. Warum ich dich nicht anrufen durfte, hat mir niemand erklärt. Jedenfalls haben Mama und Papa sich wieder vertragen, und ich glaube, jetzt ist alles wieder in Ordnung. Und weil auch du dich nicht mehr bei uns gemeldet hast, dachte ich, schaue ich mal vorbei. Aber«, Maria sah die schöne Frau mit frisch gekämmten Haaren auf sich zukommen, »vielleicht komme ich besser ein anderes Mal wieder.«

»Hallo«, sagte die Frau und hielt ihr lächelnd die Hand hin. »Ich heiße Margot und bin eine alte Freundin von Richard und deinen Eltern.«

Maria schüttelte ihr die Hand und wurde im selben Augenblick von Heimweh überwältigt. Die Augen der Frau, die sie so freundlich begrüßte, funkelten grün wie die Augen der Hexen in Marias zerfledderten Märchenbüchern.

»Komm in die Küche«, sagte er. »Wir machen uns etwas zu essen. Hast du Hunger?«

»Ich muss nach Hause. In der Schule sagten sie, da sei ein Flugzeug in ein New Yorker Hochhaus geflogen. Habt ihr es im Fernseher gesehen?«

Im Wohnzimmer klingelte das Telefon.

»Richard? Hier ist Alexander.«

»Oh. Hallo.«

»Ist Maria bei dir?«

»Ja. Sie kommt gleich nach Hause.«

»Gut. Liese hat gerade hier im Krankenhaus angerufen.«

»Wer?«

»Lieselotte Preissler, Mamas Pflegerin. Sie sagt, dass Mama am Morgen plötzlich weggetreten sei und seitdem«, er schluckte. »Liese denkt, das sie heute stirbt. Oder in der Nacht. Kommst du nach Heimstadt?«

» – «

»Richard?«

»Ja. Was soll ich tun?«

»Bei ihr sein. Dich verabschieden. Sie wird nichts mehr sagen können, falls sie überhaupt noch einmal aufwacht.«

»Bist du auch da? Ich habe noch nie einen Toten gesehen. Auch nicht meine Eltern.«

»Wir sind alle da. In spätestens einer Stunde.«

»Gut, ich komme.

»Und Richard?«

»Ja?«

Alexander schloss die Augen. Vielleicht würden sie später, wenn seine Mutter tot war, noch einmal über alles reden. Oder auch nicht. Es war nie ihre Art gewesen, Konflikte offen auszutragen.

»Es tut mir leid, dass ich das letzten Freitag mit dem Traum gesagt habe. Das war blöd. Zu meiner Entschuldigung kann ich nur anführen, dass ich mit den Nerven am Ende war. Natürlich werde ich nichts wegen Klaras Geld unternehmen. Onkel Alwin hat am Sonntagabend angerufen und Helena deine finanzielle Situation geschildert. Wenn du ein Wort davon erzählt hättest, wäre es nie zu diesem Missverständnis mit dem Darlehen gekommen. Wir hätten uns etwas einfallen lassen können. Jedenfalls tut es mir leid.«

»Margot wird mir die 70.000 leihen. Nach dem Fünfzehnten sehen wir dann weiter. Du kannst das Geld von deinem Vater allein haben.«

»Nein, will ich nicht.«

»Und was soll aus deinen Praxisplänen werden?«

»Warum hast du mir nichts von deinen Problemen erzählt?«

»Dafür gibt es keinen Grund, zumindest keinen triftigen. Ich habe einfach nicht durchgeblickt.«

»Ich mochte Schwarzweiler nie.«

»Ich auch nicht.«

»Bald bin ich Vollwaise.«

»Ja.«

»Du wirst es jetzt zum zweiten Mal.«

»Ja, kann sein.«

»Ich muss viel an Theo denken.«

»Onkel Alwin hat mir erzählt, dass mein Vater deinen Vater sehr gemocht hat.«

»Wirklich?«

»Ja.«

»Und ich weiß, dass Klara deinen Vater einmal sehr geliebt hat. Vor Theo. Hast du dir mal die Fotos angeguckt, auf denen sie zusammen drauf sind?«

»Wir sehen uns gleich.« Richard legte auf.

38

Klara schaut zum Himmel. Sie trägt Sommerschuhe und stolpert im Schnee und rennt an Paulas Hand und rennt und rennt. Die Mutter schreit, sie sollen schneller laufen. Paula weint und will wissen, wo Papa ist. In der Fabrik! Dann tauchen sie auf. Es ist immer die selbe wutschnaubende Drachenarmee. Dreihundert! Vierhundert! Mindestens fünfhundert Viermotorige! Das sagen die Männer später. Sie schaffen es in den alten Erzstollen, dem ihre Straße zugewiesen ist, in den hinteren Teil, der sicherer ist. Vorne dürfen sich die Fremdarbeiter unterstellen. Im nächsten Moment stöhnt die Erde. Feuchte Erde bröckelt auf ihr Kopftuch, Paula wimmert und Klara geht die Hauptstraße entlang. Brennende Teerpappe tanzt über den Rauchschwaden und schmelzt den Schnee, wo sie landet. Alles riecht nach Phosphor. Es ist Silvesterabend, und hinter einem brennenden Wehrmachtskrankenwagen tritt Klara auf den abgerissenen Kopf eines Mannes. Erst jetzt, nach fast siebenundfünfzig Jahren, erkennt sie, dass das verformte schmutzige Gesicht einem Jungen gehört. Kaum älter sie. Klara sieht sich schreien. Sie schreit und tritt ins Leere, versucht ihren Schuh zu säubern. Schlangen jagen über ihren Rücken. Sie spürt die Berührung des Jungenkopfes noch immer, bis in ihre Hüfte. Tagelang wird sie humpeln. Der Arm der Mutter zerrt sie fort. Lieber Gott! Warum zeigst du es mir jetzt, dieses Gesicht? Die Angst und der Ekel. Ist es vorbei?

Adi, liebster Adi! Du dummer Pechvogel. Ich bin bei dir. Können deine glasigen Augen mich sehen? Fühlen deine holzigen Hände, wie ich sie halte? Du liebes blasses Skelett. Deine fleckige Haut spannt sich so sehr über deinem Gesicht, dass du den Mund nicht mehr schließen kannst. Jetzt weiß ich, dass du weißt, ich habe dich nicht allein gelassen. Bis zum Schluss. Wie versprochen.

Ich bin nicht müde, ich bin nicht wach, ich bin nicht mehr. Du hast mir so gefehlt, Adi. Drei Jahre. Jeder hier lebt sein Leben. Ich nicht mehr. Nicht ohne dich. Zu mir haben ja nicht viele gehört. Alle sind weg. Medi, der Soldat, Paps, Mutter, Theo, Jakob, Ruth, Jackie, Bea. Dein Tod war zu viel.

Klara sieht sich weinen, Adis Hand in ihrer Hand. Schwester Sophia schließt ihm die Augen und spricht ein Gebet. Macht nichts. Nicht mehr. Ich komme gleich.

Auch zu dir Theo, mein Lieber. Schläfst du immer noch auf dem Rücken? Darf ich mich wieder an deine weiche Brust schmiegen wie an einen atmenden Berg? Oder hast du inzwischen eine Andere? Klara sieht, wie sie ihre Bewegungen langsam beschleunigt und den Mund öffnet, um kleine heisere Rufe auszustoßen, bis sie kommt und voller Verzückung schaut, wie Milch aus ihren Brüsten auf Theos Brust tropft. Wie ist es Theo, wenn man tot ist? Interessiert es einen noch? Oder bin ich allein, weil alles verschwindet? Einfach so? Gibt es etwas, wenn ich aufhöre zu atmen?

Klara seufzt! Alwin, alter Freund! Du bist noch da? Wie geht es Waltraut? Ich nehme an, sie lässt mir den Vortritt. Sag ihr, das Abschiednehmen fällt am schwersten. Der Rest, der ist halb so wild. Alwin zeigt auf sie und bewegt seine Lippen. Dann beugen sich viele staunende Gesichter über sie, lächelnd und erschrocken. Alexander, mein Pflänzchen! Hast du schon wieder Tränen in den Augen? Pass gut auf deine Helena auf! Und du, Helenchen? Gutes Mädchen. Das hast du wirklich gut gemacht. Der Richard war nicht der Richtige für dich. Margot, die hätte zu ihm gepasst. Sind Maria und der kleine Robin da? Ja. Schau nur, wie sie mich anstarren! Als sei ich ein Monster. Ginge mir an ihrer Stelle auch so.

Willst du mir was sagen, Alex? Er hält eine Hand an sein Ohr wie einen Telefonhörer und formt die Lippen zu Paula. Auch gut. Soll sie kommen. Heute ist mir alles recht.

Oh. Ich bin doch ein wenig müde.

Richard? Weißt du, dass Margot wieder in Heimstadt wohnt? Sie war hier, bei mir. Ich wollte es dir sagen, aber du kommst mich ja nicht besuchen. Bist du da? Bist du es, der da hinten an der Wand steht? Ich kann dich nicht erkennen.

Ich mach jetzt die Augen zu, ja? Was sagst du Liese? Kinder, ich kann euch doch nicht mehr verstehen!

Ich fahre jetzt nach Capri.

Wie sagt man?

Arivederci.